대사들 1

The Ambassadors

세계문학전집 375

대사들 1

The Ambassadors

헨리 제임스

정소영 옮김

민음사

일러두기

1. 원문에서 이탤릭체로 강조된 부분은 고딕으로 표기했다.
2. 영어 외의 다른 외국어는 따로 표시하지 않았다.

차례

뉴욕판 서문

　『대사들』은 1903년 《북미 평론(The North American Review)》에 열두 번에 걸쳐 연재되었고 같은 해 한 권으로 묶여 출간되었는데, 그 주제는 아주 간단히 말할 수 있다. 독자들을 위해 적당한 시점에서, 그러니까 5부 2장에 이 작품의 상황이 짧게 요약되어 있다. 단호하면서도 도드라지게 거기에 심었다고도 할 수 있고, 이야기의 강바닥에 '침몰시켜' 어쩌면 거의 흐름을 가로막을 정도라고도 볼 수 있다. 지금껏 이런 종류의 글이 이렇게 툭 떨어진 한 톨의 암시로 바로 얼개가 짜인 적이라곤 없었고, 그 한 톨이 자라나 계속 마구잡이로 자라나, 꾹꾹 눌린 채로나마 완전 별개의 입자로 전체 덩어리 안에 숨어 있었던 적도 없다. 한마디로 일요일 오후 글로리아니의 집 정원에서 스트레더가 북받치듯 리틀 빌럼에게 쏟아 놓은 말에, 그 젊은 친구가 깨우칠 수 있도록 그 위기 상황이 보내는 멋

진 경고의 목소리에 따르는 그의 솔직함에 작품의 실정 전체
가 담겨 있는 것이다. 정말이지 이 이야기의 발상은 전례 없이
편안하게 보낸 그 한 시간이 그로서는 위기 상황으로 느껴져
야 했다는 그 사실에 있고, 그는 독자를 위해 공들여 더할 나
위 없이 깔끔하게 그 생각을 표현했다. 그렇게 직접 내보인 속
내가 『대사들』의 핵심을 담고 있다. 그 말을 하는 그는 활짝
핀 꽃 한 송이를 손으로 감싸 쥔 셈이고, 충직하게도 계속 그
것을 우리에게 내밀고 있다.

　"가능한 한 최대로 살아. 그렇게 안 하는 건 잘못이야. 자네
　자신의 삶을 살고만 있다면 딱히 어떤 삶을 사는지는 그렇게
　중요하지 않아. 자네 자신의 삶을 살지 않았다면 도대체 지금까
　지 얻은 게 뭐란 말인가? (……) 그런데 이젠 늙어 버렸지. 어쨌
　든 지금 내가 보게 된 것에 비해선 너무 늙었어. (……) 잃어버
　린 건 잃어버린 거지. 그건 분명히 해야 해. (……) 그렇지만 여
　전히 자유에 대한 환상은 있지. 그러니까 나처럼 그 환상에 대
　한 기억도 없이 살지는 말게. 난 결정적인 시기에 너무 어리석
　었던지 아니면 너무 똑똑했던지 환상을 가진 적이 없어. 어느
　쪽인지는 잘 모르겠네. 물론 지금 내 경우는 과거의 실수에 대
　한 반발이고 당연히 반발심에서 하는 얘기는 늘 그 점을 고려
　해서 받아들여야지. (……) 나의 실수를 반복하는 것만 아니라
　면 뭐든 원하는 대로 하게. 그건 정말 실수였거든. 삶다운 삶을
　살라고!"(279~281쪽)

이것이 바로 스트레더가 좋아했고 친구가 되고 싶었던 젊은이가 감명 깊게 듣는 중에 호소하듯 털어놓은 이야기의 핵심이다. 앞으로 보게 되겠지만 그의 말에 '실수'라는 단어가 여러 번 등장하는데, 그것으로 그가 자신의 상황에 담겨 있는 경고 신호를 어느 정도로 평가하는지 알 수 있다. 따라서 그는 놓쳐 버린 것이 너무 많은 것이다. 천성상 결국에는 더 나은 소임의 적임자가 되긴 하겠지만, 어쨌든 지금은 다음과 같이 무시무시한 질문의 물꼬를 트는 상황에 눈을 뜨게 되었다. 상황을 다시 바로잡을 기회가 과연 있겠는가? 그러니까 그의 인격에 가해진 피해를, 자신의 인격에 가해진 모욕이라고 서슴없이 말할 수 있고, 그 자신이 어설프게 관여하기까지 했던 그 모욕들을 바로잡을 기회 말이다. 그에 대한 대답은 이제 그가 무슨 일이 있어도 볼 수 있다는 것이다. 그래서 어느 모로 보나 소중한 교훈이자 이 이야기의 임무와 사건의 진행 과정은 단지 그가 이렇게 볼 수 있게 된 과정을 입증하는 일이다.

그 배아에 소설 전체가 얼마나 딱 들어맞는지는 무엇에도 비할 바가 없다. 여느 때처럼 누군가에게 실제로 들었던 말에서 그 배아는 생겨났는데, 우연히 그것을 듣자마자 그 이미지가 떠올랐다. 한 친구가 자신보다 훨씬 연로한 어떤 고명한 인사가 해 준 짧은 이야기에 깊이 감복했다면서 내게 들려주었던 것인데, 바로 우수에 찬 스트레더의 웅변조 연설이 그 비슷한 내용이라고 할 수 있다. 게다가 아주 마침맞게도, 혹은 상당히 그럴듯하게도, 어느 여름날 오후 파리의 한 예술가의 집에 딸린 아름다운 오래된 정원에서, 아주 흥미로운 사람들이 많이 모인 가운데 그 말을 들었다고 했다. 그것이 내 목적에 딱 어울릴 것임을 그 자리에서 단박에 알아차렸듯, 거기서 듣고 모아들인 말이 부분적으로 작품의 '분위기'를 이루었다. 사실 아주 큰 부분이었다. 장소와 시간, 그리고 그것들이 그려 내는 장면이 나머지를 이루었다. 이 모두가 함께 모이고 결합되면서 내가 절대적인 분위기라고 부를 만한 어떤 것을 완성하는 데 큰 도움이 되었다. 그렇게 그것이 물살 한가운데에 우뚝 서게 되었다. 단단히 두드려 박았기 때문에, 꽉 박힌 말뚝 주변으로 케이블 전선이 둥글게 말리듯 물살이 그 주변을 소용돌이치며 흘러간다. 그 암시가 특별할 것 없는 한 무더기의 암시 이상으로 확장된 것은 오래된 파리의 정원이 있었던 덕분이다. 바로 그 징표에 말할 수 없이 고귀한 가치들이 밀봉되어 있기 때문이다. 물론 그 봉인을 뜯어 그 안에 든 각각을 세어 보고 이리저리 살펴보며 평가해야 할 것이었다. 하지만 암시라는 측면에서 보자면 내 취향에 가장 어울리는 상황의 모든 요소들이 어쩐지 그 안에 다 들어 있었다. 내 기억에 비슷한 상황에서 이런 식으로 앞으로 구현될 많은 것들을 확인하는 일에 이보다 더 큰 관심이 솟아난 적은 없었다. 왜냐하면 주제가 지니는 장점에도 실로 정도의 차이가 있기 때문이다. 아무리 불분명한 주제라도 그에 걸맞은 예의를 가지고 대하려면 그때만큼은, 그러니까 그것에 편파적일 수밖에 없는 열에 들뜬 그 시간만큼은 적어도 그것의 장점과 존엄을 가능한 한 절대적인 것으로 여겨야 한다는 사실에도 불구하고 말이다. 말하자면 심지어 최상의 선(善) ── 최상의 선과 관련해서만 명예로움에 대해서 논의할 수 있으니까 — 중에서도 틀림없이 선함의 이상적인 아름다움이 있기 마련이어서, 그것을 환기함으로써 예술에 대한 믿음을 최고로 고양할 수 있다. 그렇다면 내게는 나만의 주제가 진정 환하게 빛난다고 말할 수 있을 것이고, 고백하건대 『대사들』의 주제야말로 처음부터 끝까지 그 빛을 지니고 있었다. 그래서 다행스럽게도 이 작품이 지금까지의 모든 작품 중에서 '어느 모로 보나' 가히 최고라고 솔직하게 평할 수 있다. 그런 판단에 어떤 식으로든 어긋남이 있었다면 이 지독한 자기만족이 얼마나 멍청한 짓이었는지 공개적으로 드러났을 것이다.

그런 연유로 조금이라도 내 쪽에서 흐름이 끊겼다거나, 발밑에 디딘 것이 아무것도 없지 않은가 하는 의구심에 가슴이 덜컥했던 순간, 혹은 내가 택한 계획이 제대로 보답하지 않는다는 느낌 때문에 자신감이 떨어지고 기회라고 생각했던 것이 비웃듯 사라지는 그런 순간은 내 기억에 단 한 번도 없었다. 이미 언급한 대로 『비둘기의 날개』의 모티브가 때로 완전히 얼굴을 감추고 사라져 — 문득 다시 나타나 온갖 표정을 지으며 인상을 찡그렸다는 사실을 충분히 감안하더라도 — 내게 걱정을 안겨 주었다면, 이 책을 쓰는 동안에는 절대적인 확신과 변함없는 명료함만 상대하면 되었다. 그것은 별다른 굴곡 없이 늘 좋은 날씨처럼 나의 소유지 안에 자리 잡은 솔직한 명제이자 한 다발의 자료였다.(두 소설을 쓴 순서가 출간 순서와는 반대라는 점을 짚고 넘어가고 싶다. 먼저 쓴 『대사들』이 늦게 출간되었다.) 심지어 나이 많은 주인공이라는 부담에도 불구하고 내 가정은 굳건했다. 비오네 부인과 채드 뉴섬의 나이 차이는 사실 너무 충격적이라 비난받기 십상이었음에도 그에 대해 난 별 동요를 느끼지 않았다. 내가 하는 일에서 이렇게 완전하고 온전하게 감을 잡았을 때는 그 무엇도 버티며 나타나지 않거나 생각과 다른 결과를 보여 주는 법이 없다. 어느 쪽으로 방향을 돌리든 찬란한 황금빛만 보였을 뿐이다. 난 아주 원숙한 주인공의 약속을 누리고 있었고, 그는 내가 마음껏 베어 먹을 수 있도록 더욱 많은 것을 줄 것이었다. 삶을 그리는 작가가 한 입 크게 베어 먹으려 하는 것은 오직 빽빽하게 들어찬 모티브와 겹겹이 쌓인 성격뿐이기 때문이다. 가련한 나의 주인공은 확실히 겹겹이 쌓인 성격을 지니고 있었다. 아니 그보다는 그것을 훌륭하게 지니고 태어났을 수도 있다. 스스로도 항상 의식했겠지만 그에게 어마어마한 상상력이 있고 그것이 아직은 그를 파탄 내지 않았다는 의미에서 말이다. 상상력이 풍부한 인물을 '다룰' 기회, 그것은 말할 수 없이 대단한 일이므로, 바로 거기에 '베어 먹을' 기회가 없다면 달리 어디에 있겠는가? 물론 이 인물이 상상력이 풍부하긴 하지만 상상력이 그에게 있어 지배적이라거나 주요한 재능을 이루는 유형은 아니고, 나 역시 다른 문제들을 고려해 봤을 때 그쪽이 편리하지도 않았을 것이다. 상상력이라는 고귀한 재능이 상황이나 과정을 최고로 주도하는 경우를 연구할 수 있는 특정한 호사는 분명 내가 그에 대한 대가를 기꺼이 지불할 준비가 되었을 때에나 찾아올 것이다. 그리고 그때까지는, 멀찌감치 떨어져 있을 때처럼 잘 보이긴 하지만 손이 미치지 않는 자리에 계속 머물러 있는 것이다. 그동안은 어지간한 경우로도 해 나갈 수 있을 것이다. 지금까지는 그렇게 어지간한 경우조차 그저 부차적인 범위에서만 이용해 왔을 뿐이지만 말이다.

그 부차적인 범위가 알맞은 임시방편을 제공해 주긴 했지만 지금 다루는 경우는 절대적으로 주요한 범위에 어울리는 이점을 누렸다는 사실을 덧붙이고 싶다. 왜냐하면 그런 식으로 덧붙여진 상황이, 그 일요일 오후 파리의 한 정원에 모습을 보이고 싶다는 우리 주인공의 욕구와 논리적으로 연관되어 있다는 사실이 가장 중요하기 때문이다. 엄격한 논리를 따르진 않을지라도 매혹적일 만큼 이상적으로 그 안에 내포되어 있었다고도 하겠다.(굳이 말할 필요도 없겠지만 '이상적'이라고 한 이유는 계속 발전하여 스스로를 최대로 표현하기 위해 어렴풋이 나타난 내 이야기가 맨 처음부터 실제 그 말을 했던 화자의 여러 가능성들과 연결된 끈을 집어낼 것이기 때문이다. 그렇다고 해도 그는 정말이지 모든 면이 아주 운 좋게 합쳐진 경우였다. 그의 실재가 워낙 확정적이어서 다른 종류의 가능성은 나오지 않았다. 아이들의 장난감 환등기에서 나오는 상을 비추기 위해 언제나 그 자리에 걸려 있는 하얀 천처럼, 예술가의 비전이 펼쳐 놓은 넓은 들판에 더욱 환상적이고 더욱 변화무쌍한 그림자를 던지는 일만이 그에게 주어진 멋진 임무일 뿐이었다.) 이야기꾼이나 꼭두각시 인형극을 공연하는 이의 특권에 관해 말하자면, 이미 손에 쥔 도전장의 빛이나 아직 가시지 않은 향기에 의지해서 계획을 완전히 파악하기도 전에 눈에 보이지 않는 불가사의함을 찾아다니는 일만큼 즐거운 일도 없을 것이고, 숨이 턱에 닿도록 어렵게 치른 경기의 흥분과 긴장감도 그보다 더하지 않을 것이다. 내 판단으로는 냄새가 남아 있는 천 조각과 사냥개를 동원해 도망간 노예를 쫓던 옛날의 끔찍한 추격전의 가장 고조된 순간 정도가 '흥미진진함'의 측면에서 그에 비견할 수 있을 것이다. 왜냐하면 극작가는 자신의 천재성의 법칙에 따라 적합하게 구상한 꼭 맞는 장소로부터 자신이 원하는 알맞은 것이 생겨난다는 사실을 항상 믿을 뿐만 아니라 그것을 훨씬 넘어서는 일 또한 해내기 때문이다. 그러니까 무슨 문제를 다루든 상당히 훌륭한 어떤 암시에 힘입어 하나의 장소가 필연적으로 귀중한 '짜임새'를 지닌다는 사실을 단연코 믿을 수밖에 없다. 내가 그렇게 반색하며 들었던 이야기가 상당히 훌륭한 암시라고 했을 때 그것을 중심으로 진행될 이야기는 어떤 것일 수 있을까? 그 조짐이 진짜라면 그 '이야기'가 이 단계에 벌써 실제로 존재하는 것마냥 진정성을 띠게 된다는 것이 바로 이런 문제에 딸려 오는 매력의 하나이다. 그렇다면 다소 불분명하게 숨어 있을지라도 그것은 본질적인 의미에서 존재하는 것이고 존재하기 시작한 것이다. 그래서 문제는 거기서 뭘 만들어 낼 것인가가 아니라, 아주 고약한 상황이지만 또한 아주 유쾌하게도 그저 어디에 손을 댈 것인가이다.

우리가 예술이라고 알고 있는, 유익하게 응용할 수 있는 감탄할 만한 혼합물에 관심을 가지는 이유는 상당 부분 바로 그 때문이다. 예술은 우리가 보는 것을 다루므로 우선은 두 손 가득 그 재료를 제공해야 한다. 다른 식으로 표현하자면 삶의 정원에서 재료를 직접 따 와야 하는데, 거기가 아닌 다른 데서 자라는 것들은 상해서 먹을 수가 없기 때문이다. 그 다음에는 바로 과정을 생각해야 한다. 예술이 겁쟁이처럼 과정으로부터 비실비실 물러나게 되는 경우는, 교훈이라는 뭔지 알아먹지도 못할 것이나 여타의 것을 핑계 삼아 제대로 된 '인물'이라곤 없이 천한 하인처럼 수치스럽게 쫓겨나게 되는 때뿐이다. 표현의 과정, 말 그대로 가치를 짜내는 과정은 또 다른 문제라서 아주 운 좋게 무언가를 발견하는 일과는 거의 관계가 없다. 이 단계쯤 되면 발견하는 기쁨은 거의 다 끝난 상태이다. 옷감을 사러 나온 여성들의 표현을 빌리면, 작은 천 조각을 큰 그림에 '맞춰 봄'으로써 진반적으로 주제를 찾는 일은 일단 찾으면 끝나기 때문이다. 주제를 발견하면, 그래서 그것으로 무엇을 할 것인가라는 질문으로 옮겨 가면 이제 얼마든지 무엇이든 할 수 있는 장이 펼쳐진다. 나는 바로 이것을 투입해야 강력한 혼합물을 완성할 수 있다고 본다. 다른 한편 그것은 나팔을 불고 사냥개를 앞세워 추격전을 벌이는 일과는 상관없는 일이기도 하다. 오로지 가만히 앉아서 하는 일이고, 말하자면 수석 회계사처럼 아주 높은 보수를 받을 만한 암호 해독 작업이나 계산일을 포함한다. 그렇다고 수석 회계사에게 그 나름의 행복한 환희의 순간이 없다는 말은 아니다. 예술가의 상태가 지니는 더할 나위 없는 행복이나 하다못해 평정심이란, 멋진 복잡성을 몰래 더 끌어들이기보다 그것이 더 이상 못 들어오게 막는 데서 나오는 것임이 분명하기 때문이다. 그는 작물이 너무 무성하게 자랄 위험을 무릅쓰고 씨를 뿌린다. 따라서 장부를 감사하는 회계사처럼 무슨 일이 있어도 냉정을 유지해야 한다. 이쯤에서 내가 램버트 스트레더를 '사냥'하게 된 과정을 알려 주면 이 점을 밝히는 데 도움이 될 듯하다. 친구가 들려준 일화가 드리운 그림자를 포획하게 된 과정을 묘사하거나, 아니면 그것에 성공한 이후 일어난 일을 사실대로 전할 수 있을 텐데 조금씩이나마 두 방향으로 다 시도해 보는 게 좋을 것 같다. 자유롭게 이야기할 수 있는 이 글에서는 이미 상상한 것이든 상상할 수 있는 것이든 가방에 가득한 모험만 전해서는 반밖에 풀어놓지 못할 거라는 생각이 거듭 들기 때문이다. 그것은 상당 부분 그 안에 담긴 애매모호한 것들이 정확히 무엇을 의미하는지에 달려 있다. 주인공의 이야기가 있지만, 또한 조밀하게 엮인 많은 일들 덕분에 이야기에 대한 이야기도 있는 것이다. 부끄럽긴 하지만 털어놓을 수밖에 없는 사실은, 나는 어차피 극작가일 수밖에 없으므로 때로는 그 둘 중 난마처럼 얽힌 후자가 사실 더 객관적이라는 생각이 든다.

상상력이 풍부한 주인공을 대신해서 말하자면, 스스로도 너무 놀라울 정도로 모든 게 적절하게 주어진 상황에서 한 시간 정도를 보내다 난데없이 그 아름다운 호소를 쏟아 냈을 때 그에게 주어졌을 법한 철학은, 희극의 꾸밈없는 기법이 보통 그렇듯 논리상 그쪽으로 '낙착되었다'는 것이다. 간단히 말해 아주 의식적인 곤경이라는 목적지에 이르는 그럴듯한 과정은 이미 세밀하게 계산되었어야 한다. 그는 어디 사람이며 어떻게 그곳에 오게 되었는가. 그리고 표현상 도움을 받고자 외국의 것을 잡아챌 수밖에 없는 운명인 우리 앵글로색슨들이, 오직 우리만이 쓰는 표현에 따르면, 그 곤란한 상황(galère)에서 그는 무엇을 하고 있는가? 이러한 질문들에 그럴듯하게 대답하는 것, 마치 법정의 증인석에 앉아 변호인단의 반대 심문을 대하듯이 대답하는 것, 그러니까 스트레더와 그 '특유의 분위기'를 만족스럽게 설명하는 일이 내게는 작품 전체의 기본 구조를 확보하는 일이었다. 동시에 그것을 어디에서 찾을 수 있을지, 그 단서는 개연성이라는 원칙 안에 있을 것이다. 그 특유의 분위기에 그가 아무 이유 없이 빠져들게 된 것은 아닐 테니까. 그에게 그렇게 두드러진 역설적 상황을 부여하기 위해서는 스스로 절감하는 곤경이나 곤란한 입장이 있어야 하는 것이다. 지금까지 살면서 그러한 '분위기'가 눈에 띌 때마다 항상 곤란한 입장에 놓인 목소리가 들렸으니 말이다. 파리에 있는 우리의 주인공은 의심할 바 없이 아주 훌륭하게 그런 입장에 빠져 있었으니, 그것만으로도 상당 부분은 확보한 셈이었다. 따라서 그다음 관심사는 그 입장이 정확히 어떤 것인지를 결정하는 일이었다. 그 경우 오직 개연성에 따라서만 나아갈 수 있는데, 개연성 중에서 아주 일반적인 것은 사실상 확실성에 가깝다는 이점이 있다. 일단 우리 주인공의 국적이 결정되고 나자 그가 아무래도 협소한 지역성에 빠져 있으리라는 일반적인 개연성이 생겼다. 그 점과 관련해 숨겨진 모든 것이 다 나오게 하기 위해서는 정말이지 그저 한 시간 정도 현미경 렌즈 아래에 놓고 가만히 바라보기만 하면 된다. 그렇게 해서 회한에 찬 우리의 주인공이 뉴잉글랜드의 중심에서 생겨난 것이고, 당연하게도 그 사실로부터 숨겨진 것들이 남김없이 줄지어 눈앞으로 와르르 몰려나왔다. 그 모두를 잘 분류하고 걸러 내야 했는데, 여기서 그 과정을 일일이 열거하지는 않으련다. 하지만 틀림없이 모두 거기 있었고, 그래서 문제는 순조롭게도 그중에서 골라내는 일이 되었다. 그 '입장'이 틀림없이 어떤 것일지, 그리고 그의 책임이 되었을 때 왜 그것이 '곤란한' 것이 되었는지, 거기서 초래되는 이후의 단계들은 재빨리 분명하게 나타날 것이었다. 그렇게 모든 것을 확보했고, 그때쯤 되자 거기 있는 '전부'가 계속해서 점점 불어날 것처럼 보였다. 예상치 못했던 새로운 것들이 치고 들어오고 스며든 결과, 말 그대로 매시간 생각이 바뀔 수 있는 상태로 그가 파리에 왔다는 점에서 그러했다. 말하자면 그는 말끔한 유리병에 담긴 투명한 녹색 액체에 비유할 만한 그런 생각을 가지고 왔는데, 그 액체를 적용이라는 뚜껑 없는 잔에 부어서 다른 종류의 공기의 영향에 노출시키자마자, 녹색이던 것이 빨강색이나 다른 색으로 변하기 시작하고, 그 자신이 아는 바로는 다시 보라색이든 검정색이든 노랑색이든 무엇으로도 변할 수 있는 것이었다. 그가 아무리 아니라고 한들 그렇게 무지막지한 변화무쌍함이 나타내는 더욱 말도 안 되는 극단적인 상황을 당연히 그는 처음에는 그저 놀라움과 불안에 휩싸여 뚫어지게 바라보기만 했을 것이다. 그렇게 무지막지함의 정도에 차이가 생기고 극단적인 상황이 전개되면서 분명 특정한 상황이 발생하는 것이다. 그 상황의 전개가 논리와 설득력을 다 지닌다면 나의 '이야기'는 바랄 나위가 없게 될 것이었다. 물론 이야기꾼에게 있어서 이야기 자체에 대한 관심이란 언제나 부정할 수 없는 결정적 요소이자 헤아릴 수 없을 정도로 큰 이점이다. 그것이 항상 확실히 압도적으로 주요하고 소중한 것이라, 그렇지 않은 다른 경우를 본 적이 없다. 아무리 저돌적인 에너지를 가지고 이야기를 만들어 내도 그것은 이야기 자체가 만들어 내는 에너지에 비할 바가 못 된다. 그래서 최상의 상태일 때 이야기는 스스로 밝게 빛을 내며 나타나고, 최후의 결정적인 앎을 통해 그 의미가 무엇인지를 깨닫는다. 아직은 때때로 건방을 떨다가 우리한테 들키기 십상이고 멋들어진 뻔뻔스러움 외에는 보장할 만한 게 전혀 없지만 말이다. 그렇다면 뻔뻔스러움이 항상 거기 있음을, 말하자면 우아함과 영향력, 매력을 위해 거기 있음을 인정하자. 그것이 거기에 있는 이유는 무엇보다 이야기가 그저 예술의 응석받이 자녀이기 때문이다. 애지중지 키운 아이가 '기대에 부응'하지 못하면 항상 실망하듯 그 정도까지는 아이가 자신의 모든 특성을 드러내 보이기를 바라기 때문이다. 우리가 조약을 맺어 협상을 했다고 편리하게 생각할 때조차 사실 그 아이는 기대에 부응하려 애쓰는 것이다.

다시금 이 모든 것의 의미는 그저 내 이야기의 개별 단계들이 아주 재빠르게, 그리고 말하자면 각각의 역할에 대한 확신을 가지고 자리를 잡았다는 것이다. 사실 내가 너무 어리숙해서 그 단서를 알아채지 못했다면 논리 같은 것은 전혀 개의치 않을 그런 태세였다. 그럼에도 연결에 연결을 거듭하며 이어지는 동안 가련한 스트레더의 임무를 결정하고 그에게 닥친 문제를 파악하려 애쓰는 동안에는 나 자신이 어리숙하다는 느낌이 없었다. 해설을 해야 할 장본인이 그저 머리만 긁적이고 있을 때조차 그것들은 그 자체의 무게감과 모양새에 따라 말끔하게 이루어지듯 줄곧 잘 맞아떨어졌다. 지금 보니 그것들이 언제나 나 자신보다 한참 앞서갔다. 상황이 종결되었을 때 해설자인 나는 여전히 한참 뒤처진 채 숨을 헐떡거리고 약간은 황망하게 있는 힘을 다해 쫓아가야 했던 것이다. 뒤늦게야 세상 물정에 눈을 뜨고자 한 우리의 주인공, 웬만하면 그런 인물이 되지 않기 위해 오래 애써 왔기 때문에 뒤늦어 버렸고, 결국 이제서야 자신의 운명을 진정으로 대면하게 된 우리의 주인공에게 곤란한 입장이란 분명 끝 모르게 펼쳐진 동물원 입구에 자기 모습을 드러내는 일이었다. 그 동물원은 사람들이 가장 인정해 마지않는 도덕적 체계를 갖추고 있지만, 생생한 현실에 다가가게 되면, 그러니까 조금이라도 자유롭게 사실을 받아들이고 이해하게 되면 무너져 내릴 것이었다. 물론 그 무엇이 모습을 드러내든지 오직 자기 식대로 재단하면서 웬만하면 느끼려 하지 않을 그런 스트레더도 있을 수 있다. 솔직히 그런 스트레더는 어떤 신비로운 이야기 속에도 자리 잡지 못할 것이다. 실제 스트레더만의 고유한 분위기는 첫 장면부터 줄곧 분별력이었다. 마찬가지로 그가 겪는 일련의 사건은 어려운 상황 속 분별의 드라마가 될 것이다. 이미 보았듯 세세한 차이를 분별하는 일에서 일찌감치 도움이 되었던 것은 바로 축복받은 그의 상상력일 것이다. 앞서 암시했듯이 그에게 지적, 도덕적 자질을 넉넉하게 주었던 나의 즐거움은 상당 부분 바로 거기에서 나왔다. 하지만 동시에 바로 이 지점에 어떤 그림자 하나가 드리워졌다.

파리에서는 인간의 도덕 체계가 무너진다는 무시무시한 오랜 전통이 있는데, 인간 희극을 이루는 진부한 이야기로 치자면 그보다 자주 쉽게 목격할 수 있는 일도 없다. 지금까지 위선적이거나 다소 냉소적인 사람들 수십 만 명이 일어날 법한 비극을 맞이하기 위해 매년 그곳을 다녀간 마당에, 그 문제를 가지고 뭔가 해 보기엔 너무 늦지 않았냐고 할 수도 있다. 한마디로 세상에서 가장 저속한 것의 하나인 하찮음이 연상되는 것이다. 하지만 그 때문에 내가 주저할 이유는 없었는데, 사실 그 저속함이 널리 잘 알려져 있기 때문에 그랬다. 유명한 대도시 중에서도 가장 흥미로운 파리의 영향 아래 스트레더가 이룬 급진적인 변화는 누군가의 '꾐에 빠져' 넘어간 어리석음과는 전혀 다르다. 오히려 그는 평생 해 왔던 치열한 심사숙고로 인해 앞쪽으로 내던져진다고, 그것도 엄청난 힘으로 내던져진다고 할 수 있다. 그 친절한 시험이 상당 부분 파리라는 도시 안의 빛과 어둠을 번갈아 거치고 구불구불한 길을 지나면서 정말 그의 진면목을 끌어내겠지만, 배경이 되는 주변 환경 자체는 부차적인 문제라 단지 울렛의 철학에서 지금껏 꿈꿔 온 것 이상을 상징할 뿐이다. 스트레더의 임무가 적절하게 놓일 수 있고 그를 위한 위기가 기다리고 있는 장소라면 어떤 다른 환경이라도 상관없을 것이다. 하지만 그럴듯한 장소는 내가 일부러 준비해야 할 필요를 줄여 준다는 커다란 장점이 있다. 채드 뉴섬의 흥미로운 관계를, 그 관계의 아주 흥미로운 복잡성을 파리가 아닌 다른 장소에 둔다면 — 전혀 불가능한 것은 아니고 단지 이런저런 어려움으로 인해 번거롭고 일정이 늦춰지는 정도이긴 하겠지만 — 그와 관련해 너무 많은 것이 수반되어야 했을 것이다. 결국 스트레더에게 정해진 무대는 채드를 위해 가장 적절하게 선택된 바로 그 장소일 수밖에 없다. 그 젊은이는 말하자면 주변 사람을 통한 매력의 발산에 능숙했다. 그래서 그 자신의 특징적인 사고방식에 따라 그 매력이 가장 '진정한 모습으로' 나타날 거라고 생각한 그 장소가 곧 그의 진지한 친구 스트레더가 진짜 채드를 발견할 만한 장소인 것이다. 또한 그곳에서 스트레더의 분석적 재능이 놀랍게 발휘될 것이다.

『대사들』은 아주 편리하게 '계획대로 진행'되었다. 1903년 《북미평론》에 매달 연재되면서 처음 세상에 나왔다. 그때부터 글을 쓰는 나름의 소소한 법칙을 만들기 위해 중간중간 쉬었다가 다시 작업하는 방식을 적극적으로 택함으로써 모든 유쾌한 자극이 기발한 착상으로 이어지도록 귀 기울여 왔다. 종종 다소 거칠고 불규칙했던 그러한 움직임을 주기적으로 이용하고 또 즐기겠노라 마음먹었고, 그렇게 할 수 있는 아주 좋은 방법을 찾아냈다고 믿었다. 그러나 지금도 금방 떠올릴 수 있듯이, 실제로 따져 보면 바로 인정할 수 있는 주요 특성, 즉 하나의 중심만을 취해 그것을 모두 주인공의 의식의 범위 안에 둔다는 그 특성에 비추어 보면 형식과 압축의 문제가 모두 미미하게 느껴졌다. 문제의 핵심이 무엇보다 이 인물의 내적 모험에 있었으므로, 중간에 끊어지거나 옆길로 새는 일 없이 처음부터 끝까지 줄곧 그의 의식을 거기에 투사할지라도 아마 그에게 있어서, 그리고 나아가 우리에게 있어서 중요한 가치의 일부가 여전히 표현되지 못할 수도 있다. 그래도 특별하고 홀

류한 경제성을 지킨다는 조건하에서 여지가 있을 때마다 모든 면을 남김없이 표현하려 했다. 적잖은 수의 다른 인물들도 장면마다 등장할 텐데, 각자 숨겨진 자신만의 생각이 있고 감당해야 할 각자의 상황이 있으며, 일관성도 잃지 않아야 했다. 한마디로 그들에게도 내 주요 동기에 따라 각자 수립하고 수행해야 하는 관계가 있었다. 그러나 이런 것들을 보여 주기 위해 이용할 수 있는 것은 그에 대한 스트레더의 인식, 오직 그의 인식뿐이어야 했다. 그러니까 다소간 더듬거리면서 그가 알아 가는 과정을 통해서만 독자도 실상을 알게 되는 것이다. 그런 더듬거림이야말로 그가 보이는 아주 흥미로운 행위라서, 다른 어떤 것보다 지금 말한 엄밀함을 지켰을 때 내가 무엇보다 '추구하는' 효과를 얻을 수 있기 때문이다. 그로써 커다란 통일성이 부여되고, 그러고 나면 그 통일성은 다시 그것을 완성할 어떤 품격을 제공할 것이다. 생각이 깨인 이야기꾼으로서는 필요하다면 그것을 위해 어떤 다른 품격도 희생할 수 있는 그런 품격 말이다. 물론 여기서 말하는 품격은 강도(强度)에서 나오는 것으로 그것을 두드러지게 확보하는 방법도 있고 두드러지게 놓치는 방법, 즉 우리 주변에서 흔히 보이듯 어쩔 도리 없이 한심하게 놓치는 방법도 있다. 다른 한편 그것은 실제로 알아보고 감상하는 일에 특히 좌우되는 게 사실이어서 그에 대한 어떤 엄격하고 절대적인 기준이 없기 마련이다. 그래서 자신은 전혀 알아챌 수 없는데 사람들이 환호하는 경우도 있고, 자신은 감사한 마음으로 칭송하는 반면 다른 사람들은 눈치를 못 채는 경우도 있는 것이다. 그럼에도 불구하고 눈앞에 줄지어 놓인 한 무더기의 어려움이 주는 커다란 즐거움이 다정한 이야기꾼 — 다정할 뿐 아니라 신중하기도 하다면 — 에게는 최고의 결정 요인이 되지 말란 법은 없다. 그 고매한 원칙은 늘 거기에 있어서 무슨 일이 있든 작가의 관심사가 생생하게 살아 있도록 한다. 우리가 기억하기로 그것은 본래 식탐이 많아 인정사정없고 주저하는 법도 없으며, 값싸고 손쉽게 마련하는 영양분으로는 그 식욕을 달랠 수가 없다. 그것은 값비싼 희생을 즐기므로 어려움의 냄새를 맡으면 기뻐한다. 마치 식인 거인이 사람의 피 냄새를 맡으면 으르렁거리며 기뻐하듯이 말이다.

좌우간 그렇게 해서 우리 주인공에게 맡겨진 일이 무엇인지 아주 신속하게 최종적으로 밝혀지자, 매우 교묘한 고안들을 동원해야 할 일이 많아졌고 더 고급스러운 종류의 글쓰기 기술도 요구되었다. 그는 아주 엄숙하게 임무를 맡아 대리인의 자격으로 채드를 '구하기' 위해 유럽에 왔는데 그 젊은이가 사실 그 임무와 맞지 않게, 그리고 처음에는 너무나 당혹스러울 정도로 전혀 타락한 상태가 아니었고, 따라서 줄지어 전혀 다른 문제가, 새로운 시각에서 다뤄야 할 다른 문제가 어마어마한 정도로 닥쳐왔던 것이다. 이런저런 책을 들춰 보며 조사를 하면서 내가 '골몰하게' 된 그 일관성의 기획을, 말하자면 사실을 토대로 — 그리고 자세하면 자세할수록 더 좋았다 — 이렇게 증명하는 일에 비할 만큼 흥미로운 일이 달리 없음을 거듭 확인하게 된다. 그 매력이 사라지는 일은 없으므로, 언제나 그렇듯 그 과정을 단계별로 되짚어 보니 옛날 일이 환상처럼 다시 떠오른다. 예전의 의도가 다시 봉오리를 맺고 꽃을 피우는 것이다. 도중에 꽃이 다 떨어질 수밖에 없었을지라도 말이다. 말하자면 이것은 자리 바뀐 모험이 주는 매력이다. 그 긴장감 넘치는 부침의 과정과 글쓰기의 문제들이 복잡하게 등장했다 사라지는 상황이 나무랄 데 없이 객관적인 방식으로 생겨나고 그때그때 당면 문제로 등장하면서 작가는 우려와 흥분 등으로 걷잡을 수 없는 상태가 된다. 예를 들자면, 멀리 떨어져 매사추세츠의 맥박을 손끝으로 짚고 있는 뉴섬 부인은 우회적일 수밖에 없지만 그에 못지않게 강렬한 존재감을 진 과정에 걸쳐 보여 줘야 하고, 독자에게는 아주 직접적인 표현이나 아무런 매개 없는 자세한 묘사로 보여 줄 때에 못지않게 그가 상대해야 할 인물로 느껴져야 한다는 작가의 의도가 있다. 예술적인 성실함의 표식이라고 할 그것은 일단 작품 속에 들어오면 어떤 특정 부분에서 상대적으로 덜 성공적이라 할지라도 어쨌든 크게 손상되지 않은 실재성을 띠게 된다. 마음에 담아 두었던 의도 역시 작품 속에서 불가피하게 움직이고 작용한다. 내 순진한 예상보다 쉰 배는 덜했지만, 그렇다고 해서 그것을 작품 속에 등장시키기 위해 구상했던 쉰 가지도 넘는 방식들을 알아차리는 즐거움이 조금도 덜해지지는 않는다. 그러한 구상이 나름대로 하나의 구성 요소가 되는 것을 볼 수 있다는 매혹, 성공한다면 재현과 비유의 조건과 가능성 자체를 확장할 수 있는 훌륭한 조치들, 그런 것만이 이런 방식으로 영감을 불러일으켰으며, 그것만이 그에 맞춰 모든 노력을 기울여야 할 위장된 계산의 성공 여부를 가늠하는 기준이었다. 그럼에도 불구하고 그 특정한 형식에 '신중하게' 모든 것을 희생함으로써 생겨난 근심거리라니! 작품은 어떤 구도를 가지고 있어야 한다. 구도만이 확실한 아름다움이기 때문이다. 하지만 확실한 아름다움을 알아차리거나 아쉬워한 적이 있는 독자들이 개탄스러울 정도로 얼마 안 된다는 사실을 별 수 없이 의식하게 된다는 점은 차치하고, 시종일관 확실한 아름다움이란 얼마나 얻어 내기도 고생스러우면서 지불해야 하는 대가도 막대한지! 어디를 보나 싸고 손쉬운 것이 있는데, 즉시 얻을 수 있는 용이한 것도 있는데, 심지어 아주 흔한 생기발랄함도 있는데 말이다. 하지만 확실한 아름다움이 일단 그렇게 확보되어 자리를 잡고 나면 항상 그대로 있으리라 믿을 수 있어서, 혹여 그걸 놓치기라도 한다면 찾아다닌 사람으로서는 얼굴이 달아오를 정도로 창피스러울 것이다. 그것이 지닌 미덕은 본질적으로 전체로서의 미덕이다. 그래서 뭔가를 좀 섞고 싶거나 그 순간 특정한 작은 부분이 필요해서 길가에 덫을 놓으면 또 어떻게 하나같이 다 길 바깥으로 내던져지는지! 예를 들어 스트레더가 모든 주관적인 '결정권'을 혼자 다 가지는 데에서 비롯하는 위협, 즉 눈부신 다양성에 가해지는 위협 때문에 인생의 모든 세련됨이 동원되는 것처럼 보일 수도 있다.

그렇다고 그를 주인공이자 동시에 기록자로 만들어 '일인칭 시점'의 낭만적인 특권 ─ 장대한 규모로 이루어지면 이것은 정말 고질적으로 앞을 분간할 수 없는 로맨스의 심연이 된다 ─ 을 부여했다면, 온갖 다양한 세부 묘사와 다른 기묘한 점까지 눈에 안 띄게 몰래 다 들여올 수 있었을 것이다. 그러나 장편 소설에서 일인칭이란 느슨해질 수밖에 없는 형식이다. 내 작품에서 그런 느슨함을 주되게 사용한 적이 없었을 뿐더러 이 작품의 경우에는 그 어느 때보다 어울리지 않았다고 말하는 걸로 충분하지 싶다. 주인공에게 계속 밀착되어 거기서 내내 패턴을 만들어 내면서도 어떻게 흥미로운 형식을 유지할 것인가라는 문제가 맨 처음부터 등장했고 모든 생각들이 그 목표에 집중되었다. 그가 온 것은, 그러니까 체스터에 도착한 것은 그의 저자에게 '끊임없이' 자신의 이야기를 하겠다는 무시무시한 목적을 위해서다. 그 부담스러운 임무 앞에서 아무리 침착한 작가라도 움찔할 수 있다. 나는 그렇게 침착한 사람은 아니었다. '이야기를 전달하는' 선택지나 대안이 암울하게도 사라진 상황에서 다른 쪽 방법에 죽을힘을 다해 매진해야겠다는 생각이 들면 무척 불안하고 초조했다. 암묵적인 방식이 아니라면 다른 인물들이 그에 대해 서로 대화를 나누도록 할 수는 없었다. 그것은 희곡이 이용할 수 있고 또 이용해야 하는 축복받은 방식으로, 소설의 길과는 완전히 정반대의 길을 따라 아주 탁월하게 통일성의 효과에 이른다. 다른 인물들의 경우 기본적으로 그에게 중요한 사람(그가 그들에게 중요한 사람인 경우만이 아니라)이 아니라면 딱히 해야 하는 역할은 없었다. 그럼에도 자비로운 섭리에 따라 나의 이야기가 잡동사니가 될 예정이기라도 한 것처럼 그에게는 여러 관계가 존재했다. 오직 암묵적으로 그리고 중요한 문제라는 듯이 다른 인물들이 서로 그에 대해 이야기하도록 만든다면, 적어도 그 역시 무엇이 되었든 해야 할 이야기를 그들에게 할 수도 있다. 마찬가지로 그것을 통해 누릴 수 있는 호사를 하나 더 덧붙인다면 그런 방식으로 내가 얻을 수 있는 것, 혹은 어쨌건 그가 얻을 수 있는 것과, '자서전'이라는 말할 수 없이 편안한 형식 간의 뚜렷한 차이를 확실히 분간할 수도 있을 것이다. 주인공에게 그렇게 집중하려고 한다면 그런 '형식'을 그냥 단숨에 삼켜서, 그의 목에 고삐를 걸되『질 블라스 이야기』나『데이비드 코퍼필드』에서처럼 느슨하게 퍼덕거리게 하는 것은 왜 안 되느냐는 질문이 나올 수도 있겠다. 그러니까 그렇게 주체이자 대상이 되는 이중의 특권을 주인공에게 부여하면 적어도 수많은 문제들을 일거에 쓸어 버릴 수 있는 이점은 있으니까 말이다. 내 생각에 그에 대한 대답은, 그런 식의 굴복은 어떤 귀중한 분별을 할 각오가 되어 있지 않을 때나 일어나는 것이다.

그런 식으로 사용된 '일인칭 시점'은 작가가 암묵적인 독자인 우리에게 직접 말을 거는 식이므로, 영국의 전통을 보면 아무리 잘된 경우라도 비판받을 가능성을 거의 감안하지 않은 채 결국 너무나 느슨하고 모호하게, 그리고 존경심이라고는 거의 없이 독자를 상대한다. 반면『대사들』에서 이루어진 식으로 사로잡혀 제공된 스트레더는, 우리가 고지식하고 어수룩하게 입을 딱 벌리고 바라보기 때문에 스스로 자각하는 것보다 더 엄격하고 더 유익한 적절함을 항상 염두에 두어야 한다. 간단히 말해 자신을 드러내는 일에 있어서 극도의 **수월함**을 금해야 한다는 표현상의 요구에 부응해야 하는 것이다. 그래서 마음을 털어놓을 한두 사람을 불가피하게 그에게 붙여

줌으로써, 어떤 사실에 대해 한 무더기의 설명을 늘어놓는 기존 소설의 관습과 단호하게 결별하는 일이 나의 우선적인 관심사였다고 말한다 해도 내 방식의 차별성을 주장하기에는 충분하지 않을 수도 있겠다. 그저 사실 지시적인 내용으로만 이루어진 덩어리를 중간중간 박아 놓는 그런 관습은 현대 독자들의 부족한 인내심에 수치를 안길 만큼 빽빽한 발자크의 작품 곳곳에 무성하게 널려 있지만, 실제 일반 독자들의 약한 위장으로 소화시키기엔 그저 너무 끔찍스러울 뿐이다. 어쨌든 '보충 설명을 위해 앞의 사건을 다시 상기하는 일'에는 물론 요즘 독자들의 요구 이상이 필요하지만, 독자들 역시 이해를 하거나 대충이라도 감을 잡아야 한다는 작품의 요구를 무슨 일이 있어도 견뎌야 한다. 그리고 그것이 충족되었다 하더라도 특히 편집해서 나열하는 방식에 길들여진 현재의 사고방식이 그것을 제대로 이루기에는 역부족이라는 문제가 있다. 이러한 이유들이 나름 근거가 있기는 하지만, 그 어느 것도 소설이 시작하자마자 스트레더의 친구 웨이마시를 열렬히 붙잡거나 그에 못지않게 마리아 고스트리에게도 달려들었던 주된 이유는 아니다. 게다가 기본적으로 고스트리 양은 스트레더의 친구라는 명분조차 없었는데도 말이다. 그녀는 오히려 작품의 구성상 분명히 그에게 친구가 필요했기 때문에 등장한 독자의 친구라고 할 수 있다. 그리고 그녀는 작품의 처음부터 끝까지 본받을 만할 정도로 전심을 다해 그 역할을, 정말이지 오직 그 역할만을 수행한다. 그녀는 의미를 명료하게 하기위해 정식으로 등록된 직접적인 안내자이다. 결국 그녀는 얼굴에 쓴 마스크를 찢어 버리고는 인형을 조종하는 끈 중에서도 정말로 전혀 거칠 것 없는 줄이 되는 것이다. 잘 알려져 있다시피 — 모른다 하더라도 우리 주변에 그 증거가 널려 있지 않아서는 아닐 테니까 — 극작가가 지닌 기교의 반 정도는 그런 줄을 어떻게 사용하느냐에 달려 있다. 그러니까 그로부터 도움을 받고 있다는 사실을 얼마나 철저히 감추느냐에 달려 있다는 것이다. 웨이마시의 경우 전 과정에 걸쳐 내 주제보다는 그 주제를 다루는 방식에 조금 더 중점을 두고 있다. 이와 관련해 흥미로운 사실은 필요한 만큼 고스트리 양을 열정적으로 엮어 넣으려면 드라마를 이룰 만한 주제를 정하기만 하면 된다는 것이다.

이런 점에서 『대사들』의 재료는 그 직전에 출판된 『비둘기의 날개』의 재료와 똑같이 완벽한 드라마의 소재로 보였다. 그래서 이 뉴욕판의 출판으로 서문격의 글에서 『비둘기의 날개』에 대한 견해를 밝힐 기회가 생겼을 때 그 작품의 장면이 지닌 일관성을 주로 강조해야 했던 것이다. 매우 이상한 방식이긴 하지만, 책장을 넘기며 봤을 때는 장면으로 제시되는 부분이 너무 없는 듯 보이는 바로 그런 방식으로 그 미덕을 가장한다. 하지만 지금 우리 앞에 있는 『대사들』과 마찬가지로 그 작품 역시 정확하게 두 부분으로 나누어진다. 하나는 장면을 준비하는 부분, 사실 그 준비가 지나치다 싶은 경향도 있는 부분이고 다른 하나는 그 준비를 정당화하고 완성하는 부분, 달리 말하면 바로 장면이다. 그 작품 안에서 장면(당연하지만, 논리적으로 시작해서 논리적인 변화를 거쳐 논리적으로 종결되는 식으로 제공된, 모든 문제를 다루는, 기능적으로 완결된 그런 장면이 아니라)이 아닌 부분은 모두 그와 구별되는 준비의 과정이고 이미지의 융화이자 종합이라고 분명하게 말할 수 있을 것이다. 이런 식의 변주가 작품 초반부터 『대사들』에 알맞은 형식과 형태로 눈에 띄었다. 다시 말하지만, 그렇게 해서 고스트리와 같은 대리인이 이미 높은 보수를 받기로 약속이 된 상태에서 숄을 걸치고 각성제를 손에 들고는 바람이 횡횡 지나가는 무대 옆 대기 장소에서 기다리게 된 것이다. 그녀가 해야 할 역할이 분명해졌고, 그녀가 런던에서 스트레더와 저녁을 함께하고 연극을 보러 갔을 때쯤에는 인형의 끈으로서의 역할도 충분히 정당화되었다. 그 덕분에 우리는 스트레더의 '과거'라는 묵직한 문제 전체를 장면을 통해서, 오직 장면을 통해서만 다룰 수 있었고, 그래서 다른 어떤 방법보다 더 순조롭게 그 일을 해 나갈 수 있었다. 나는 꼭 있어야 하는 어떤 사실들을 가장 명료하고도 생생하게 제시하기 위해 있는 힘을 다했다. 적어도 그랬기를 바란다. 두세 명의 가까운 친구들이 모두 편리하고 유용하게 제대로 움직이는 것을 지켜봤을 뿐 아니라 그보다 덜 중요한 다른 인물들이 비록 아직은 좀 흐릿하지만 작품을 더욱 풍요롭게 만들기 위해 움직이기 시작한 것이 눈에 띄기도 했다. 여기서 지금 문제가 되는 그 장면, 그러니까 울렛의 전 상황, 그리고 그의 가치를 활력 있게 끌어내고 그의 본질을 증류하듯 뽑아내게 될 그곳으로 우리의 주인공을 몰아간 복잡하게 뒤섞인 여러 힘들이 아주 평범하고 전반적으로 나타나는 장면이 정말이지 아주 뛰어난 **표준적인** 장면이라는 점을 무엇보다 강조하고 싶다. 방대하고 포괄적이고, 따라서 절대 짧지 않지만, 임무의 수행에 있어서는, 그러니까 그 시점에 존재하는 모든 것을 표현하는 그 임무의 수행에 있어서는 정각을 알리는 시계의 종소리만큼이나 단호하다.

부차적인 지위의 인물이 가지는 '인형의 끈'으로서의 특성은 내내 가능한 만큼 솜씨 좋게 위장된다. 마리아 고스트리와의 표면적인 관계나 연고에서 드러나는 연결 부분이나 이음새를 특히 신경 써서 처리하고 적절하게 매만지고 나면, 그러니까 '연결해 붙인' 자국이 나타나지 않도록 무척 신경을 쓰고 나면 틀림없이 이 인물은 최고의 발상에서 나오는 위엄 같은 것을 어느 정도 지니게 된다. 예술적 과정이 자유롭게 전개되기 시작하면, 작품에 푹 빠진 작가로서는 정확히 가늠할 수 없지만 그럼에도 분명한 즐거움의 원천들이 그로부터 얼마나 많이 샘솟을 것인지, 또 그에 쉽게 물드는 독자와 비평가들에게 절대 무시할 수 없는 '재미'를 선사할 풍부한 샘물이 얼마나 많이 퐁당거리며 솟아날 것인지 느낄 수 있다. 어디서, 어떻게, 그리고 왜 고스트리 양과의 가짜 관계에 그에 마땅한 반짝거리는 광택을 입히고 마치 진짜인 듯 계속 끌고 가는가라는, '창작과 관련'되면서 동시에 비평적이기도 한 문제에 얼마나 섬세한 관심과 재미가 있는지를 보여 주는 것이다. 예를 들어, 그것이 단지 형식의 일관성을 위한 예술적 편의라는 사실이 작품의 마지막 '장면'에서처럼 분명하게 나타나는 경우도 없다. 그 장면의 역할은 무엇이든 새로이 제공하거나 덧붙이는 것이 아니라 그 자체의 문제가 아니면서 이미 다 결정되고 정해진 그런 것들을 가능한 한 생생하게 표현하는 것이다. 하지만 모든 예술이 표현이고 생생함을 추구하므로, 여기에서 원하는 만큼은 얼마든지 가장하는 방법을 찾을 수 있다. 정말이지 이것은 방법이 최고로 세련되어 황홀경에 이른 것이다. 그래서 그 속에서, 혹은 그것이 너무나 생기발랄하게 발휘된 상황에 빠져 있을 때에는 더욱 확실히, 길을 잃지 않도록 정신을 바짝 차려야 한다. 그에 적합한 지능을 계발하고 그러한 감각이 작용하도록 하는 일은 바로 창조된 어떤 외양의 양가성, 그러나 어찌해 볼 수 없는 의미의 모호함은 아닌 그런 양가성에서 매력을 발견하는 일이다. 내 주제가 다루는 문제와는 아무 상관이 없지만 그 문제를 제시하는 방법과는 무엇보다 관련성이 높은 관계를 상상을 통해 주인공에게 부여하면서도, 그것을 아주 가까이에서 그리고 가능한 한 가장 경제적인 표현을 사용해 정말 중요하고 본질적인 관계인 양 다루는 것, 그러면서도 어느 하나 엉망으로 망가뜨리지 않는 작업을 해 나가다 보면 금방 깊숙이 몰입하게 된다. 비록 그 모든 것이 여전히 표현과 관련된 호기심과 표현에 있어서의 품위라는 일반적인 문제의 한 부분일 뿐임을 곧 알아차리게 되더라도 말이다.

장면을 만들기 위해 기울인 노력을 열심히 강조했는데, 이 책을 꼼꼼히 다시 읽다 보니 특별한 관심으로 정성을 쏟은 다른 종류의 노력 또한 내 주의를 끌었다는 점도 덧붙이고 싶다. 다시 말해 제대로 다루어지면 장면이 아닌 부분들도 서로 연관되고 구분되면서 그 훌륭한 특성과 매력이 나름의 의미를 지니고 그 임무를 확실히 수행할 수 있다는 것을 알게 되었다. 대체로 기분 좋은 그러한 방식으로 앞선 사실을 직접 확인하게 되자, 재현이라는 문제의 가능한 여러 다양성과 표현상의 효과적인 변화와 대비와 관련하여 그것이 시사해 주는 바가 무한했다. 이런 생각이 들면 비평 삼아 자유롭게 앞서 목격한 불가피한 일탈(너무나 아끼는 원래의 이상으로부터의 일탈)이라는 문제를 자세히 살펴보고 싶어진다. 그러한 교묘한 배신은 아무리 기탄없이 이루어졌다 하더라도 가장 원숙한 계획에조차 분명히 영향을 끼치게 될 것이다. 그래서 최근의 작품을 다시 살펴보면 거기에는 항상 그런 증거가 잔뜩 들어 있기는 하지만, 그러한 점에서 『대사들』은 내게 도움이 될 것들을 무궁무진하게 제공할 것이다. 여기서 나의 마지막 발언에 또 다른 의미를 추가해야겠다. 방금 잠깐 살펴본 다른 쪽 경향과 관련해 스트레더가 채드 뉴섬과 처음 만나는 대목은 의심할 바 없이 분명히 장면적이지 않은 형식을 입증하긴 하지만 적어도 내 의도에 있어서는 역시 무엇보다 단호하게 재현적인 효과를 노렸다는 사실을 지적하고 싶다. 어떤 주어진 상황에서 '오고 간' 것을 빠짐없이 아주 면밀하게 기록하다 보면 불가피하게 어느 정도는 장면의 특성을 띠게 된다. 하지만 지금 언급한 대목은 바로 그렇게 전달되었기 때문에 여기서 표현적 호기심과 표현상의 품위가 상당히 다른 종류의 법칙으로 추구되고 또 도달된다. 결국 이것의 진짜 본질은 채드의 전 면모와 그 존재에서 그것을 직접적으로 제시할 가능성이 손상되고 감소되었다는 사실, 그러니까 그 비중상의 잇점이 훼손되었다는 사실이 이 작품의 배반 행위를 이루었다는 것이다. 그 결과 한마디로 작가가 그와 맺는 관계의 경제성 전체가 중요한 시점에서 재조정되어야 했다. 하지만 비평적 시각으로 봤을 때 이 작품은 가장되고 회복된 손실들, 눈에 안 띄게 어느새 이루어진 만회, 복원하는 강렬한 일관성 등이 이처럼 감동적일 만큼 가득하다. 뜻 모를 방식으로 행해진 측면 공격, 그러니까 지금까지는 한 번도 시도된 바 없는 특이한 시각에서 매미 포콕이 호텔 살롱에서 아무것도 하지 않은 채 보낸 한 시간을 독자가 그저 지켜보는 식의 지름길에 의해, 정해진 대로, 그리고 내 생각에 제대로 실감 나게 제시되었다고 할 수밖에 없는 방식으로 그녀가 온전한 행위자로 고양되는 광경, 다시 말해 화창하고 따뜻한 파리의 오후에 튈리 공원이 내려다보이는 발코니에 서서 자신의 입장과 관련해 당면한 문제를 골똘히 생각하는 그 광경을 우리가 지켜보는 그런 대목들이, 장면적이지는 않으면서도 그에 대비되어 장면을 새롭게 하는 이점을 지니고 여기저기에서 모습을 드러내는 재현적 미덕의 두드러진 예라고 하겠다. 더 나아가 대비된 그 두 가지가 똑같이 작용함으로써 이 작품이 강렬함을 얻고 그것이 결과적으로 상당히 극적인 지점 — 물론 극적인 상황은 모든 강렬함의 총합이긴 하지만 — 에 이른다고도 말할 수 있을 것이다. 혹은 극적인 상황과 나란히 놓인다 하더라도 전혀 두려울 것이 없다고 할 수도 있다. 사실 나는 그러한 일종의 과도함 앞에서 몸을 사리지 않으려고 의식적으로 노력했다. 그 안에 담긴 교훈을 위해서 오히려 그것을 감수했다고도 할 수 있다. 그 교훈이란 지금 내 앞에 놓인 작품이 그것이 제기하는 흥미로운 질문들에 대해 모두 남김없이 대답했다는 것이 아니라, 제대로 인도하기만 하면 소설은 지금도 여전히 가장 독립적이고 가장 탄력적이면서 그 무엇보다 놀라운 문학적 형식이라는 사실이다.

1부

1

호텔에 도착하자마자 스트레더가 처음으로 한 질문은 그의 친구와 관련된 것이었다. 그러나 웨이마시가 분명 저녁 전에 도착하지 않을 것임을 알게 되었을 때에도 당혹스럽지만은 않았다. 호텔 사무실에 문의하자 '절대 시끄럽지 않은' 방을 요구하는, 답신에 대한 값까지 지불된 웨이마시의 전보를 그에게 건네주었고, 따라서 리버풀이 아닌 체스터에서 만나기로 한 합의는 유효한 셈이었다. 하지만 그에게는 나름의 원칙이 있었기에 조금 더 기다린다 해도 실망스럽지 않을 터였다. 웨이마시가 부둣가에 마중 나오기를 딱히 원하지 않았고, 그렇게 그를 만나는 기쁨을 몇 시간 늦춘 것도 그 원칙에 따른 것이었다. 아무리 못해도 저녁은 함께할 것이었고 각별한 웨이마시를 생각하면 ─ 그 자신은 그렇지 않더라도 ─ 이후 서로 만날 기회가 충분치 않으리라는 염려는 거의 없었다. 두 사람 중 지금 막 배에서 내린 편에게 위에서 언급한 원칙은 완전히 본능적인 것이었다. 그러니까 그렇게 오래 떨어져 지냈던 친구와 드디어 얼굴을 마주하는 일이 즐겁기는 하겠지만, 그 얼굴이 항구에 들어서는 배에서 처음 마주치는 유럽의 '분위기'가 되어 버린다면 일을 좀 그르치게 될 거라는 첨예한 인식에서 나온 것이었다. 아무리 잘해 봐야 이미 다른 모든 것들과 더불어 그 얼굴이 내내 넘치도록 유럽의 분위기가 될 것이라는 우려가 스트레더에게는 있었다.

이렇게 좀 더 만족스럽게 일을 처리한 덕에, 배에서 내렸을 때의 분위기는 수년간 맛보지 못했던 개인적인 자유로움이었다. 성급한 희망이 지나치게 어리석은 것이 아니라면 자신의 모험이 멋진 성공으로 수놓아질 게 확실한 듯이 변화를 만끽했고, 무엇보다 당분간 신경 쓸 사람도 신경 쓸 일도 없는 자유로움을 충분히 맛보고 있었다. 배에서 편하게 — 지금까지 그에게 가능한 만큼은 — 어울렸던 사람들이 있었지만 그들은 대부분 배에서 내리자마자 곧바로 런던으로 가는 흐름에 뛰어들어 사라졌다. 여관에서 조용히 만나자거나 리버풀의 아름다움을 '둘러보는 데' 그의 도움을 들먹인 사람도 있었다. 그러나 그는 그 모두에게서 몰래 도망쳐 어떤 약속도 지키지 않았고 그 누구도 다시 만나지 않았다. 자신과는 달리 누군가 '만나 주는' 것을 운이 좋은 것이라고 여기는 사람들이 얼마나 많은지를 무심히 떠올렸다. 사람들과 마주치거나 배에서의 사교에 다시 빠지지 않고 그냥 조용히 피해 다녔고, 누군가와 어울리기보다는 혼자 독립적으로 당장 해야 할 실질적인 일을 하면서 오후와 저녁 시간을 보냈다. 이렇게 머지 강변¹⁾에서 오후와 저녁을 보내며 유럽의 분위기를 어지간히 맛볼 수 있었는데, 대단한 양은 못 되었지만 적어도 물 탄 듯 멀겋지는 않았다. 사실 그는 웨이마시가 이미 체스터에 와 있을지도 모른다는 생각에 눈살을 찌푸리기도 했다. 자신이 이곳에 일찌감치 '자리 잡고' 있었다면 그동안 그와의 만남을 간절히 바란 것으로 보이기는 힘들기 때문이었다. 그러나 스트레더라는 인물은 주머니에 평상시보다 많은 돈이 있는 걸 알고 신이 날 때면, 돈을 어떻게 쓸까 궁리하기 전에 한동안 그것을 만지작거리면서 괜스레 유쾌하게 쩽그랑 소리를 내는 그런 부류였다. 웨이마시에게는 배가 도착한 시간을 대충 얼버무릴 생각이었다. 친구가 몹시 보고 싶기는 하지만 동시에 그 만남을 미루고 혼자 있는 시간을 즐긴다는 이 사실부터 그가 실제로 수행해야 할 임무가 절대 단순한 성격이 아님을 일찌감치 보여 준다고 할 수 있을 것이다. 아예 처음부터 털어놓자면 가엾은 스트레더는 이중의 의식이라는 특이한 짐을 지고 있다. 그의 열정 속에는 초연함이, 무관심 속에는 호기심이 있었다.

　친구의 이름을 똑떨어지게 발음한 유리 부스 안의 젊은 여성에게 그의 이름이 적힌 연한 핑크색 종이를 카운터 위로 건네받고 돌아서는 순간 그는 현관에서 단호하게 자신을 응시하는 여성과 눈이 마주쳤다. 상큼한 젊은 나이도 아니고 두드러지게 곱지도 않지만 두 가지가 잘 어우러진 그 모습을 최근

---

1) 리버풀이 접해 있는 강.

에 어디선가 봤다는 생각이 들었다. 잠시 그들은 서로를 마주 보며 서 있었다. 그러자 언제 어디서 봤는지 기억이 떠올랐다. 그 전날 앞서 묵었던 여관에서 보았더랬는데, 그녀는 거기서 도 지금처럼 로비에서 같은 배를 탔던 사람들과 잠시 어울리고 있었다. 사실 그때 그녀와 아무 일도 없었기 때문에, 그때 처음 본 그 얼굴이 그에게 어떤 의미가 있었는지, 지금 그녀를 알아본 것은 또 무슨 이유에서인지 알 수는 없었다. 어쨌든 그녀 편에서도 그를 알아본 듯해 상황은 더욱 불가사의할 뿐이었다. 하지만 그녀가 처음 건넨 말은 고작 웨이마시에 대한 것이었다. 그가 웨이마시에 대해 물어보는 것을 우연히 듣고는 실례가 안 된다면 혹시 그분이 코네티컷 밀로스 출신의 미국인 변호사인 웨이마시 씨인지 궁금해졌다는 것이다.

"아, 맞습니다." 그가 대답했다. "아주 유명한 내 친구이지요. 나를 만나러 멜버른에서 여기로 오기로 했으니 이미 와 있을 거라고 생각했어요. 하지만 좀 더 있어야 도착할 것 같으니 그를 기다리게 하지 않아 다행입니다. 그를 아시나요?" 스트레더가 말을 맺었다.

말을 마치고 나서야 그는 자신이 그녀의 질문에 얼마나 열렬히 호응하고 싶었는지를 알았다. 그에 대답하는 그녀의 말투도 그렇지만 얼굴 표정에서 살랑거리는 무언가, 그러니까 분명 평상시에도 언제나 어른거릴 빛 이상의 어떤 면이 그 점을 말해 주는 듯했다. "밀로스에서 만난 적이 있어요. 오래전에 거기서 얼마간 살았거든요. 거기 살던 친구가 그분과 아는 사이라 댁에 찾아간 적이 있어요. 저를 기억할 거라고 장담은 못

하겠네요." 스트레더가 새로 알게 된 여성이 말을 이었다. "하지만 다시 만나 뵙고 싶어요." 그러고는 덧붙였다. "아마 그럴 수 있겠죠. 저도 여기 머물 거니까." 우리의 주인공이 그 말을 이해하는 동안 그녀는 잠깐 말을 멈췄는데, 마치 이미 많은 얘기를 나눈 듯했다. 두 사람은 심지어 살짝 미소를 띠기까지 했고, 스트레더는 웨이마시를 보는 게 필시 어렵지 않을 거라고 바로 말해 주었다. 하지만 이 말에 부인은 자신이 너무 주제넘었다는 생각이 든 모양이었다. 그녀는 무슨 문제든 마음에 담아 두는 법이 없는 것 같았다. "아!" 그녀가 말했다. "그분은 아무래도 상관없을 거예요!" 그러고는 곧바로 먼스터 부부를 알지 않느냐고, 리버풀에 있을 때 자기와 함께 있었던 먼스터 부부를 알지 않느냐고 물었다.

그러나 사실 그는 이 상황을 더 진전시킬 만큼 그들을 잘 알지 못했다. 그래서 그들은 마치 수저만 놓인 대화의 밥상에 마주 앉은 셈이 되었다. 그녀가 앞서 그들을 알 만한 맥락을 제공하긴 했지만 그것은 음식을 놓았다기보다 차라리 없애 버린 셈이었고 이제 더 이상 내놓을 음식이 없는 듯했다. 그럼에도 두 사람에겐 바로 자리를 뜨려는 기색이 없었다. 그 결과 오히려 초면에 인사치레도 없이 시작했던 상황을 기정사실화하면서 서로를 받아들이는 모양새가 되었다. 두 사람은 함께 로비를 따라 걸어갔는데, 스트레더의 동행은 불쑥 이 호텔에 정원이 있어서 좋다고 말했다. 이즈음 그는 자신의 기이한 모순을 의식했다. 배에서 사람들과 가까이 하는 것을 피하고 웨이마시를 갑자기 만나는 충격을 완화하려 애썼으면서 이 갑작스런 상황에서는 그러한 거리낌과 경계심을 모두 던져 버린 셈이니까. 자신이 애써 구하지 않았던 이러한 보호 아래 심지어 호텔 방에 올라가기도 전에 정원으로 들어섰던 것이다. 게다가 십 분도 안 되어 바로 몸단장을 하고 내려와 믿을 만한 자신감을 풍기는 그녀를 거기서 다시 만나기로 약속했다. 그는 시내 구경을 하고 싶었으니 함께 다닐 수 있을 것이었다. 마치 그녀가 주인이어서 그를 손님으로 맞은 것만 같았다. 그 장소를 잘 알기 때문에 말하자면 그녀는 주인이라 할 수 있었고, 그래서 스트레더는 유리 부스 안의 여성에게 유감스러운 눈길을 주었다. 마치 그 여성이 자기 자리를 바로 뺏겼다는 생각이라도 했다는 듯이 말이다.

십오 분쯤 지나 그가 다시 내려왔을 때 주인 격인 그녀가 본 것, 혹은 좋게 봐주는 그녀의 시각에 들어왔을 법한 것은 아마 중년보다는 좀 더 나이가 있고 중간 키에 마르고 약간 느슨해 보이는 인물이었다. 쉰다섯 살의 그를 보았을 때 가장 먼저 눈에 들어오는 면모는 일단 상당히 핏기 없는 다갈색의 얼굴빛과, 전형적인 미국식의, 덥수룩하게 늘어진 짙은 색의 무성한 콧수염이었다. 머리숱은 여전히 많지만 여기저기 흰머리가 보이고, 코는 과감하고 거리낌 없이 솟아 있는데 곧은 콧날과 섬세하다 할 코끝이 어느 정도 그 인상을 누그러뜨리고 있었다. 이 섬세한 콧마루를 타고 앉은 안경과, 코 바로 아래쪽에서 턱까지 곡선을 이루고 있는 콧수염을 따라 유별나게 깊게 패인 주름, 시간이 오랜 시간을 들여 그려 놓은 그 선이 그의 얼굴 구조를 완성하는 데 일조했다. 주의 깊은 관찰자라면 스트레더와 만나기로 한 상대방 여성의 시각에 이 모두가 빠짐없이 기록되고 있음을 알아차릴 수 있었을 것이다. 그녀는 무척이나 산뜻하고 부드러우면서 신축성 있고 가벼운 장갑을 끼고 만반의 준비가 된 모습으로 정원에서 그를 기다리고 있었다. 그 정도로 단장한 모습까지 예상하지 못했던 그로서는 물기 머금은 영국의 햇빛 아래 매끄럽고 자그마한 잔디밭을 걸어 그녀에게 다가가는 동안 그것이 그런 상황에 적합한 모범이라고 생각했을지도 모른다. 이 여성은 수수하지만 완벽한 몸가짐과 값비싸지만 잘 조절된 고급스러움을 지니고 있었다. 그로서는 마음대로 분석할 수 없었지만 상당히 새로운 자질로 느껴졌으므로 즉각 강한 인상을 받았다. 가까이 다가가기 전에 그는 잠깐 잔디 위에 멈춰서 혹시 뭔가를 잊고 나왔나 확인하듯 팔에 걸친 얇은 겉옷을 더듬는 시늉을 했다. 하지만 그것은 시간을 벌기 위해 자기도 모르게 한 동작에 불과했다. 스트레더로서는 그 순간 자신이 무엇인가를 새로 시작한다는 사실만큼 신기한 일도 없었을 텐데, 그 무엇이 그의 과거와 상당히 동떨어져 있을 뿐 아니라 말 그대로 바로 그때 그 자리에서 시작되는 것이라 더욱 그러했다. 사실 그것은 이미 위층에서, 칙칙한 침실의 어둑한 창문을 묘하게도 더욱 가리는 듯했던 화장대 거울 앞에 서 있을 때 시작되었다. 지금까지는 스스로 마음이 동해서 그렇게 한 적이 없을 만큼 세심하게 외양의 이런저런 요소들을 살필 때 이미 시작된 것이다. 그러면서 그 요소들이 원하는 만큼 마음대로 안 된다고 느꼈는데, 그 문제야말로 지금 곧 하려는 일에서 해결책이 나오리라 결론 내렸다. 런던에 올라갈 참이니 모자나 넥타이는 그때 어떻게 해 볼 수 있으리라. 경기가 잘 풀리는 날의 공처럼, 더구나 그만큼 멋지게 잘 잡은 공처럼 곧장 그에게 날아든 것은, 새로운 친구 자체가 나타내는 잘 보고 잘 골랐다는 기분이었다. 그 막연한 질감과 양감을 스스로 얻어 냈다는 기분이었고, 종합해 봤을 때 그것들은 정말 운 좋게 낚아챈 이득으로 보였다. 확실히 그녀는 그의 말에 대꾸할 때도 그랬지만 맨 처음 말을 걸었을 때부터 거창하게 격식을 차리는 일이 없었기 때문에 그가 그녀에게서 받은 인상을 그려 본다면 그것은 아마 '흠, 어느 모로 보나 훨씬 교양이 넘치는군!'이었을 것이다. '누구보다 훨씬?'이라는 질문이 따라 나올 필요도 없는 것이, 그가 이미 비교 대상을 깊이 의식하고 있었기 때문이다. 아무튼 완전히 미국인 말투에다, 낯선 신비로움은커녕 소화 불량에 시달리는 웨이마시와의 관계를 요란하게 내보인 친숙한 미국인이었음에도 그녀는 더 품격 있는 교양을 만끽하게 해 주겠다는 약속을 확실히 해 주었다. 잠깐 멈춰 서서 겉옷을 뒤진 것은 그 점을 확신했기 때문이었고, 덕분에 그의 눈은 그녀에 대해 그동안 그녀가 그를 보면서 알아낸 것 이상으로 알아낼 수 있었다. 그녀는 거의 말도 안 될 정도로 어려 보였다. 하지만 순탄하게 살았다면 서른다섯도 가능할 것이었다. 그녀도 그와 마찬가지로 이목구비가 뚜렷하고 창백했다. 모르는 사람이 둘을 비교해 봤을 때 얼마나 공통점이 있다고 여길지 그로서야 당연히 알 수 없을 테지만 말이다. 둘 다 멋지게 살짝 그을린 피부색에 말랐지만 탄탄했다. 연륜이 깃든 얼굴과 시력 교정용 안경, 다른 부분에 비해 지나치게 큰 코, 우아하게 살짝 비치든 마구잡이로 보이든 둘 다 흰머리도 있으니 모르는 사람이 그들을 남매간이라 한대도 전혀 얼토당토않은 일은 아닐 것이다. 이 공통 기반 위에도 차이점은 여전히 있을 수 있었다. 여동생의 입장에서는 그런 오빠와의 사이에 얼마든지 존재하는 간극을 분명 알고 있었고 오빠로서는 여동생과 관련해 역시 얼마든지 놀랄 만한 일이 있는 것이다. 그러나 다른 한편 스트레더의 새 친구가 장갑을 매끈하게 매만지는 동안 그가 지켜본 바에 따르면, 사실 그녀의 눈에서 주로 비친 것은 놀라움이 아니었다. 그 눈은 마치 어떤 식으로든 이미 다뤄 본 적이 있는 인간 재료를 다루듯 숙달된 솜씨로 위아래로 재어 보더니 곧장 그를 파악했다. 미리 말해 두자면 사실 그 눈의 소유자는 이미 파악된 수백의 사례와 범주들을 머릿속에 따로 담아 두고 있는 데다 편의에 따라 재분할하는 데도 아주 능숙했다. 풍부한 경험에, 마치 식자공이 활자를 뿌리는 듯한 거침없는 손놀림으로 아는 사람들을 분류하는 것이다. 스트레더가 젬병인 만큼이나 그녀는 이쪽 방면으로 잘 갖춰져 둘이 완전 정반대였기 때문에, 그가 이 점을 충분히 의심했다면 관계를 시작하는 일을 꺼렸을 수도 있다. 얼마나 의심했건 실제로는 그와 반대로 약간 의식의 동요를 겪은 뒤 곧바로 기꺼이 거기에 수동적으로 몸을 맡겼다. 정말이지 그는 그녀가 얼마나 아는 것이 많은지, 무엇을 아는지 알았다. 자신이 모르는 것을 알고 있음을 알아챘고, 일반적으로 여성에게서 그런 점을 인정하는 게 쉽지 않았지만 지금은 마치 짐을 벗기라도 하듯 기분 좋게 그렇게 한 것이다. 안경 너머 그의 눈은 어찌나 차분한지 아무것도 주시하지 않고 멍할 때조차 인상이 달라 보이지 않을 정도였다. 얼굴 표정은 다른 곳에서, 곧 표면과 결, 형태로부터 나왔고 감수성의 표식도 거의 마찬가지였다. 안내인 격인 그녀의 앞에 섰을 때 그는 방금 언급한 잠깐 사이에 그녀가 마음껏 사고 능력을 활용해 자신에 대해 더 많은 것을 알아냈음을 곧 알아챘다. 직접 이야기하지 않았고 아마 결코 이야기하지 않을 아주 사적인 면까지 알아낸 것이다. 알게 된 시간에 비해 상당히 많은 이야기를 나눴음을 모르는 바는 아니었지만 그것이 진짜배기 이야기는 아니었다. 그런데 말하지 않은 진짜배기 중의 얼마간을 그녀가 간파한 것이다.

거리로 나가려면 다시 호텔의 로비를 지나야 했는데, 거기서 그녀는 이렇게 물으며 그를 멈춰 세웠다. "제 이름이 뭔지 찾아보셨나요?"

그는 웃으며 걸음을 멈출 수밖에 없었다. "그럼 내 이름은 찾아봤어요?"

"아, 그럼요, 당신이 방으로 올라가자마자요. 사무실에 가서 물어봤죠. 당신도 그렇게 했어야 하는 거 아닌가요?"

그가 의아하다는 듯이 물었다. "당신이 누군지 알아보라고요? 높이 올라앉은 저 젊은 여성분이 우리가 이미 서로 안면을 텄다는 걸 아는데도요?"

재밌어하면서도 약간 움찔하는 그를 보고 이번에는 그녀 쪽에서 웃었다. "그러니까 더욱 그래야 하는 거 아닌가요? 내가 누군지도 모르는 남자하고 걸어가는 걸 그녀가 이미 다 본 걸요. 만약 저한테 해가 될까 봐 걱정하는 거라면, 저는 전혀 상관없어요." 그녀가 말을 이었다. "어쨌든 제 명함을 드릴게요. 사무실에서 또 물어봐야 할 게 생겼으니까 당신은 내가 없는 사이에 그걸 좀 연구하시면 되겠네요."

작은 손가방에서 꺼내어 내민 작은 종이를 그가 받아 들자 그녀는 자리를 떴고, 그는 그녀가 돌아오기 전에 그녀에게 줄 명함을 손가방에서 꺼냈다. 그녀의 명함에는 그저 '마리아 고스트리'라고 적혀 있고, 미국이 아니라는 점 외에 달리 말해 주는 바가 없는 파리의 한 거리로 보이는 주소와 번호가 한 귀퉁이에 적혀 있었다. 그는 명함을 조끼 주머니에 넣고 자신의 것은 눈에 보이게 손에 들었다. 문기둥에 기대어 서서 호텔 앞쪽으로 펼쳐진 광경을 바라보고 있자니 문득 어떤 생각이 떠오르며 얼굴에 미소가 번졌다. 마리아 고스트리가 누구이건, 정말이지 어떤 사람인지 전혀 알지 못하는데도 어느새 그녀의 명함을 소중히 보관해 두다니 분명 우스운 일이었다. 그러나 왠지 지금 집어넣은 그 작은 표지를 잘 간수해야 한다는 확신이 들었다. 딱히 특별한 데 시선을 두지 않고 앞쪽을 멍하니 바라보면서 자신의 행위가 어떤 함의를 갖는지 추적해 보았고 그게 불충하다는 결론을 내려야 하는지 자문했다. 너무 순식간에 일어났고 심지어 너무 이르다고 할 수도 있었으니, 누군가 그것을 봤다면 어떤 표정을 지을지는 거의 의심할 바가 없었다. 하지만 이것이 '잘못이라면' 그럼 아예 여기 나오지 말았어야 하는 것 아닌가. 가련한 스트레더는 심지어 웨이마시를 만나기도 전에 이미 이런 생각에 이른 것이다. 지켜야 할 선이 있다고 믿었는데 서른여섯 시간도 안 돼서 그 선을 넘고 말았다. 마리아 고스트리가 돌아와 쾌활하면서도 단호한 목소리로 '자, 그럼.'이라고 말하며 그를 세상 속으로 이끌자, 그는 자신이 예의범절 차원에서, 더 나아가 심지어 도덕 차원에서 얼마나 앞서가 버렸는지를 더욱 절실히 느꼈다. 그것도 그렇고 한 팔에는 겉옷을 다른 한 팔에는 우산을 걸고 명함을 엄지와 검지 사이에 다소 뻣뻣하게 낀 채 그녀와 나란히 걸어가면서, 상대적으로 봤을 때 이제야 세상사에 처음 발을 들여놓는다는 기분이 들었다. 리버풀은 '유럽'이 아니었다. 아니, 전날 밤의 무시무시하면서도 즐겁고 인상적이었던 밤거리도 지금 동행하는 이 여성이 제공하는 만큼의 유럽은 아니었던 것이다. 그런데 몇 분쯤 함께 걸어가는 중에 이 점이 무엇보다 확연히 드러나게 되었다. 그녀가 두세 번 그를 곁눈질하는 것을 보고 장갑을 끼라는 뜻인지 망설이고 있는데 그녀가 재미있다는 듯이 불쑥 이렇게 핀잔을 주는 것이었다. "그런데 그건 왜 집어넣지 않으세요? 그렇게 꼭 붙들고 있는 걸 보면 아주 맘에 드는 것 같긴 하지만. 그렇게 들고 다니시려면 영 불편할 테니 저한테 도로 주셔도 상관없어요. 만드느라 돈도 많이 들었으니까요!"

그제야 그는 두 가지 사실을 알아챘다. 명함을 든 채 걸어가는 그를 보고 그녀는 자신은 아직 가늠하지 못했지만 앞으로 그들의 관계가 나아가야 할 방향과 어긋난다고 생각했다는 것. 그리고 그의 손에 들린 명함을 자신의 명함으로 생각했다는 것이다. 그래서 그는 보상이라도 하듯 명함을 건네주었다. 그녀는 받자마자 다른 명함임을 알았고 그것에 눈길을 둔 채 사과할 셈으로 걸음을 멈췄다. "이름이 맘에 들어요." 그녀가 말했다.

"아." 그가 대답했다. "그런 이름은 못 들어 봤을걸요!" 그러나 들어 보지 못했을 거라고 완전히 확신할 수 없는 이유가 있었다.

아, 너무 훤히 보였다! 마치 정말 처음 본다는 듯이 그녀가 이름을 다시 읽었다. "루이스 램버트 스트레더 씨." 거의 모르는 사람 이름처럼 그렇게 거리낌 없이. 하지만 그녀는 이름이 마음에 든다고 다시 말했다. "특히 루이스 램버트가 좋아요. 발자크 소설의 제목이잖아요."

"아! 알아요!" 스트레더가 말했다.

"하지만 소설은 아주 형편없죠."

"그것도 압니다." 스트레더가 미소 지었다. 곧바로 덧붙인 말은 영 뜬금없었지만 단지 표면상으로만 그랬다. "전 매사추세츠의 울렛에 살아요." 뜬금없어서든 다른 무엇 때문이든 그 말에 그녀는 웃었다. 발자크는 소설에서 많은 도시를 그렸지만 매사추세츠의 울렛을 다룬 적은 없었다. "마치 곧장 최악의 사실을 알려 주고 싶은 사람처럼 말씀하시네요." 그녀가 대답했다.

"아, 그 정도는 이미 알아낸 줄 알았는데요." 그가 말했다. "생긴 게 분명 그렇고, 말투도 그렇고, 거기 사람들 말마따나 그렇게 '행동'하는 것 같거든요. 워낙 눈에 띄어서 보자마자 확실히 알 수 있었을 텐데요."

"최악의 것 말씀이신가요?"

"음, 내 출신지 말이에요. 어쨌든 얘기했습니다. 그러니까 나중에 무슨 일이 있든 내가 솔직하지 않았다는 말은 못 하겠죠."

"알겠어요." 그런데 고스트리 양은 그가 강조한 그 점에 정말 관심이 있는 듯했다. "그런데 무슨 일이 일어날 거라고 생각하시는 거예요?"

평상시와 달리 수줍어하지는 않았지만, 스트레더는 그녀의 시선을 피해 눈길을 돌렸다. 이는 말할 때 그가 자주 하는 행동이기도 했는데, 그렇다고 말이 영향을 받는 법은 없었다. "글쎄요, 내가 가망 없다는 걸 알게 되겠죠." 그 말과 함께 그들은 다시 걷기 시작했고, 걸으면서 그녀는 가장 '가망 없는' 미국인이야말로 보통 자신이 가장 좋아하는 부류라고 말했다. 온갖 종류의 소소하지만 유쾌한 일들, 하지만 그에게는 대단하기만 한 소소한 일들이 이 특정한 분위기 속에서 피어났다. 이 상황이 아직은 요원한 문제와 너무 밀접한 관계가 있으므로 이 자리에서 자세하게 다 알려 줄 수는 없다. 하지만 두세 가지 설명은 하고 넘어가야겠다. 오래전에 끊어진, 뚱뚱해진 도시의 허리띠 같은 성벽을 시에서 세심하게 반쯤 복구해 관리하고 있었다. 구불구불한 그 성벽이 평화로운 몇 세대를 거치며 반들반들해진 흉벽 사이로 좁게 한 줄로 나아가다가 여기저기 헐린 성문이나 무너져 내린 곳을 이은 다리를 만나 다시 뚝 끊어지기도 했다. 높아졌다가는 갑자기 낮아지고 계단을 따라 올라가다가 또 계단을 따라 내려오고, 이상하게 구부러진 곳이 있는가 하면 이상하게 만나는 곳도 있었다. 아늑한 거리를 내다볼 수도 있고 박공 바로 아래에서 내려다보면 성당 첨탑이나 강변의 들판, 뒤죽박죽인 영국 읍내와 질서정연한 영국 시골 풍경을 구경할 수 있었다. 이 모두가 스트레더에게 말로 표현할 수 없을 정도로 커다란 즐거움을 주었다. 하지만 내면의 어떤 이미지가 그만큼 깊숙이 그것들과 뒤섞여 있었다. 아주 오래전, 스물다섯 살 나이에 이 길을 걸은 적이 있었다. 그러나 그 때문에 지금의 즐거움을 망쳤다기보다는 오히려 현재의 감정이 한결 풍부해져서 누군가와 나눌 수 있을 정도로 아주 생생하게 되살아났다. 그것을 함께 나눠야 할 사람은 웨이마시였으므로 스트레더는 지금 그의 마땅한 몫을 빼앗은 셈이었다. 그는 자꾸 시계를 보았고, 다섯 번째 시계를 보았을 때 고스트리 양이 지적하며 말했다.

"지금 뭔가 옳지 않은 일을 하고 있다고 생각하시나 봐요."

너무나 정확히 짚었기 때문에 그는 얼굴이 붉어지며 어색하게 웃었다. "내가 그렇게까지 즐기고 있다는 건가요?"

"마땅히 즐겨야 할 만큼 즐기시는 것 같지는 않은데요."

"알겠어요." 그가 사려 깊게 동의하는 모습을 보였다. "이렇게 대단한 특권을 가지고도 말이죠."

"아, 특권 문제가 아니에요. 저하곤 아무 상관도 없어요. 당신 얘기죠. 당신이 뭘 못하는 건 전반적인 문제예요."

"아, 그것 봐요!" 그가 웃었다. "그게 바로 울렛의 문제입니다. 그게 아주 전반적이에요."

"제 얘기는, 즐기지 못한다는 거예요." 고스트리 양이 설명했다.

"내 말이 그 말이에요. 올렛은 즐겨도 되는 건지 확신을 못 해요. 확신할 수 있다면 즐기겠죠." 스트레더가 말을 이었다. "하지만 가엾게도 즐기는 방법을 알려 줄 사람이 올렛에는 없어요. 나와는 달리 말이죠. 난 알려 줄 사람이 있잖아요."

그들은 산책 중에 눈에 보이는 것을 감상하느라 중간중간 발길을 멈췄고 그때 멈춰 선 두 사람 위로 오후의 햇살이 내리쬐고 있었다. 스트레더는 오래된 석조 누벽의 높은 쪽에 기대 섰다. 그 누벽에 등을 대고 서서, 그 위치에서 멋지게 보이는 성당의 첨탑을 바라봤다. 대체로 네모지지만 부차적으로 첨탑과 덩굴무늬 장식을 더한 높은 적갈색 건물이었다. 새로 고치고 복구한 것이긴 했지만 그해 처음 찾아온 제비들이 주변을 빙빙 날고 있는 성당의 모습이 오랫동안 완전히 닫고 지냈던 그의 눈에 아주 아름다웠다. 고스트리 양은 만사를 이해한다는 태도를 한껏 풍기며 그의 주변을 서성였는데, 사실 그럴 자격이 있음은 갈수록 분명해 보였다. 그녀가 스트레더의 말에 거의 수긍하며 말했다. "정말 그런 사람이 있단 말이군요." 그러고는 덧붙였다. "저한테도 그 방법을 가르쳐 주셨으면 좋겠네요!"

"아, 난 당신이 좀 무서워요!" 그가 쾌활하게 대꾸했다.

그녀는 자신의 안경과 그의 안경을 뚫고 즐거움이 담긴 예리한 시선으로 그를 바라봤다. "아, 그렇지 않아요! 다행히도 전혀 그렇지 않아요! 제가 무서웠다면 우리가 이렇게 금세 여기 나오게 되진 않았겠죠." 그녀가 간단하게 결론지었다. "절 믿는 거예요."

"그럼요! 하지만 그래서 두려운 거예요. 믿지 않는다면 개의치도 않겠죠. 이십 분 만에 완전히 당신 수중에 들어갔잖아요." 스트레더가 말을 이었다. "아마 당신에겐 아주 익숙한 일이겠지만 내게는 이보다 더 이상한 일은 결코 없었어요."

그녀가 다정함이 가득한 눈으로 그를 보았다. "그건 당신이 절 알아봤다는 뜻인데, 분명 드물고도 멋진 일이에요. 내가 어떤 사람인지 알아본 거죠." 그러나 그가 그런 주장을 받아들일 수 없다는 듯 유쾌한 표정으로 고개를 저었기 때문에 그녀는 약간 설명을 덧붙여야 했다. "지금까지 해 온 만큼만 앞으로 계속 해 나간다면 어쨌든 알게 될 거예요. 내 운명이란 게 정말 파란만장했는데 지금까지는 그냥 따라왔어요. 전 '유럽'의 전반적인 안내자예요, 모르시겠어요? 사람들을 기다리고 서로 연결해 주죠. 차를 태워 데려가고 내려 주고. 일종의 고급 '여성 가이드'이지요. 대체로는 동행하는 친구이고요. 말씀드린 것처럼 사람들을 데리고 여기저기 다니니까요. 굳이 하려는 건 아닌데 일이 나한테 와요. 그래서 일종의 운명이 되었고 운명이니 받아들여야죠. 이렇게 악한 세상에서 이런 얘기하기가 좀 끔찍하긴 하지만 당신이 보다시피 내가 모르는 일은 정말 없어요. 별의별 가게에 물건 가격도 다 알지만 그보다 나쁜 것도 알지요. 우리 민족의 의식, 다른 말로 하면, 어차피 같은 얘기이지만, 민족이라는 거대한 짐을 등에 지고 다니는 셈이에요. 민족이라는 게 내 어깨에 지고 다니는 남녀 개개인이 아니면 무엇이겠어요? 특별히 뭘 바라고 하는 일이 아니에요. 예를 들면, 아시겠지만 어떤 사람들처럼 돈을 바라고 하는 일이 아니라고요."

스트레더로서는 놀랍다는 듯이 그 얘기를 들으며 부디 적절한 반응을 보일 수 있기를 바라는 수밖에 없었다. "하지만 그렇게 많은 손님에게 관심을 보여야 하니 그냥 좋아서 한다고 하기도 힘들겠군요." 그는 잠깐 뜸을 들였다. "어떻게 보상을 해야 하나요?"

이번엔 그녀 쪽에서 잠깐 머뭇거렸다. 그러나 결국 '안 해도 돼요!'라고 대꾸하고는 다시 걸음을 옮겼다. 그렇게 계속 걸어가던 중, 여전히 그녀의 말을 생각하고 있었음에도 몇 분 지나지 않아 그는 다시 한번 시계를 꺼내 보았다. 기계적으로, 무의식적으로, 그리고 냉소적이면서 낯설었던 그녀의 위트에 너무 신이 난 탓에 마치 불안해지기라도 한 것처럼 말이다. 그래서 시계를 보았지만 제대로 시간을 본 것도 아니었는데, 그의 동행이 말을 거는 바람에 다시 멈춰 섰다. "당신은 정말 그를 두려워하는군요."

그는 자기가 봐도 거의 처량한 미소를 지었다. "내가 왜 당신을 두려워하는지 이제 알겠죠?"

"제 놀라운 통찰력 때문에요? 하지만 그건 다 당신을 돕기 위한 거예요!" 그녀가 덧붙였다. "당신이 해서는 안 될 일을 한다는 생각을 하고 있다고 말한 것도 바로 그 때문이고요."

그는 다시 걸음을 늦췄고, 더 듣고 싶다는 듯이 성벽에 몸을 기댔다. "그럼 거기서 날 빼내 줘요!"

그 호소에 반색하며 그녀의 얼굴이 환해지더니, 당장 무슨 조치를 취해야 할 것처럼 눈에 띄게 고민하기 시작했다. "기다리는 일에서요? 아님 아예 그를 만나는 일까지?"

"아, 아니요, 그게 아니에요." 가련한 스트레더가 심각한 표정으로 말했다. "기다려야 하고, 또 정말 만나고 싶어요. 그게 아니고 공포로부터 말입니다. 방금 전에 정확히 짚었잖아요. 일반적인 문제이지만 특정한 경우를 통해서 나타나요. 지금 이 경우가 그렇고요. 난 항상 뭔가 다른 것을 생각해요. 그러니까 지금 이 순간의 문제가 아닌 다른 걸요. 그 다른 것에 대한 강박이 나의 공포예요. 예를 들어 지금도 당신이 아닌 다른 걸 생각하고 있다는 겁니다."

그녀는 사랑스럽게도 열심히 들었다. "아, 그러면 안 돼요!"

"그건 나도 알아요. 그렇게 안 되도록 해 줘요."

그녀가 생각을 이어 갔다. "나한테 그 일을 맡기는 게 진정 당신이 '주문'하는 일인가요? 당신 자신을 맡길 수 있겠어요?"

불쌍한 스트레더는 한숨을 쉬었다. "그렇게 할 수만 있다면야! 그런데 그게 망할 일이에요. 그게 도저히 안 되거든요. 도대체 할 수가 없어요."

하지만 그녀는 낙담하지 않았다. "하지만 원하기는 하는 거죠?"

"그거야 말할 나위도 없지요!"

"아, 그럼, 당신 편에서 노력만 해 준다면!" 그러더니 그녀는 바로 그 자리에서, 자신의 표현에 따르면, 그 일을 '맡았다.' "날 믿어요!" 그녀가 외쳤다. 왔던 길을 되짚어 가는 중에, 자비롭지만 의존적인 부모뻘 되는 사람이 젊은이에게 '친절하고' 싶을 때 하듯이 그녀의 팔짱을 낌으로써 그는 이를 곧 행동에 옮겼다. 호텔이 가까워졌을 때 이 팔을 뺀 것은, 함께 많은 이야기를 나눈 지금에 와서 나이의 문제나 아니면 적어도 경험의 문제에 ─ 그 점에 있어서는 얼마간은 이미 거리낌 없이 넘나들었으니 ─ 들어서였을 수도 있었다. 좌우간 호텔 현관이 보일 때쯤 두 사람이 어지간한 거리를 두고 있었던 것은 다행이었다. 그들이 떠날 때 유리 부스에 앉아 있던 젊은 여성이 마치 그들을 기다리듯 현관 문턱에서 두 사람을 보고 있었기 때문이다. 그녀 곁에는 그 태도로 보아 그녀 못지않게 흥미를 가지고 다가오는 두 사람을 바라보는 이가 있었는데, 그 모습에 스트레더는 이미 몇 번이고 그랬듯이 걸음을 뚝 멈추었다. 그에게는 멋진 허세가 잔뜩 담긴 듯한 말투로 고스트리 양이 '웨이마시 씨'라고 불렀고, 그렇게 그는 자신에게 분명 닥칠 일이었고 그녀가 없었다면 정말로 닥쳤을 무시무시한 운명의 정체를 밝히는 일을 그녀에게 맡겼다. 반가운 환영의 분위기를 미루고 잠시 그를 응시하면서 상황을 이해하고자 하는 웨이마시의 시선을 받으며 그 어느 때보다 절감할 수밖에 없었던 바, 웨이마시야말로 진정 즐길 줄 모르는 사람이라는 느낌이 심지어 그 멀리서도 스트레더에게 밀려왔던 것이다.

2

하지만 그날 저녁 스트레더는 그녀에 대해 아는 바가 거의 없음을 친구에게 고백해야 했다. 웨이마시와 직접 대면한 그녀가 이런저런 명쾌한 암시와 여러 질문을 던지고, 밖에서 저녁을 함께하고, 달빛 아래의 성당을 보기 위해 그녀는 이미 다 해 본 시내 산책까지 하면서 그의 기억을 상기시켰지만, 밀로스에 살았고 먼스터 부부도 아는 웨이마시 역시 그 공백을 메울 수 없다고 자인해야 했다. 그는 고스트리 양을 전혀 기억해 낼 수 없었다. 이미 웨이마시가 더 직접적으로 느꼈을 테지만, 스트레더가 보기에 그의 지인들에 대해 그녀가 던진 두세 개의 질문 역시, 지금으로서는 정보란 정보는 모두 이 신기한 여성이 차지하고 있다는 인상을 줄 뿐이었다. 스트레더는 그녀와 웨이마시가 어느 정도까지 어울릴 수 있을지 그 한계를 확인하는 것이 참으로 흥미로웠는데, 특히 그 한계가 전적으로 웨이마시 쪽에 있다는 인상을 받았다. 이에 그가 거쳤던 훨씬 짧은 과정을 돌이켜 보며 자신은 그녀와의 관계에서 너무 많이 나갔다는 느낌이 더 강해졌다. 그가 곧 확실하게 파악한 사실이라면, 말하자면 웨이마시는 그녀와 어떤 방식으로 관계를 맺든 그녀로부터 아무것도 얻지 못하리라는 점이었다.

세 사람은 일단 통성명을 한 후 로비에서 오 분가량 함께 담소를 나누었다. 그리고 고스트리 양이 잠시 자리를 비운 사이 두 남자는 정원으로 자리를 옮겼다. 그리고 적당한 때가 되어, 미리 잡아 두었고 앞서 외출하기 전에 일부러 둘러보기도 했던 친구의 방으로 함께 갔다. 한 삼십 분 정도 있다가 역시 사려 깊게 그 방을 나왔다. 그리고 곧바로 자신의 방으로 갔는데 기분 탓인지 들어서자마자 방 크기가 부당하게 작다는 느낌이 들었다. 그렇게 바로 친구와의 재회에서 생겨난 첫 결과를 맛볼 수 있었던 것이다. 앞서 커 보였던 방이 이제는 너무 작아 보였다. 어떤 벅찬 감정이라고 인정하지 않는다면 유감스러울 뿐 아니라 어쩌면 거의 부끄러울 수도 있을 그런 마음으로 재회를 기다렸고, 또 만나고 나면 결국엔 그 감정이 해소되리라 암묵적으로 가정했다. 그런데 묘하게도 오히려 마음이 들떠 가라앉질 않았다. 그리고 그 들뜬 상태, 사실 이름을 붙이려 해도 곧바로 정확한 이름을 대기 어려웠을 그 감정 때문에 다시 아래층으로 내려와 몇 분간을 공연히 서성거렸다. 스트레더는 다시 정원으로 나갔다. 그러곤 라운지로 들어섰다가 고스트리 양이 거기서 편지를 쓰고 있는 것을 보고 다시 나왔다. 안절부절못하고 이리저리 돌아다니며 시간만 낭비했다. 하지만 밤이 오기 전에 친구와 좀 더 속내를 나누어야 할 것이었다.

이 문제가 미진하게나마 해결될 기미가 보인 것은 다 늦어서, 즉 스트레더가 웨이마시와 위층에서 한 시간쯤 보내고 나서였다. 그에 앞서 그들은 저녁 식사 직후 달빛 아래에서 산책을 하며 꽤 긴 시간을 보냈다. 스트레더 편에서는 두툼한 겉옷이 없다는 단순한 이유로 낭만적인 효과에 대한 기대가 다소 재미없게 끝나 버리고 만 산책이었다. 그렇게 밤이 늦어서야 이야기를 나누게 된 것은 웨이마시 때문이었다. 그의 표현에 따르면 그들의 '화려한 친구'로부터 벗어난 후 흡연실에 가려고 했으나 흡연실이 웨이마시의 마음에 들지 않았고, 그렇다고 바로 잠자리에 들기는 더 싫다고 했기 때문이다. 그가 입버릇처럼 하는 말이 자기 자신을 잘 안다는 것인데, 이때도 잠을 못 이룰 것이 확실하다면서 또 그 얘기를 들먹였다. 자신을 잘 알기 때문에, 잠자리에 들기 전에 제대로 몸을 노곤하게 만들지 않으면 밤새 뒤척일 것이 확실하다는 것이었다. 이러한 목적을 이루기 위해 들인 노력 중에 늦은 시간까지 스트레더를 잡아 놓는 일, 즉 할 이야기를 다 하기 위해 그를 붙잡아 두는 일이 들어 있었는지는 알 수 없다. 하지만 우리의 주인공의 눈에 비친 웨이마시의 모습, 침대 끝에 셔츠 바람으로 걸터앉은 그가 만들어 내는 풍경은 그저 수양하는 모습에 다름없었다. 그는 긴 다리를 뻗치고 커다란 등은 한껏 구부린 채 믿기 어려울 만큼 오랫동안 팔꿈치와 턱수염을 번갈아 가며 어루만지고 있었다. 그 모습은 너무 지나치게, 어찌 보면 일부러 스스로를 불편하게 만드는 것처럼 느껴졌다. 하지만 이것이야 말로 호텔 현관에 언짢은 표정으로 서 있던 그를 보았던 순간 부터 확연해진 분위기가 아니고 무엇이겠는가? 심리적 불편 함은 어떤 면에서 가당찮고 근거도 없지만 또 다른 면에서는 전염성이 있었다. 그 스스로 그것에 익숙해지든지 아니면 웨 이마시 자신이 익숙해지지 않은 다음에야, 기껏 마련해서 확 고히 해 놓은 유쾌한 기분을 위협하게 될 것만 같았다. 그가 친구를 위해 잡아 놓은 방에 처음 같이 올라갔을 때에도 웨이 마시는 아무 말 없이 방을 둘러보고는 한숨을 쉬었다. 습관적 인 불만의 표시가 아니라면 그것은 적어도 더할 나위 없는 행 복감을 가망 없이 만드는 것으로 보였다. 게다가 그 표정은 지 금까지 지켜본 행동의 대부분을 설명하는 실마리가 되어 거듭 나타났던 것이다. 이로부터 그가 이해하게 된 사실은, '유럽'은 여태껏 웨이마시에게 하고자 했던 이야기를 전달하지 못했다 는 것이다. 그는 유럽과 잘 어울리지 못했고 석 달이 지난 지금 에 이르러서는 그러한 기대를 거의 접었다고 할 수 있었다.

정말이지 눈에 어떤 기운을 가득 담고 거기 꼿꼿이 앉아 있는 것만으로도 그 점을 주장하는 듯이 보였다. 어쩐지 유럽 과의 실패가 다종다양한 방식으로 존재하는 마당에 한 가지 를 고쳐 봐야 소용없음을 그 자체로 알려 주는 것이었다. 그 는 크고 잘생긴 두상에 약간 누렇고 주름진 큰 얼굴을 가졌 다. 관상학적으로는 전체적으로 눈에 띄게 대단해 보이는 인 상이었다. 정치가들에게 많이 보이는 얼굴 위편의 넓은 이마 와 숱이 많고 부스스한 머리, 짙은 검은색 눈동자는 이제 그로부터 한참 떨어져 너무나 다른 판단 기준을 지닌 세대에게도 조각이나 흉상 등으로 익숙한, 19세기 중엽에 활약했던 민족의 위인들의 인상적인 모습을 떠올리게 했다. 인물로 보자면 미국 정치인, 그것도 미국 혁명기 국회 의사당에서 단련되었을 법한 정치인 유형이었는데, 스트레더가 그를 처음 알게 되었을 때 강력하고 전도유망한 인물이라는 인상을 받았던 것도 그 때문이었다. 나중에 들은 바로는 얼굴 아래편이 다소 유약해 보이면서 살짝 비뚤어져서 그러한 정치가 이미지를 버려 놓았다고 했다. 그것이 그가 턱수염을 기른 진짜 이유인데, 그 내막을 모르는 사람이라면 오히려 그것이 그의 이미지를 망친다고 볼 수도 있었다. 그는 갈기 같은 그 턱수염을 흔들고, 경탄할 만한 눈매로 청중이나 관객을 사로잡았다. 안경은 쓰지 않았고, 선거구민을 대하는 국회의원처럼 누가 다가오면 매우 뚫어지게 바라보는 경향이 있었는데 무시무시하기도 하지만 상대방을 고무하는 면이 있었다. 그의 태도는 마치 당신이 문을 두드렸고 자신이 들어오라고 허락했다는 투였다. 스트레더는 그를 오랫동안 못 보았기 때문에 지금 새로운 시각으로 이해했고 아마 지금처럼 비할 바 없이 정당하게 평가한 적은 없었을 것이다. 정치가에게 요구되는 이상으로 머리는 커 보였고 눈매는 더 예리해졌다. 하지만 그것은 결국 그 직업 자체가 원래 겉으로 드러나게 되어 있다는 이야기일 뿐이었다. 한밤중에 가스등이 이글거리는 체스터의 침실에서 그의 모습이 주장하는 바는, 수년을 그 직업에 몸담고 있다가 너무 늦기 전에 빠져나왔기 때문에 그나마 전반적인 신경 쇠약을 가까스로 면했다는 것이다. 그러나 스트레더의 생각으로는, 그 자신이 동의하기만 한다면 밀로스에서 이해하는 식의 풍요로운 삶을 증명하는 이러한 삶이 웨이마시에게는 물 만난 물고기가 될 수도 있는 환경이었다. 아아, 그러나 침대 끝에 앉아 일시적이어야 할 자세를 계속 고집하고 있는 그의 완고함만큼 물 만난 고기와 동떨어진 것도 없으리라. 그 모습을 보자 그의 친구는 오래 지속될수록 그를 항상 불안하게 했던 어떤 것, 가령 기차 객차에서 몸을 앞으로 기울인 채 앉아 있는 사람이 떠올랐다. 바로 그런 자세로 끝까지 앉아서 웨이마시는 유럽의 고난을 견뎌 낼 것이었다.

미국에 있을 때는 일로 인한 스트레스도 많고 업무도 과중한 데다 각자 바쁘고 걱정거리도 많았으므로, 지금처럼 비록 짧은 기간이나마 이전에 비해 거의 당황스러울 정도로 편안한 생활을 갑작스럽게 갖기 전에는 하루 시간을 내어 만나는 일도 어려웠다. 얼마간은 바로 그 때문에 친구의 모습이 스트레더에게 특히 도드라져 보였을 것이다. 초반에 눈에 띄었지만 이후로는 보지 못했던 점들이 다시 보였다. 절대 잊을 수 없는 부분들은 뭔가를 기대하듯 자기 집 문간에 다소 도전적으로 무리 지어 앉아 있는 가족과 비슷한 인상을 주었다. 방이 길이에 비해 폭이 좁은 데다 그가 침대에 앉아 슬리퍼 신은 발을 있는 대로 뻗치고 있었기 때문에, 스트레더가 가만히 앉아 있지 못하고 의자에서 일어나 연신 왔다 갔다 할 때마다 거의 걸려 넘어질 정도였다. 두 친구는 함께 이야기할 것과 이야기해서는 안 되는 것들을 정해 놓았는데, 특히 후자 중 한 가지가 칠판에 분필을 탁탁 두드리는 양 또렷해졌다. 웨이마시는 서른 살에 결혼했고 별거를 시작한 지 십오 년이 되었다. 그래서 부인 얘기는 꺼내지 말아야 한다는 점이 가스등의 이글거리는 불빛처럼 선명하게 타올랐다. 여전히 별거 중인 데다, 그가 아는 바로 그의 부인은 호텔에 머물거나 유럽을 여행하며 얼굴에 진한 화장을 하고 남편에게 모욕적인 편지를 썼는데, 웨이마시는 또 그걸 빼놓지 않고 다 읽었다. 그러나 친구의 삶의 그쪽 영역에 내려앉은 냉랭한 황혼을 존중해 주는 데는 어려움이 없었다. 그것은 도저히 알 수 없는 영역이었고 웨이마시도 그에 대해 도움이 될 만한 얘기를 하는 일은 전혀 없었다. 가능한 한 모든 영역에서 그를 가장 정당하게 평가하기를 원하는 스트레더로서는 특히 이 점에 있어서 품위 있는 과묵함에 찬사를 보내지 않을 수 없었고, 모든 근거를 다 따져 보고 살펴봤을 때 그 점이 그들의 지인들 중에서 그가 성공한 축에 드는 근거라고 보기까지 했다. 웨이마시, 그는 성공한 사람이었다. 과로와 탈진에도 불구하고, 눈에 띄게 왜소해졌고 부인의 편지를 감당해야 하고 유럽을 좋아하지 않는다는 사실에도 불구하고 말이다. 스트레더 자신의 사회적 경력에 저 훌륭한 침묵만큼 멋진 것이 있었다면 부질없다는 느낌이 덜했을 것이다. 웨이마시 부인 같은 사람과는 그냥 쉽게 헤어질 수도 있었다. 그런 식으로 부인에게서 버림받았다는 비아냥거림을 덮어 버림으로써 확실히 자신의 이상을 지킬 수도 있을 것이다. 그러나 그 남편은 입을 다물었고 많은 돈을 벌었다. 그가 이룬 일 가운데 특히 이것이 스트레더가 부러워하는 점이었다. 우리 주인공 역시 침묵하는 문제는 있었고, 그 점은 스스로도 잘 알았다. 하지만 그것은 다른 종류의 문제였고, 그의 수입은 누구에게든 꿀리지 않고 당당히 내세울 수 있는 정도에 이른 적이 없었다.

"자네가 왜 굳이 와야 했는지 잘 모르겠네. 이렇다 하게 아픈 데가 있어 보이지도 않는구먼." 웨이마시가 드디어 입을 열었을 때 그것은 유럽에 관해서였다.

"글쎄." 스트레더가 가능한 한 그에게 맞춰 주며 말했다. "떠나고 나니 정말 별로 아프지 않긴 해. 하지만 떠나기 전에는 완전히 녹초였지."

웨이마시는 울적해 보이는 얼굴을 들었다. "평균적인 상태는 유지하고 있었던 게 아니었나?"

딱히 의심하는 말투는 아니었지만 여하튼 이는 터놓고 진실만을 말하자는 부탁 같았고, 따라서 스트레더에게는 정확히 밀로스의 목소리로 들렸다. 사실 대놓고 드러낼 엄두를 내지는 못했지만 그는 오래전부터 밀로스의 목소리가 심지어 울렛의 목소리와도 다르다고 여겨 왔다. 그의 생각에 진짜 전통을 계승하는 것은 밀로스였다. 예전에도 그 목소리로 인해 잠깐 당황한 적이 있었는데, 무슨 이유에서인지 문득 지금이 그랬다. 어쨌든 그 당황스러움으로 인해 그가 다시 말을 얼버무리게 되었다는 건 가볍게 넘길 문제가 아니었다. "자네를 만나서 상태가 아주 좋아진 사람한테 그런 말은 좀 너무하지 않나."

웨이마시는 말 없이 무심한 눈길을 세면대에 고정했다. 그 눈길은 말하자면 울렛 사람이 그런 칭찬을 하다니 뜻밖이라는 표정이라고도 할 수 있었다. 그래서 스트레더는 자신이 다시 한번 울렛의 화신이라도 된 기분이었다. 그의 친구가 곧 말을 이었다. "내 말은 자네 모습이 지금까지 내가 봐 온 것보다 그렇게 나빠 보이지 않는다는 얘기야. 마지막으로 봤을 때보단 오히려 좋아 보이는군." 이렇게 말하면서도 웨이마시는 그 모습에는 여전히 눈길을 주지 않았다. 본능적으로 예의를 갖추느라 그런 듯했고, 그래서 여전히 세숫대야와 물동이를 바라보며 이렇게 덧붙였을 때 그 효과는 더 강렬했다. "그때보다 살이 붙은 것 같은데."

"그랬을 거야." 스트레더가 웃었다. "많이 집어넣으면 아무래도 살이 붙지. 아마도 타고난 능력 이상으로 너무 많이 집어넣었나 봐. 배를 탈 무렵엔 정말 기진맥진했더랬지." 그 말이 이상할 만치 쾌활하게 들렸다.

"여기 도착했을 때 나도 파김치였네." 그의 친구가 맞받았다. "그런데 지금 내가 기진맥진해진 건 바로 정신없이 휴식을 찾아다녀서야. 사실은 말이야, 스트레더. 아, 어쨌든 자네가 여기 와서 내가 이 말을 해 줄 수 있는 게 얼마나 다행인지. 정말로 그것 때문에 자넬 기다렸는지는 모르겠지만 말이야. 기차에서 만나는 사람마다 이런 얘기를 하는데, 어쨌든 이런 식의 나라가 나에게 맞는 나라는 아니야. 여기서 다녀 본 나라 중에서 도대체 나한테 맞는 나라는 만나 보질 못했어. 아름다운 장소가 수없이 많고 오래된 근사한 것들이 있다는 걸 부정하는 게 아니야. 문제는 어딜 가도 나와 맞는다는 느낌이 들지 않는다는 거지. 그래서 여기서 내가 얻은 게 거의 없는 거겠지. 잔뜩 기대했던 의식의 고양 같은 건 아직 맛도 보지 못했네." 그리고 더욱 진지하게 외쳤다. "이보게, 난 돌아가고 싶어."

그는 자신과 관련된 얘기를 할 때는 상대방을 정면으로 바라보는 유형이기 때문에 이제 그의 눈은 스트레더를 향해 있었다. 따라서 스트레더는 친구를 뚫어지게 바라볼 수 있었고 그렇게 되자 그의 눈에 자신이 무척이나 유리한 입장에 있는 듯이 보였다. "일부러 자네를 보러 나온 친구한테 하는 말 치고는 퍽이나 다정한 말이군그래."

이 말에 웨이마시의 얼굴은 아주 미묘하게 심각한 빛을 띠었다. "일부러 나왔다는 건가?"

"음, 넓은 의미에서는 그렇지."

"자네가 편지에 쓴 걸로 봐서 그 뒤에 뭔가 있다고 생각했는데."

스트레더는 잠시 머뭇거렸다. "자네를 만나고 싶은 내 마음 뒤에?"

"자네의 탈진 뒤에 말일세."

머릿속에 뭔가 떠올라 얼굴에 어렸던 미소가 더 흐려진 스트레더가 고개를 흔들었다. "이유는 한두 가지가 아니야!"

"그중에서도 특히 자네가 여기 오게 된 특별한 이유는 없고?"

우리의 주인공은 드디어 그에 대해 성의껏 답할 수 있었다. "하나 있지. 내가 특히 여기 나오게 된 이유는 분명히 있어."

웨이마시는 잠시 기다렸다. "사적인 문제라 말하기 곤란한

가?"

"아니, 사적인 문제는 아닐세. 자네한테는 말이야. 단지 좀
복잡할 뿐이지."

"글쎄," 웨이마시는 좀 더 기다리다 다시 말했다. "내가 여기
서 정신이 나가 버릴 수 있긴 하지만 아직까지 그런 일은 없었
던 걸로 아는데."

"아, 모든 걸 다 알게 될 걸세. 하지만 오늘 밤엔 아니야."

웨이마시는 팔에 힘을 주며 몸을 좀 더 곧추세우는 듯했다.
"왜 안 되나? 어차피 난 잠도 못 자는데?"

"왜냐하면, 이 사람아, 난 잘 수 있거든!"

"그럼 자네의 탈진은 어떻게 된 건가?"

"바로 그거지, 내가 여덟 시간은 잘 수 있다는 거." 그러면
서 스트레더는 웨이마시가 '얻는 것'이 없다면 잠을 자지 않기
때문이라고 덧붙였다. 그 결과 자연스럽게 웨이마시는 스트레
더의 말을 인정하는 셈으로 이제 정말 잠자리에 들어야 한다
는 친구의 권유를 받아들였다. 스트레더는 강제적이지만 친절
하게 친구가 그 목적을 이룰 수 있도록 도와주었고, 불빛을 낮
추고 담요가 충분한지 살피는 작은 배려를 통해 그들의 관계
에서 자신의 역할이 좋은 쪽으로 더 많아졌다는 사실을 알았
다. 부자연스러울 정도로 어둑하고 커 보이는 침대 위의 웨이
마시는 마치 병원에서 이불을 잘 덮고 누운 환자 같았고 그렇
게 턱까지 이불을 끌어당기자 문제가 단순해지기라도 한 듯
왠지 그에 대해 관대해지는 기분이었다. 한마디로 막연히 안
됐다는 느낌이 들며 잠시 그 자세로 서 있는데 그 친구가 이

불 속에서 불쑥 질문을 던졌다. "부인이 정말 자네를 원하는 건가? 뒤에 있는 게 바로 그거야?"

친구의 통찰력이 이쪽을 향하게 된 것이 거북했지만 그는 질문 자체가 분명하지 않았으므로 약간 말장난을 했다. "내가 여기 나온 이유의 '뒤' 말인가?"

"자네의 탈진이든 뭐든 그 '뒤' 말일세. 알겠지만 부인이 자네를 아주 바짝 쫓고 있다는 감은 대충 잡았으니까."

스트레더는 금방 솔직해질 수 있는 사람이었다. "아, 내가 뉴섬 부인한테서 말 그대로 도망치고 있다는 생각인 건가?"

"자네가 어떤 사람인지 알고 있을 따름이야. 자넨 대단히 매력적인 남자야, 스트레더. 저 아래층 숙녀분이 어떻게 생각하는지 자네도 직접 확인하지 않았나." 그는 반어적인 투와 걱정하는 투의 중간쯤 되는 말투로 계속 주절거렸다. "자네 쪽에서 그녀를 원하는 게 아니라면 말일세. 뉴섬 부인이 여기 와 있나?" 그는 그녀가 겁이 나는듯 우스꽝스럽게 물었다.

이에 그의 친구는 희미하게나마 미소를 지었다. "천만에, 그녀는 미국에 안전하게 있네. 생각하면 할수록 다행한 일이지. 여기 올까 하는 생각도 했지만 그만뒀지. 그래서 말하자면 내가 대신 온 걸세. 자네가 제대로 추측했듯이 그런 점에서는 그녀 일로 온 셈이지. 그러니 온갖 문제가 얽혀 있다는 걸 알겠지."

웨이마시는 적어도 그 모두를 다 이해하려 했다. "그러니까 내가 언급한 그 특정한 일과 관련되어 있다는 거지?"

스트레더는 방을 한 바퀴 더 돌고 친구의 담요를 한 번 더 끌어올려 주고 나서 마침내 문 쪽으로 향했다. 모든 일을 제대로 마친 후 드디어 혼자 휴식을 취할 수 있게 된 간호사의 심정이었다. "지금 얘기를 시작하기에는 너무 많은 것들이 걸려 있네. 하지만 걱정 말아. 내가 다 얘기해 줄 테니까. 아마 나중엔 충분히 이해했다는 생각이 들게 될걸. 우리가 계속 함께한다면 그에 대한 자네의 인상이 내게 상당한 도움이 될 거야."

이러한 칭찬에 대한 웨이마시의 대꾸는 그답게 우회적이었다. "우리가 계속 함께할 거라고 믿지 않는다는 말 같군."

"그냥 그럴 위험도 있단 말일세." 스트레더는 아버지가 아들에게 하듯 말했다. "돌아가고 싶다고 우는 소리를 하는 걸 보니 그런 어리석은 일을 할 가능성도 있어 보이니까."

웨이마시는 다 큰 아이가 면박을 당하기라도 한 듯 잠시 말없이 그것을 받아들였다. "날 어쩔 셈인가?"

그것은 스트레더 자신이 고스트리 양에게 한 바로 그 질문이었는데, 자기 말도 저런 식으로 들렸을까 궁금했다. 그러나 그는 그녀보다는 분명하게 대답할 수 있었다. "바로 런던으로 데리고 갈 생각이네."

"아, 런던은 이미 갔다 왔어!" 웨이마시는 더욱 나직이 신음하듯 내뱉었다. "그곳에서 뭘 하든 내게는 아무 소용도 없네."

"글쎄, 나한테는 소용이 있을 것 같은데." 스트레더가 상냥하게 말했다.

"그래서 내가 가야 한다는 건가?"

"아니 그보다 더한 것도 해야 할걸."

웨이마시가 한숨을 쉬었다. "그럼 어디 한번 해 보든가! 그

대신 나한테 그런 걸 시키기 전에 다 말해 주기는 할 거지?"

우리의 주인공은 그날 오후 자신이 대뜸 물었을 때도 저렇게 보였을까, 우습기도 하고 후회도 들면서 그 생각에 골몰해 있었기 때문에 잠깐 맥락을 놓쳤다. "뭘 말해 줘야 한다고?"

"뭐긴, 자네가 해야 하는 일 말일세."

스트레더는 잠시 멈칫했다. "아니 그건 내가 말을 안 하려야 안 할 수가 없는 문제인걸."

웨이마시가 침울하게 쳐다봤다. "그렇다면 자네의 여행이 바로 부인을 위한 거라는 뜻이 아니고 뭔가?"

"뉴섬 부인 말인가? 아, 얘기했다시피 당연히 그렇지. 아주 그렇고말고."

"그럼 나를 위한 것이기도 하단 말은 왜 했나?"

스트레더는 조바심이 나서 문고리를 거칠게 움직였다. "간단하지. 자네와 그녀 둘 다를 위한 거네."

웨이마시는 결국 끙 하는 소리를 내며 돌아누웠다. "난 자네와 결혼할 건 아니네!"

"그 점이라면 나도 마찬가질세." 그 말과 함께 스트레더는 웃으며 이미 방을 나서고 있었다.

3

그는 고스트리 양에게 아마 오후 기차를 타고 웨이마시와 떠나게 될 것이라고 말했는데, 아침에 보니 그녀는 그 앞의 기차를 탈 계획인 모양이었다. 스트레더가 식당에 들어갔을 때 그녀는 이미 아침 식사를 마친 뒤였다. 그러나 웨이마시가 아직 나타나지 않았으므로 그들 사이에 합의된 사항을 상기시키고 그녀가 지나치게 신중했다고 말할 짬은 있었다. 그녀가 필요한 상황을 만들어 놓고 갑자기 사라져 버리는 일은 절대 해서는 안 된다고 말이다. 그녀를 본 것은 그녀가 창가의 작은 테이블에서 막 일어날 때였는데, 조간신문을 곁에 두고 식사하는 모습이 클럽에서 아침을 먹는 펜데니스 소령[2]을 연상시

---

2) 윌리엄 새커리(William Thackeray, 1811~1863)의 『펜데니스 이야기』 (1850)의 첫 장면.

킨다고 말해 주었고 그녀는 그 칭찬에 아주 고마워했다. 그는 무엇보다 간밤의 일로 초래된 압박감으로 인해 그녀가 없으면 안 된다는 사실을 깨닫기라도 한 양 사정하듯 그녀를 붙들었다. 떠나기 전에 여하간 유럽에서 하는 방식대로 아침을 주문하는 법을 가르쳐 줘야 하며 특히 웨이마시가 식사를 주문하는 일에 도움을 줘야 한다고 했다. 웨이마시는 절박하게 방문에 대고 비프스테이크와 오렌지와 관련된 무시무시한 책임을 그의 친구에게 떠넘겼는데, 고스트리 양은 명민한 지능과 어울리는 기민한 동작으로 그 일을 맡아 처리했다. 그녀는 이전에도 유럽에 있는 미국인들로 하여금 오랜 전통 — 그에 비하면 아침에 비프스테이크를 먹는 것은 아주 최근의 유행이라고 할 수 있었다 — 을 버리게 만들었고, 지금까지 겪은 일도 있고 해서 어차피 해야 할 일을 주저하는 사람은 아니라고 했다. 물론 곰곰이 생각해 보더니, 그런 경우 정반대의 방법을 선택할 때도 늘 있었다고 서슴없이 주장하기는 했지만 말이다. "그러니까 때로는 그냥 원하는 대로 하도록 내버려 두는 게……."

식사가 준비되기를 기다리는 동안 둘은 함께 정원에 나가 있었는데 그녀의 말투는 전보다 덜 직접적이었다. "그러면 어떻게 되는데요?"

"그렇게 하면 그들 사이에 아주 복잡한 관계가 발생해서 상황이 종료될 수밖에 없는 거죠. 우리가 보기엔 단순함일 수도 있지만요. 그럼 돌아가고 싶어지는 거예요."

"그게 당신이 원하는 거군요!" 스트레더가 유쾌하게 결론지었다.

"그들이 돌아가길 항상 원하죠. 그래서 가능한 한 빨리 돌려보내요."

"아, 알아요. 리버풀로 데리고 가는 거죠."

"태풍처럼 몰아칠 때는 어느 항구든 상관없어요. 별의별 일을 다 하지만 제가 송환 담당이잖아요. 황폐해진 우리 나라에 다시 사람들이 살게 하고 싶어요. 안 그러면 우리 나라가 어떻게 되겠어요? 다른 사람들은 돌아가지 말라고 말리고 싶고요."

스트레더는 상큼한 아침 공기에 가지런히 꾸며진 영국식 정원이 아주 마음에 들었다. 연중 습기가 많아 잘 다져진 촘촘하고 고른 자갈들이 발밑에서 달그락거리는 소리를 즐기며, 고르게 깎인 긴 잔디와 말끔하게 구부러지는 길을 한가로운 시선으로 둘러보았다. "다른 사람들이요?"

"다른 나라의 다른 사람들 말이에요. 우리나라 사람들은 그쪽으로 장려하고 싶고요."

스트레더는 의아했다. "오지 말라고 말이에요? 그럼 그들을 '맞이하는' 건 왜죠? 못 오게 막으려고 그러는 건 아닌 것 같고."

"아, 아예 오지 말라고 하는 건 아직은 너무 과한 요구죠. 제가 하는 일은 올 거면 빨리 와서 더 빨리 돌아가게 만드는 거예요. 가능한 한 빨리 끝내게 도와주려고 맞이하는 거죠. 오는 걸 막을 수는 없지만 대신 빨리 끝내게 하는 저 나름의 요령이 있어요. 저만의 체계라고 할까요. 혹시 궁금해하실까 봐 하는 말인데……." 고스트리 양이 말했다. "그게 바로 저의 진짜 비밀이에요. 은밀한 임무이자 저의 용도라고도 할 수 있죠. 그저 기분을 풀어 주거나 맞장구치는 듯이 보이지만 그게 다 생각이 있어서 하는 일이고 내내 눈에 안 띄게 작업을 한답니다. 제 방식을 콕 집어 설명하긴 힘든데, 저로선 사실 성공적이라고 봐요. 완전히 소진해서 돌아가게 하는 거죠. 그럼 다시는 오지 않거든요. 내 손을 거쳐 가면…….”

“다시는 나타나지 않는다는 거죠?” 그녀가 얘기를 하면 할수록 따라가기가 더 수월해진다는 느낌이 들었다. “당신 방식은 별로 알고 싶지 않아요. 어제 잠깐 내비친 것만으로도 헤아릴 수 없이 심오하다는 건 충분히 알겠어요. 완전히 소진한다!” 그는 그 말을 되뇌었다. “나를 다시 돌려보내기 위해 이미 교묘하게 짜 놓은 계획이 바로 그거라면 미리 경고해 줘서 고마워요.”

가격이 매겨져 있는 물품들 가운데 자리한 그저 아름다운 시(詩)와 매한가지인데도 어차피 거기 잡혀 있는 손님으로서는 그래서 오히려 더욱 사고 싶은 마음이 들게 만드는 이 명랑한 분위기에서 그들은 잠시 서로를 향해 미소를 지으며 유대감을 확인했다. “그걸 교묘하다고 보시나요? 보잘것없고 뻔한 건데요. 게다가 당신은 특별한 경우예요.”

“특별한 경우라니! 그런 약한 모습을!” 그러나 그녀는 더욱 약한 모습을 보이며, 다른 객차에서 독립적인 공간을 확보할 수만 있다면 자신의 일정을 늦춰 신사들과 함께 가는 데 동의했다. 그러나 결과적으로 그녀는 점심 이후 혼자 떠나게 되었고, 런던에서 하루를 함께 보내자는 약속과 함께 두 남자는 하룻밤을 더 머물게 되었다. 오전 내내 그녀는 스트레더와 온 갖 문제를 다 끄집어냈다. 후에 스트레더는 그 시간을 어떤 예 감으로 달아올라 자칭 붕괴라 할 만한 것을 미리 맛보던 과정 의 절정으로 기억할 것이었다. 그리고 앞으로 살면서 항상 어 디엔가 약속이 잡혀 있겠지만 그녀가 그를 위해서 깨지 못할 약속은 거의 없다는 점도 그 문제 중 하나였다. 그녀가 덧붙 여 설명하기를 어디에 있든 다시 집어 들어 계속해 나가야 할 일이 있고, 들쑥날쑥한 부분도 수선해야 하고, 어떤 익숙한 욕 구들은 숨어 있다가 그녀가 다가가면 튀어나올 텐데 그럴 경 우 비스킷 정도로 잠시 달래 놓을 필요도 있다고 했다. 은근 히 아침 식사를 조종해 웨이마시를 정해진 틀에서 억지로 벗 어나게 만드는 위험까지 감수했으니 그와의 더 큰 문제에서 반드시 성공을 거두는 일에 그녀의 명예가 걸려 있다는 것이 었다. 그리고 이어서 자랑하기를 그의 친구 웨이마시에게 펜데 니스 소령이 메가시리엄[3]에서 먹었을 법한 식사를 마련해 주 었는데 본인은 뭐가 뭔지 전혀 모르고 먹었을 거라고 했다. 다 시 말해 신사다운 아침 식사를 하게 해 준 것인데, 앞으로 그 가 하게 될 일에 비하면 그것은 아무것도 아니라고 힘주어 주 장했다. 그녀는 웨이마시도 한가로운 산책에 동행하게 했고, 스트레더는 그것이 하루를 거의 다 잡아먹은 것 같았다. 성곽 과 로스[4]에서 웨이마시가 어쩐지 자기 마음대로 하고 있다는

---

3) 새커리의 소설 『뉴컴가』(1855)에 나오는 펜데니스 소령의 클럽.
4) 쇼핑가로 유명한 체스터의 아케이드 거리.

분위기를 풍길 수 있었던 것도 그녀의 기술이었다.

　세 사람은 천천히 걸으면서 주위를 눈여겨보기도 하고 이런저런 대화도 나누었다. 적어도 두 사람은 그랬다. 따져 보자면 사실 그 상황에서 그의 친구는 침묵을 지키는 수밖에 없었다. 스트레더에게는 그 침묵이 구시렁거리는 소리로 가득 찬 듯했지만, 명시적으로는 그것을 기분 좋은 침묵으로 받아들이도록 신경 써야 한다는 것을 알았다. 화가 난 듯이 뻣뻣하게 굴었지만 그렇다고 뭔가 항의하는 것은 아닌데, 체념했다는 암시를 주면서도 그 침묵에 거슬리는 면이 전혀 없는 것도 아니었다. 웨이마시는 정확히 파악할 수 없는 침묵을 그렇게 고수했는데, 그것은 뭔가를 상당히 느끼는 중이라는 이야기일 수도 있고 반대로 그런 일 자체가 가망 없다는 뜻일 수도 있었다. 그리고 입구가 낮은 회랑의 아주 어둑한 곳이나 맞은편 박공이 아주 기이하게 보이는 곳, 혹은 온갖 종류의 물건이 여기 좀 봐 달라고 졸라 대는 곳에서, 때때로 두 사람은 그가 별것도 아닌 것을 뚫어지게 바라보거나, 마치 거기서 벗어난 시간을 잠시 누리기라도 하듯이 딱히 눈에 띄는 것도 없는데 어딘가에 시선을 고정하고 있음을 눈치채곤 했다. 그러다가 스트레더와 눈이 마주치기라도 하면 무슨 잘못이라도 한 양 눈치를 보면서 바로 아닌 척했다. 우리의 주인공은 그가 혹시라도 다 때려치우겠다고 할까 봐 꼭 봐야 할 것들을 보여 줄 수가 없었고, 심지어 그가 의기양양하게 반박을 할 수 있게 일부러 아닌 것들을 보여 줄까 하는 마음까지 들었다. 어떤 때는 이렇게 누리는 한가로움이 얼마나 달콤한지 털어놓기가 쑥스러웠고, 또 어떤 때는 곁의 여성과 나누는 교류가 웨이마시에게는 마치 프림로즈 목사의 난롯가에 앉은 버첼 씨가 런던에서 온 손님들이 늘어놓는 얼토당토않은 이야기를 들으며 받는 인상과 비슷하지 않을까 하는 생각도 들었다.[5] 아주 사소한 일조차 너무 신기하고 재미있어서 그는 번번이 사과하는 투의 말을 했고, 단조롭고 힘들던 예전 생활을 다시금 변명조로 끄집어냈다. 하지만 동시에 자신의 예전 생활이 웨이마시의 생활에 비하면 아무것도 아님을 의식했기 때문에, 자신의 경박함을 가리기 위해서 그래도 예전의 미덕을 생각해서 최선을 다하는 중이라고 몇 번을 말했다. 어쨌든 아무리 해도 예전의 미덕은 여전히 거기 있어서, 울렛의 상점과는 다른 상점 진열장 유리 안쪽에서 그를 빤히 쳐다보면서, 사 봤자 뭘 어떻게 할지 알 수도 없는 물건을 사고 싶어지게 만드는 것이었다. 그렇게 아주 기이하면서도 용납할 수 없는 법칙에 따라 그를 타락시키는 것이었다. 게다가 대범하고 뻔뻔하게도, 원하는 마음이 더 생겼으면 하고 바라게 하는 것이었다. 사실 유럽에서의 이 첫 번째 산책은 이곳에서의 과정이 다 끝났을 때 그가 놓일 상태를 아주 적나라하게 암시하는 것이기도 했다. 이렇게 늘그막에, 거의 인생의 황혼기에 접어들었다고 할 나이에 겨우 이런 것을 접하려고 다시 왔단 말인가? 여하튼 웨이마시와 함께 마음껏 누릴 수 있었던 것은 상점 진열장과

---

5) 올리버 골드스미스(Oliver Goldsmith, 1730~1774)의 『웨이크필드의 목사』(1766)에서 변장한 대지주 버첼 씨가 귀족 부인인 체하는 런던 창녀들이 늘어놓는 얘기를 듣는 장면.

관련해서였다. 그가 너무나 분별 있게 그저 생필품 종류에만 이끌리지 않았다면 더 나았겠지만 말이다. 스트레더가 무늬 있는 편지지와 말쑥한 넥타이를 판매하는 점원과 친한 척하며 대화를 나눌 때 그는 침울하고 초연하게 철물점과 마구 판매점의 창문을 뚫어지게 보고 있었다. 사실 스트레더는 양복 재단사와 함께 있을 때 종종 대담해졌지만, 그와 달리 웨이마시의 도도한 시선은 그쪽으로는 눈길도 주려 하지 않았다. 이 기회를 잡아 고스트리 양은 스트레더를 깎아내리고 웨이마시를 두둔했다. 피곤한 변호사께서는 의심할 바 없이 옷에 대한 감각이 있다고 말이다. 그러나 드러난 결과의 면면들을 보니 바로 그렇기 때문에 그 점을 너무 고집해도 위험할 수 있었다. 스트레더로서는 이렇게 되면 웨이마시가 고스트리 양의 패션 감각이 떨어지거나 스트레더가 더 낫다고 여기지나 않을까 싶었다. 그리고 행인이나 그들의 차림새, 얼굴이나 개별 유형들에 대해 두 사람이 나누는 이야기 대부분이 그 나름 '사교계'의 대화 방식을 전형적으로 보여 준다고 할 수도 있었다.

그렇다면 지금 벌어지고 있는 일이 과거에 이미 있었던 일, 그러니까 사교계 여성에 의해 그가 사교계로 빠져들고 그 직전에 버려진 옛 친구는 그를 휩쓸고 가는 거센 흐름을 바라만 봤던 바로 그 상황일까? 그 사교계 여성이 스트레더에게 장갑 한 켤레 정도야 허락하지만 — 그녀로서 허락할 수 있는 최대치였다 — 벌링턴 아케이드로 그를 안내할 때까지 넥타이를 비롯한 다른 것들은 사지 말라고 단서를 달았을 때, 예민한 사람이라면 부당한 비방을 뒤집어썼다고 느낄 법했다. 고스트리 양은 사교계 여성이지만 저속하게 눈을 깜박이지 않고도 벌링턴 아케이드에서의 약속을 할 수 있는 그런 여성이었다. 방금 언급한 예민한 사람에게는 늘 그렇지만, 장갑 한 켤레에도 이런저런 차이가 있다는 사실 자체가 어쨌든 스트레더에게는 경계할 만한 확실한 방탕함의 가능성을 나타내는 것이었다. 자신의 새로운 친구가 웨이마시에게 치마 입은 예수회 회원이거나 가톨릭교회의 신입 회원 모집 담당자와 마찬가지임을 스트레더는 충분히 의식하고 있었다. 말하자면 가톨릭교회는 그의 적이었다. 튀어나온 눈에 흔들리면서 더듬거리는 아주 긴 촉수를 가진 괴물이었으며 사교계 자체를 의미했다. 자기들만의 언어의 확대 생산, 유형과 정서의 세밀한 구분, 봉건제의 악취가 가득한 사악한 체스터의 옛 로스 거리였고, 한마디로 유럽 자체였다.

하지만 그들이 점심을 먹으러 돌아오기 직전에 일어난 사건은 시사하는 바가 있었다. 웨이마시는 십오 분가량 특히 아무 말 없이 냉담하게 굴었다. 알고 보니 스트레더와 고스트리 양이 로스의 경계를 이루는 난간에 기대어 유난히 구불구불하고 다닥다닥한 거리 풍경을 삼십 분 정도 바라보았을 때쯤 그가 뭔가를 도저히 참을 수 없게 된 것인데, 스트레더로서는 그 정체가 뭔지 도대체 정확히 알아낼 수 없었다. "우리가 세상 물정에 너무 밝다고 생각하는군. 세속적이고 사악하다고 생각하는 거야. 별별 이상한 걸 우리에게 다 갖다 붙이는 거지." 스트레더는 생각했다. 우리의 주인공은 겨우 이틀 새에 문제를 편리하게 한데 뭉뚱그려 결론을 내리는 버릇이 생겼는데 얼마나 많은 것을 그렇게 뭉뚱그리는지 놀라울 정도였다. 더구나 그러한 추론은 웨이마시가 난데없이 반대편으로 달려가 버린 일과 직접적인 관련이 있는 듯했다. 이 동작은 너무나 갑작스러웠으므로 남은 두 사람은 처음에는 아는 사람을 보고 쫓아갔다고 생각했다. 그러나 다음 순간 그들은 그가 열려진 문으로 뛰어 들어가는 것을 보았다. 그가 빨려 들어간 곳은 보석상이었고 번쩍거리는 진열창 때문에 그의 모습은 더 이상 보이지 않았다. 그 행동은 어떤 면에서 시위에 가까웠기 때문에 두 사람은 거의 겁에 질린 표정으로 서로를 바라보았다. 그러다 고스트리 양이 웃음을 터뜨렸다. "왜 저러시는 거죠?"

"글쎄요, 더 이상 참을 수가 없나 보죠." 스트레더가 말했다.

"뭘 참을 수가 없다는 건가요?"

"뭐든지 다요. 유럽을요."

"그렇다고 보석상이 뭐 해 줄 수 있는 게 있나요?"

스트레더는 진열된 시계와 빽빽하게 걸린 화려한 장식품들 사이를 넘겨다 보며 그 자리에서 그것을 알아내려는 듯했다. "알게 되겠죠."

"아, 혹시 뭐라도 살까 봐, 그래서 걱정이 되는 거예요. 뭔가 아주 우려할 만한 일이 생길까 봐요."

스트레더는 상점의 화려한 외양을 곰곰이 살폈다. "뭐라도 사겠죠."

"그러면 따라가 봐야 하지 않을까요?"

"천만에요. 게다가 그렇게 할 수도 없어요. 우리는 꼼짝도 못 하는 거예요. 두려움이 가득한 눈길로 서로를 한참 바라보고 눈에 띄게 벌벌 떠는 거죠. 그러니까 우리가 '깨닫게' 되는 겁니다. 그가 자유를 찾아 떠났다는 것을."

무슨 말인지 의아해하면서도 그녀가 웃었다. "저 정도의 대가까지 치르면서요? 준비한 건 그 정도는 아니었는데."

"아니, 아니." 스트레더는 아예 대놓고 신이 나서 말을 이었다. "그런 소리 하지 말아요. 당신이 취급하는 자유는 비싼 거예요." 그러고는 그 말을 정당화하듯이 덧붙였다. "나도 나 나름대로 애쓰고 있는 것 아닌가요? 이게 말이에요."

"저랑 여기 같이 있는 거 말씀인가요?"

"그래요. 그리고 이렇게 같이 대화를 나누는 것 말이에요. 당신을 안 지는 몇 시간밖에 안 됐지만 저 친구는 내 평생 알아 온 사람이에요. 그러니까 내가 당신과 그에 대해 이렇게 말하는 것이 대단한 게 아니라면……." 이 생각에 잠깐 그는 말을 멈췄다. "그건 좀 부도덕하지 않겠어요?"

"정말 대단해요!" 이야기를 마무리 짓듯이 고스트리 양이 말했다. "그런데 앞으로 제가 웨이마시 씨와 어느 정도로 터놓고 이야기할지 알게 될 거예요. 무엇보다 그렇게 할 생각이니까요."

스트레더가 잠시 생각했다. "나에 대해서요? 아, 그건 비교가 안 되죠. 웨이마시가 직접 나를 도마에 올려야 그나마 비슷할걸요. 그러니까 나를 가차 없이 분석하는 거죠. 근데 그건 절대 하지 않을 거예요." 애석하지만 이 점에서 그는 단호했다. "절대 나를 가차 없이 분석하지 않을 거예요." 그 말에 실려 있는 권위가 그녀에게 상당히 무겁게 다가왔다. "나에 대해서는 당신에게 한마디도 하지 않을 거요."

그녀는 알아들었고 인정했다. 그러나 곧 자신의 이성과 어쩔 수 없는 아이러니로 분위기를 바꿔 버렸다. "당연히 안 하겠죠. 도대체 사람들이 의견을 표명한다거나 가차 없이 분석하는 게 가능하다고 생각하는 거예요? 당신이나 나 같은 사람은 많지 않아요. 그건 단지 그가 너무 어리석기 때문일 거라고요."

그 말에 상대방은 믿을 수 없다는 말투로 반문했는데 그것은 또한 오랜 신의에서 나온 항의이기도 했다. "웨이마시가 어리석다고요?"

"당신과 비교하면 그렇죠."

스트레더는 시선을 여전히 보석상에 둔 채 잠깐 사이를 두었다가 대답했다. "그는 나와 비교도 안 될 정도로 성공한 사람이에요."

"돈을 많이 벌었단 뜻인가요?"

"내가 아는 한, 많이 벌었죠." 스트레더가 말했다. "그런데 난 허리도 못 펴고 일을 했지만 돈다운 돈을 벌어 본 적이 없어요. 아주 다 갖춘 실패자이지요."

그래서 가난한 거냐고 물어볼까 봐 잠깐 걱정했는데, 그러지 않아 다행이었다. 이 불편한 사실의 진위를 알기 위해 그녀가 어떻게 나올지 알 수 없었기 때문이다. 하지만 그녀는 그냥 그의 주장을 인정했다. "당신이 실패한 사람이라 정말 다행이에요. 그래서 내 눈에 띄었군요! 요즘 그것 말고 다른 건 다 끔찍해요. 주위를 둘러보세요. 저 모든 성공들을요. 정말 맹세

코 그중 하나가 되고 싶은 거예요?" 그녀가 말을 이었다. "게다가 저를 보세요."

그 말에 잠시 그들의 눈이 마주쳤다. "알겠어요." 스트레더가 대답했다. "당신도 거기 들어 있지 않군요."

그녀가 동의했다. "당신이 내게서 보는 우월함이, 바로 내가 무용지물임을 말해 주죠." 그녀가 한숨을 쉬었다. "내 어릴 적 꿈이 뭐였는지 당신이 안다면! 하지만 우리 처지가 이래서 이렇게 만난 거겠죠. 패배한 전우처럼요."

그는 상냥한 미소를 보냈지만 동시에 고개를 저었다. "그렇다고 당신이 값비싼 사람이란 사실이 달라지진 않아요. 당신한테 들인 게 벌써……."

그녀가 말을 끊었다. "들인 게 얼마인데요?"

"그러니까 내 과거를 쏟아부었죠. 그것도 뭉텅이로. 하지만 괜찮아요." 그는 웃었다. "가진 건 다 털어서 줄 테니까."

이때 유감스럽게도 그들 쪽으로 돌아오는 웨이마시가 그녀의 주의를 빼앗았다. 그가 가게 문을 나서면서 그들을 보았던 것이다. "웨이마시 씨야말로 가진 돈을 다 털어 준 게 아니라면 좋겠네요." 그녀가 말했다. "멋진 일을 했을 테고, 그것도 당신을 위해서 그랬을 거라고 확신하지만요."

"아, 아니, 그건 아니에요!"

"그럼 날 위해서인가요?"

"그것도 아닐걸요." 웨이마시는 딱히 어디에도 시선을 두지 않으려고 신경을 썼지만 그럼에도 이때쯤 이미 가까워져서 동료들은 그의 얼굴 표정을 읽을 수 있었다.

"그러면 본인을 위해서?"

"누구를 위해서도 아니에요. 무엇을 위해서도 아니고. 자유를 위해서랄까."

"여기서 자유가 무슨 상관이 있어요?"

스트레더는 에둘러서 대답했다. "당신이나 나만큼 근사해지기 위해서. 하지만 다른 방식으로."

그녀는 잠시 상대방의 얼굴을 들여다보았다. 그러자 모든 것을 이해할 수 있었다. 그런 건 그녀에겐 쉬운 일이었으니까. "다른 방식으로, 맞아요. 하지만 더 근사해지는 거죠!"

웨이마시는 음울하긴 했지만 또한 정말로 숭고하기도 했다. 그는 아무 말도 하지 않았고 어디 가서 뭘 했는지 설명하지 않았다. 뭔가 대단한 것을 샀다고 그들은 확신했지만 그것이 무엇인지 절대 알지 못할 것이다. 그는 그저 오래된 박공의 꼭대기를 당당하게 노려볼 뿐이었다. "신성한 분노이지요." 스트레더는 웨이마시가 오기 전에 이렇게 덧붙였더랬다. 그렇게 '신성한 분노'는 주기적으로 돌출하는 웨이마시의 부득이한 행동과 관련해 편리한 이해를 돕기 위해 그들이 사용하는 표현이 되었다. 그로 인해 웨이마시가 그들보다 더 낫다고 주장한 것은 궁극적으로 스트레더였다. 그러나 그때쯤 고스트리 양은 자신이 스트레더보다 낫기를 바라지 않는다는 점은 확신할 수 있었다.

2부

1

밀로스의 망명자의 얼굴에 신성한 분노가 어리비치는 것을 볼 기회는 스트레더에게 분명 자주 찾아올 것이었다. 그러나 그동안 스트레더는 여러 가지 다른 문제의 정체를 파악해야 만 했다. 돌이켜 보면 런던에서 잠깐 머물렀던 셋째 날만큼 하룻저녁에 그렇게 많은 문제를 파악해야 했던 적은 지금껏 없었던 것 같았다. 그 저녁 시간 한 극장에서 고스트리 양 옆자리에 앉아 있었는데, 진심에서 우러나는 놀라움을 표현한 일 말고는 손 하나 까딱하지 않고도 어느 결에 그곳에 자리 잡았다. 사흘 동안 뭘 하든 의기양양하고 능수능란했듯이 그녀는 극장도 잘 알았고 연극도 잘 알았다. 그래서 스트레더에게 그 순간은 그 짧은 기회를 최대한 활용해 흥미로운 것을 감상하려는 마음으로 넘칠 듯 가득 차올랐다. 그 흥미로움이 어쩌다 보니 그의 안내자의 손을 통해 주어졌다는 사실과는 별개로 말이다. 웨이마시는 오지 않았다. 스트레더가 오기 전에 연극은 볼 만큼 봤다고 말했지만, 더 캐물어 보니 두 편의 연극과 서커스 하나를 본 게 전부였음이 드러났으므로 그 주장이 무슨 의도인지는 충분히 알 수 있었다. 어떤 것을 봤느냐는 질문이 사실 안 본 것이 무엇이냐는 질문에 비해 그에게 나을 것이 없었다. 한결같은 조언자인 고스트리 양에게 스트레더가 물었듯이, 전자에 대해 구체적으로 알아내고 싶기는 하지만 후자를 알아내지 않고서 어떻게 그것을 할 수 있단 말인가?

고스트리 양은 그가 묵는 호텔 식당에서 촛불이 장밋빛 그림자를 드리우는 작은 테이블에 마주 앉아 함께 식사를 했다. 장밋빛 그림자와 작은 테이블, 그리고 그 숙녀의 은은한 향기 — 그의 보잘것없는 감각에 이렇게 은은한 것이 와닿은 적이 있었던가? — 는 그로서는 제대로 알 수 없지만 확실히 고상한 그림에 들인 수많은 붓 자국이었다. 보스턴에서 뉴섬 부인을 에스코트해 단둘이 극장에 가 본 적이 한두 번이 아니었고 오페라에도 가 봤다. 하지만 공연을 보기 전에 이렇게 장밋빛 불빛 아래 은은하고 달콤한 향이 풍기는 가운데 마주 앉아 저녁을 함께한 적은 없었다. 그 결과 지금 이 순간 약간 후회스럽게, 그러나 동시에 강렬하게, 도대체 왜 그러지 못했을까 자문하게 되었다. 마찬가지로 그의 눈에 띈 상대방의 외양에서 받은 인상도 상당한 차이점이 있었다. 그녀는 뉴섬 부인과는 전혀 다르게 가슴과 어깨 부분이 상당히 '컷 다운' — 그는 이 용어가 그 옷의 양식을 가리키는 말이라고 믿었다. — 된 드레스를 입고 있었다. 목에는 넓적한 빨간색 벨벳 리본을 두르고 있었는데, 스트레더는 거기 달린 보석이 골동품일 거라고 약간 뿌듯한 마음으로 확신했다. 뉴섬 부인은 조금이라도 '컷 다운' 된 드레스를 입은 적이 없었고 넓적한 빨간 벨벳 리본을 목에 두른 적도 없었다. 더구나 그랬다 한들 지금처럼 그가 시선을 빼앗기고 이렇게 혼란스러웠을까?

아무튼 지금 그가 걷잡을 수 없는 인식에 빠져 있는 것이 아니라면, 보석이 달려 있는 고스트리 양의 리본이 끼친 영향을 꼬치꼬치 따져 보는 일 자체가 터무니없을 수도 있었다. 하지만 그 친구의 벨벳 리본으로 인해 외양의 다른 모든 것들, 그러니까 미소라든지 머리를 가누는 방식, 혈색과 입술, 치아, 눈, 머리 등등이 더 훌륭해 보인다면 그것이 걷잡을 수 없는 인식이 아니고 무엇이란 말인가? 사실 살면서 세상에서 성취해야 할 것을 잘 아는 남자라면 붉은 벨벳 리본이 무슨 상관이란 말인가? 그것들이 얼마나 마음에 드는지 고스트리 양에게 터놓을 만큼 속내를 드러내는 일은 죽어도 안 할 테지만, 그럼에도 불구하고 단연코 경박스럽고 바보같이, 무엇보다 너무 예상치 못하게, 그것을 행동으로 보여 주고 있음을 문득 깨달았다. 게다가 그는 그것이 앞쪽으로든 뒤쪽으로든 옆쪽으로든 어쨌든 새로운 비상을 위한 출발점이라고 보았다. 고스트리 양이 목에 어떤 장식을 했는지와 마찬가지로 뉴섬 부인이 목을 어떤 식으로 감쌌는지도 많은 것들을 완전히 다른 시각에서 보여 주었던 것이다. 오페라 구경을 갔을 때 뉴섬 부인은 검은 실크 드레스를 입었더랬다. 아주 멋진 드레스였고, 그는 그것이 '아주 멋지다'는 것을 알았다. 좀 더 기억을 더듬어 보니 목 주변에 주름 장식이 달려 있었다. 사실 이 주름 장식에서 떠오르는 바가 있었는데 그다지 낭만적인 것은 아니었다. 한번은 그 주름 장식을 단 당사자에게, 그전까지 내비친 적 없었던 '스스럼없는' 태도로, 그런 주름 장식에 다른 장식까지 더한 모습이 엘리자베스 여왕처럼 보인다고 말한 적이 있었다. 그리고 분명 이건 순전히 그의 상상이겠지만, 그의 다정한 언급을 듣고 그 의견을 받아들인 결과 이후 그녀가 '주름 장식'에 특히 신경을 쓴다는 것이 조금 더 눈에 띄었던 것이다. 거기 앉아 그런 상상의 나래를 펴다 보니 그 연상이 조금은 애처롭게 느껴졌다. 그러나 그 사실은 변함이 없었고 애처로움이야말로 이 상황에서 최선의 것임이 분명했다. 어쨌든 실제로 그런 일이 있었다는 건 확실했는데, 왜냐하면 지금 생각하니 울렛에서는 그와 비슷한 연배의 신사가 자기보다 그다지 어리지 않은 뉴섬 부인 같은 숙녀에게 그런 비유를 하는 일은 없을 것이기 때문이었다.

별의별 생각이 그에게 떠올랐지만 여기서는 몇 가지밖에는 언급할 수가 없겠다. 우선 고스트리 양이 어쩌면 메리 스튜어트[6]처럼 보인다는 생각이 들었다. 램버트 스트레더의 상상은 그렇게 전혀 다른 비유라도 잠깐은 즐길 수 있을 만큼 거리낌이 없었다. 연극을 보기 전에 공공장소에서 숙녀와 식사를 한 적이 없었다는, 정말 말 그대로 한 번도 없었다는 사실도 떠

---

6) Mary Stuart(1542~1567). 메리 1세. 스코틀랜드 여왕이었고 1587년에 반역죄로 엘리자베스 여왕에 의해 처형되었다.

올랐다. 그런 점에서 이렇게 공개된 장소 자체가 스트레더에게는 정말 드물고 희한한 것이었다. 그래서인지 그와 다른 삶을 살았던 사람이라면 아마 아무도 보지 않는 사적인 상황에서 생겨날 만한 효과가 생겨났다. 그는 아주 오래전 너무 어릴 때 결혼을 했기 때문에 보스턴에서 여자 친구와 박물관에 가는 일이 자연스러운 시절을 겪지 못했다. 그리고 그의 부인이 세상을 뜨고 십 년 뒤 아들까지 세상을 뜨면서 두 죽음으로 삶의 한가운데 생겨난 잿빛 사막으로 인해 한동안 의식적으로 사람들과 거리를 두고 지냈고, 그 시기가 끝난 이후에도 누구와 함께 어디를 다녀 본 경험이라고는 없었다. 무엇보다 그에게 떠오른 생각은, 물론 공교롭게도 이미 여러 방식의 경고가 귀에 울리거나 문득 눈앞에서 번쩍거리긴 했지만, 지금 주변의 광경만큼 유럽에서 자신의 임무를 절감하게 한 것이 없다는 사실이었다. 처음엔 그녀가 대수롭지 않다는 듯이 '아, 그럼요, 저들은 판에 박힌 유형들이지요.'라고 가볍게 언급함으로써 그 자신이 받은 인상보다 더 직접적으로 그것을 표현했다. 그러나 그 의미를 이해하게 되자 그 역시 나름대로 충분히 그것을 이용했다. 4막짜리 연극이 진행되는 동안 말없이 앉아 있을 때도 그랬고 막간에 얘기를 나눌 때도 그랬다. 그저 하룻저녁이지만 그런 유형들의 세계였고, 그래서 관람석의 모습과 얼굴이 무대 위의 그것과 구별이 안 될 정도였다.

그로서는 연극 자체가 맨살이 상당히 드러난 옷을 입은 옆자리의 수려한 빨간 머리 숙녀의 맨 팔꿈치를 통해 깊숙이 파고드는 느낌이었다. 그녀는 서로 연관 없는 두 음절어로 반대편에 앉은 신사와 대화를 나누고 있었는데, 정말 이상하게도 그것이 그의 귀에는 풍부한 소리를 지닌 양 그 말에 그 이상의 의미가 있는 게 아닐까 하는 생각이 들 정도였다. 마찬가지로 영국 생활의 활기 자체라고 기꺼이 받아들일 수 있는 어떤 것을 조명 너머 무대 위에서도 볼 수 있었다. 그는 중간중간 정신이 팔려 배우가 진짜인지 관객이 진짜인지 확실히 분간할 수 없었고, 그 결과 자신이 맡은 임무의 새로운 면모를 거듭 의식하게 되었다. 자신의 임무가 무엇이든 그가 씨름해야할 상대는 유형들이었다. 그의 앞과 주위에 있는 사람들은 울렛에서 볼 수 있는 유형들이 아니었고, 그런 점에서 울렛에는 그저 남자와 여자만 있는 것이 틀림없다는 생각이 들기 시작했다. 개인들 간에는 다양한 차이가 있었지만 유형은 딱 그 둘밖에 없었던 것이다. 그와 달리 이곳에는 개인적이고 성적인 다양성 — 그건 더할 수도 있고 덜할 수도 있다. — 말고도 말하자면 외부로부터 가해지는 일련의 분명한 특징들이 있었다. 마치 탁자 위 유리 상자 속에 놓인 메달이나 동전, 금화 등을 차례로 보면서 지나가듯이 흥미롭게 관찰할 수 있는 그런 특징 말이다. 바로 그때 우연히도 무대 위에는 노란 드레스를 입은 못된 여자가 등장해서 늘 야회복을 입는 상냥하고 훤칠하지만 유약해 보이는 젊은 남자에게 너무나 끔찍한 일을 시키고 있었다. 스트레더는 대체로 노란색 드레스에 대한 두려움은 별로 없는 편이었지만, 자기도 모르게 그 희생물을 향해 어떤 다정함이 조금씩 솟아나 약간 우려가 되었다. 채드윅 뉴섬에게 지나치게 다정하게 대하려고, 아니 어떤 식으로든 다정함을 보이려고 여기까지 나온 것이 아니라고 마음을 다잡았다. 채드[7]도 저렇게 항상 야회복을 입을까? 왠지 모르게 그랬으면 좋겠다는 생각이 들었다. 그 덕에 무대 위의 젊은이가 더 유순해 보였기 때문이다. 물론 자신의 무기로 그와 맞서 싸우려면 그 자신 역시 그렇게 되어야 하는 게 아닐까 하는 생각이 들자 순간 거의 소스라치게 놀랐지만 말이다. 더구나 눈앞의 저 젊은이는 예상컨대 채드보다 훨씬 더 다루기 쉬워 보였다. 적어도 그에겐 말이다.

혹시 고스트리 양이 뭔가 들은 바가 있지 않을까 하는 생각이 문득 들었다. 약간 다그쳐 묻자 그녀는 예를 들어 이런 경우 자신이 마구 추측한 것과 직접 들은 이야기를 구분할 수 없다고 인정했다. "그러니까 채드 군에 대해 이런 식으로 멋대로 추측하는 거예요. 울렛에서 사람들의 기대를 한 몸에 받던 젊은이고, 그를 구해 내라고 당신을 보낸 거죠. 당신은 그 사악한 여성으로부터 그를 떼어 낼 임무를 맡기로 한 거고요. 그녀가 그에게 정말 나쁜 영향을 끼친다는 건 확실한가요?"

그 말에 멈칫하는 게 그의 태도에 나타났다. "당연하죠. 당신이라면 안 그렇겠어요?"

"아, 잘 모르겠어요. 그런 건 절대 미리 알 수 없는 거잖아요, 그렇지 않나요? 사실에 근거해서만 판단할 수 있는 거니까요. 당신이 아는 사실을 저는 모르고, 아시다시피 전 아무것도 아는 바가 없으니까요. 그러니까 그 사실을 알려 주면

---

7) 채드윅 뉴섬의 애칭이다.

아주 좋겠네요. 당신에게 만족스럽다면, 그럼 된 거죠. 그러니까 확실하다고 스스로 확신한다면. 그게 정말 안 되는 일이라고 확신하는 거라면요."

"그가 그런 생활을 지속하는 것 말이에요? 물론이죠!"

"아, 하지만 전 그의 생활에 대해서 아는 게 없어요. 말해준 게 없잖아요. 그 여자가 매력적일 수도 있죠! 그의 삶도 그렇고!"

"매력적이라고요?" 그가 앞쪽을 뚫어지게 보았다. "돈만 아는 천한 여자예요, 창녀처럼."

"그렇군요. 그럼 그는요?"

"불쌍한 채드 말이요?"

"어떤 기질의 어떤 사람인가요?" 스트레더가 말이 없자 그녀가 다시 물었다.

"글쎄요, 고집 센 녀석이죠." 그는 다른 말을 덧붙이려다가 자제하는 듯했다.

그것은 그녀가 원한 대답이 전혀 아니었다. "그를 좋아하나요?"

그 대답은 바로 나왔다. "천만에. 어떻게 좋아할 수 있겠어요?"

"이런 식으로 그의 일을 떠맡게 돼서요?"

"그의 어머니 얘기예요." 잠시 후 스트레더가 말했다. "그는 훌륭한 모친의 삶에 그늘을 지웠어요." 단호한 말투였다. "그녀석 걱정 때문에 반쯤은 죽을 지경이거든요."

"아, 그건 물론 고약한 일이죠." 그녀는 이 점을 새삼스레 강조하듯이 잠깐 말을 멈췄는데, 마무리는 영 다른 어조였다. "그녀의 삶이 그렇게 훌륭한가요?"

"더할 나위 없이요."

그 말투에 아주 많은 것이 담겨 있었으므로 고스트리 양은 그것을 음미하느라 잠깐 말이 없었다. "그에겐 그녀뿐인가요? 파리에 있는 나쁜 여성 얘기가 아니고요." 그녀가 재빨리 덧붙였다. "아무리 그래도 여자가 여러 명이라고 생각하고 싶지는 않으니까요. 그러니까 제 말은, 가족이 어머니뿐인가요?"

"결혼한 누나도 있어요. 둘 다 대단히 멋진 여성이지요."

"외모가 아주 뛰어나단 뜻인가요?"

거의 느닷없다는 느낌이 들 정도로 바로 이 질문이 튀어나왔기 때문에 그는 잠깐 할 말을 잊었다. 그러나 곧 대답할 말을 찾았다. "내가 보기에 뉴섬 부인은 아름답지요. 물론 스물여덟 살의 아들과 서른 살의 딸을 가진 사람이라 한창 때일 수는 없지만. 그래도 결혼을 무척 빨리 했어요."

"그러니까 나이에 비해 멋지다는 거죠?" 고스트리 양이 물었다.

그렇게 꼬치꼬치 따지고 드는 바람에 스트레더는 약간 불편해진 모양이었다. "멋지다는 게 아니에요." 그가 바로 말을 이었다. "아니 그런 뜻인 건 맞아요. 정말로 멋지긴 하죠. 하지만 겉모습에 대해 말한 게 아니에요." 그가 설명했다. "겉모습도 당연히 눈에 띄기는 하지만. 내가 생각한 건, 글쎄, 다른 것들이죠." 그러면서 어떻게든 설명해 보려고 그것들을 유심히 살피는 것처럼 보였다. 그러더니 마음을 고쳐먹고 이야기를 다른 데로 돌렸다. "포콕 부인에 대해서는 달리 생각할 수도 있겠죠."

"그게 따님의 이름인가요? '포콕'이?"

"딸 이름이에요." 스트레더가 단호하게 말했다.

"그러니까 딸의 미모에 대해서는 달리 말할 수 있단 뜻인가요?"

"모든 것에 대해서요."

"그래도 그녀를 상당히 좋아하는 거죠?"

그는 자기가 왜 이런 일을 당하고 있는지 알 수 없다는 듯이 상대방을 한 번 쳐다보았다.

"아마 약간은 두려워한다고도 할 수 있겠죠."

"아." 고스트리 양이 말했다. "여기서도 그녀가 보이네요! 멀리 있는 사람이 어떻게 그렇게 금방 보이느냐고 하시겠지만 제게는 그게 가능하다는 건 이제 아시죠?" 그녀가 말을 이었다. "어쨌든 가족은 그 청년과 두 부인이 전부인 거네요?"

"대충 그렇죠. 아버지는 십 년 전에 돌아가셨고 그 외 다른 형제자매는 없으니까." 스트레더가 말했다. "그를 위해서라면 그들은 뭐든지 할 거요."

"그리고 당신은 그들을 위해서라면 뭐든 할 거고요?"

그가 다시 어물쩍 넘어갔다. 아주 약간이지만 그가 감당하기에는 너무 단정적이었기 때문이다. "아, 그건 모르겠어요!"

"어쨌든 이 일은 할 생각이고, 그들이 거리낌 없이 할 '무슨 일'이 뭔지는 당신이 이 일을 하게 만들었다는 사실에서 알 것 같네요."

"아, 그들은 올 수가 없었어요, 둘 다요. 굉장히 바쁜 사람들이고 특히 뉴섬 부인은 일이 너무 많아 전혀 틈을 낼 수 없지요. 더구나 아주 신경이 예민하고, 튼튼한 체질도 전혀 아니고."

"미국적인 환자라는 말씀이신가요?"

그는 신중히 구별을 지었다. "그 말만큼 그녀가 듣기 싫어할 말도 없겠지만, 만약 그런 식으로만 다른 쪽이 될 수 있다면 아마 그쪽이 되기로 하겠죠." 그가 웃으며 말을 맺었다.

"환자가 되기 위해 미국적이 되는 쪽을?"

"아니 그 반대이지요." 스트레더가 말했다. "여하튼 여리고 세심한 데다 신경이 무척 예민해요. 온갖 일에 신경을 너무 써서……."

아, 그런 거라면 마리아는 아주 잘 알았다. "그래서 다른 일에는 신경 쓸 여력이 없단 말이죠? 당연히 그렇겠죠. 지금 그런 얘길 누구한테 하시는 거예요? 신경이 예민하다고요? 제가 이렇게 죽어라 달리고 있는 게 그들을 위해서 아닌가요? 게다가 당신도 그로부터 영향을 받고 있다고 보는데요."

스트레더는 이를 가볍게 넘겼다. "아, 나도 죽어라 달리고 있잖아요!"

"그러면 지금부터 있는 힘껏 함께 그 일에 전념해 보죠." 그녀가 똑 부러지게 되받은 후 계속 밀고 나갔다. "돈이 많은가요?"

그러나 그는 그녀의 기운찬 모습에 아직 사로잡혀 있어서인지 질문을 제대로 못 들은 모양이었다. 그로서는 좀 더 설명하고 싶었다. "더구나 뉴섬 부인은 사람을 만나는 데 당신처럼 대담하질 못해요. 그녀가 직접 왔다면 당사자를 직접 보기 위해서였겠죠."

"여자 말인가요? 그건 용기가 필요하겠죠."

"아니, 기세등등함이죠. 상당히 다른 거예요." 하지만 그녀에게 맞춰 주듯 덧붙였다. "용기는 당신이 가진 거고요."

그녀는 고개를 저었다. "괜히 봐주느라고 그렇게 말씀하시는 거죠. 제게 그런 기세가 없다는 게 적나라하게 드러나지 않게 덮어 주려고요. 전 어느 쪽도 없어요. 하도 두드려 맞아서 냉담해졌을 뿐이죠." 고스트리 양이 말을 이었다. "당신 말은 직접 온다면 상황을 남김없이 보게 될 테고, 간단히 말해서 그렇게 남김없이 알게 되는 것들을 감당할 수 없으리라는 거죠."

스트레더는 그녀가 생각하는 간단함이 흥미로운 모양이었지만 그 공식을 일단 받아들였다. "모든 게 그녀에겐 감당하기 힘들죠."

"아, 그러면 당신이 그녀를 위해 하는 이 일이……."

"무엇보다 그녀를 위한 거라는 말이죠? 그래요, 상당히 그렇죠. 하지만 이 일이 내겐 감당할 수 없는 일이 아니니까……."

"그녀의 상태가 문제되는 게 아니다? 물론 그렇겠죠. 그럼 그 상태 얘기는 빼도록 하죠. 그러니까 그냥 전제로 깔아 두자고요. 그것이 당신 주변 어디에나 있는 건 알겠어요. 하지만 동시에 당신을 떠받치기도 하는 거죠."

"아, 정말로 나를 떠받치긴 하죠!" 스트레더가 웃었다.

"그럼 나를 받쳐 주는 것은 당신의 상태이니 그거면 충분한 거네요." 이 말과 함께 그녀는 앞서 했던 질문을 되풀이했다. "뉴섬 부인은 돈이 많은가요?"

그가 이번엔 제대로 들었다. "아, 아주 많아요. 그게 화근이지요. 상당한 정도로 돈이 걸려 있는 문제이거든요. 채드가 돈을 물 쓰듯 쓰고 있어요. 하지만 정신을 차리고 미국에 돌아간다면 어쨌든 자기 몫은 있을 겁니다."

아주 흥미롭게 그의 말을 듣더니 그녀가 말했다. "당신도 당신 몫을 찾았으면 좋겠네요!"

"그에게 분명히 물질적 보상이 있을 거예요." 스트레더가 못 들은 척 말을 이었다. "말하자면 갈림길에 서 있는 거죠. 지금 집안 사업을 맡든가 아니면 아예 못 맡든가."

"사업을 하는군요?"

"물론이에요. 굉장히 규모가 크고 경기가 좋은 사업이죠. 아주 잘나가는 사업이에요."

"아주 큰 상점인가요?"

"작업장이죠. 생산량이 많은 큰 규모의 사업이에요. 제조업체인데, 제대로만 운영하면 독점적인 지위를 차지할 수도 있죠. 작은 물건이지만, 다른 곳보다 더 좋은 물건을 만들 수 있는 것 같고요, 어쨌든 그래 왔어요. 뉴섬 씨가 적어도 그 분야에서는 창의적인 사람이라 아이디어를 내 큰 이득을 보았고 생전에 엄청나게 사업을 확장할 수 있었죠." 스트레더가 설명했다.

"대단한 규모인가요?"

"음, 건물이 아주 많아서 거의 작은 산업 단지라고도 할 수 있죠. 하지만 무엇보다 제품이에요. 생산하는 물건 말입니다."

"생산하는 물건이 도대체 뭔데요?"

스트레더는 말하기가 약간 꺼려지는 듯이 주위를 둘러보았다. 마침 무대 막이 막 올라가려는 참이라 용케 벗어날 수 있었다. "다음에 말해 줄게요." 그러나 다음번이 왔을 때도 그는 그저 나중에, 그러니까 극장을 나선 후에 말해 주겠다고만 했다. 그녀는 바로 그 주제로 다시 돌아왔고 그로서도 무대의 광경에 그 다른 이미지가 겹쳐 보일 지경이었다. 그가 계속 미루기만 하는 게 그녀로서는 의아했다. 혹시 안 좋은 물건이냐고 물었다. 말하자면 부적절하거나 우스꽝스럽거나 부도덕하다는 의미에서 말이다. 스트레더는 거기에는 기꺼이 대답해 줄 수 있었다. "말하기 민망한 것이냐고요? 전혀 아니에요. 늘 입에 올리죠. 아주 익숙한 물건이라 전혀 숨길 것도 없어요. 단지 아주 작고 사소하고 좀 우습기도 한, 흔해 빠진 가정용품이라 그냥, 뭐랄까요, 위신이 안 선다고 할까, 내세울 만한 게 없어요. 그런데 어딜 보나 근사한 이런 곳에서……." 한마디로 그는 내키지 않는 것이었다.

"어울리지 않는다는 건가요?"

"안됐지만 그래요. 천박하거든요."

"하지만 분명 이것만큼 천박하진 않겠죠." 이번엔 스트레더가 어리둥절했다. "우리 주변의 이 모든 것보다 말이에요." 그녀는 살짝 짜증이 나 보였다. "이것들을 어떻게 보시는 거예요?"

"상대적으로 고상하죠!"

"이 끔찍한 런던 극장이 말이에요? 정말 알고 싶다면 말씀 드리는데, 여기는 가망이 없어요."

"아, 그렇다면 정말 알고 싶지 않은걸요!" 스트레더가 웃었다.

그러면서 둘 사이에 잠깐 말이 끊어졌는데, 여전히 울렛의 그 알 수 없는 제품에 사로잡힌 고스트리 양이 침묵을 깨고 말했다. "'좀 우습기도 하다'고요? 빨래집게인가요? 베이킹 소다? 구두약?"

그 역시 다시 이 주제로 돌아오지 않을 수 없었다. "아니, 근처에도 못 갔어요. 도저히 맞힐 수 없을 거예요."

"그럼 그게 천박한지 아닌지 어떻게 판단하겠어요?"

"내가 말해 주면 판단할 수 있겠죠." 그러면서 좀 참아 달라고 달랬다. 그러나 미리 털어놓자면 그는 이후에도 절대 그녀에게 말해 주지 않을 작정이었다. 실제로도 말하지 않았는데, 기이하게도 그 결과 헤아릴 수 없는 것에 대한 그녀의 법칙에 따라 알고 싶다는 마음은 완전히 사라지고 대신 자신이 모른다는 사실을 적극적으로 이용하는 식으로 태도가 바뀌었다. 모르니까 차라리 마음대로 상상할 수 있고 그러한 자유로움이 얼마나 유용한지 몰랐다. 그 이름 없는 작은 물건을 정말이지 거론할 가치도 없는 것으로 여겼고 그 점을 너무나도 확고한 사실로 만들 수 있었던 것이다. 그녀가 이어서 한 말에서 스트레더는 어쩌면 그 전조를 느낄 수 있었을지도 모른다.

"그러면 채드 군이 돌아가려 하지 않는 이유가 그게 그렇게 나쁜 거라서가 아닐까요? 당신이 말하는 그 사업이 너무 천박해서 말이에요. 더럽다고 느낀다든지? 거기 물들기 싫어서 여기 이렇게 떨어져 있는 건 아닐까요?"

"아, '더럽다'고 느낄 것 같진 않은데요." 스트레더가 웃었다.

"그렇지 않나요? 그야 거기서 돈이 나오니까 행복하죠. 그 돈이 다 자기 기반이잖아요. 그 점에는 감사를 해야죠. 그러니까 그의 모친이 지금까지 보내 준 돈에 대해서 말이에요. 돈을 끊어 버릴 수도 있어요. 물론 그렇다 해도 불행히 그에겐 적게나마 들어오는 돈이 있긴 하지만요. 외할아버지, 그러니까 그녀의 아버지가 물려준 돈이 있거든요."

"그럼 당신이 얘기한 그 사실 때문에 더욱 그가 가탈스럽게 구는 거 아닐까요?" 고스트리 양이 물었다. "돈이 어디서 나오는지 다 아니까, 그 분명한 출처에 대해서 깐깐하게 군다고 할 수도 있지 않나요?"

스트레더는 그 가정을 흔쾌히 좀 더 끌고 갈 수 있었다. "외할아버지 재산의 출처도, 그러니까 거기서 나온 그의 몫도 그렇고, 그렇게 고상하지는 않아요."

"어디서 생긴 건데요?"

그는 적당한 말을 찾으려 애썼다. "그냥 일을 좀 했다고 할까요."

"사업을 했단 말인가요, 무슨 나쁜 짓을 했단 말인가요? 옛날에 사기꾼이었나요?"

"아, 그분에 대해 왈가왈부할 생각은 없어요. 그가 한 일에 대해서도 그렇고." 그가 힘주어 말했지만 자신만만하지는 않왔다.

"맙소사, 미궁 속이군요! 그럼 돌아가신 뉴섬 씨는요?"

"뉴섬 씨가 뭐요?"

"그도 마찬가지였나요?"

"아니요, 그는 그 집안에서 다른 종자였어요. 그와는 달랐지요."

고스트리 양이 그 말을 받았다. "더 나은 사람이었나요?"

상대방은 잠깐 머뭇거렸다. "그건 아니고요."

입 밖에 내지 않았어도 그녀가 그 머뭇거림을 어떻게 받아들였는지는 거의 확실했다. "고맙네요." 그녀가 말을 이었다. "자 이래도 그 아들이 왜 집에 돌아가지 않는지 모르겠어요? 수치스러움에서 벗어나고 싶은 거예요."

"수치스러움? 무슨 수치스러움?"

"무슨 수치스러움이냐니요? 어떻게 그럴 수가? 그 수치스러움이요."

"하지만 요즘 세상 어디에, 그리고 언제 수치스러움이 있단 말입니까?" 스트레더가 물었다. "수치스러움이 있기나 해요? 내가 이야기하는 그 사람들이 했던 일은 누구나 다 하는 일이에요. 그리고 다 지난 일인 데다가 이젠 고마워해야 할 일이죠."

그녀가 그 말을 이해한 방식은 이러했다. "뉴섬 부인은 고마워하나요?"

"아, 내가 그녀를 대변할 수는 없어요."

"그 모든 것에도 불구하고, 게다가 제가 이해한 바로는 거기서 이득까지 보면서도, 그래도 여전히 섬세하고 멋진가요?"

"그녀에 대해서 말하는 것도 할 수 없어요."

"그녀에 대해서야말로 얘기할 수 있을 줄 알았는데요. 절 믿지 못하시는군요." 잠시 후 고스트리 양이 단호히 말했다.

그 말은 효과가 있었다. "자선 사업도 많이 하고 그에 맞게 생활도 해 나가고 있는데……."

"잘못에 대한 일종의 속죄인가요? 맙소사!" 그가 미처 대꾸도 하기 전에 그녀가 덧붙였다. "어떤 사람인지 너무나 확실히 알겠어요!"

"알 것 같다면, 그걸로 충분해요." 그가 더 이상의 관심을 보이지 않고 말했다.

그녀는 정말로 뉴섬 부인을 파악한 듯했다. "느낌이 와요. 그 모든 것에도 불구하고 그녀는 아름답군요."

이 말에 어쨌든 스트레더가 다시 관심을 보였다. "모든 것이라니 무슨 뜻인가요?"

"글쎄요, 당신 얘기였어요." 그러면서 재빨리 화제를 돌렸다. "회사를 관리해야 한다고 했는데, 뉴섬 부인이 그 일을 하지 않나요?"

"지금까지는 할 수 있는 데까지 해 왔죠. 놀랍도록 능력이 뛰어난 사람이긴 하지만 그쪽은 자기 분야가 아닌 데다가 너무 많은 일로 일정이 꽉 차 있어요. 하는 일이 정말 많거든요."

"당신도요?"

"아, 그럼요. 내 일도 많지요."

"알겠어요. 하지만 제 말은 당신도 그 사업을 챙기고 있느냐는 거였어요." 고스트리 양이 바꿔 물었다.

"아, 아니요. 난 사업에는 전혀 관여하지 않아요."

"그럼 사업 외의 것만 다?"

"음, 어느 정도는요."

"예를 들면?"

스트레더는 기꺼이 말해 주었다. "음, 평론지요."

"평론지요? 평론지가 있어요?"

"물론이죠. 울렛에 평론지가 있는데, 대체로 뉴섬 부인이 성대하게 자본을 대고 나는 전혀 성대하지 않게 편집을 하지요. 내 이름이 표지에 있어요." 스트레더가 말을 이었다. "당신이 전혀 들어 보지 못한 것 같아 심히 실망스럽고 섭섭한데요."

그녀는 일단 이 불평을 그냥 넘겼다. "어떤 종류의 평론지이죠?"

그는 이제 완전히 평정심을 되찾았다. "음, 녹색이에요."

"그러니까 여기서 말하는 식으로 정치적인 색깔을 말하는 건가요? 사상에 있어서?"

"아뇨, 표지가 녹색이라고요. 그것도 아주 고운 녹색이죠."

"그럼 뉴섬 부인의 이름도 표지에 있나요?"

그가 뜸을 좀 들인 뒤 말했다. "아, 그 문제에서 그녀의 존재가 밖으로 드러나는지 아닌지는 당신이 판단해야 할 거예요. 배후에서 만사를 처리하지만 아주 신중하고 사려 깊거든요."

고스트리 양은 모두 이해했다. "어련하시겠어요. 그녀라면 그렇겠죠. 과소평가하는 건 아니에요. 분명 명사(名士)이겠죠."

"아, 그럼요. 명사이죠."

"울렛의 명사라, 멋지네요! 그 말이 맘에 들어요. 그러면 그녀와 어울리는 당신도 역시 명사임이 분명해요."

"아, 아녜요." 스트레더가 말했다. "얘기가 그렇게 되지는 않아요."

그러나 그녀는 이미 그의 말을 진지하게 받아 말했다. "이야기가 어떻게 되느냐면, 당신은 물론 자신을 내세우지 않겠죠. 말 안 하셔도 알아요."

"표지에 내 이름이 있는데도요?" 그가 딱 잘라 반박했다.

"하지만 그건 당신 자신을 위한 게 아니잖아요."

"무슨 소리예요, 나 자신을 위한 게 맞아요. 그게 바로 나 자신을 위해서 내가 할 수밖에 없게 된 거예요. 산산조각 난 희망과 야망, 실망과 실패의 쓰레기 더미에서 조금이나마 건져 낸 것이고 내세울 만한 단 하나의 알량한 정체성이죠."

이 말에 그녀는 할 말이 많은 듯이 그를 바라봤지만 결국 나온 말은 그저 이랬다. "당신 이름이 거기에 있는 걸 그녀가 좋아하는 거예요. 당신이 그녀보다 더 명사이고요." 그러고는 곧바로 말을 이었다. "왜냐하면 당신은 스스로 명사가 아니라고 생각하니까요. 그녀는 자신이 명사라고 생각하죠." 고스트리 양이 덧붙였다. "하지만 그녀는 당신도 명사라고 생각해요. 좌우간 당신은 그녀가 붙잡을 수 있었던 가장 대단한 명사예요." 그녀는 청산유수처럼 그럴듯하게 계속 말을 이었다. "두 분 사이를 갈라 놓으려는 건 아니지만, 그녀가 더 대단한 명사를 붙잡게 되면……." 스트레더는 대담하면서도 잘 맞아떨어지는 그녀의 얘기를 듣다가 문득 무언가가 떠올라 말없이 환호하듯 머리를 뒤로 젖혔고 그사이 그녀의 상상력은 이미 나래를 활짝 펴고 날아올랐다. "그러니까 그녀와 담판을 보고……."

"담판을 봐요?" 그녀가 생각에 잠긴 듯 말을 멈추자 그가 물었다.

"당신이 기회를 잃기 전에 말이에요."

그들의 눈이 마주쳤다. "담판이라니 무슨 뜻이에요?"

"당신의 기회는 또 무슨 뜻이겠어요? 당신이 지금 말 안해주는 것들을 다 털어놓게 되면 그때 말해 줄게요. 그건 그녀가 최신의 유행을 따라서 하는 일인가요?" 활달하게 그녀가 물었다.

"평론지요?" 그는 어떻게 적절히 설명할 수 있을지 궁리하는 듯했다. 그러나 결과적으로 대답은 간단했다. "그건 이상에 바치는 헌사 같은 거지요."

"그렇군요. 당신들은 굉장한 일에 열성을 바치고 있군요."

"우린 인기 없는 일에 열성을 바치는 거예요. 그만큼 모험이고요."

"어느 정도나 모험을 하나요?"

"글쎄요, 그녀는 상당한 정도이고 난 그보다 덜하지요. 나로서는 그녀의 신념을 따라갈 수가 없으니까요." 스트레더가 말했다. "그녀가 4분의 1 정도를 제공한다고 할 수 있어요. 이미 털어놨듯이 돈은 전부 부담하고요."

그 말에 어쩐지 금화가 나타나 고스트리 양의 시선을 붙잡고 그 반짝이는 달러들을 삽으로 퍼담는 소리가 들리는 듯했다. "그렇다면 좋은 걸 만들어 내면 좋겠네요."

"전혀 좋은 걸 만들어 낸 적이 없어요!" 그가 바로 맞받았다.

그녀는 잠깐 기다렸다. "사랑받는 일이 좋은 일 아닌가요?"

"아, 사랑하는 사람은 없어요. 심지어 미워하는 사람도 없지요. 그냥 친절하게 무시당할 뿐이죠."

그녀는 다시금 짬을 두었다. "저를 안 믿으시는군요!" 그녀는 앞서 했던 말을 되풀이했다.

"마지막 베일까지 벗겨 보여 줬는데 안 믿는다고요? 내가 갇힌 곳의 비밀까지 알려 줬는데?"[8]

그녀의 눈이 다시 그의 눈과 마주쳤다. 그러나 곧 답답하다는 듯이 눈을 돌렸다. "잡지가 잘 안 팔린다고요? 그것 참 반가운 얘기네요!" 그러더니 그가 항의하기도 전에 곧바로 다시 진지하게 나왔다. "그녀는 그저 도덕적 명사이군요."

그는 아주 기꺼이 그 정의를 받아들였다. "그래요, 아주 적절한 표현인 것 같은데요."

그러나 상대방은 아주 이상한 쪽으로 화제를 돌렸다. "머리 스타일이 어떤가요?"

그가 소리 내어 웃었다. "아름답죠!"

"아, 그런 말은 아무 의미가 없어요. 하지만 상관없어요, 이미 알고 있으니까요. 전혀 흠잡을 데라고는 없겠죠. 머리숱도 상당히 많은 데다 아직 흰머리도 하나 없을 것이고. 어때요?"

그 생생한 묘사에 그의 얼굴이 붉어지는 동시에 딱 맞는 이

---

8) 셰익스피어의 「햄릿」에서 아버지 유령이 햄릿 앞에 나타나, 구천을 헤매는 유령으로서 그곳의 얘기는 살아 있는 사람에게는 할 수가 없다고 말하는 장면에서 나온 표현이다.

야기라 입이 딱 벌어졌다. "당신은 정말 귀신 같군요."

"귀신이 아니면 제가 뭐겠어요? 옳다구나 하고 당신을 덮친 것도 제가 귀신이어서였죠. 하지만 너무 개의치 마세요. 우리 나이에 귀신 아닌 건 모두 따분한 것이거나 망상이거든요. 게다가 귀신 자신도 결국엔 반 정도만 즐거움이죠." 이 말과 함께 단번에 앞의 주제로 돌아갔다. "당신은 그러니까 그녀의 속죄를 도와주는군요. 당신이 죄를 진 것도 아닌데 좀 어려운 일이겠어요."

"죄가 없는 건 그녀이죠." 스트레더가 대답했다. "죄를 많이 진 건 나예요."

"아하." 고스트리 양이 냉소적으로 웃었다. "당신이 그려 보이는 그녀의 모습이란! 과부와 고아를 등쳐 먹기라도 했나요?"

"죄는 질 만큼 졌어요." 스트레더가 말했다.

"누가 보기에 그랬단 말인가요? 어딜 봐서 그렇다는 거죠?"

"음, 지금 여기 이러고 있을 만큼은 그런 거죠."

"감사하네요!" 이때 공연 도중 자리를 비웠다가 결말을 보기 위해 돌아오는 한 신사가 그들의 무릎과 앞 좌석 사이로 지나가는 통에 대화가 끊겼다. 그러나 그 덕분에 고스트리 양은 주위가 다시 조용해지기 전에 자신이 느낀 지금까지 하던 이야기의 교훈을 단칼에 마무리 지을 시간을 벌었다. "당신이 뭔가 숨기는 게 있다는 건 알고 있었어요!" 하지만 그런 마무리에도 불구하고 두 사람은 연극이 끝난 후에도 아직 할 말이 많이 남았다는 듯이 다시 미적거렸다. 그래서 다른 관객들이 다 나갈 때까지 기다리자고 쉽게 합의를 보았다. 기다림으로써 얻는 것이 있다고 생각했으니까. 로비에 나가서야 그 밤에 비가 내리고 있다는 것을 알게 되었다. 그러나 고스트리 양은 자신을 집에 바래다주지 않아도 된다고 했다. 런던에서 신나게 즐긴 후 비 내리는 밤에 혼자 사륜마차를 타고 돌아가며 이런저런 생각하기를 아주 좋아한다는 것이었다. 스스로를 다시 가다듬기에 그보다 좋은 시간이 없다면서 말이다. 비가 오는 데다 현관 앞이 마차들로 혼잡해 시간이 지체되었으므로 그들은 현관 뒤쪽, 거리에서 들이치는 비바람이 미치지 않는 자리에 놓인 긴 의자에 앉게 되었다. 여기서 스트레더의 동료는 그 자신이 그 문제를 상상하는 데 이미 상당히 도움을 주었던 예의 거침없는 방식으로 같은 주제를 다시 끄집어냈다.

"파리의 젊은 당신 친구는 당신을 좋아하나요?"

한동안 그 문제를 꺼내지 않았기 때문에 이 질문에 그는 소스라치게 놀랐다. "아, 아니길 바라요! 날 왜 좋아하겠어요?"

"안 좋아할 이유는 또 뭔가요?" 고스트리 양이 물었다. "그를 혼내러 왔다는 게 딱히 그와 관련이 있을 필요는 없잖아요."

"당신은 이 문제와 관련해서 나보다 보는 게 더 많군요." 그가 곧바로 대꾸했다.

"당신이 그 문제와 관련이 있으니까요."

"그럼 '나와' 관련해서 보는 게 더 많군요!"

"당신 자신이 보는 것보다요? 그럴 거예요. 마땅히 그래야죠." 그녀가 설명했다. "제 생각으로는 그가 주변 환경에서 특별한 영향을 받았을지도 모른다는 거예요."

"아, 주변 환경……!" 정말이지 이제는 세 시간 전에 비해 그 것을 더 잘 상상할 수 있을 것 같았다.

"그것이 오로지 품위를 떨어뜨리기만 했을 거라고 보시나요?"

"그게 바로 내 출발점이죠."

"그렇죠, 하지만 너무 뒤에서 출발했어요. 편지엔 뭐라고 썼던가요?"

"전혀요. 거의 우리가 없는 사람인 것처럼 굴어요. 아님 봐주는 건지. 편지라고는 안 써요."

"알겠어요." 그녀가 말을 이었다. "하지만 어쨌든 그가 지금 얼마나 멋진 곳에서 지내고 있는지를 고려하면 그에게 일어났을 법한 일은 상반된 두 가지예요. 하나는 완전히 타락했을 가능성이고 다른 하나는 세련되어졌을 가능성이죠."

스트레더는 상대를 빤히 쳐다봤다. 정말 특이한 주장이었으니까. "세련되어졌다고요?"

"아, 세련됨이라는 게 있잖아요." 그녀가 나직이 말했다.

그 말투에 그는 잠시 그녀를 바라보다가 웃음을 터뜨렸다. "당신한테는 분명 있지요!"

그녀는 말투를 바꾸지 않고 하던 말을 계속했다. "뭔가의 조짐이라는 측면에서는 그게 아마 가장 나쁜 경우일 거예요."

곰곰이 생각해 보더니 그의 태도가 다시 진지해졌다. "어머니의 편지에 답장을 안 쓰는 게 세련됨인가요?"

그녀는 잠시 주저하는 듯했지만 결국 대답했다. "그게 가장 대단한 세련됨이라고 해야겠죠."

"조짐으로 말하자면, 내 생각에 그 애가 나를 자기 멋대로 할 수 있다고 믿는다는 사실을 최악으로 봐도 괜찮을 것 같군요." 스트레더가 말했다.

이 말에 그녀가 좀 놀란 듯했다. "그걸 어떻게 알아요?"

"아, 확실해요. 확실히 그런 직감이 들어요."

"그가 그렇게 할 수 있다고요?"

"그렇게 할 수 있다고 스스로 믿는다고요. 결국 같은 얘기가 되겠지만." 스트레더가 웃었다.

그러나 그녀는 이에 맞장구쳐 줄 생각이 없었다. "당신에게 결국 같은 얘기가 되는 것은 하나도 없을 거예요." 그리고 그 말뜻을 충분히 이해했으므로 바로 다음 이야기로 넘어갔다. "그가 그 관계를 끊기만 하면 고국에서 가업을 맡게 될 거라고 보는 건가요?"

"거의 그렇죠. 정신이 제대로 박힌 젊은이라면 당연히 노릴 만한 특별한 기회를 얻게 되겠지요. 그동안 사업이 아주 발전해서 삼 년 전에는 거의 눈에 띄지 않았던 좋은 기회가 생겼어요. 이제 그가 오기만 하면 되는 상황인 거죠. 그 부친이 유서에서 특정한 조건에서만 그 기회를 얻을 수 있게 해 놓았어요. 그 유서에 따라 채드가 기회를 잡기만 하면 커다란 이득이 따라오는데, 그 조건이 이제 마련된 거지요. 상당한 압력에도 불구하고 그의 모친이 마지막까지 그 애를 위해 버티면서 지키고 있답니다. 대단한 '몫'에다 배당되는 이윤도 높아 마땅히 그 애가 직접 와서 좋은 결과가 나오도록 상당한 노력을 기울여야 할 필요가 있어요. 그게 내가 말하는 기회이지요. 그걸 놓치면 아무것도 받지 못하는 거예요. 그리고 그 기회를 놓치지 않도록 하는 것이 바로 내가 여기 나온 이유이죠."

그녀는 충분히 이해하고도 남았다. "그러면 당신이 여기 나온 것은 그에게 엄청난 도움을 주기 위해서네요."

스트레더는 기꺼이 그 설명을 받아들였다. "아, 그렇다고 볼 수 있죠."

"당신이 성공하기만 하면 그들 말마따나 그는……."

"엄청난 이득을 얻게 되는 거죠." 확실히 스트레더는 그 문제에는 휜했다.

"그것은 물론 엄청난 돈을 말하는 거겠죠."

"음, 그것만은 아니에요. 다른 문제도 있다고 봐요. 그에 대한 보답과 편안함과 안정, 그러니까 튼튼한 사슬로 단단히 정박되어 있는 전반적인 안전함 같은 거죠. 내가 아는 바로 그는 보호받고 싶어 해요. 세상살이로부터 말이에요."

"아, 그거군요!" 찰칵 소리가 나듯이 그녀의 생각이 탁 맞아들어갔다. "세상살이로부터. 그를 고국으로 돌려보내야 하는 진짜 이유는 결혼이군요."

"음, 얼추 비슷해요."

"당연히 그게 기본이겠지요." 그녀가 말했다. "맘에 둔 신붓감은 있고요?"

이 말에 그는 약간 자의식이 생기는지 미소를 지었다. "있는 대로 다 털어놓게 만드는군요."

잠시 그들은 서로를 마주 보았다. "당신은 있는 대로 다 쏟아붓고 있잖아요."

그가 그녀의 질문에 대답했으므로 그 칭찬을 받아들인 셈이었다. "매미 포콕이에요."

그녀가 의아한 표정을 지었다. 그러더니 그 특이함도 어떻게든 끼워 맞춰 보려는 듯 진지하게, 조심스럽기까지 한 말투로 물었다. "그의 조카딸 말인가요?"

"아, 그 관계를 지칭할 말이 아직 없죠. 그의 매형의 여동생이에요. 짐의 부인의 시누이지요."

이에 고스트리 양의 얼굴이 좀 굳어지는 듯했다. "그러면 짐의 부인은 도대체 누구죠?"

"채드의 누나요. 세라 뉴섬이었는데, 내가 얘기 안 했던가요? 짐 포콕과 결혼했어요."

"아, 그렇죠." 그녀가 암묵적으로 인정했다. 하지만 그가 지금까지 얘기한 것이라고는……! 그럼에도 어쨌든 가능한 한 의미심장한 말투로 물었다. "그럼 도대체 짐 포콕은 누구죠?"

"아니, 샐리9)의 남편이잖아요. 울렛에서는 그렇게밖에는 사람들을 구별할 수가 없어요." 그가 흔쾌히 설명했다.

"그게 아주 특별한 건가요? 샐리의 남편이라는 게?"

그가 잠시 생각했다. "그보다 더 특별한 건 거의 없을걸요. 미래에 채드의 부인이 되지 않는 다음에야."

"그럼 당신은 어떻게 특별히 구별되나요?"

"그런 건 없어요. 말했듯이 녹색 표지 말고는."

---

9) 채드의 누나의 이름은 세라이지만 동시에 샐리라는 애칭을 쓰고 있다.

다시 한번 그들의 눈이 마주쳤고 그녀가 잠시 그의 눈을 들여다보았다. "녹색 표지든 뭐 다른 색 표지든 저한테는 아무 소용도 없어요. 당신은 정말 헤아릴 수 없이 이중적이군요!" 그러나 그녀는 실상을 대략 파악하고 있었으므로 그것을 용납할 수 있었다. "매미는 아주 좋은 짝인가요?"

"아, 최고의 짝이죠. 정말 예쁘고 총명한 처녀예요."

고스트리 양은 그 안쓰러운 처녀를 파악한 듯했다. "그런 처녀들에 대해서는 제가 잘 알죠. 돈은 있고요?"

"돈이라면 아마 그렇게 많지 않을 거예요. 하지만 다른 면에서 모자람이 없어서 그 점이 아쉽지 않아요. 알다시피 미국에서는 예쁜 여자라면 대체로 돈이 별로 아쉽지 않잖아요." 스트레더가 덧붙였다.

"그렇죠." 그녀가 수긍했다. "하지만 때로 정말 아쉬운 게 뭔지도 알아요." 그녀가 말했다. "그런데 당신은 그녀가 맘에 드나요?"

그는 이 질문을 여러 방식으로 받아들일 수 있음을 내비쳤다. 그러나 곧 장난스럽게 받아들이기로 했다. "예쁜 여자는 가리지 않고 다 좋아한다는 걸 이미 충분히 알려 주지 않았나요?"

그녀는 이미 이 문제에 대단히 관심이 생겼으므로 거기에 맞장구칠 여유가 거의 없었고, 그래서 본론에서 벗어나지 않으려 했다. "울렛에서는 여자들이, 뭐랄까, 흠잡을 데 없기를 바란다고 생각했는데요. 그러니까 그곳 젊은 남성들이 예쁜 여성에 대해서 말이에요."

"내 생각도 그랬어요!" 스트레더가 인정했다. "그런데 거기에서 좀 흥미로운 사실을 마주하게 된 거예요. 예의범절의 문제에서 관대해지는 요즘 추세나 시대 정신을 울렛 역시 따르고 있다는 거죠. 모든 게 변해 가고 우리 상황이 바로 그 지점을 나타낸다고 봐요. 물론 흠잡을 데 없다면 더 좋겠지만 생긴 그대로 최대한 잘해 볼 수밖에 없는 거죠. 시대 정신과 느슨해진 예의범절 때문에 그들이 그런 식으로 파리로 가 버리고……."

"그러니까 오는 대로 다시 되돌려 보내야 하는 거죠. 실제온다면 말이에요. 멋진걸요!" 다시 한번 그녀는 모든 걸 이해했지만, 잠시 생각에 잠겼다. "불쌍한 채드!"

"아, 매미가 구해 줄 거예요!" 스트레더가 명랑하게 말했다.

여전히 자기 생각에 빠져 다른 쪽을 보고 있던 그녀는, 마치 그가 자신의 말을 알아듣지 못했다는 듯이 답답해하면서 말했다. "그건 당신이 할 거예요. 당신이 바로 그를 구해 줄 사람이라고요."

"하지만 매미가 도와줘야죠." 그러곤 덧붙였다. "당신의 도움으로 내가 그런 일을 할 수 있다는 뜻이 아니라면 말이죠."

이 말에 그녀는 다시 그를 바라보지 않을 수 없었다. "당신은 우리 전부를 합쳐 놓은 것보다 더 많을 일을 하게 될 거예요. 당신이 훨씬 나으니까."

"당신을 알게 되어 좀 나아진 것뿐이라고 생각하는데요!" 스트레더가 호기롭게 대답했다.

사람들이 현저히 줄어들어 이제 마지막 남은 사람들이 비교적 조용히 빠져나갈 뿐 건물 안은 거의 비었으므로 그들도 현관 근처로 나가 심부름꾼에게 고스트리 양의 마차를 불러 달라고 주문했다. 하지만 이로써 몇 분의 짬이 더 생겼고 그녀가 그 시간을 이용하지 않을 턱이 없었다. "성공한다면 채드 군이 무엇을 얻게 될지는 얘기했지만, 당신이 얻는 게 뭔지는 말씀을 안 하셨어요."

"아, 내가 얻게 되는 건 딱히 없어요." 스트레더가 아주 간단히 대답했다.

그녀는 그 말을 훨씬 더 단순하게 받아들였다. "이미 다 '정산'이 됐단 뜻인가요? 대가는 미리 다 계산된 거죠?"

"아, 대가 얘기는 하지 말아요!" 그가 나직하게 내뱉었다.

그 말투의 어떤 면 때문에 그녀는 멈칫했다. 하지만 심부름꾼이 아직 오지 않았으므로 다시 말을 꺼낼 기회가 있었고 이번엔 다른 방식으로 물었다. "그럼 실패할 경우 무엇을 잃게 되나요?"

그러나 그는 여전히 그 문제에는 대응을 하지 않으려 했다. "아무것도요!"라고 그가 외쳤고, 때마침 심부름꾼이 도착해 그쪽으로 움직이며 그 문제를 덮어 버릴 수 있었다. 거리 쪽으로 몇 발자국 나선 그가 가로등 아래에서 그녀를 사륜마차에 태워 주었을 때, 그녀가 그의 마차는 부르지 않았냐고 물었으므로 문이 닫히기 전에 그가 물었다. "나랑 같이 가지 않을 거예요?"

"절대로요."

"그럼 걸어가겠어요."

"비가 오는데요?"

"비 좋아해요." 스트레더가 말했다. "잘 가요."

그는 여전히 문을 잡고 있었고 그녀가 바로 대답하지 않았기 때문에 그는 잠시 그렇게 서 있었다. 그러나 그녀는 대답 대신 앞서 한 질문을 다시 했다. "뭘 잃게 되나요?"

그 질문이 왜 이번엔 다르게 들렸는지 그로서도 설명할 수 없었을 것이다. 단지 이번에는 다른 방식으로 대응할 수밖에 없었다. "모든 걸요."

"그럴 줄 알았어요. 그럼 성공하게 될 거예요. 그리고 그걸 이룰 수 있도록 제가 당신의 충실한 원군이⋯⋯."

"아, 당신은 정말!" 그가 상냥한 목소리로 속삭였다.

"죽을 때까지 되어 드리죠. 죽을 때까지요!" 마리아 고스트리가 말했다. "안녕히 가세요."

2

파리에 온 둘째 날 아침 스트레더는 자신의 신용장이 와 있는 스크리브가(街)의 은행을 찾았는데, 이틀 전 함께 런던에서 파리로 건너온 웨이마시와 함께였다. 도착한 날 아침부터 서둘러서 스크리브가에 갔지만 기대했던 편지는 없었다. 아직까지 한 통의 편지도 받지 못했다. 런던에서야 기대하지도 않았지만 파리에는 몇 통 와 있으리라 예상했기 때문에, 약간 뒤숭숭한 마음을 안고 곧바로 큰길가로 천천히 걸어 나갔다. 섭섭한 마음이 들지 않을 수 없었지만 그 역시 다른 것과 마찬가지로 좋은 출발로 받아들이기로 했다. 길의 들머리에 잠깐 멈춰 서서 넓은 이국의 대로를 위아래로 훑어보니, 그런 식의 자극이 맡은 일을 시작하는 데 도움이 될 거라는 생각도 들었기 때문이다. 오자마자 바로 일을 시작하리라 마음먹었고, 곧 일을 시작해야 한다는 사실이 그에게 많은 도움이 되었다. 다행히도 이렇게 할 일이 많지 않았다면 어쩔 뻔했냐고 자문하는 일 말고는 밤이 저물 때까지 할 일이 별로 없었다. 여러 다른 상황과 맥락에서 그 질문을 해 보았다. 그가 여기저기 돌아다닐 수 있었던 것은 자신이 하는 일은 다 목전의 임무와 어떤 식으로든 관련이 있고, 혹시 시간을 허비한다는 느낌에 약간 가책이 들더라도 그것 역시 어쨌든 그 임무를 위한 것이라는 그럴듯한 이론이 있었기 때문이었다. 사실 편지를 받기 전까지 이렇다 할 행동을 취하지 않는 데 대한 가책이 있긴 했다. 그러나 그런 이론이 효과가 있었다. 아직까지는 체스터와 런던에서 며칠 보낸 것이 고작이니 상황에 익숙해지기 위해 하루 정도 소비하는 게 뭐 그리 대수냐고 말할 수 있었던 것이다. 게다가 그가 곧잘 중얼거렸듯이, 상대해야 할 것이 파리인 만큼 처음 몇 시간을 거기에 투자해야 하리라는 계산이 애초부터 있었다. 그 시간을 통해 파리는 줄곧 더 대단해졌는데, 그것이 어떤 식으로라도 의미가 있으려면 그 편이 최선이었을 것이다. 그는 극장에도 가고 연극이 끝나고 돌아오는 길에 환히 밝혀진 번잡한 대로를 밤늦도록 따라 걸으면서 그 매력에 빠져 보려고 했다. 이번 연극 구경에는 웨이마시가 동행했다. 두 사람은 우선 첫 단계로 짐나스 극장에서 카페 리셰까지 걸어갔고, 가볍게 목을 축이려고 그 붐비는 '테라스' — 그날 밤, 아니 이미 자정을 넘겼으므로 그날 새벽에는, 날이 푸근해 사람들이 많았으므로 — 에 비집고 들어가 자리를 잡았다. 웨이마시는 친구와 몇 번 대화를 나눈 결과 이제 자신도 이런 식으로 즐긴다면서 눈에 띄게 생색을 냈다. 그리고 물 탄 맥주잔을 놓고 마주 앉아 있던 삼십 분 동안 뻣뻣한 자신과의 타협도 여기까지가 한계라고 본다는 생각을 여러 방식으로 전달했다. 휘황한 테라스 빛에서도 그의 뻣뻣한 자아가 여전히 음울하게 모습을 드러냈으므로 근엄하게 침묵을 지키면서도 그 점을 전달할 수 있었던 것이다. 정말이지 오페라 광장에 다다를 때까지도 어딜 가나 둘 사이에는 그 밤 내내 한 일에 대한 비판적인 침묵이 지배적이었다.

그날 아침에 드디어 편지가 왔는데, 스트레더가 떠난 날 몇 통이 한꺼번에 런던에 도착했다가 다시 이쪽으로 오느라 시간이 걸린 것이 틀림없었다. 은행의 응접실이 울렛의 우체국을 연상시켜 그에게는 마치 대서양을 가로지르는 다리의 받침대처럼 느껴졌으므로, 그는 편지를 열어 보고 싶은 충동을 꾹 누르고 드디어 손에 넣었다는 기쁨을 만끽하며 헐렁한 회색 코트 주머니에 편지를 집어넣었다. 어제에 이어 오늘도 편지를 받은 웨이마시는 그런 식의 충동을 억제하려는 내색이 없었다. 어찌 되었든 스크리브가를 일찍 나서려는 충동은 분명 쉽게 억누를 수 있는 것으로 보였다. 그래서 어제는 스트레더가 먼저 자리를 떴더랬다. 웨이마시는 신문을 보고 싶다고 했고, 그의 친구가 나중에 알게 된 바로 그는 그곳에서 신문을 읽으며 몇 시간을 보냈다. 그러면서 그 장소가 최상의 전망대라고 힘주어 말했다. 무슨 꿍꿍이인지를 감출 셈으로 두루뭉술하게 자신의 망할 운명을 언급할 때처럼 말이다. 그의 마음속에서 유럽은 여기 갇힌 미국인들에게 꼭 필요한 것들을 고의적으로 차단하는 교묘한 장치로 여겨졌고, 따라서 서쪽에서 불어오는 바람을 붙잡아 놓은 이런 피난처에서 때때로 시간을 보내야 그나마 견딜 수 있다는 것이었다. 자신의 피난처를 주머니에 잘 넣어 둔 스트레더는 나와서 걷기 시작했다. 사실 이 편지 뭉치를 무척 원했음에도 불구하고 편지 대부분의 겉봉을 확인한 순간부터 그의 마음이 뒤숭숭해졌고 그것이 눈에 띌 정도였다. 따라서 이 뒤숭숭함이 당장의 행동을 좌우했다. 주요 발신자의 편지를 읽기에 가장 좋은 장소는 보는 순간 바로 알 수 있을 거라는 생각이었다. 그래서 한 시간 동안 건성으로 그런 장소를 찾아 상점 창문만 들여다보며 다녔다. 햇빛이 쏟아지는 라페가를 걸어 내려가 튈리 공원과 강을 가로질러 가서는 문득 결단을 내리기라도 한 듯 건너편 선착장 가판대 앞에 멈춰 선 것이 한두 번이 아니었다. 튈리 공원에서는 두세 군데에서 머뭇거리며 주위를 둘러봤다. 멋진 파리의 봄이 배회하는 그를 붙잡는 듯했다. 파리의 이른 아침은 발랄한 분위기였다. 산들거리는 바람과 공중에 흩뿌린 듯한 향기, 버클이 있는 띠가 달린 길쭉한 상자를 메고 모자도 안 쓴 채 화단 위를 가볍게 뛰어다니는 여자아이들과 테라스 담이 햇볕에 따뜻해졌을 때에 맞춰 볕을 쪼이는 검소한 노인들, 파란색 제복에 놋쇠 명찰을 달아 관료 냄새가 나는 평범한 정원 관리인들, 똑바로 걸어가는 성직자들의 심오한 대화나 빨간 바지에 하얀 각반을 댄 군인들의 단호한 대화. 활발히 움직이는 모습들, 위대한 파리에서 시계의 째깍거림처럼 움직이는 그 모습들이 부드럽게 대각선 방향으로 자리를 옮겨 가는 것을 보았다. 예술과 버무려진 무엇, 하얀 모자를 쓴 수석 요리사 같은 특성을 보이는 어떤 맛이 공기 중에서 느껴졌다. 궁전은 없어졌지만 스트레더는 궁전을 기억했다. 그래서 이제는 복구할 수 없는, 궁전이 있던 그 빈자리를 바라볼 때면 그가 가진 역사 의식이 꿈틀거리며 자유롭게 노닐 수도 있었으리라. 파리에서는 너무 자유로운 상상이 신경을 건드리기라도 하는 양 그것이 인상을 찌푸리기 일쑤이지만 말이다. 그는 여러 장면의 어렴풋한 상징들로 빈 공간을 채워 보았다. 어슴푸레한 하얀 조각상이 눈에 띄었는데, 바닥을 짚으로 엮은 의자를 그 받침대에 기대 놓고 앉아서 편지를 꺼낼 수도 있을 법했다. 하지만 무슨 까닭에선지 그의 발길은 다른 쪽으로 움직였고, 여전히 편지를 꺼내지 못한 채 센가와 뤽상부르 공원 쪽으로 흘러갔다.

뤽상부르 공원에 이르자 그는 발길을 멈췄다. 마침내 여기에서 조용한 구석 자리를 찾았다. 그리고 이곳에서, 테라스와 골목, 앞쪽에 펼쳐진 경치, 분수대, 넓은 화분에 심은 작은 나무들, 하얀 모자를 쓴 여성들과 꺅꺅 소리 지르며 노는 여자아이들의 모습을 밝은 햇빛 아래 그림처럼 '구성되어' 있는 양 바라볼 수 있는 1페니짜리 의자에 앉아 정말이지 인상들이 넘쳐흐르는 한 시간을 보냈다. 배에서 내린 지 일주일이 지났을 뿐인데, 그의 마음에는 며칠 만에 생겨났다고 보기엔 너무 많은 것들이 있었다. 그동안 어디선가 경고의 소리가 들려오는 듯한 기분이 든 것이 한두 번이 아니었지만 오늘 아침의 경고는 어마어마하게 강도가 높았다. 이전과 달리 그것은 질문의 형식으로 나타났는데, 말하자면 벗어났다는 놀라운 기분으로 도대체 무엇을 하고 있느냐는 질문이었다. 그 기분은 편지를 읽고 난 후 더 강해졌는데, 바로 그 때문에 그 질문이 그렇게 위압적이기도 했다. 뉴섬 부인에게서 네 통의 편지가 왔고 모두 꽤 길었다. 그녀는 곧바로 편지를 쓰기 시작해서 그가 장소를 옮길 때마다 그 뒤를 바짝 따라왔고, 이는 얼마나 자주 편지를 받게 될지 이제 알겠지, 하는 그녀 나름의 표현이기도 했다. 그렇게 보자면 그녀의 편지를 일주일에 몇 통은 받게 될 것이었다. 게다가 한 번에 한 통 이상의 편지가 들어 있는 경우도 계산해야 할 것이다. 어제 아침을 약간의 불만으로 시작했다면 오늘은 그 반대의 불만으로 시작할 만도 했다. 그는 편지를 순서대로 천천히 읽었다. 다른 편지는 다시 주머니에 넣었지만 이 편지들은 읽은 후에도 한참을 무릎 위에 놓아두었다. 마치 거기서 나온 어떤 존재감을 계속 이어 나가려는 듯, 혹은 적어도 생각을 명료하게 하는 데 그것이 분명한 제 역할을 하게 하려는 듯 생각에 잠긴 채 그냥 거기 두었던 것이다. 뉴섬 부인의 편지는 아주 잘 쓴 편지였고, 그녀의 특징적인 말투가 목소리보다 더 잘 나타났다. 거기 담긴 특질을 온전히 느끼기 위해 잠시 이 먼 곳까지 와야 했던 것인지도 모른다. 그러나 달라졌다는 풍성한 의식은 연결되어 있다는, 더 강렬해진 인식과 딱 맞아떨어졌다. 그렇게 달라져서, 그러니까 그냥 지금 있는 이 자리에 있기 때문에 달라졌고 그래서 벗어났던 것이다. 그리고 이 차이는 그가 상상했던 것 이상으로 훨씬 컸다. 그래서 결국 그가 거기 앉아 곰곰이 따져 보게 되었던 것은, 무슨 기이한 논리로 자신이 자유롭다고 여겼던가 하

126

는 점이었다. 그는 자신의 상태를 끝까지 따져 보고 그 과정을 인정하는 것이 어떤 면에서 자신의 의무라고 느꼈다. 그래서 지금까지 걸어온 길을 실제로 다시 짚어 보며 항목들을 다더해 본 결과 지금의 상태를 충분히 설명할 만한 합계가 나왔다. 진정 그는 자신이 다시 젊어진 기분을 맛볼 수 있으리라전혀 기대하지 않았고, 그렇게 만드는 일에 가세한 모든 세월들과 그 외 다른 것이 바로 그 합계였다. 자신의 가책을 잠재우기 위해서는 확실히 할 필요가 있었다.

근본적으로 그 모든 것은 맡은 임무와 본질적으로 관련이없는 일에 대해서는 걱정하지 말라는 뉴섬 부인의 멋진 당부에서 나왔다. 하던 일에 대한 걱정은 완전히 접고 푹 쉬라고당부함으로써 그에게 자유로움을 주었으므로, 말하자면 본인이 다 자처한 일이었다. 그녀 스스로 초래하게 될 것이 결국 무엇일지 지금으로서는 머릿속에 그려 볼 수가 없었다. 기껏해야 자기랑 닮은 모습이었는데, 예를 들면 날씨 좋은 날 단하루 바닷가의 파도에 몸을 맡기는 불쌍한 램버트 스트레더,고작 물 밖으로 고개를 내밀어 숨을 쉬는 짧은 순간에 감사하고는 곧 숨을 한껏 들이쉬며 바짝 긴장하는 가련한 스트레더같은 식이었다. 그게 바로 그였고, 자세도 그렇고 어느 면에서나 물의를 일으킬 만한 점은 없었다. 뉴섬 부인이 다가오는 게보이면 본능적으로 깜짝 놀라 약간 물러서리라는 건 사실이었다. 태도를 바꿔 용감하게 다시 다가가기야 하겠지만 우선마음을 다잡아야 할 것이다. 그녀는 고국의 상황에 대해 많은소식을 전하면서, 그가 없는 동안 얼마나 훌륭히 일을 처리하고 있는지 확실히 알려 주었다. 그가 하던 일도 정확히 거기서부터 이것은 누가 맡고 저것은 누가 맡을 것인지 알려 주면서, 전혀 문제가 없다는 요지의 이야기를 아주 구구절절이 늘어놓았다. 이러한 말투가 사방에서 울려 댔지만 부질없는 것들이 웅웅거리는 느낌이었다. 그 부질없는 느낌을 정당화해 보려 했고, 드디어 좀 심각해 보이기는 하지만 마침맞은 것을 성공적으로 찾아냈다. 그것은 보름 전만 해도 자신이 말도 못 하게 피곤한 사람이었다고 부득불 인정함으로써 가능했다. 사람이 완전히 녹초가 될 수 있다면 램버트 스트레더가 바로 그랬다. 미국에 있는 그의 훌륭한 친구가 이런 식으로 애써 일을 처리해 준 것도 확실히 그의 피로 때문에, 그게 안쓰러워서가 아니던가? 왠지 지금 이 순간 이 사실만 아주 단단히 붙들고 있으면 어쩐지 그것이 그의 길잡이가 되어 줄 것만 같았다. 그에게는 문제를 단순하게 해 줄 발상이 무엇보다 절실했는데, 자신이 완전히 녹초가 되어 나가떨어졌다는 사실만큼 적합한 것도 없을 것이었다. 지금 막 자신의 잔 밑바닥에서 청춘의 잔재가 눈에 띈 것이 이런 맥락에서였다 해도 그것은 그저 그의 계획의 표면에 생긴 흠집 정도라 할 수 있었다. 그는 확실히 녹초인 상태이므로 틀림없이 그 점을 편한 대로 이용할 수 있을 것이고, 계속해서 어지간한 역할만 할 수 있다면 원하는 것은 무엇이든 할 수 있을 것이다.

더욱이 그가 원하는 모든 것이 단 하나의 축복으로 이루어질 수 있었다. 만사를 닥치는 대로 그냥 받아들이는, 별것 아니지만 얻기 힘든 기술 말이다. 그로서는 어째서 자신에게 아무 일도 생기지 않는지 이해하려 애쓰느라 좋은 시절을 다 보낸 듯했다. 그러나 여기는 상황이 상당히 달라 보이므로, 어쩌면 이 오랜 통증이 드디어 가라앉을지도 몰랐다. 탈진해 나자빠질 게 뻔했다는 생각을 받아들인 그 순간부터, 내놓을 이유와 기억은 전혀 부족하지 않으리라는 사실을 쉽게 알 수 있다. 아아, 설사 그걸 다 셈할 수 있다 해도 그 숫자를 다 적을 만한 석판이 없을 것이다! 자인하듯이 그는 일에 있어서든 관계에 있어서든 다 실패했고, 후하게 쳐서 예닐곱 번쯤 되는 사업에서도 실패했기 때문에, 그의 현재가 이렇게 텅 비었고 여전히 그럴 수도 있지만 과거는 틀림없이 파란만장해졌다. 뭔가를 성취하는 일에서 수도 없이 실패했기 때문에 그 멍에가 가벼운 적이 없었고 짐이 부족하지도 않았다. 마치 그 순간 과거를 비추는 그림이 앞에 걸리면서, 고독의 그림자가 드리워져 길고 구불구불한 칙칙한 길이 나타나는 듯했다. 그 고독은 지독하게 활기차고 사교적인 고독이었고, 인생 자체의 고독이거나 선택한 고독, 공동체의 고독이었다. 그 주변에 많은 사람들이 있었지만 그 안에는 단지 서너 명뿐이었다. 웨이마시가 그중 하나였는데, 그 사실이 바로 지금 또렷하게 기록되는 느낌이었다. 뉴섬 부인이 두 번째였고, 갑자기 고스트리 양이 세 번째가 되려는 낌새를 보였다. 그들의 뒤쪽 저 너머로 아주 젊은 시절 그 자신의 모습이 흐릿하게 보였다. 그보다 더 흐릿한 두 인물, 즉 일찍 그의 곁을 뜬 젊은 부인과 어리석게 자신이 희생시킨 어린 아들을 가슴에 부둥켜안고 있었다. 그 시절에 그렇게 죽은 부인을 그리워하는 일에만 빠져 정신이 나

가 있지 않았다면 그 어린 아들이, 급성 디프테리아로 학교에
서 죽어 버린 둔해 빠진 자기 아들이 아직 그의 곁에 있으리
라 거듭거듭 자신을 책망해 왔다. 어쩌면 그 아이가 정말 둔
했던 것이 아니라 부지불식간에 이기적으로 행동한 아버지에
의해 내밀리고 방치되어 둔해졌으리라는 회한에 가슴이 쓰렸
다. 이는 분명 은밀한 슬픔의 습성일 것이라 시간이 흐르면서
천천히 희미해져 갔다. 그러나 가끔 잘 자란 훤칠한 젊은이들
을 볼 때면 자신이 상실한 기회가 떠올라 순간 영혼이 움찔할
정도의 통증은 여전히 있었다. 결국 이렇게 많은 것을 잃은 사
람이, 이렇게 많은 일을 하고도 이렇게 가진 것이 없는 사람이
또 있겠는지 자문하게 되는 것이었다. 다른 날도 아닌 어제 유
독 이 냉랭한 질문이 한쪽 귀를 줄곧 울려 댄 데는 그만한 이
유가 있었다. 뉴섬 부인을 위해 녹색 표지 위에 올린 그의 이
름은 의심할 바 없이 바깥세상, 즉 다소간 울렛과는 다른 외
부에서 그가 누구인지 궁금해할 만큼만 그를 표현했다. 그래
서 자신에 대한 설명을 다시 설명해야 하는 우스꽝스러운 처
지를 자초했던 것이다. 명예나 뭐 그런 것으로 보자면 램버
트 스트레더이기 때문에 표지에 올라 마땅하지만, 현실은 그
가 표지에 올랐기 때문에 램버트 스트레더였다. 그는 뉴섬 부
인을 위해서라면 무엇이든 했을 것이고 더 우스꽝스러운 일도
감수할 작정이었는데, 그 점에 있어서라면 그렇게 될 기회는
앞으로도 있을 것이었다. 결국 이런 식으로 운명을 받아들이
는 일이 쉰다섯 살 나이에 그가 보여 줄 수 있는 전부였다.

　그 양이 정말로 적었기 때문에 적다고 보았고, 그의 판단으

로는 그보다 더 커질 가능성을 상상할 수 없었기 때문에 더욱 터무니없이 적었다. 그는 일단 시작한 일을 최대한 활용하는 재주가 없었고, 도대체 몇 번이었는지는 본인만이 알 일이었지만 몇 번이고 이런저런 일을 시도한 이유도 결국 그것도 아니라면 달리 무엇을 이룰 수 있었을지 증명하려는 것으로 보였다. 그 여러 일들의 망령이, 그 오래된 망령이 다시 찾아왔다. 그 옛날의 고된 일과 망상, 그리고 환멸, 병이 나아지는가 싶더니 다시 악화되고 열병에 시달리는가 하면 오한도 함께 왔던 날들, 유익한 믿음이 깨어진 순간들과 그보다 더 도움이 될 의심이 깨어진 순간들. 대부분 교훈이 되기에 적합한 파란만장한 일들. 그 전날 특히 그의 마음을 연신 자극한 것은 예전에 이곳에 다녀간 이후 전혀 지키지 못했던 자신과의 약속이 스스로도 놀랄 만큼 자주 떠올랐다는 사실이었다. 오늘 무엇보다 생생하게 떠오른 추억은, 남북 전쟁 직후 막 결혼했을 때, 결혼을 했음에도 대책 없이 어리기만 했던 그가 그보다 더 어린 신부와 생각 없이 덜컥 나섰던 여행 중에 했던 맹세였다. 그 여행은 생활필수품을 사려고 모아 두었던 돈으로 시작한 대담한 시도였는데, 당시에는 여러 면에서 성스럽게 여겼더랬다. 더 고상한 문화와 관계를 맺는 기회로 삼아, 울렛에서 말하듯이 좋은 수확을 거두겠다고 마음속으로 다짐했기 때문에 더욱 그러했다. 귀국하는 길에 그는 자신이 뭔가 커다란 것을 얻었다고 믿었고, 책을 읽고 소화하고 심지어 몇 년마다 다시 오겠다는 순진하면서도 면밀한 계획을 통해 그것을 유지, 간수하고 확대해 가리라는 생각을 했다. 하지만 훨씬 더 소중한 것들을 얻기 위한 이 모든 계획이 수포로 돌아갔으니 그 한 줌의 씨앗을 잊고 산 것도 분명 놀랄 일은 못 된다. 그러나 어쨌든 어두컴컴한 구석에 오랜 세월 묻혀 있던 얼마 안 되는 씨앗들이 파리에서 마흔여덟 시간을 보내고 나자 다시 싹트기 시작했다. 어제 하루는 정말이지 오래전 뿔뿔이 흩어져 버린 것들이 다시 연결되어 전체적으로 들썩거리며 살아나는 것을 실감한 시간이었다. 이런 맥락에서 루브르 박물관에서 문득 상상의 나래를 펼쳤던 일이나 나무에 달린 열매만큼이나 싱싱한 레몬색 표지의 책들[10]을 투명한 유리판 너머로 갈망하듯 뚫어지게 바라봤던 기억까지 돌풍처럼 순식간에 몰려들었다.

무엇이든 소유할 가능성은 근본적으로 희박했기 때문에 결국 자신에게 점지된 운명이란 오직 소유되는 일이 아닐까 자문했던 적이 있었다. 그 경우 그로서는 차마 안다고도 할 수 없고 감히 알아낼 염도 낼 수 없는 무언가를 위해서 말이다. 무턱대고 뛰어들고 싶은 충동을 얼마간 부끄러워하면서도 그냥 기다릴까 하는 마음은 그보다 두려워서, 그저 그로 하여금 서성이면서 웃다가는 한숨짓게 하고, 앞으로 나아갔다가 뒷걸음치게 하는 어떤 것일 뿐. 예를 들어 그는 1860년대에 부인을 위해 고른 것까지 포함해 여남은 권의 책을 트렁크에 챙겼을 뿐 아니라 레몬색 표지의 책들 전부를 머리에 담아 돌아갔던 것을 기억했다. 그리고 그 당시에는 이런 식으로 세련

---

10) 종이 표지의 프랑스 소설들은 레몬색 표지이다.

된 취향을 내세우는 일보다 더 자신감을 나타내는 일은 없었다. 그 여남은 권의 책은 한 번도 새로 장정을 하지 못해 더럽고 퀴퀴한 냄새를 풍기며 여전히 집 어딘가에 있었다. 하지만 그것들이 상징했던 강렬한 입문의 과정은 어떻게 되었단 말인가? 이제는 그가 세우리라 꿈꾸었던 미적 감식안의 신전, 사실상 그 이후 전혀 진전을 보지 못한 그 신전의 문에 누렇게 변색된 채 남은 페인트만 보여 줄 뿐이었다. 그가 지금 상상력을 최대로 발휘해 떠올린 것은, 아마 자신이 지키지 못한 이 특정한 약속이 하나의 상징으로 나타났다는 사실일 것이다. 자투리 여가 시간조차 가질 수 없었던 고되고 오랜 삶의 상징이자, 무엇보다 돈과 기회와 내세울 만한 위엄이라고는 없었던 삶의 상징 말이다. 젊은 날의 맹세에 대한 기억이 다시 고동치며 되살아나기 위해 그의 인생의 마지막 사건으로 여겨지는 지금의 여행까지 기다려야 했다는 점, 그 점이야말로 그의 양심이 얼마나 짓눌려 왔는지에 대한 충분한 증거였다. 만약 또 다른 증거가 필요하다면, 이제 확실히 알게 된 바, 그가 자신의 빈약함을 가늠해 보는 일조차 아예 하지 않게 되었다는 사실이 그것이었다. 이제와 돌이켜 보니 그 빈약함이란 마치 척박한 해안의 정착지에서 내륙으로 길게 뻗어 들어가는, 지도에도 없는 오지처럼 어렴풋하면서도 광범위했다. 이곳에서 보낸 마흔여덟 시간 동안 책 한 권 사지 않았다. 아직 책 사는 일을 시작하지 않았고 그 어떤 일도 시작하지 않았다. 아직 채드를 만나러 가지 않은 상황에서는 무슨 일이 있어도 다른 일을 시작하지 않을 것이었다. 하지만 그 책들이 실제로 그에게 영향을 주었다는 이 증거 앞에서, 그는 광막한 사막과도 같았던 지난 세월 속에서도 잠재의식으로나마 변함없이 그것을 간직하고 있었던 것이 분명하다는 사실을 고백하기라도 하듯이 레몬 빛깔의 책 표지를 노려보듯 쳐다보았다. 고국에서 나오는 녹색 표지는 그 목적이 목적인 만큼 문학 분야의 글은 싣지 않았다. 그의 견해와는 다르게, 문학이란 반짝반짝 윤기가 나고 촉감도 좋지만 경제와 정치, 윤리라는 영양가 있는 알맹이의 그럴듯한 껍데기에 불과하다는 것이 뉴섬 부인의 주장이었다. 그러므로 파리의 밝고 넓은 도로에서 무엇이 튀어나올지 굳이 직관적으로 의식하지 않고도 지금 그는 어떤 의구심에 여러 번 얼굴이 상기되었다. 그렇지 않고서야 지금에 와서 그 많은 두려움이 사실로 증명되었을 리가 없었다. 이제 그에겐 너무 늦어 버린 '악장'이 있었다. 그것이, 그 재미까지 이미 지나가 버린 것 아닐까? 그가 놓친 부분이 있었고 그래서 행렬 속에 커다란 빈자리가 있었다. 그것이 금빛 먼지구름 속으로 물러가는 모습을 지켜보고 있었는지도 모른다. 설사 극장 문이 아직 닫히지 않았다 해도 적어도 그의 자리는 이미 다른 사람이 차지하고 앉아 있었다. 전날 밤 그는 극장에 가야 했다면 채드와 함께 혹은 더 나아가 채드를 위해서여야 하지 않았겠냐는 불편한 느낌이 들었다. 정말이지 특정한 의미에서, 게다가 전부 그의 상상력에서 나왔다고 봐야 할 터무니없는 논리로 웨이마시에게 꼭 극장 구경을 시켜 줘야 한다고 정당화하기는 했지만 말이다.

여기서 채드를 그런 연극에 데려가는 일이 도덕적으로 합당한가라는 의문이 생겨났다. 그리고 문득 떠오른 생각이지만 그의 이 특이한 책임이 오락거리를 선택하는 데 전반적으로 어떤 영향을 준다고 할 수 있는가라는 의문도 생겼다. 더욱이 상대적으로 안전하게 여겨지는 짐나스 극장에 앉아 있는 동안, 그 젊은 친구가 그 자리에 함께 있었다면 그를 구해 내기 위해 하는 일 치고는 묘한 일일 수 있겠다는 사실이 말 그대로 눈앞에 생생하게 떠올랐던 것이다. 그렇게 떠오른 모습이 지금 현재 채드의 사생활에 비하면 오히려 예의범절에 맞을 수 있다는 사실을 염두에 두더라도 그러했다. 그 예의범절을 구실 삼아 여기에 나와 혼자 미심쩍은 연극을 구경할 요량은 분명 아니었다. 그러나 품위 없는 청년과 함께 그런 일을 해서 자신의 위신을 손상시킬 마음은 더더욱 없었다. 그 알량한 권위를 위해 모든 오락거리를 포기해야 한단 말인가? 그리고 그렇게 포기하면 채드가 그를 도덕적으로 더욱 존경할 만한 사람으로 봐 주기라도 할 것인가? 가련한 스트레더는 삶의 아이러니에 상당히 민감한 사람이었기 때문에 이 작은 문제가 더욱 거슬렸다. 그렇다면 그의 곤경이 채드에게는 좀 우스꽝스러워 보일 위험이 있는 건 아닐까? 그 자신에게든 그 불쌍한 녀석에게든, 그 녀석을 타락시킬 수 있는 것이 더 있다고 믿는 척이라도 해야 하는 걸까? 그렇게 믿는 척하면 다시 어떤 과정을 통해 그를 개선할 수 있다고 가정할 수도 있지 않을까? 파리를 조금이라도 받아들이면 자신의 위신이 사라질 것 같다는, 금방이라도 닥쳐올 인상에 무엇보다 가장 큰 불편함이 숨어 있었다. 오늘 아침의 파리는, 눈부시고 거대한 그 바빌론은, 각 부분이 뚜렷이 구별되지 않고 어떤 차이점도 편리하게 드러나지 않는 거대한 무지갯빛 발광체이자 단단하면서도 눈부신 보석처럼 그 앞에 놓여 있었다. 반짝거리다가 가볍게 떨면서 함께 녹아내리는 것이, 지금은 온통 표면인 듯하다가 다음 순간 바로 심연이 되고 마는 것이었다. 의심할 바 없이 채드가 좋아하는 곳이었다. 그러니 만약 스트레더 자신이 그곳을 너무나 좋아하게 된다면 그러한 유대감을 가진 두 사람이 도대체 어떻게 되겠는가? 물론 그것은 '너무나'를 어떻게 측정할지에 달렸고 거기에 한 줄기 희망의 빛이 있었다. 계속 시간을 끌며 이러한 명상을 하는 중에 스트레더는 그것이 이미 상당한 정도에 이르렀음을 정말 실감하고 있었지만 말이다. 그가 심사숙고할 만한 상황을 절대 그냥 넘어갈 사람이 아님을 알게 될 기회는 이후에도 충분히 있을 것이다. 예를 들면 도대체 파리를 좋아한다고 하면서 너무나 좋아하지는 않는다는 것이 과연 가능하기나 한가? 다행히도 그는 뉴섬 부인에게 파리를 좋아하지 않겠다는 약속을 한 적은 없었다. 그런 약속을 했다면 그것이 이 시점에서 그의 행동을 상당히 제약했으리라는 사실은 쉽게 알 수 있었다. 지금 이 순간 뤽상부르 공원은 그 자체의 매력에 더해 그러한 약속을 하지 않았다는 사실로 인해 그에게 비할 바 없이 더욱 사랑스러웠다. 솔직히 따져보더라도 그가 한 유일한 약속은 자신이 합리적으로 할 수 있는 일을 하겠다는 것이었다.

그럼에도 불구하고 잠시 후 어떤 연상 작용에 몸을 맡겨 여기까지 흘러오게 되었는지가 떠오르자 그는 기분이 상해 버렸다. 라탱 구역에 대한 오래된 상상의 작용이었는데, 실제의 삶에서든 소설에서든 수많은 젊은이들이 그랬듯이 채드 역시 좀 불길한 내력을 가진 바로 이 장소에서 첫발을 내디뎠다는 사실이 때마침 떠올랐던 것이다. 이제 그는 완전히 그곳에서 벗어나, 스트레더에게도 그럴듯하게 보일 만한 거처를 말셰르브 대로에 마련했다. 아마 그랬기 때문에 우리의 주인공이 채드가 살았던 예전 동네로 가면서도 공정함을 잃지 않았을 뿐 아니라 괜한 마음의 동요 없이 태곳적부터 지속된 평상시 분위기를 즐길 수 있었을 것이다. 적어도 그가 아는 젊은이가 특정한 인물과 함께 우쭐대며 지나가는 것을 볼 위험은 없었으니까. 하지만 그는 그저 봄날과도 같았던 젊은 시절이 어땠는지 느껴 보기 위해서라도 무엇보다 다시 살펴보고 싶었던 바로 그 분위기 속에 있었다. 처음 며칠 동안 자신이 채드의 낭만적인 특권을 거의 시샘하는 마음으로 머릿속에 그려 봤다는 사실이 곧장 생생하게 떠올랐다. 예를 들어 다른 너덜너덜한 것들에 섞여 프랑신, 뮈제트, 로돌프와 함께 자신의 집에 있던 우울한 뮈르제,[11] 책장에 얹힌, 장정하지 않은 종이 표지 그대로의 여남은 권의 책 중 한 권 ─ 그 한 권에 두셋이 있는 것이 아니라면 ─ 처럼. 그리고 오 년 전, 이미 육 개월을 보낸 채드가 좀 더 머무르고 싶다고, 돈도 절약하면서 진짜 삶을 느껴 보겠다고 편지를 썼을 때, 스트레더는 애정을 듬뿍 담아

---

11) 푸치니의 오페라 「라 보엠」의 주제가 되었던 앙리 뮈르제의 「보헤미안의 삶의 정경」에 등장하는 인물들. 앞의 두 인물은 예술가의 정부(情婦).

상상 속에서 그가 이사 가는 길을 따라가기도 했는데, 나중에 울렛에서 알고 다소 당황했듯이 그 길은 다리를 몇 개 건너 생주느비에브 언덕으로 이어졌다. 채드가 강조했다시피 그지역에서는 최고의 프랑스 문화와 그 밖의 다른 것을 최소의 비용으로 배울 수 있으며, 온갖 종류의 영리한 사람들, 그러니까 특정한 목적을 가지고 온 미국인들이 무척 유쾌한 집단을 이루고 있었다. 그 영리한 무리들, 상냥한 미국인들은 주로 젊은 화가나 조각가, 건축가, 의대생들이었다. 그러나 채드가 현명하게 덧붙인 의견에 따르면, 완전히 그 부류에 속하지는 못할지라도 그들과 함께 어울린다면 오페라 광장 주변의 미국 술집과 은행의 '형편없는 무뢰한들'(그들을 구분하기 위해 사용한 이 교훈적인 문구를 스트레더는 여전히 기억했다.)과 어울리는 것보다 훨씬 얻는 게 많다는 것이었다. 그다음 편지 — 그때는 이따금씩 편지를 보낼 때였다 — 에서 채드는 한 훌륭한 예술가의 문하에서 일하는 성실한 몇몇 친구들이 그를 일원으로 받아들여, 매일 저녁 거의 공짜로 그곳에서 저녁을 먹게 해 주었다는 얘기를 전했다. 심지어 그들만큼이나 '그 자신에게도' 많은 것이 잠재되어 있을 가능성을 무시하지 말라고 격려했다고 했다. 그에게 무언가가 있는 듯이 보였던 때가 정말 있기는 했다. 여하튼 그다음에는 확실하지는 않지만 한두 달 더 그 아틀리에라는 곳에서 지내게 될 수도 있다고 편지에 썼다. 그때는 뉴섬 부인이 작은 성의에도 쉽게 감동을 받던 시절이었다. 그래서 그들은 그것을 고국을 떠나 있는 아들이 혹시 정신을 차렸을지도 모른다는 좋은 소식, 빈둥거리는 데 진력이 나서 드디어 다양한 야심을 가지게 되었다는 소식으로 받아들였다. 아직까지 내보일 만한 대단한 게 없는 것은 분명했지만, 그 당시에는 이미 상당히 집안사람처럼 되어 깊이 관계하고 있던 스트레더 자신도 채드의 어머니와 누나 두 여성을 위해 어느 정도 그 점을 인정해 주었을 뿐 아니라 지금에 와서 떠올려 보니 지나치지 않을 만큼의 열정적인 반응까지 보였더랬다.

그러나 바로 다음에 벌어진 일은 장막이 내려와 완전한 암흑이 찾아온 것과 같았다. 채드는 생주느비에브 언덕에서 그리 오래 머무르지 않았다. 사소하지만 적절하게 그 이름을 이용한 것은 최고의 프랑스 문화 운운한 것과 마찬가지로 세련되지 못한 계책 중 하나였던 것으로 보였다. 그러니 이렇게 겉만 번지르르한 이야기에서 받은 신선한 자극이 그들에게 그리 오래 갈 리 없었다. 하지만 그것이 채드에게는 시간을 벌어 주었다. 방해받지 않고 뿌리 내릴 기회를 주었고, 더욱 직접적이고 한층 깊게 그곳에 입문할 수 있는 길을 닦아 주었던 것이다. 이쪽으로 자리를 옮기기 전까지 채드는 상대적으로 순진했고, 옮긴 이후에도 그 불운이 닥치지 않았다면 그렇게 고약한 지경까지는 가지 않았으리라는 것이 스트레더의 판단이었다. 그도 아주 잘 아는 바처럼 채드가 석 달 정도는 노력을 했다. 그다지 열심히는 아니었더라도 어쨌든 노력을 했고 선의를 보였던 기간이 있었다. 그가 지닌 이 법칙의 맹점은 누가 봐도 분명히 안 좋은 어떤 일이 생겼다 하면 언제나 그것이 더 큰 영향력을 가지리라는 사실이었다. 그것은 어쨌든 정신없이 쏟아진 일련의 특별한 인상들과 관련해서 확실히 맞는 말이었다. 그것들, 그러니까 이어진 인상들 — 모든 뮈제트와 프랑신들, 그러나 이후 더욱 진화하여 더 천박해진 뮈제트와 프랑신 — 은 말할 수 없이 치명적이었다. 그런 일은 웬만해서 드러내 놓고 거론되지 않으므로 얼마 되지 않는 정보로 추측해 보자면, 그는 동기가 너무나 '불순한' 여자들과 차례로 계속 '관계'를 가졌다. 스트레더는 스페인을 여행하던 여행객이 시계에서 보았다는 라틴 문구를 어디선가 읽은 기억이 있다. 그리고 머릿속에서 그것을 채드의 첫째, 둘째, 셋째 여성에게 적용해 보았다. Omnes vulnerant, ultima necat. 모두가 상처를 주지만 마지막 것이 끝장을 낸다. 마지막 여성이 가장 오래 붙잡고 있었다. 그러니까 그 불쌍한 녀석에게 그나마 남은 가느다란 생명을 말이다. 그리고 두 번째로 이사를 해서 돈을 펑펑 쓰는 예전의 생활로 다시 돌아가고, 충분히 예상할 수 있는 일이었지만, 그 잘난 최고의 프랑스 문화 대신 특정한 최악의 프랑스식으로 넘어간 것은 그 마지막 여성이 아니라 앞선 여성들이 한 일이었다.

그는 드디어 먼 길을 되짚어 가기 위해 몸을 추슬렀다. 그러나 이 시간을 헛되게 보냈다는 느낌은 들지 않았다. 의자에서 몸을 일으킨 후에도 근방을 둘러보며 좀 더 시간을 보냈다. 오전 시간을 다 들여 얻어 낸 결과는 바야흐로 그의 임무가 시작되었다는 것이다. 그는 스스로 그 일에 관여하고자 했고, 무슨 일이 있어도 관여할 것이었다. 오데옹 극장의 오래된 아치 아래에서 고전 문학과 가벼운 현대물이 진열되어 있는

야외 진열대 앞을 서성거릴 때만큼 자신의 그런 상태를 의식한 적도 없었다. 책이 가득 놓인 긴 테이블과 선반의 분위기와 색조가 섬세하고도 매혹적이었다. 저렴한 메뉴를 다른 저렴한 메뉴로 바꿔 보자면, 차양 아래 인도까지 뻗어 나온 유쾌한 카페의 분위기도 마찬가지였다. 그러나 그는 손을 뒤로 한 채 단호하게 테이블 사이를 비집고 조금씩 나아갔다. 그는 이러저러한 것을 맛보거나 소비하려고 여기 온 것이 아니라 복원하려고 온 것이었다. 본인이 뭘 얻겠다고 온 것이 아니었다. 그러니까 직접적으로는 말이다. 혹시라도 표류하는 젊은 영혼의 날개가 슬쩍 스쳐 가는 것을 느낄 수 있지 않을까 하는 기대가 있기는 했지만. 사실 바로 곁에서 그것을 느낄 수 있었다. 내면의 감각으로 귀를 기울이자, 정말이지 오래된 아케이드에서 젊은 시절의 날갯짓 소리가 희미하게 들리는 것 같았다. 이제 그 날개는 이미 땅에 묻힌 세대의 가슴 앞에 고이 접혀 있었다. 하지만 덥수룩한 머리에 챙 넓은 펠트 모자를 쓴 사람들이 지나가다 책장을 들춰 볼 때면 다시 한두 번 날갯짓을 하곤 했다. 더 창백하고 날카로워진 젊은이들의 유형을 보니 인종적인 차이가 더 잘 보이고 심지어 이해할 수도 있을 것 같았지만, 자르지 않은 책장을 만지작거리는 그들의 모습은 대부분 닫힌 문에 귀를 대고 있는 것처럼도 보였다. 그는 삼사 년 전쯤 더듬거리며 나아갈 길을 찾았을 채드의 모습을 떠올려 보았다. 결국 그때의 채드는 그저 자신의 특권을 누리기에 너무 천박했을 뿐이었다. 그렇게밖에는 생각할 수가 없다. 그냥 거기에서 젊고 행복해할 수 있다는 것 자체가 확실히 특권이었으니까. 글쎄, 스트레더가 아는 한 채드의 가장 나은 점이 어쨌든 그가 그런 꿈을 가졌다는 사실이었으니까.

하지만 삼십여 분 후 그가 실제로 한 일은 말셰르브 대로의 4층 창문과 관련된 것이었다. 그것만큼은 분명했다. 그 정보를 길잡이 삼아 그곳에 이르렀을 때, 그가 도로 건너편에서 오 분간 서성인 이유는 아마 길게 늘어선 발코니의 4층 창문들이 아주 상쾌하게 느껴졌기 때문이었을 것이다. 그가 나름대로 꽤 분명하게 정해 놓은 일이 몇 가지 있었고, 그중 하나가 바로 불쑥 방문하는 편이 좋겠다는 것이었는데, 어떻게 하다 보니 결국 그렇게 되었다. 그리고 손목시계를 들여다보며 궁금해하는 지금, 그 계획이 전혀 흔들리지 않았음을 기쁘게 확인할 수 있었다. 사실 자신이 찾아갈 거라고 알리기는 했더랬다. 육 개월 전이었지만, 적어도 자신이 어느 날 불쑥 나타나더라도 놀라지는 말라고 편지를 쓰긴 했던 것이다. 그에 채드는 약간 일부러 무미건조하게 꾸민 듯한 말투로 두루뭉술하게 환영한다는 짧은 답장을 했었다. 그래서 스트레더는 경고 삼아 한 자신의 말을 채드가 환대해 달라는 암시나 초대해 달라는 요구로 잘못 이해했을 수도 있겠다고 유감스럽게 생각하면서, 자신의 입맛에 가장 잘 맞는 방식인 침묵으로 그 오해를 바로잡으려고 했다. 더구나 뉴섬 부인에게도 자신이 간다는 사실을 다시 알리지 말라고 했다. 그가 그 일을 맡기로 한 이상 자기 방식대로 하겠다는 분명한 생각이 있었기 때문이다. 뉴섬 부인의 말은 절대적으로 신뢰할 수 있었고 그것은 스트레더에게 있어 상당한 장점이었다. 그녀는 그가 아는 이들 중 천성상 거짓말을 할 수 없다고 절대적으로 믿을 수 있는 유일한 사람이었다. 심지어 울렛에서도 말이다. 예를 들어 그녀의 딸인 세라 포콕만 해도 그들 말마따나 두 사람이 어떤 점에서 좀 다른 사회적 이상을 가지고 있기도 하지만, 나름 심미가인 그녀는 사람들과의 교제에서 그 원칙을 절대 어겨서는 안 된다고 고집하지는 않았다. 분명히 원칙에서 약간 벗어나는 경우를 그가 직접 목격한 적도 있다. 이렇게 그녀 자신의 완강한 견해와 아무리 배치될지라도 채드에게 미리 알리는 문제에 있어서만은 무슨 일이 있어도 그의 요구를 전적으로 따르겠다는 약속을 뉴섬 부인으로부터 받아 놓은 상태였다. 그래서 지금 그가 혹시 일을 그르친다 해도 그것은 자신의 실수라는 편안한 마음으로 멋지게 늘어선 발코니를 올려다보는 것이었다.

머릿속에 여러 가지가 떠올랐는데, 자신의 생각이 얄팍했는지 예리했는지를 곧 알게 되리라는 것이 그 하나였다. 다른 하나는 문제의 발코니가 어쩐 일인지 쉽게 포기할 만한 시설로 보이지 않는다는 것이었다. 안됐지만 이 순간 스트레더는 파리에서는 어디든 멈춰 서기만 하면 미처 막을 새도 없이 상상력이 먼저 반응한다는 사실을 인정해야만 했다. 막을 수만 있다면 이 끊임없는 반응으로 멈춰 설 때마다 값진 뭔가가 생겨났다. 하지만 그 결과 너무 많이 들여놔 발 디딜 틈이라고는 없게 되는 것이었다. 예를 들어 이 시점에서 채드의 집이 맘에 들어야 할 이유가 뭐란 말인가? 그는 그 건물이 나무랄 데 없이 잘 지어졌음을 바로 알아볼 정도의 식견은 있었는데, 높고 널찍하고 말끔한 그 건물은 말하자면 '확 달려드는' 그런 특성으로 말미암아 그를 적잖이 당황케 했다. 만약 어쩌다 운이 좋아 3월의 햇살을 가득 받고 있는 4층 창문에서 누군가 그를 본다면 일을 시작하는 데 보탬이 되겠다는 상상을 문득 해 보았다. 하지만 바로 다음 순간 그렇게 '달려든' 특성들, 즉 비율과 균형, 부분과 부분, 공간과 공간의 훌륭한 관계에 의해 생겨나는 특성들이, 신중하면서도 돋보이는 장식과 밝은 회색의 냉랭한 돌이지만 사람들의 삶에서 묻어난 온화하고 반짝거리는 표정의 도움으로 아마도 아주 분명한 어떤 상황, 즉 뜻밖에도 그 자신에게 도전적인 의사를 전달하는 특별한 경우일 뿐이라고 느껴진다면, 그것이 그에게 무슨 보탬이 될 수 있단 말인가? 그런데 그사이 그가 생각하고 있던 가능성, 그러니까 마침맞게 누군가 내려다볼 가능성이 현실이 되었다. 두세 개의 창문이 보랏빛 대기를 향해 열려 있었다. 그리고 스트레더가 마침내 마음을 먹고 길을 건너려는 순간, 한 젊은이가 발코니로 나와 주변을 둘러보더니, 담배에 불을 붙이고 성냥을 밖으로 튕겼다. 그러고는 난간에 기대어 담배를 피우면서 아래쪽 삶의 풍경을 골똘히 내려다보는 것이었다. 그가 나오자 스트레더는 자연스레 그 자리에 멈춰 섰고 그 때문에 젊은이가 자신을 의식하게 되었음을 알았다. 누군가 자신을 지켜보고 있음을 알아차렸는지 청년이 그를 내려다보았던 것이다.

　나름대로 흥미로운 상황이었지만, 그 청년이 채드가 아니었기 때문에 흥미는 반감되었다. 처음에는 혹시 채드가 저렇게 변했나 하고 의아했지만 그렇게까지 변할 수는 없었다. 그 청년은 발랄하고 기민해 보였다. 이러저러하게 수선이 되었다고 보기에는 너무 명랑한 분위기였다. 스트레더는 채드가 수선되어 많이 변했을 거라는 상상은 했지만 못 알아볼 정도라고 보지는 않았다. 하지만 두 사람이 그렇게 서 있는 사이 그는 채드가 나아졌음을 알 수 있을 것 같았다. 저 위에 있는 젊은 신사가 채드의 친구라는 사실이 충분한 증거였다. 그는 정말로 젊었다. 저 위의 젊은 신사 말이다. 그는 매우 젊었고, 나이 지긋한 사람을 보며 분명 재미있어 할 만큼, 그리고 그 나이 지긋한 사람이 누군가 자신을 지켜보고 있다는 사실에 어떻게 반응할지 궁금해할 정도로 젊었다. 거기에 젊음이 있었다. 이 순간 스트레더는 발코니에 몸을 맡기고 서 있다는 그 자체뿐만 아니라, 자신이 해야 할 일 외의 모든 것에 젊음이 있다고 느꼈다. 그리고 채드가 그렇게 젊음과 확연한 관계를 맺고 있다는 사실로 인해 곧바로 놀랍도록 신속하게 당면한 문제에 이르렀다. 그 발코니가, 그 훌륭한 앞모습이 저 높이 존재하는 뭔가를 증명한다는 상상에 불현듯 휩싸인 것이다. 그러면서 훌륭한 이미지의 힘을 빌려 그 상황 전체가 실질적으로 어떤 수준에 이르렀는데, 그는 곧 자신이 거기에 도달할 수 있다고 기쁜 마음으로 생각하게 되었다. 청년은 여전히 그를 바라보고 있었고 그 역시 청년을 바라보았다. 그리고 순식간에 문제는 높이 자리 잡은 사적 공간을 알게 되었다는 것이 그에게는 궁극적인 사치와도 같다는 것으로 옮겨 갔다. 높이 자리 잡은 사적 공간은 그에게도 역시 열려 있었다. 지금으로서는 그곳이 이 위대한 역설적 도시에서 자신이 일말의 요구를 할 수 있는 유일한 거주지, 유일한 화롯가라는 식으로밖에 볼 수 없었다. 고스트리 양에게도 화롯가는 있었다. 그에게 그렇게 이야기했고 확실히 그를 기다리고 있을 것이었다. 그러나 고스트리 양은 아직 도착하지 않았고, 앞으로도 며칠 더 있어야 했다. 그리고 거기에 갈 수 없는 상황을 누그러뜨릴 만한 것이라고는 그의 금전 사정을 고려해서 그녀가 잡아 준, 라페가 안쪽 길의, 작은 호텔 방뿐이었다. 이류임이 분명한 그 방은 왠지 냉기가 도는 실내와 유리 천장이 있는 정원과 미끄러운 계단으로 그에게 다가왔고, 같은 맥락에서 웨이마시가 은행 주변에 있을 법한 이 시간에도 심지어 웨이마시와 함께 있는 느낌이었다. 걸음을 옮기기 전에 그에게 든 생각은, 지금으로서는 웨이마시가, 웨이마시만이, 약해지지 않은 정도가 아니라 오히려 더 기운을 얻은 웨이마시만이 발코니에 있는 청년의 대안이라는 것이었다. 드디어 길을 건너 바깥 현관을 지나갈 때 그것은 의식적으로 웨이마시를 떼어 놓는 것과도 같았다. 하지만 물론 웨이마시에게 다 말해 줄 것이었다.

3부

1

스트레더는 바로 그날 밤 웨이마시와 호텔에서 저녁을 먹으며 다 이야기해 주었다. 내내 의식한 바였지만 이 저녁 식사를 위해 자주 오지 않을 기회를 희생하지 않았다면 같이 밥을 먹을 일은 없었을 것이다. 그 희생을 서두로 스트레더의 긴 이야기가 시작되었는데, 상대방을 더 믿을 수 있었다면 고백이라고 부를 수도 있었을 것이다. 그 고백이란 그가 다른 곳에 붙잡혀 있었고 그 상황의 어떤 특성 때문에 이 자리에 저녁을 먹으러 오지 못할 뻔했다는 이야기였다. 하지만 그렇게 내키는 대로 하면 웨이마시가 그를 보지 못할 테니 마음에 걸려 그만두었다는 것이다. 마찬가지로 마음에 걸려 그만둔 것이 또 있었는데 그것은 손님을 한 명 데려오는 것이었다.

다 먹은 수프 접시를 앞에 둔 웨이마시는 그의 친구가 마음에 걸렸다는 여러 가지를 근엄할 정도로 골똘히 바라보았다. 스트레더는 자기가 준 인상이 어떤 결과를 낳을지 예측할 수 없는 상황에 아직 익숙지 않았다. 하지만 그가 언급한 손님이 아마 웨이마시의 마음에 들지 않을 거라는 설명은 상대적으로 쉬웠다. 바로 그날 오후 다른 사람을 찾는 일이 잘 안 되던 중 알게 된 청년인데, 그 친구 덕에 그 일이 허사로 끝나지 않을 수 있었다고 덧붙였다. "아, 해 줄 얘기가 정말 많아!" 스트레더가 말했다. 이때의 말투는 사실상 웨이마시에게 자기가 즐겁게 이야기할 수 있도록 도와달라는 의미였다. 그는 생선 요리를 기다렸고 와인을 마셨고 긴 콧수염을 닦고 의자에 등을 기댔다. 삐걱거리는 소리를 내며 막 옆을 지나가던 두 명의 영국 숙녀를 바라보았는데 그들이 쌀쌀맞아 보이지만 않았다면 소리 내어 인사를 건넸을 것이다. 결국 그가 할 수 있었던 것이라곤 고작 생선 요리가 나왔을 때, '고마워요, 프랑수아!'라고 큰 소리로 말한 것뿐이었다. 그가 원하는 모든 것, 그 순간을 특별한 저녁으로 만들기 위해 훌륭하게 어울릴 모든 것은 다 갖춰져 있었다. 웨이마시가 해 줄 수 있는 것을 제외한 모든 것. 왁스 바른 작은 식당은 누르스름하면서도 친근했다. 만면에 미소를 띠고 마룻바닥 위를 춤추듯 오가는 프랑수아는 형제같이 느껴지기도 했다. 손을 높이 맞잡고 연신 비벼 대는, 상체가 다소 긴 여주인은 말하지 않은 것까지 항상 야단스럽게 동의하는 듯했다. 요컨대 스트레더에게 있어서는, 바로 이 수프의 맛에, 그리고 잘 알지는 못하지만 기분에 따라 좋은 와인이라고 생각되는 와인과 거칠지만 유쾌한 냅킨의 촉감, 두꺼운 빵 껍질이 입안에서 바삭 부서지는 소리까지

이 모든 것에 파리의 저녁이 있었다. 이 모든 것들이 그의 고백과 조화를 이루고 있었다. 그의 고백, 그러니까 웨이마시가 적절하게 받아들여 주기만 한다면 거기에서 적절히 나와 줄 그의 고백이란 그가 다음 날 아침 — 사실은 12시에 — 을 함께 먹기로 약속했다는 것이었다. 어디서 먹을지는 몰랐다. 그의 새 친구가 '두고 보면 알 거예요. 제가 안내하지요!'라고 말했던 것을 기억하자 갑자기 그 상황이 유난히 미묘해 보였다. 왜냐하면 스트레더는 그 정도만으로도 그를 곧장 받아들일 수 있었기 때문이다. 그리고 지금 웨이마시와 실제로 얼굴을 마주하자 상황을 더 부풀리고 싶은 충동이 일어났다. 이렇게 괴팍한 행동에 끌린 적은 그가 알기로도 이미 몇 번이나 있었다. 웨이마시에게 그것이 다 안 좋아 보였다면 적어도 지금 그의 마음이 불편할 마땅한 이유는 있는 셈이었다. 그래서 스트레더는 그것을 더 안 좋게 만들었다. 그러면서 그 자신도 진정 당혹스러워하고 있었다.

채드는 말셰르브 대로에 없었다. 아예 파리에 없었다. 건물 관리인에게 그렇게 들었지만 그럼에도 불구하고 채드의 집으로 올라갔는데, 그것은 정말이지 의심의 여지없이 저열하다고 할 만한 호기심을 억누를 수 없었기 때문이었다. 관리인은 4층 세입자의 친구가 당분간 그 집을 쓰고 있다고 말했고, 이것이 스트레더에게는 좀 더 알아봐야겠다는, 그가 없는 새에 집 안에서 조사를 해 봐야겠다는 평계가 되어 주었다. "진짜로 그의 친구가, 그의 말을 빌자면, 채드를 위해 집을 훈훈하게 해 놓고 있더군. 보아하니 채드는 남쪽에 머물고 있다고 하고. 한

달 전 칸에 갔는데, 돌아올 때가 되긴 했지만 수일 내에 오지
는 않을 거라는군. 자네도 알겠지만 거기서 일주일이고 기다릴
수도 있었을 걸세. 아니면 이 중요한 정보를 얻자마자 바로 서
둘러 자리를 떴을 수도 있고. 하지만 난 바로 자리를 뜨지 않
았어. 정반대의 일을 했지. 그냥 거기 남아 꾸물거리고 빈둥거
렸던 거야. 무엇보다 그곳을 둘러봤어. 그러니까 보게 되었고,
뭐라고 해야 할까, 코를 쿵쿵거렸던 거지. 자잘한 것이지만 뭔
가가 있는 것 같았어. 뭔가 냄새가 아주 좋은 것 말일세."

그 표정으로 보아 지금까지 웨이마시가 그다지 주의를 기
울이지 않는 듯했으므로 이 말에 그가 바로 관심을 보이자
스트레더는 약간 놀랐다. "냄새가 났단 말인가? 무슨 냄새?"

"매혹적인 냄새인데, 나도 잘 모르겠네."

웨이마시가 뭔가 추론한 듯 언짢은 소리를 냈다. "거기서 여
자랑 사는 건가?"

"모르겠어."

웨이마시는 뭔 얘기가 더 나오려나 잠깐 기다렸다가 말을
이었다. "그녀랑 같이 떠난 건가?"

"그리고 같이 돌아오려나?" 스트레더도 따라서 질문을 했
다. 그러나 결론은 마찬가지였다. "모르겠어."

그런 식의 결론이, 그가 다시 뒤로 등을 기대고 레오빌 와
인을 한 모금 더 마시고 콧수염을 다시 닦고 프랑수아에게 한
번 더 고맙다고 말하는 그의 행동들과 더불어 상대방에게 약
간 거슬렸던 모양이었다. "그럼 도대체 아는 게 뭔가?"

"글쎄, 아무것도 아는 게 없는 것 같아!" 스트레더가 거의

명랑하게 말했다. 그 명랑함으로 보건대 아마 런던 극장에서 고스트리 양과 그 문제에 대해 얘기를 나누던 중 받았던 그런 영향을 지금도 받고 있는 모양이었다. 어쨌건 그 기운은 점점 불어났고, 무엇보다 웨이마시가 감지할 수 있었듯이 분명 그의 다음 말에서도 약간 나타났다고 하겠다. "그게 바로 그 젊은이한테서 알아낸 것이지."

"하지만 알아낸 게 아무것도 없다고 말한 것 같은데."

"그랬지, 내가 아무것도 모른다는 사실 말고는."

"그래서 그게 자네한테 무슨 소용이 있다는 거지?"

"자네 도움을 받아 알아내고 싶은 게 바로 그거야." 스트레더가 말했다. "그러니까 여기서 벌어지는 일이면 무엇이든 말이야. 그 집에 올라가 있는 동안 느낄 수가 있었어. 규칙적으로 눈앞에 거대하게 떠올랐지. 게다가 채드의 친구인 그 청년도 그렇게 말하는 것이나 진배없었고."

"자네가 아무것도 아는 게 없다고 말인가?" 웨이마시가 마치 자신에게 그렇게 말했을 법한 사람을 쳐다보는 표정으로 말했다. "몇 살이나 되었나?"

"글쎄, 서른이 안 된 것 같아."

"그런데 그런 대우를 받았단 말인가?"

"아, 그것 말고도 받은 건 훨씬 더 많아. 말했지만 식사 초대도 받았으니까."

"그래서 그 불경스러운 식사에 가겠단 말인가?"

"자네가 같이 가 준다면. 그 청년도 자네가 같이 왔으면 해. 자네 얘기를 했거든." 스트레더가 말을 이었다. "자기 명함도 주었는데, 이름이 좀 재미있어. 존 리틀(Little) 빌럼인데, 그가 말하길 몸이 작아서 두 성을 어쩔 수 없이 함께 쓰고 있대."

"그래서 그는 거기서 뭘 하고 있는 건데?" 웨이마시가 그런 사소한 문제에 크게 관심을 보이지 않으며 물었다.

"본인의 설명으로는 '그저 약간의 예술을 하는 사람'이라더 군. 내가 보기에는 아주 딱 맞는 설명이야. 하지만 아직 공부 중이래. 알다시피 거긴 훌륭한 예술 학교잖아. 여기 와 있는 몇 년을 그렇게 보내는 거지. 게다가 채드의 친한 친구이고. 채드의 집이 매우 유쾌한 장소라서 거기 머물고 있다는군. 그 역시 아주 유쾌하고 별난 청년이야." 스트레더가 덧붙였다. "보 스턴 출신은 아니지만."

웨이마시는 이미 이 모든 것에 넌더리가 난 모양이었다. "도 대체 어디 출신인데?"

스트레더가 곰곰 생각했다. "사실은 나도 몰라. 그가 말하기 를 '당연히 아시겠지만' 보스턴 출신은 아니라고 하더군."

"흠." 웨이마시는 아주 무미건조한 말투로 훈계하듯 말했다. "보스턴 출신이라고 다 당연히 알 수 있는 것은 아니지." 그가 이어서 물었다. "그런데 어떤 점에서 별난가?"

"일단 지금 말한 것도 그렇잖아!" 스트레더가 덧붙였다. "하 지만 정말로 모든 점이 다 그래. 만나 보면 알 거야."

"아, 만나 보고 싶지 않아." 웨이마시가 참을 수 없다는 듯 이 낮게 외쳤다. "그는 왜 집에 돌아가지 않는 건가?"

스트레더는 잠시 망설였다. "글쎄, 거기 있는 게 좋아서겠 지."

특히 이 말에 웨이마시는 드디어 한계에 이른 모양이었다. "그렇다면 부끄러운 줄을 알아야지. 그리고 자네도 같은 생각이면서 그자는 왜 끌어들이는 건가?"

스트레더가 좀 시간을 끈 뒤 대답했다. "내 생각이 정말 그럴지도 모르지. 하지만 아직은 완전히 인정하지 못하겠어. 전혀 확신이 없거든. 그러니까 그것도 내가 알아내고 싶은 걸세. 난 그가 마음에 들던데, 자네는 도대체 사람을 좋아할 수 있기는 한 건가?" 그가 몸을 곧추세웠다. "어쨌든 그건 상관없고, 자네가 나를 마구 공격해서 박살 내기를 진정 바란다네."

웨이마시는 이어서 나온 음식을 먹다가, 영국 여성들에게 방금 나온 음식과 다르다는 사실을 확인하고는 잠시 딴생각을 했지만 다시 곧장 약점을 파고들었다. "사는 집은 훌륭하던가?"

"아, 아주 멋진 집이야. 아름답고 값진 물건이 가득하지. 그런 곳은 본 적이 없어." 그러면서 스트레더의 상상력이 그곳으로 돌아갔다. "약간의 예술을 한다는 그에겐……!" 그는 사실 뭐라고 표현하기 힘들었다.

이제 뭔가 감을 잡은 듯한 그의 친구가 재촉했다. "그에겐?"

"그의 인생에서 그보다 좋은 건 있을 수 없겠지. 게다가 그것을 다 자신이 관리하고 있으니."

"그래서 그가 자네의 소중한 커플을 위해 문지기를 하는 건가?" 웨이마시가 물었다. "그의 인생에서 그보다 좋은 일이 있을 수 없어서?" 스트레더가 이해를 못 하는지 아무 말이 없자 그가 덧붙였다. "그는 그녀가 어떤 여자인지 모르는 건가?"

"나 역시 모르는걸. 물어보지도 않았고. 물어볼 수가 없었지. 절대 할 수 없었어. 자네라도 못 했을 걸세. 게다가 그러고 싶지도 않았고. 자네도 그렇겠지만." 스트레더는 단숨에 이렇게 말했다. "여기서는 사람들이 정말 아는 게 뭔지 알아낼 수가 없어."

"그럼 자네는 여기 뭐 하러 왔나?"

"글쎄, 내 생각엔 내 눈으로 직접 보기 위해서지. 그들 도움 없이."

"그럼 내 도움은 왜 필요한가?"

"아, 자네는 그들이 아니잖아. 자네가 알고 있는 건 나도 안다고." 스트레더가 웃었다.

하지만 이 마지막 단언에 함축된 바가 아주 의심스러운지 웨이마시가 다시 그를 뚫어지게 쳐다봤기 때문에 그는 자신의 해명이 변변치 못했다는 생각이 들었다. 웨이마시가 곧바로 이렇게 응수했으므로 더 그러했다. "이것 봐, 스트레더, 그만두게."

이번엔 그의 친구가 미심쩍은 미소를 지었다. "내 말투 말인가?"

"아니, 말투 같은 건 집어치우고. 그렇게 캐고 다니는 일 말이야. 그냥 다 때려치워. 죽이 됐든 밥이 됐든 그들이 알아서 하라고 해. 자네를 이용해서 자네한테 맞지도 않는 일을 하게 하지 않는가. 말을 손질하는 데 참빗을 쓰는 법은 없다네."

"내가 참빗이란 말인가?" 스트레더는 웃었다. "내가 한 번도 나한테 붙여 본 적이 없는 이름인데!"

"상관없어. 그게 바로 자네야. 이젠 예전처럼 젊진 않지만 촘촘한 빗인 건 여전하지."

그는 친구의 유머를 받아들였다. "그걸로 자네를 잡지 않게 조심하게! 그들이 마음에 들 거야, 웨이마시. 고국에 있는 내 친구들 말이야." 그가 단언했다. "정말 그들이 특히 마음에 들 거라고." 아주 딱 맞는 말은 아니었지만, 느닷없이 더욱 힘을 주어 덧붙였다. "그리고 그들도 자네를 좋아할 거고!"

"아, 나한테 그 사람들을 갖다 붙이지 말게!" 웨이마시가 신음하듯 내뱉었다.

그러나 스트레더는 주머니에 손을 넣은 채 여전히 그 문제를 붙들고 있었다. "채드를 꼭 돌려보내야 할 이유가 있단 말이야."

"이유? 누구한테? 자네한테?"

"응." 스트레더는 바로 대답했다.

"그를 돌려보내면 뉴섬 부인을 얻게 되니까?"

스트레더는 바로 인정했다. "그렇지."

"그럼 돌려보내지 못하면 그녀도 얻지 못하는 건가?"

인정사정없는 질문일 수도 있었지만 그는 피하려 하지 않았다. "그것이 개인적으로 서로를 이해하는 데 상당한 영향을 줄 수 있겠지. 채드는 사업에 정말로 중요하고, 그가 원한다면 곧 그렇게 될 수 있으니까."

"그리고 그 사업은 모친의 남편 될 사람에게도 정말 중요할 테고?"

"음, 나로서야 당연히 내 부인 될 사람이 원하는 것을 원하지. 그리고 사업에 우리 쪽 사람을 들일 수 있다면 훨씬 더 좋고."

"그러니까 자네 쪽 사람을 들이면 자네 편에서는 말하자면 더 많은 돈과 결혼하는 셈이겠지." 웨이마시가 말했다. "자네한테 들은 바로는 그녀가 이미 대단한 부자이지만, 자네가 계획한 사업 분야를 통해 사업이 번창하게 되면 더욱 부자가 될 테니까."

"그건 내가 계획한 게 아니야." 스트레더가 바로 반박했다. "뉴섬 씨가 이미 십 년 전에 다 해 놓은 것들이지. 그는 자신이 벌이던 사업에 대해서는 놀랄 만치 잘 알고 있었거든."

이 말에 웨이마시는 덥수룩한 머리털을 흔들었는데, 그건 아무래도 상관없다는 뜻인 듯했다. "자네는 어쨌든 사업을 번창시키려고 무진장 애쓰고 있잖은가."

상대방은 아무 말 없이 이 비난이 정당한지 잠시 따져 보았다. "뉴섬 부인의 감정과 상반되는 영향을 줄 수도 있는 가능성이나 위험까지 거리낌 없이 감수하려는 마당에, 내가 사업에 무진장 애쓰고 있다는 말은 안 어울리는 것 같은데."

웨이마시는 이 주장을 한동안 뚫어지게 노려보는 듯했다. "알겠네. 자넨 돈에 팔려 갈까 봐 두려운 것이군. 하지만 어쨌든 자넨 협잡꾼이야." 그가 덧붙였다.

"이봐!" 스트레더는 곧바로 항의했다.

"그렇잖아, 나보고 지켜 달라면서. 그래서 자네한테 관심이 갔는데, 막상 해 주니 받지를 않는군. 박살을 내 달라고 해 놓고서……."

"아, 하지만 그렇게 쉽게는 아니지!" 그러고는 따져 물었다. "그렇게 설명했는데도 내 이해관계가 어디 있는지 아직도 모르겠나? 돈에 팔려가지 않는 거야. 그렇게 되면 내 결혼이 어떻게 되겠나? 내가 이 임무에 실패하면 그것도 실패하는 것이고 그러면 다 실패하는 거야. 아무 성과도 없게 된다고."

웨이마시는 이를 받아들였지만 여전히 인정사정없었다. "자네가 망가진다면 뭘 이루든 내가 상관할 게 뭔가?"

이 말에 잠깐 그들의 눈이 마주쳤다. "무지하게 고맙군." 스트레더가 이윽고 말했다. "하지만 그 점에 대한 그녀의 판단이……"

"내게도 만족스럽지 않겠냐고? 전혀 아니지."

이에 그들은 다시 마주 보았는데, 곧 스트레더가 웃음을 터트렸다. "자네는 그녀를 너무 부당하게 대하는걸. 그녀를 정말 제대로 알아야 하는데. 잘 자게."

그는 다음 날 아침 빌럼 군과 아침을 먹었는데, 여기에는 엉뚱하게도 웨이마시 역시 육중하게 자리하고 있었다. 놀랍게도 그가 11시에 친구에게 연락해 '망할! 뭐 다른 일을 하느니 자네랑 함께 가겠네.'라고 통보했던 것이다. 이에 그들은 함께 출발해 사실상 그들에게는 사치스러울 정도로 무심하게 말셰르브 대로로 슬슬 걸어갔고, 분명 그날만은 이미 서로 합의가 된 수천 명의 커플들을 사로잡는 파리의 멋진 매력에 빠진 커플처럼 보일 만도 했다. 둘은 거리를 배회하며 이따금 약간 놀라워하다가 잠깐 길을 잃기도 했다. 스트레더는 지난 몇 년 동안 시간을 이렇게 넉넉하게 느껴 본 적이 없었다. 마치

금이 가득 든 주머니라도 되는 양 끊임없이 손을 집어넣어 한 움큼씩 꺼낼 수 있을 것 같았다. 빌럼 군과의 일이 끝난 후에도 완전히 마음대로 쓸 수 있는 멋진 시간이 있을 거라는 생각이 들었다. 채드를 구하는 이 일에서 급히 서둘러야 할 일은 아직 없었다. 그리고 이러한 인상이, 한 시간 뒤 채드의 마호가니 탁자 아래 다리를 뻗고 앉았을 때라고 해서 더 두드러지지도 않았다. 탁자의 한쪽에 빌럼이, 다른 한쪽에 그의 친구가 앉았고, 웨이마시는 건너편에 육중하게 자리를 잡았다. 그 전날 그가 길 아래에서 올려다보며 상상의 날개를 폈던 그 햇빛 가득한 창문으로, 스트레더에게는 진작부터 아주 경쾌하게 여겨졌던 파리의 활기찬 소리가 부드럽고 어렴풋하게 들려왔다. 그 당시 매우 강렬했던 감정이 심지어 맛볼 겨를도 없이 이미 결실을 맺었고, 지금 스트레더는 말 그대로 자신의 운명이 급변했음을 감지했다. 그때 거리에 서 있었을 때는 아는 것도 아는 사람도 없었는데 이제 그의 시각이 모든 사람과 모든 것들의 방향으로 도약한 것이 아닐까?

"무슨 꿍꿍이일까? 대체 무슨 꿍꿍이인 거지?" 리틀 빌럼과 관련해 이런 의문이 내내 그의 머릿속을 맴돌았다. 하지만 그것을 알아낼 때까지는 주인인 빌럼과 그의 왼쪽에 앉은 여성이 그에게는 모든 것과 모든 사람을 대표하고도 남았다. 왼쪽에 앉은 여성은, 여기 오게 된 경위를 스스로 설명한 바로는, 스트레더 씨와 웨이마시 씨를 '만나 보라고' 일부러 급히 불려왔다고 했다. 무척 눈에 띄는 인물이라 스트레더로서는 이 자리가 본질적으로 아주 좋은 미끼를 단, 금으로 번쩍거리는 덫이 아닌지 의심이 들 정도였다. 상당히 세련된 풍미의 식사를 대접받는 것을 보면 가히 미끼를 달았다고 할 만했고, 바라스 양 — 이것이 그 여성의 이름이었는데 — 이 파리 사람 특유의 톡 튀어나온 눈에, 유난히 긴 별갑 자루가 달린 안경을 대고 주위의 물건들을 둘러볼 때 그것들이 꼭 금빛으로 번쩍거려야 할 것 같았기 때문이다. 야위었지만 성숙해 보이고, 꼿꼿한 자세에 두드러지게 발랄하며, 화려하게 꾸몄으면서 무척 허물이 없고, 거리낌 없이 남의 말을 반박하며, 하얗게 분을 바르지 않았을 뿐 지난 세기 총명한 인물의 초상화를 연상시키는 바라스 양을 왜 굳이 '덫'과 관련 짓게 되었는지는 스트레더로서도 바로 설명할 수는 없었다. 그러나 이 점에 대해 꼭 알아야겠다는 생각이 강했기 때문에 나중에 알게 되리라, 그것도 잘 알게 되리라 믿으며 그냥 눈감아 버렸다. 그는 이 새로운 친구들을 정확히 어떻게 봐야 할지 알 수 없었다. 왜냐하면 채드의 친한 친구이자 대리인인 젊은 친구는 그가 대비했던 것 이상으로 모든 장면을 야릇하게 연출하고 있었기 때문이다. 특히 바라스 양은 만사를 다 고려한 것이 분명한 상황에서도 기꺼이 친숙한 존재로 보이려고 했다. 흥미롭게도 그는 자신이 새로운 기준과 다른 규범, 다른 종류의 관계 속에 있고, 이 두 사람은 자신이나 웨이마시와는 다르게 사고하는 행복한 한 쌍이라는 생각이 들었다. 이렇게 웨이마시와 상대적으로 같은 편에 서게 되다니, 그건 그가 이 일에서 무엇보다 예기치 못했던 바였다.

웨이마시는 아주 훌륭했다. 적어도 바라스 양이 그에게 따

로 장담한 바로는 그랬다. "아, 당신 친구는 하나의 전형이에
요. 위엄 있는 옛날 미국인 말이에요. 뭐랄까, 제가 어린 시절
몽테뉴가에 살고 있을 때 아버지를 만나러 오셨던 분들 같아
요. 히브리인 예언자 에스겔이나 예레미야 같다고 할까요. 물
론 대개는 튈리 궁전이나 다른 곳의 미국 공사들이었지만요.
그런 분을 못 본 지 한참 되었네요. 그런 분들은 보기만 해도
나이 들어 식어 버린 제 가슴이 따뜻해지는 것 같아요. 그런
유형의 인물들은 정말 놀라워요. 딱 맞는 분야만 찾으면 엄청
나게 성공할걸요." 계획에 없던 이런 변화에 대처하기 위해 평
정심이 필요했으므로 스트레더는 딱 맞는 분야가 무엇이겠냐
고 물었다. "아, 예술 관련 분야나 그런 종류요. 예를 들면, 바
로 여기가 벌써 그렇죠." 그는 '여기? 여기가 예술 관련 분야라
고요?'라고 되물으려 했으나 그녀는 이미 별갑 자루를 흔들며
그 문제를 넘겨 버리고는 "친구분과 저희 집에 한번 오세요!"
라고 간단히 말했다. 그 친구를 데려갈 가능성은 전혀 없음
을 그는 그 자리에서 즉시 알아차렸다. 왜냐하면 그즈음 그곳
공기는 가련한 웨이마시의 불만으로 가득 차 후텁지근할 정
도였기 때문이다. 그는 스트레더보다 더욱 덫에 갇혀 있었는
데, 그와 달리 그것을 잘 이용하지 못했고, 바로 그 때문에 감
탄스러울 정도로 음울한 빛을 뿜어내고 있었다. 그 이면에 그
녀의 방종함을 탐탁지 않게 여기는 마음이 있음을 바라스 양
은 전혀 알지 못했다. 우리의 두 친구가 대충 가정한 바는 빌
럼 군이 파리의 명소 중에서 남자들이 함께 어울릴 만한 진
지하고 미적인 장소로 두 사람을 안내하리라는 것이었다. 그

런 경우라면 자신들의 식대는 따로 내겠다고 적당히 주장해도 별 지장이 없었을 것이다. 웨이마시가 마지막에 유일하게 내세운 조건이 자기 밥값은 자기가 내겠다는 것이었기 때문이다. 그러나 지금까지 전개되는 상황을 보면 그들은 엄청난 대접을 받고 있고, 스트레더가 혼자 알아차린 바, 이미 웨이마시는 이것을 갚아 주어야겠다고 작정했을 정도였다. 식탁 너머의 웨이마시가 무슨 궁리를 하는지가 그에게는 다 보였다. 그전날 자신이 아주 자세히 설명했던 작은 응접실로 자리를 옮겼을 때에도 그랬고, 누가 봐도 편안하게 여운을 즐기기에 적합한 장소인 발코니로 함께 나갔을 때에는 특히 그랬다. 바라스 양이 채드가 놓고 간 멋진 물건 중 하나라고 환호하며 고급 담배를 계속 피워 대는 동안 이는 더욱 심화되었고, 스트레더 역시 마찬가지로 그것에 푹 잠긴 채 맹목적으로, 거의 걷잡을 수 없이 계속해서 담배를 피워 대고 있었다. 망하기로 치자면 안에서 버티면서 굶어 죽으나 나가서 맞서 싸우나 마찬가지인데, 그가 좀처럼 하지 않는 지나친 흡연으로 그녀를 더 부추긴다고 해서 웨이마시가 이미 판단을 내린 그녀의 전반적인 방종함이 더 심해질 것도 아니니 말이다. 웨이마시는 오랫동안 담배를 피워 왔고 그것도 상당한 골초였다. 그러나 지금은 전혀 피우지 않았고, 그 덕분에 보기에 따라 심각한 문제가 있는 상황에서 경망스럽게 처신하는 사람들에 대해 우위를 점할 수 있었다. 스트레더는 전에는 담배를 피운 적이 없었기 때문에, 지금은 피울 만한 이유가 있다고 친구에게 과시하는 기분이 들었다. 이제 와 생각해 보니 그런 이유가 있다면 전에는 같이 담배를 피울 여성이 없었다는 것이었다.

하지만 이 여성이 이 자리에 있다는 사실 자체야말로 낯선 자유로움이었다. 어쩌면 그녀가 이미 그 자리에 있기 때문에 담배 피우는 일 정도야 그녀의 자유로움 중에서 별것 아닌 축에 속했다. 그녀가 하는 이야기를, 특히 빌럼과 나누는 이야기를 스트레더가 그때그때 확실히 알 수 있었다면, 아마 그도 다른 이야기까지 되짚어 올라가 눈살을 찌푸렸을 테고 웨이마시가 눈살을 찌푸리는 것도 알아차렸을지 모른다. 그러나 사실 그는 번번이 실마리를 놓쳐서 그것이 암시하는 바를 그저 막연하게만 인식할 수 있었고, 몇 번 추측하고 해석도 하긴 했으나 오히려 의심만 들 뿐이었다. 무슨 이야기들을 하는 건지 궁금하긴 했으나, 어떤 경우에는 별다른 의미가 있을 리 없다는 생각이 들었고, 그래서 이런저런 짐작이 대부분 '이런! 그건 아니겠지!'로 끝나 버렸다. 앞으로 보게 되겠지만, 그에게 이것은, 나중에서야 정신을 차려야겠다고 마음을 다잡게 만든 상황의 시작이었다. 그리고 절차상 그 과정의 첫 단계였다고 나중에 기억하게 될 것이다. 잠깐 따져 보기만 해도, 이 장소에서 가장 중요한 사실은 다른 무엇도 아닌 바로 채드가 처한 상황의 근본적인 부적절함이었고, 그들은 그 주변에 그렇게 냉소적으로 모여 있었다. 그 점을 당연시했으므로 그들은 그와 관련해 울렛에서 당연시했던 모든 것 — 종국에는 그가 뉴섬 부인과 함께 전혀 입 밖에 내지 않게 된 그 문제들 — 을 당연시했다. 그것은 그 문제들이 차마 입에 올릴 수 없을 만큼 나빴기 때문에 생긴 결과였고, 같은 차원에서 그것이 얼마나 나쁜지를 깊이 이해한 데 따른 것이었다. 그래서 말하자면 지금 눈앞의 장면이 궁극적으로, 그리고 어쩌면 뻔뻔스럽게 그 부적절함에 기초하고 있다고 가정하자, 여기서 벌어진 거의 모든 일을 소급해 그런 시각으로 바라보게 되는 딜레마를 피할 수 없었다. 스스로 너무나 잘 알고 있듯이 이는 끔찍한 일이지만 어쩔 수 없었다. 변칙적인 삶과 관련된 엄정한 논리가 그렇다고 이해하는 수밖에 없었다.

빌럼과 바라스 양이 이 변칙적인 삶과 맺고 있는 관계는 은밀하면서도 미묘한 경이로움 자체였다. 그로서는 그 관계가 간접적일 뿐이라고 기꺼이 인정하고 싶었다. 왜냐하면 그런 게 아니라면 모든 태도가 예의에 어긋나고 상스럽게 보일 수 있었기 때문이다. 그러나 간접적인 관계라고 치더라도 어쨌든 그들은 채드의 것이라면 무엇이든 고맙게 쓰고 즐기는 데 주저함이 없었는데, 그것이야말로 놀라운 일이었다. 그들은 채드가 평판도 좋고 사람도 좋다면서 거듭 그를 거론했는데, 스트레더가 무엇보다 혼란스러웠던 이유는 그 모두가 다 채드를 추켜올리기 위한 것이기 때문이었다. 인심이 후하다느니 취향이 고상하다느니 칭찬 일색이었는데, 스트레더에게는 그것이 그렇게 꽃처럼 피어나는 바로 그 땅에 그들이 눌러앉아 있는 것으로 보였다. 그의 최종적인 곤경이라면, 지금 이 순간 그 자신도 그들과 함께 눌러앉아 있다는 것이었고, 그렇게 허물어진 자신에 비해 꼿꼿한 웨이마시가 정말로 고귀하게 느껴졌던 위대한 순간도 있었다. 한 가지는 분명했다. 결정을 내려야 한다는 것. 채드와 연락을 취해야 하고, 그를 기다리고 상대하여 제압해야 했다. 그러나 상황을 있는 그대로 보는 능력을 상실해서는 안 되었다. 그를 자신 쪽으로 끌어와야지, 예를 들어 자신이 그 쪽으로 너무 가서는 안 되는 것이다. 여하튼 편의상 어느 정도는 줄곧 용납할 수밖에 없다 해도 용납할 수 있는 것이 무엇일지에 대해 더 분명히 해야 했다. 그게 정확히 어느 정도여야 하는지 ─ 게다가 그 사실이라는 것도 혼란스럽기만 하지 않은가? ─ 에 대해 빌럼과 바라스 양은 거의 실마리를 주지 못했다. 원래 그런 사람들이었으니까.

2

일주일 정도 지나 고스트리 양이 도착해 신호를 보냈기 때문에 그는 즉시 그녀를 만나러 갔다. 그리고 그때에서야 비로소 그는 교정이라는 개념을 확실히 이해할 수 있었다. 운 좋게도 이 개념은 그가 마르뵈프 구역의 작은 중이층 집의 문지방을 넘는 순간부터 눈앞에 선연했다. 본인의 말에 따르면, 그녀는 수없이 많은 장소를 날아다녔고 우습지만 이것저것 열정적으로 낚아채면서 구한 것들을 이 마지막 보금자리에 모아 놓았다고 했다. 정말이지 그곳에서, 오직 그곳에서만, 그가 처음 채드의 집 계단을 올라가면서 기대했던 행운을 찾을 수 있음을 곧 알아차렸다. 고스트리 양이 그 자리에서 그의 입맛에 맞게 적절히 양을 조절해 주지 않았다면 자신이 얼마나 엄청나게 빠져들게 되었을지, 스스로도 약간 겁이 날 정도였다. 하도 많이 쌓여 있어서 거의 어둑해 보이는, 그녀가 모아들인 온갖 물건들로 가득 찬 작은 방들이 처음 그에게 준 인상은 기회와 상황에 맞게 전체적으로 훌륭하게 갖춰져 있다는 것이었다. 눈길이 가는 곳마다 오래된 상아나 양단 물건이 있었기 때문에 혹시라도 잘못될까 봐 어디에 앉아야 할지 알 수 없을 정도였다. 홀연 집주인의 삶이 심지어 채드나 바라스 양의 삶보다 더 소유한 물건으로 가득 찬 것처럼 느껴졌다. '물건'의 제국에 대한 이해가 최근 들어 많이 넓어지긴 했지만 눈앞에 펼쳐진 광경으로 더욱 확장되었다. 시각적 욕망과 삶의 자부심이 가히 그곳에 사원을 세웠다고도 할 만했다. 그것은 성지의 가장 내밀한 장소였고 해적의 동굴처럼 갈색이었다. 그 갈색 배경에 군데군데 금빛이 반짝였고 어둑한 가운데 보라색도 언뜻언뜻 보였다. 너무나도 진기한 그 모든 것은 낮은 유리창에서 얇은 모슬린 커튼을 통해 들어오는 빛을 받고 있었다. 아주 귀한 것들이라는 사실 말고 분명히 알 수 있는 것은 없었다. 물어보지도 않고 그의 코밑으로 꽃을 살짝 스치듯이 그것들은 스트레더의 무지함을 경멸하며 살짝 스쳐 갔다. 하지만 그 장소의 주인을 제대로 바라보았을 때, 그럼에도 불구하고 그에게 가장 중요한 게 무엇인지 알 수 있었다. 두 사람이 함께 선 자리는 삶의 온기로 훈훈했고 그들 사이의 모든 질문은 거기가 아니라면 어디에서도 생겨날 수 없는 것이었다. 질문은 말을 꺼내자마자 생겨났는데, 왜냐하면 그가 웃으면서 꺼낸 첫말이 '음, 그들이 날 장악해 버렸소!'였기 때문이다. 이날 만나 처음 나눈 이야기는 대부분 이 사실을 설명하는 데 할애되었다. 그녀를 만나 말할 수 없이 기쁘다면서, 이러한 축복을 아예 모르고야 몇 년이고 살아갈 수 있지만 겨우 사흘일지라도 일단 알고 나면 영원히 그것 없이는 살 수 없다고 솔직하게 말했다. 그녀는 이제 그에게 꼭 필요한 축복이었다. 그녀가 없는 동안 그가 길을 잃고 헤맸다는 사실만큼 그 점을 더 잘 증명하는 것이 또 어디 있단 말인가?

"무슨 소리예요?" 그녀가 놀라는 기색도 없이 물었다. 자신의 소장품의 '시대'를 잘못 알았을 때처럼 얼마나 간단히 그를 바로잡아 주었는지 그 자신은 이제 막 발을 들여놓은 미로에서 그녀가 얼마나 편히 돌아다니는지를 새삼 느낄 수 있었다. "도대체 무슨 일을 어떻게 했다는 거죠?"

"그러니까 절대 해서는 안 되는 일을 했어요. 리틀 빌럼이라는 친구와 급격히 가까워졌거든요."

"아, 그거야 당신 임무니까 처음부터 계산에 들어가 있던 거지요." 이렇게 대꾸하고 나서야 그녀는 대수롭지 않다는 듯 그런데 리틀 빌럼이 대체 누구냐고 물었다. 하지만 그가 채드의 친구로서 채드가 없는 동안 그 집에 살면서 일종의 대리인 역할을 하고 있다는 이야기를 듣자 부쩍 관심을 보였다. "내가 그를 좀 만나 봐도 괜찮겠어요? 딱 한 번이면 돼요." 그녀가 덧붙였다.

"아, 자주 만날수록 좋을 거예요. 같이 있으면 재미있거든. 그리고 독특해요."

"충격적이지는 않았어요?" 고스트리 양이 대수롭지 않게 물었다.

"절대로! 그것만은 확실히 모면했다니까요! 그건 분명 내가 그를 반도 이해하지 못했기 때문일 거예요. 그렇다고 우리 생활방식이 망가진 것도 아니에요. 그를 만나고 싶으면 나랑 저녁을 함께 해요." 스트레더가 말을 이었다. "그러면 알게 될 거예요."

"저녁을 대접하는 건가요?"

"그래요, 그렇다니까요. 내 말이 그거였어요."

그녀가 상냥하게 다시 물었다. "돈을 너무 많이 쓰고 있다고요?"

"천만에요, 돈이 거의 들지 않아요. 그들한테 돈을 쓴다는 사실이 문제여서 그렇지. 당분간 자제해야 해요."

그녀가 잠깐 생각하더니 웃었다. "돈을 써야 하는데도 그걸 돈이 안 든다고 생각하시다니! 하지만 전 관여하지 않는 걸로 해야겠네요. 다른 사람들이 보기에는 말이에요."

그는 잠깐 그녀가 정말로 자기 일에서 손을 떼는 건가 하는 표정을 지었다. "그럼 안 만나 볼 건가요?" 예상치 못하게 그녀가 몸을 사리는 것으로 보였다.

그녀가 머뭇거렸다. "일단 그들이 누군가요?"

"물론 우선은 리틀 빌럼이죠." 그는 당장은 바라스 양을 언급하지 않기로 했다. "그리고 채드는 당연히 만나 봐야죠. 오면 말이에요."

"그럼 그는 언제 오나요?"

"빌럼이 시간을 내서 편지로 내 얘기를 하고, 그로부터 답을 듣게 되면요." 그가 덧붙였다. "하지만 빌럼은 호의적으로 말해 줄 겁니다. 채드를 위해서 그럴 거예요. 그러면 채드가 돌아오는 걸 겁내지 않을 테니까요. 그러니까 내 허세를 위해서라도 더 당신이 필요하단 말입니다."

"아, 허세라면 혼자서도 문제없을 거예요." 그녀는 태연하기 그지없었다. "당신이 지금까지 해 온 일을 보니 저는 빠져도 되겠어요."

"아, 하지만 아직 항의 한 번 못 해 봤어요." 스트레더가 말했다.

그녀는 그 점을 생각해 보았다. "항의할 만한 게 있나 찾아보고 있던 게 아니었나요?"

이에 그는 유감스럽지만 사실을 털어놓을 수밖에 없었다. "지금껏 찾아낸 것이 아무것도 없어요."

"그럼 채드가 만나는 사람이 없단 말인가요?"

"내가 알아내려 했던 그런 사람 말인가요?" 스트레더가 잠시 사이를 두었다가 말했다. "내가 어떻게 알겠어요? 게다가 그게 무슨 상관입니까?"

'어머머' 하더니 그녀의 웃음이 점점 커졌다. 사실 그는 자신의 농담에 그런 반응이 나오자 상당히 놀랐다. 자신의 말이 어떻게 농담이 되었는지 나중에야 알았다. 하지만 그녀로 말하자면 그 외의 다른 것까지 알아챘다. 비록 바로 숨기기는 했지만 말이다. "알아낸 사실이 아무것도 없는 거예요?"

그는 뭔가 끌어내 보려 했다. "글쎄요, 멋진 집에 살더군요."

"아, 파리에서 그 사실이 말해 주는 건 아무것도 없어요." 그녀가 바로 대꾸했다. "그러니까 그걸로 흠잡을 수 있는 건 없단 얘기이죠. 당신의 임무와 관련된 그 사람들이 그를 위해서 마련해 줬을 수도 있을 것 같은데요."

"바로 그거예요. 그리고 그들이 벌여 놓은 판에서 나랑 웨이마시가 진탕 먹고 마시는 거죠."

"여기서는 남이 벌인 판에 앉아 먹고 마시는 일을 안 하다가는 금방 굶어 죽고 말아요." 그녀가 대답했다. 그러고는 미소를 띠며 덧붙였다. "앞으로 더한 일이 기다리고 있을걸요."

"아, 앞으로 온갖 일이 일어나겠죠. 하지만 우리의 가정에 따르면 그들이 훌륭해야 하는 거잖아요."

"훌륭하잖아요!" 고스트리 양이 말했다. "그러니까, 보세요. 알아낸 사실이 전혀 없는 건 아니네요. 사실상 그들이 지금까지는 훌륭했다는 거죠." 그녀가 덧붙였다.

뭐라도 비교적 확실한 것을 얻자 약간 도움이 되는 듯했다. 게다가 그 덕에 곧바로 물밀 듯이 기억이 밀려왔다. "더구나 이 청년 말이 채드가 자신들에게 대단히 관심이 많다고 하더군요."

"정확히 그렇게 얘기하던가요?"

스트레더가 좀 더 정확히 기억해 내려 애썼다. "아니, 꼭 그건 아니었어요."

"더 생생했나요, 덜 생생했나요?"

그는 허리를 굽혀 안경을 들이대고 작은 탁자 위에 놓인 한 무리의 물건들을 보고 있던 중이었는데, 이 말에 다시 그녀 쪽으로 왔다. "그냥 지나가면서 한 말이긴 했지만 내가 촉각을 곤두세우고 있었기 때문에 강한 인상이 남았죠. '아시다시피 채드가 굉장하잖아요.' 빌럼이 한 말은 그거예요."

"'아시다시피 굉장하다고요'? 아!" 그러고는 찬찬히 따져 보더니 곧 만족한 모양이었다. "음, 뭘 더 원하시나요?"

한두 개의 작은 골동품을 들여다보고 있던 그는 다시 주제로 돌아오지 않을 수 없었다. "어찌 되었든 내가 엄청 강렬한 인상을 받기를 원했던 것 같았다고요."

그녀가 다시 물었다. "무슨 말씀이신지?"

"지금 얘기하는 그대로죠. 그 대단한 상냥함 말이에요. 다른 무엇보다 그걸로 정신을 빼놓을 수 있다는 거죠."

"아, 다시 정신이 들 거예요!" 그녀가 대답했다. "제가 따로 만나 봐야겠어요." 그녀가 말을 이었다. "빌럼 군하고 뉴섬 군 말이에요. 당연히 빌럼 군이 먼저겠죠. 한 번이면 돼요. 각자 한 번씩. 하지만 직접 만나야겠어요. 삼십 분 정도요." 그러곤 곧이어 물었다. "채드 군은 칸에서 뭘 하는 거죠? 점잖은 남자는 그런 종류의, 그러니까 당신이 의미하는 그런 여자하고는 칸에 가지 않아요."

"그래요?" 스트레더가 점잖은 남자에 관심을 보이며 물었고, 그녀는 그것이 재미났다.

"그래요. 다른 곳이면 몰라도 칸은 아니에요. 칸은 다르거든요. 더 훌륭하니까요. 칸은 최고죠. 그러니까 거긴 다 아는 사람들이에요. 당신이 그들을 알 만한 사람이라면요. 그리고 그가 그 사람들을 안다면, 상황이 달라지죠. 분명 혼자 갔을 거예요. 그 여자가 같이 갔을 리가 없어요."

"나로서는 전혀 알 수가 없네요." 스트레더가 자신의 약점을 인정했다. 그녀의 말에는 상당한 의미가 있는 듯했는데, 얼마 안 있어 그녀가 직접 알아볼 기회를 만들 수 있었다. 리틀 빌럼과의 자리는 루브르 박물관의 대회랑에서 손쉽게 마련되었다. 고스트리 양과 함께 멋진 티치아노의 그림 — 묘하게 생긴 장갑을 든 청록색 눈의 청년이 그려진 아주 멋진 초상화 — 앞에 서 있다가 몸을 돌렸을 때 그들과 합류할 제삼자가 왁스 칠을 한 금박의 길을 따라 저만치에서 걸어오는 게 보였다. 그러자 비로소 감을 잡았다는 느낌이 들었다. 그는 체스터에서부터 그녀와 루브르에서 반나절을 보내겠다는 약속을 했었기 때문에, 리틀 빌럼이 따로 같은 제안을 했을 때 기꺼이 동의했었다. 빌럼과는 이미 뤽상부르 박물관에도 함께 다녀온 터였다. 이 두 계획을 합치는 데는 전혀 어려움이 없었고, 리틀 빌럼과 함께하면 보통 서로 어긋나는 것들이 풀린다는 생각을 새삼 하게 되었다.

"저 사람은 괜찮아요. 우리 쪽이네요." 고스트리 양이 인사를 나눈 뒤 기회를 잡아 그에게 작은 소리로 말했다. 그 두 사람은 가다서다 하면서 몇 마디를 나누더니 빠르게 의견 일치를 본 듯했고, 그래서 스트레더는 그 말뜻을 곧바로 알아들었을 뿐 아니라 그것을 자신이 일을 제대로 해 왔다는 증거로 여겼다. 지금 그에게 도움이 되는 정보가 아주 최근에야 알게 된 것이라 더욱 감사한 마음이 들었다. 바로 하루 전만 해도 그녀의 말뜻을 이해하지 못했을 것이었다. 그러니까 자신의 짐작처럼 그 말이 그들 모두 아주 열렬한 미국인이라는 뜻이라면 말이다. 그는 이제야 막, 그것도 이제껏 경험하지 못한 급격한 발상의 전환을 통해서 리틀 빌럼 같은 인물이 아주 열렬한 미국인일 수 있다는 사고에 도달했던 것이다. 그 청년이 처음 만난 표본인 셈이었다. 그 표본이 상당히 당황스러웠지만, 그래도 지금은 그것을 이해할 만한 실마리가 있었다. 처음에 리틀 빌럼의 놀라운 평온함에 강한 인상을 받았으면서도, 지나치게 경계하다 보니 불가피하게 그것을 뱀의 자취, 그러니까 유럽의 타락이라고 편리하게 이름 붙일 만한 것으로 여겼다. 그와 달리 고스트리 양은 금세 그것을 그들이 아는 오래된 존재의 특별한 형태로 알아봤기 때문에 그의 인상도 정당화될 수 있었다. 그는 양심에 전혀 거리낌 없이 그 표본을 좋아할 수 있기를 바랐는데, 이 상황으로 그것이 가능해진 것이다. 그가 종잡을 수 없었던 점은 바로 그 예술가 청년이 자기 나름대로 그 누구보다 미국적이라는, 그것도 완벽하게 그러하다는 점이었다. 그러나 이제 이렇게 새로운 시각으로 그를 바라보게 되자 스트레더는 말할 수 없이 편안한 심정이 되었다.

이 싹싹한 청년은 스트레더가 받은 첫인상처럼 편견 없이 세상을 바라보았다. 스트레더도 곧 알게 됐지만, 우선 그에게는 직업을 가져야 한다는 편견이 없었다. 리틀 빌럼에게 직업이 있긴 했어도 그것은 스스로 거부한 직업이었다. 그럼에도 놀랍다거나 걱정된다거나 후회스럽다는 느낌이 대체로 없다는 데서 그의 평온한 인상이 나오는 것이었다. 그는 그림을 그리기 위해, 그러니까 전반적인 차원에서 그 신비로움을 헤아리기 위해 파리로 왔다. 그러나 이 점에서는 공부가 치명적이었다. 뭐라도 그에게 치명적일 수 있다면 말이다. 그래서 지식이 쌓여 갈수록 창작력은 불안정해졌다. 스트레더는 채드의 집에서 그를 만났을 때 멋진 지성과 몸에 밴 파리의 습성을 빼면 그가 난파선에서 건져 낸 것이 하나도 없음을 알 수 있었다. 똑같이 애정 어린 익숙함으로 그 특성들을 활용했으므로, 그것이 분명 하나의 장비로 여전히 그에게 소용이 되었음이 아주 분명했다. 그것은 루브르에서 함께 시간을 보냈을 때 특히 매력적이었다. 정말이지 스트레더에게 그 면모는 열기로 충만한 형형색색의 분위기와 이름들이 드러내는 강렬한 매력, 홀륭한 공간과 거장들의 색채 등과 떨어질 수 없는 모습으로 나타났던 것이다. 하지만 그것은 그 청년이 이끄는 곳마다 등장했고, 루브르를 방문한 다음 날 세 사람이 다시 다른 곳으로 발걸음을 옮기고 있을 때에도 주위를 감싸고 있었다. 그가 두 친구들에게 강 건너 초라한 자기 집을 보여 줄 테니 함께 가자고 했던 것이다. 그리고 그의 초라한 집 — 정말로 초라한 그 집 — 이 보여 주는 작지만 숭고한 초연함과 독립심이 스트레더에게 무척 신선하게 느껴졌기 때문에, 리틀 빌럼의 별스러움에는 기이하지만 사람을 끌어당기는 위엄이 있는 듯했다. 새로 놓은 길고 매끈한 도로에서 자갈이 깔린 오래된 샛길로 들어간 다음 다시 거기서 갈라진 골목 끝에 그의 집이 있었는데, 길이든 골목이든 모두 보잘것없는 사람들의 구역임을 드러내고 있었다. 그는 약간 썰렁하고 휑한 작업실로 그들을 안내했다. 그가 이곳을 떠나 우아한 생활을 하는 동안 그의 동료가 빌려 쓰고 있었다. 그 동료도 순진한 미국인이었고, 리틀 빌럼은 그에게 전보를 쳐서 '되는 대로' 차를 마련하라고 말해 놓았더랬다. 그래서 이 대충 마련된 간단한 먹을거리와 두 번째의 순진무구한 미국인, 그리고 우스꽝스러움과 빈틈들, 고상한 습작 몇 점과 서너 개의 의자, 취향과 확신은 넘쳐 흐르지만 다른 것들은 거의 없다시피 한 이역만리에서의 임시변통의 삶, 이 모두가 한데 뒤섞여 이 자리에 일종의 주문을 걸었고 스트레더는 서슴없이 그에 몸을 맡겼다.

　두세 명의 미국인들이 더 모였고, 스트레더는 순진한 그들이 마음에 들었다. 고상한 습작과 그에 대한 자유로운 논평이 특히 좋았다. 이런저런 연관을 지어 설명하는가 하면 호불호는 어쩌나 강하게 표현하는지, 그들 말마따나 화들짝 놀라기도 했다. 가난하지만 명랑한 삶이나 로맨스에 가까울 정도로 서로 협동하는 삶이라는 전설 같은 이야기가 무엇보다 마음에 들었고, 금세 그에 비추어 상황을 이해했다. 순진한 미국인들의 솔직함이 심지어 울렛의 솔직함을 능가한다는 생각도 들었다. 빨간 머리칼에 다리가 긴 그들은 좀 예스러우면서도 이상야릇하고 익살스럽고 사랑스러웠다. 그곳이 미국 영어로 시끌벅적했는데, 그로서는 그 언어가 그렇게 두드러지게 현대 예술에 적합한 언어인 줄은 예전엔 미처 몰랐다. 예술이라는 현악기를 맹렬하게 울려 대면서 멋진 곡조를 뽑아내고 있었다. 이 삶의 면모에 탄복할 만한 순진성이 담겨 있었다. 그는 고스트리 양이 이 점을 얼마나 느끼고 있는지 보려고 이따금 그쪽을 바라보았다. 하지만 그녀는 전날과는 달리 한 시간 동안 아무 신호도 보내지 않았다. 사람이든 사물이든 각각에 대처하는 파리식의 능숙함으로 청년들을 다루는 모습을 보여 주는 일 외에는 말이다. 그녀는 섬세한 습작을 두고 멋지게 이야기를 나누고 아주 능숙한 솜씨로 차를 끓였으며 위태로워 보이는 의자도 개의치 않았다. 그 옛날 성공했거나 실패한 사람들, 사라져 잊혔거나 새로이 부상한 사람들의 이름이 오르내린다든지, 그 수를 꼽아 보거나 간단하게 언급될 때에도 잘 안다는 듯이 그들을 떠올렸다. 그녀는 그렇게 리틀 빌럼과의 두 번째 만남을 아주 품위 있게 받아들였다. 사실 전날 오후 헤어지면서 말하기를, 새로운 인상을 받게 될 테니 새로운 증거가 나올 때까지 판단을 보류하고 싶다고 했었다.

새로운 증거는 하루 이틀 지난 뒤 나타났다. 그다음 날 프랑세즈 극장에 아주 좋은 특별석을 빌렸다는 전갈을 받았던 것이다. 그런 일을 마다하지 않는다는 점에서 어지간히 그녀의 수완을 알 수 있었다. 스트레더로서는 그녀가 어쩌면 그렇게 매번 미리 돈을 쓰는지 놀라울 뿐이었는데, 항상 그에 대한 대가를 받는다는 사실 또한 그랬다. 더 큰 그림을 배경으로 한 활기차고 분주한 교제와 그로서는 감당할 수 없을 가치들의 교환을 이 모두에서 의식할 수 있었다. 그녀에게는 영국이라면 맨 앞줄의 일등석, 프랑스 연극이라면 칸막이 특별석이 아니면 안 된다는 것을 그는 알았다. 그리고 이쯤해서 그녀를 위해 마련해 주려고 마음먹은 참이었다. 하지만 그녀는 그런 점에서 리틀 빌럼과 닮은 점이 있었다. 그녀 역시 중대한 문제는 늘 미리 알고 있는 것처럼 보였기 때문이다. 이렇듯 그녀가 항상 그보다 앞서갔으므로 마지막 정산에서 계산이 과연 어떻게 될까 자문하지 않을 수 없었다. 이번에도 초대를 받아들이기 전에 먼저 저녁 식사를 대접하겠다고 제안함으로써 그 부분을 조금이나마 만회해 보려 했다. 그러나 그렇게 마음을 썼음에도 결국 그는 다음 날 8시에 기둥이 늘어선 현관에서 웨이마시와 함께 그녀를 기다리고 있었다. 그녀와 저녁을 함께하지 않았던 것인데, 그로서는 전혀 이해가 안 되지만 그냥 거절을 받아들이게 된다는 것이 그들 관계의 특성처럼 되었다. 또한 그녀 방식에 따라 재조정된 아주 친절한 조치로 느껴졌다. 가령 리틀 빌럼과 다시 어울릴 기회도 만들 겸 특별석에 그의 자리도 함께 마련하자는 그녀의 제안도 그 점을 잘 보여 주었다. 그래서 스트레더가 말셰르브 대로에 청색 속달 편지를 보냈는데, 그들이 극장 안으로 들어가는 그 순간까지도 답을 받지 못했다. 하지만 편안하게 자리를 잡고 얼마간 시간이 흐른 뒤에도, 그는 리틀 빌럼이 알아서 적당한 때 들어오리라 보았다. 더구나 그가 자리에 없는 잠깐의 짬이 고스트리 양에게 지금까지 없었던 좋은 기회를 주는 듯했다. 스트레더는 자신과 유사한 인상과 결과를 그녀가 전해 주기를 기다리며 오늘 밤까지 왔기 때문이다. 앞서 이야기 했다시피 그녀는 리틀 빌럼을 한 번만 보겠다고 했다. 그런데 그를 두 번이나 보고 나서도 그에 대해 한마디도 하지 않고 있었다.

그사이 웨이마시는 그녀를 사이에 두고 그의 맞은편에 앉았다. 그러자 그녀는 훌륭한 문학 작품 하나를 학생들에게 소개하는 교육자 역할을 자처했다. 다행히도 연극은 그럭저럭 괜찮았고, 학생들은 솔직했다. 자신은 이미 다 가 본 길이기 때문에 단지 그들의 순진함을 고려했을 뿐이라고 했다. 그러다가 적당한 때가 되자 그녀는 자리에 없는 청년에 대해 말을 꺼냈다. 그때쯤엔 그가 안 올 것이 분명해 보였다. "당신 편지를 받지 못했거나 아니면 당신이 답장을 받지 못했나 봐요." 그녀가 말했다. "뭔가 사정이 생겼을 텐데, 아시겠지만, 당연히 특별석에 오는 일로 남자들이 편지를 쓰진 않으니까요." 그녀의 표정으로 보면 마치 웨이마시가 그 청년에게 편지를 쓰기라도 한 듯했고, 따라서 웨이마시의 얼굴에는 엄한 표정과 난감함이 뒤섞여 나타났다. 그러나 그녀는 이에 맞서기라도 하듯 말을 이었다. "아시다시피 그는 단연코 최고예요."

"누구 중에서 최고라는 겁니까?"

"누구이긴요. 줄을 지어 들어오는 모든 사람들이죠. 젊은 남녀 말이에요. 간혹 좀 나이 든 사람들도 있긴 하지만. 우리나라의 희망이라고도 할 수 있겠죠. 그들 모두가 매년 여기를 지나가잖아요. 하지만 특히 붙들고 싶은 사람은 없었어요. 근데 리틀 빌럼은 붙들고 싶네요. 당신은 안 그래요? 지금 그 자체로 그냥 딱 좋아요." 그녀는 여전히 웨이마시를 보며 말했다. "정말 사랑스러워요. 그걸 망치지만 않으면 좋겠는데! 하지만 당연히 망치겠죠. 항상 그렇고 또 그래 왔으니까."

"제가 보기에 웨이마시는 빌럼이 딱히 망칠 만한 게 뭐가 있을지 이해를 못할걸요." 잠시 후 스트레더가 말했다.

"훌륭한 미국인일 리는 없겠지." 웨이마시가 무 토막 자르듯이 대답했다. "그가 그런 쪽으로 상당히 계발되었다는 인상은 전혀 못 받았으니까."

"아." 고스트리 양이 한숨을 쉬었다. "훌륭한 미국인이라는 명칭은 달아 주는 거나 뺏는 거나 쉽기도 하군요. 우선 그게 도대체 무엇이며, 그렇게 급할 건 또 뭐가 있나요? 그렇게 절실한 문제 치고 그렇게 제대로 정의되지 않은 것도 정말 없을 거예요. 여러분들을 위해 요리를 해 주려면 그전에 적어도 조리법은 받아야 하는 게 순서잖아요. 게다가 그 불쌍한 병아리들에게 시간은 충분해요!" 그녀가 말을 이었다. "여태 지켜본 바에 따르면 망가지는 건 행복해하는 마음 그 자체예요. 믿음과 뭐랄까, 아름다움에 대한 감각 말이에요. 당신 말이 맞아요." 그녀는 이제 스트레더를 끌어들였다. "리틀 빌럼은 그 점이 매력적일 정도로 풍부하죠. 그렇게 계속 갈 수 있도록 도와줘야 해요." 그러곤 다시 웨이마시에게로 향했다. "다른 청년들은 모두 지독하게 뭐든지 하고 싶어 하고, 정말이지 이래저래 너무 여러 가지 일을 하는 거예요. 그리고 나면 절대 예전과 같은 사람일 수가 없게 돼요. 어떻게든 매력은 상실되게 마련이죠. 그런데 그는, 아시다시피 그러지 않을 거라고 봐요. 그렇게 끔찍한 일은 절대 하지 않을 거고, 우린 지금 그대로의 모습으로 그를 즐길 수 있을 거예요. 그럼요, 그는 상당히 아름다워요. 뭐든 보려 하고 전혀 부끄러워하지 않죠. 그 점에서는 용기가 차고 넘쳐요. 그가 무엇을 할 수 있을지 생각해 보세요! 정말 무슨 사고라도 나지 않도록 계속 지켜보고 싶어진다니까요. 지금 바로 이 순간에도 그가 못 할 게 뭐가 있겠어요? 전 그동안 실망을 많이 했거든요. 그 어린것들은 절대 안전하지 않다고요. 아니면 코앞에 두고 지켜볼 때만 그렇죠. 완전히 믿고 내버려 둘 수는 없어요. 왠지 불안해지고, 그래서 그가 지금 여기 있기를 무엇보다 바라는 거겠죠."

화려하게 짜 내려간 생각이 만족스러운 양 그녀가 웃으면서 말을 마쳤다. 그 만족이 표정을 통해 스트레더에게 전달되었지만, 그는 지금 이 순간만은 그녀가 웨이마시를 그냥 내버려 두었으면 하는 바람이었다. 그 자신이야 그녀의 말뜻을 대충 이해했다. 그렇지만 그녀로서는 마치 그가 모른다는 듯이 웨이마시에게 말하지 못할 이유가 없었다. 비겁한 일인지는 모르겠지만, 스트레더는 이 자리를 가능한 한 기분 좋게 만들기 위해서라도 웨이마시가 자신의 기지를 너무 과신하지 않았으면 했다. 그녀도 그 점을 알고 있으므로 그를 까발렸고, 그와 그의 기지를 끝장내기도 전에 더 심해질 것이었다. 그렇다고 그가 뭘 어쩔 수 있겠는가? 그는 건너편 친구를 바라보았고, 두 사람의 눈이 마주쳤다. 뭔가 기이하면서도 경직된 것, 이 상황과 관련이 있지만 건드리지 말고 그냥 놔두는 편이 좋을 뭔가가 말없이 그들 사이를 오갔다. 어쨌든 그 결과 스트레더는 불현듯 반발심이 생겼고, 좋은 게 좋다는 식으로 상황에 맞추는 자신의 성향을 참을 수 없게 되었다. 그렇게 해서 되는 일이 뭐가 있단 말인가? 사실 이는 역사를 주관하는 여신이 소중히 여기는 순간으로, 큰 사건의 발발보다는 고요한 순간에 더 많은 문제가 해결되는 그런 경우였다. 고요함에서 유일하게 벗어난 것이 여러 가지가 복합된, '될 대로 되라!'였는데, 적막 속에서 스트레더의 몫이 그 말과 함께 소리 없이 피어난 셈이었다. 밖으로 내뱉지 않은 이 외침은 타고 있는 배를 불태우더라도 갈 데까지 가 보자는 최후의 충동을 보여 주는 것이었다. 물론 역사의 여신의 눈에 그 배는 하잘것없는 조개 껍데기에 불과하겠지만, 그가 고스트리 양에게 말을 꺼냈을 때 그것은 적어도 배에 횃불을 들이대는 심정이었다. "그럼 같이 일을 꾸민다는 건가요?"

"두 청년이 말인가요?" 그녀가 바로 대꾸했다. "글쎄요, 제가 뭐 천리안이나 예언자는 아니지만 그냥 감이 있는 여자로서 말하자면 오늘 밤엔 당신을 위해서 그러는 것 같아요. 뭘 어떻게 하려는 건진 모르겠지만, 그냥 느낌이 그래요." 그러고는 아직 알려 준 것은 별로 없지만 제대로 알아들었겠지 하는 투로 마침내 그를 쳐다보았다. "의견으로 말하자면, 제 의견은 그래요. 그러기엔 그가 당신을 너무 잘 알고 있긴 하지만."

"오늘 밤 나를 위해 뭔가 해 주기에는 너무 잘 안단 말인가요?" 스트레더는 이해가 잘 안 되었다. "그러면 뭔가 아주 나쁜 일을 꾸미지 않기를 바라야겠군요."

"당신은 이미 그들한테 잡혔어요." 그녀가 짐짓 과장되게 말했다.

"그한테 말이요?"

"이미 그들한테 잡혔다고요." 그녀는 그저 같은 말을 반복했다. 그녀 자신은 예언자적 능력이 없다고 했지만, 이때만큼 그녀가 신탁을 전하는 여사제에 근접해 보인 적은 없었다. 그녀의 눈에서 빛이 반짝였다. "이젠 그 사실을 직시해야 해요."

그는 바로 그것을 직시했다. "그 둘이 지금까지 줄곧……?"

"게임의 수처럼 모든 것을 다요. 내내 그래 왔죠. 그가 매일

매일 칸에서 전보를 받았고요."

이 말에 스트레더는 두 눈을 동그랗게 떴다. "그걸 알고 있었단 말이요?"

"아는 정도가 아니죠. 다 보여요. 그를 만나기 전엔 과연 그것이 나한테 보일지 궁금했죠. 하지만 그를 만나자마자 궁금증이 사라졌고 두 번째 만나자 확실해졌어요. 그를 완전히 파악한 거죠. 매일 지시받는 대로 움직였고, 지금도 그래요."

"그래서 모든 게 다 채드가 해 온 거였다?"

"아, 아니요, 전부는 아니고요. 우리들이 같이 한 것도 있죠. 당신이랑 저랑 '유럽.'"

"그렇죠, 유럽……." 스트레더가 생각에 빠졌다.

"사랑스런 오랜 도시 파리." 그녀가 설명하듯이 덧붙였다. 하지만 그것 말고 할 이야기가 더 있었으므로, 그녀는 종종 그렇듯 방향을 돌려 과감히 단언했다. "그리고 친애하는 웨이마시 선생님, 당신께서도 거기에 한몫하셨죠."

묵직하게 앉은 그가 되물었다. "무슨 일에 한몫했다는 거요?"

"뭐긴요, 여기 이 친구분의 놀랄 만한 의식에 말이죠. 당신 나름대로 지금의 이 자리까지 흘러오는 일을 도왔으니까요."

"그래서 도대체 그가 지금 어디에 있다는 거요?"

그녀는 웃으면서 그 질문을 그에게 넘겼다. "스트레더 씨, 도대체 당신은 어디에 있나요?"

그는 마치 줄곧 그 생각을 하고 있었다는 듯이 말했다. "이미 상당히 채드의 수중에 있는 것 같군요." 그러고는 이 점을 좀 더 따져 보았다. "그런 방식으로, 그러니까 다 빌럼을 통해서이지만, 채드가 앞으로도 그런 식으로 나올까요? 그건 채드에게는, 그렇잖아요? 놀라운 발상인데. 그런 발상을 가진 채드라니……!"

"그게 어때서요?" 그가 그 이미지에 사로잡혀 있는 동안 그녀가 물었다.

"그러니까, 뭐랄까, 채드가 그렇게 무시무시해졌을까요?"

"아, 당신의 맘에 들 만큼요!" 그녀가 말했다. "하지만 당신이 말한 그 발상이 그가 가진 최선의 것은 아닐 거예요. 더 나은 것이 나타나겠죠. 계속 빌럼을 통해서만 일을 해 나가진 않을 거예요."

이 정도만 해도 이미 희망은 완전히 사라져 버린 듯 보였다. "그럼 이번엔 누굴 통해서?"

"그건 곧 알게 되겠죠!" 그녀가 이 말을 하는 동시에 뒤를 돌아봤고, 스트레더 역시 그랬다. 왜냐하면 좌석 안내원이 로비 쪽 문을 딸깍 닫는 소리와 함께 특별석의 문이 열리면서 웬 낯선 남자가 재빠르게 들어왔기 때문이다. 문이 뒤쪽에서 닫히고, 그들이 그가 자리를 잘못 찾아왔음을 표정으로 알렸음에도 그의 태도는 놀랍도록 태연했다. 커튼이 막 올라간 참이라, 관중이 모두 조용히 집중하고 있었기 때문에 스트레더의 항의는 말없이 이루어졌고, 갑작스러운 방문객 역시 미소를 지으며 그게 아니라는 듯이 재빨리 손짓으로만 인사를 했다. 그냥 서서 기다리겠다고 예의 바르게 신호를 보냈는데, 이 모두와 그의 얼굴, 특히 언뜻 비친 표정만으로 고스트리 양은 이 상황을 파악했다. 그것이 스트레더의 마지막 질문에 대한 답으로 딱 맞아떨어졌음을 말이다. 스트레더에게 곧 알려 주었다시피 전혀 낯선 이 남자가 바로 그 답이었던 것이다. 그녀는 낯선 청년을 가리키며 단도직입적으로 그에게 말했다. "바로 이 신사분을 통해서네요!" 동시에 그 신사도 스트레더에게는 아주 쉬운 이름을 내뱉음으로써 사실상 그 못지않은 해명을 해 주었다. 스트레더는 헉 하고 숨을 내뱉듯 그 이름을 되뇌고는 상황을 알아챘다. 고스트리 양의 말은 의도한 바보다 더 많은 것을 알려 주었다. 그 자리에 있는 사람은 바로 채드였던 것이다.

우리의 주인공은 후에 이 상황을 거듭 돌이켜 보았다. 그와 함께 시간을 보내는 동안, 그러니까 이후 사나흘을 줄곧 함께 지냈는데 그동안 아주 자주 이 상황을 돌이켜보게 되었다. 처음 반 시간 동안의 인상이 너무나 강렬했기 때문에 그 뒤에 일어난 일은 오히려 사소하게 느껴졌다. 사실인즉, 잠깐의 암흑이 걷히고 이 청년의 정체를 알게 된 순간은 인생에서 중요한 강렬한 순간 중 하나였다. 확실히 그는, 말하자면 이보다 더 많은 것들이 한꺼번에 몰려드는 순간은 지금껏 경험해 보지 못했다. 그리고 모호하면서도 동시에 무수히 많은 것을 담고 있는 그 해일 같은 물결이, 예의상 정숙해야 했던 그 시간 동안 방해받지 않았기에 점점 거세지면서 오래도록 지속되었다. 그들이 말을 꺼내면 바로 아래쪽 특별석에 앉아 있는 관객들에게 폐가 되지 않을 수 없었다. 이런 와중에도 스트레더는 바로 이런 점이 고도로 세련된 문화의 부산물이 아닌가 싶

었다. 격렬하지만, 예의범절 때문에 어쩔 수 없이 당장은 벗어
날 수 없는 그런 상황에 종종 처하게 되는 것 말이다. 긴장에
서 벗어난 편안함은 왕이나 왕비, 코미디언 같은 사람들은 거
의 가지기 힘든데, 딱히 그런 부류의 사람이 아니라도 고도
로 긴장된 삶을 산다면 그들의 심정이 어떨지 조금은 짐작할
수 있을 것이다. 스트레더로서는 거기 그렇게 채드의 바로 옆
에서 막이 끝날 때까지 앉아 있어야 했던 그 시간 내내 정말
그렇게 고도로 긴장된 삶을 사는 느낌이었다. 어떤 사실이 그
의 마음을 완전히 사로잡았고, 그 반 시간 동안 온 감각이 완
전히 거기 쏠려 있었다. 그런데도 불편을 끼칠까 봐 조금도 내
색할 수 없었는데, 사실 그것이 정말 다행스러웠다. 내색할 수
있었다면 내비쳤을 감정이 바로 당황스러움이었을 것이고 무
슨 일이 있더라도 그런 모습만은 보여 주지 않겠다고 처음부
터 스스로 다짐했기 때문이다. 급작스럽게 마주한 채드는 너
무나 완벽하게 달라진 모습이었기 때문에, 앞서 그 방향으로
작동해 왔던 그의 상상력조차 그 방면으로는 전혀 여유나 여
지가 남지 않은 느낌이었다. 모든 가능성을 다 상상해 봤지만
채드가 아예 채드가 아닐 수도 있다는 생각은 하지 못했고, 지
금 그는 어색한 미소를 띠고 불편한 마음에 얼굴이 붉어진 채
그 사실과 마주하고 있었던 것이다.

어떤 식으로든 결정을 내리기 전에 이 새로운 사실에 대해
마음을 좀 정리할 수 있을까, 말하자면 이 놀랄 만한 사실에
좀 익숙해질 수 있을까 자문해 보았다. 하지만 정말이지 그것
은, 그 사실은 너무나 놀라웠다. 한 사람의 정체성이 이렇게

완전히 딴사람처럼 바뀔 수 있다는 사실만큼 놀라운 것이 또 뭐가 있단 말인가? 어떤 사람을 그 사람으로 상대하는 일은 가능하다. 하지만 아예 딴사람인 듯이 상대할 수는 없는 일이다. 더구나 이 경우 정작 상대방은 본인이 얼마나 심한 타격을 가했는지 거의 모르지 않을까 하는 생각이 들자 약간 안도감이 들기까지 했다. 완전히 모를 수는 없을 것이다. 전혀 눈치채지 못하게 할 수는 없으니까 말이다. 그것은 그저 요즘 말로 하나의 사례, 그것도 타의 추종을 불허하는 변신이라는 엄청난 사례였고, 그렇게 엄청난 사례의 경우 일반적인 법칙상 외부에서 조정되었을 가능성이 많다는 사실에서 희망을 찾을 수 있을 뿐이었다. 결국에는 오직 스트레더, 그만이 이 점을 인식하고 있을지도 몰랐다. 고스트리 양이 아무리 놀라운 지력을 가졌던들 이건 알 수 없지 않겠는가? 그리고 지금 채드를 노려보는 웨이마시만큼 도대체 아무것도 알아채지 못하는 사람은 본 적이 없었다. 사회적 관계에서 거의 맹인이다시피 한 그의 상태를 보며 그쪽에서 직접 받을 수 있는 도움이란 거의 없겠다는 사실이 거의 수치스러울 정도로 실감되었다. 그런데 특히 고스트리 양보다 뭔가를 더 잘 알고 있다는, 지금껏 맛보지 못한 이 우월한 상황에서 정말 요만큼의 보상 심리도 느끼지 않았다고 할 수 있을는지도 알 수 없었다. 그런 점에서 그의 상황 역시 일종의 사례였고, 나중에 그녀가 알게 될 재미를 자신이 먼저 알아서 아주 흥미진진하다 못해 혼자 잔뜩 기대할 정도였다. 그는 그 반 시간 동안 그녀로부터 아무런 도움도 끌어내지 못했고, 그녀가 그와 눈도 마주치려 하지 않았으므로 그의 곤경이 좀 더 심화되었음은 인정하지 않을 수 없었다.

　그가 곧바로 작은 목소리로 채드를 소개했고, 그녀는 모르는 사람이라 해도 지나치게 격식을 차리는 법은 없었다. 그러나 그런 그녀도 어쨌든 처음에는 무대만 바라보고 있었고, 간간이 재미난 장면이 나오면 웨이마시와 대화를 나눌 핑계로 삼곤 했다. 그런 일에 함께하는 능력에 있어서 웨이마시는 어느 모로 보나 그녀에게 맞장구쳐 줄 인물이 못 되었다. 스트레더가 판단하기에 그와 채드가 자연스럽게 이야기를 나눌 수 있도록 그녀가 일부러 그 둘을 따로 떨어뜨려 놓았기 때문에 웨이마시를 향한 이러한 압력은 더욱 강할 수밖에 없었다. 하지만 그동안 둘 사이에 오간 것이라고는 진솔하고 다정한 표정, 분명히 미소 띤 얼굴이지만 이를 드러내며 웃는 정도는 아닌 표정으로 채드가 그를 바라본 것과, 자신이 바보처럼 구는 것은 아닌지 혼자 따져 보느라 스트레더의 머릿속이 분주한 것이 전부였다. 바보 같다고 느끼는데 과연 그게 겉으로 나타나지 않을지 알 수가 없었다. 더구나 최악은 그것이 불쾌한 어떤 것의 징후임을 알았다는 것이다. '저 친구에게 어떻게 보일지를 나 스스로 불쾌하리만치 의식하게 될 거라면 여기까지 온 의미가 거의 없으니 시작할 것도 없이 아예 그만두는 게 낫겠어.' 그가 생각했다. 이 현명한 판단으로도 어찌 되었든 그가 그 점을 의식하게 될 거라는 사실이 달라질 것도 아니었다. 그는 자신에게 도움이 될 만한 것을 제외하고는 모든 것을 의식하고 있었다.

나중에, 그날 밤 잠을 못 이뤄 뒤척이면서야 그는 그때 바로 채드에게 로비로 함께 나가자고 할 수도 있었음을 깨달았다. 그렇게 하지 못한 정도가 아니라 그것을 생각해 낼 정신조차 없었다. 마치 연극의 한 장면도 놓치기 싫은 학생처럼 그저 그 자리에 딱 붙어 있었던 것이다. 사실 그사이 무대에서 벌어진 장면에 한순간도 주의를 기울이지 못했으면서도 말이다. 막이 내릴 때까지도 그게 무슨 공연이었는지 전혀 알수가 없었다. 더군다나 자신의 이 어색함을 잘 받아 줌으로써 채드의 전반적인 참을성에 상냥함까지 더해졌다는 것도 당연히 당시에는 알아채지 못했다. 그렇기는 하지만 그 청년이 뭔가를 받아 주고 있었다는 사실은, 바로 그때, 바보같이, 별 반발심도 없이 깨닫지 않았던가? 채드, 그 아이는 적당히 너그러웠다. 적어도 거기에 자신의 기회가 있음을 알아챌 정도의 우위는 지킬 수 있었다. 스트레더 자신은 말 그대로 채드보다 선수를 칠 깜냥이 없었던 것이다. 그날 밤새도록 우리 주인공의 마음속에서 들끓었던 것을 전부 적으려면 펜이 다 닳아 없어질지도 모른다. 하지만 한두 가지 생생하게 기억나는 것이 있었다. 터무니없는 두 가지 상황이 기억났는데, 만약 그가 정말 평정심을 잃었다면 아마 그 때문일 가능성이 많았다. 그는 지금까지 살면서 밤 10시에 특별석으로 들어오는 청년을 본 적이 없었고, 앞서 누군가 물었더라도 여러 다른 방법에 대해 어떻게 판단할지 알 수 없었을 것이다. 그러나 그럼에도 불구하고 채드의 방식이 놀라웠음은 분명히 알 수 있었다. 당연히 상상할 수 있듯, 그 방법을 배웠다는 점은 그로부터 추측할 수 있었다.

그래서 이미 그로부터 넘치도록 많은 결과가 생겨났다. 그는 바로 그 자리에서 굳이 애쓰지 않고도, 그렇게 사소한 문제에도 여러 다른 방식이 있음을 스트레더에게 알려 주었다. 같은 맥락에서 그가 한 일은 이에 그치지 않았다. 그 청년의 외양상 변화는 무엇보다 숱 많은 검은 머리에 나이에 어울리지 않게 군데군데 흰머리가 생겼다는 것이었는데, 그가 그저 머리를 한두 번 흔들어 그 점을 스트레더에 보여 준 것도 그랬다. 게다가 그 새로운 모습이 신기하게도 그와 잘 어울리고 도움이 되어서, 하물며 다른 무엇도 아닌, 과거에 상당히 부족했던 세련됨의 면모를 지니게 되었던 것이다. 하지만 지금 이런 것들이 주어진 상황에서 이 점을 비롯해 그 밖의 다른 면에서 부족한 것이 무엇인지를 그때 그 자리에서 확실히 알기란 쉽지 않겠다는 느낌이 들었음은 인정하지 않을 수 없었다. 예를 들어 예전에 사람들이 솔직하게 말했을 법하게, 아들이 모친을 좀 더 닮았으면 좋았을 텐데 하는 식의 가벼운 책망을 할수 있었다. 그러나 그런 판단은 지금 이 상황에 전혀 들어맞지 않았다. 예전의 바탕은 완전히 바뀌었으되, 그 자리에 모친과의 유사성은 전혀 생겨나지 않았다. 어떤 젊은이가 되었건, 이 시점의 채드만큼 뉴잉글랜드에 있는 그의 모친에게서 상상할수 있고 찾아볼 수 있는 모든 면모와 완전히 떨어져 나온 경우는 찾아보기 어려웠다. 물론 처음부터 예상한 일이었다. 그러나 그럼에도 그것은 사실상 판단해야 할 무언가가 생길 때마다 참고해야 할 사항으로 빈번하게 등장하는 현상이 되어 버렸다.

　날이 갈수록 신속히 올렛에 연락을 취해야 한다는 생각이 들었다. 아주 신속해야 하므로 전보를 이용하는 수밖에 없었는데, 정말이지 만사를 제대로 하고 실수를 미연에 방지하기 위해 애쓰는 그의 훌륭한 성향에서 나온 결과였다. 그만큼 필요할 때 설명을 잘할 사람도 없었고, 그만큼 성실하게 보고서를 쓸 사람도 없었다. 어쩌면 그 성실함이라는 부담 때문에 설명해야 할 상황이 구름처럼 몰려오면 가슴이 덜컥 내려앉는 것인지도 몰랐다. 그에게 있어 가장 놀라운 재능은 인생의 하늘에서 그 구름이 아예 생기지 않도록 하는 데 있었다. 명료함에 대해 아주 지고한 관념을 가지고 있어서든 아니든, 그는 사실 어느 누구에게든 그 무엇도 완전히 설명될 수는 없다는 생각이 있었다. 쓸데없이 온갖 시도를 해 봐야 대부분 시간 낭비인 것이다. 개인적인 관계라는 것은 완전히 이해하거나, 아니면 더 낫게 이해하지 못해도 상관하지 않는 한에서만 유지될 수 있다. 이해하지 못하는 것에 신경을 쓰게 되는 순간, 인생은 이마에 땀방울이 맺히는 노역이 된다. 그리고 바로 그 땀방울이 자신을 지키기 위해 망상이라는 잡초가 자라지 않도록 애쓰느라 지불하는 대가이다. 그 잡초는 너무 빨리 쉽게 자라났고, 이제 대서양을 건너는 전보만이 그에 맞설 수 있었다. 그것만이 그를 대신해 지금껏 매일 올렛이 주장해 온 바와는 다른 것을 증언할 수 있을 것이었다. 아침에, 혹은 간밤에 그 위기를 파악했으니 당장 짧은 전보를 써 보내야 하는 것은 아닌지, 지금으로서는 완전히 확신할 수 없었다. '드디어 그를 만났으나, 맙소사!' 이런 식으로 당분간 마음의 짐을 덜 수 있겠다는 생각이 머릿속을 맴돌았다. 그들이 마음의 준비를 할 수 있도록 말이다. 하지만 무엇에 대한 준비 말인가? 더 분명하면서도 짧게 하려 치면 네 단어만 보낼 수도 있었다. "엄청 늙어 보임. 흰머리까지." 그는 말없이 함께했던 삼십 분의 시간 동안 채드의 외모 중 그 특정한 부분에 내내 관심이 쏠렸고, 그것에 말로 할 수 있는 이상의 훨씬 많은 것이 연관되어 있다고 느껴졌던 것이다. 말로 할 수 있는 것은 기껏해야 '그 애를 보며 오히려 내가 더 어리다는 느낌이 들게 될 거라면……' 정도일 텐데, 그것만 해도 의미는 차고 넘쳤다. 그러니까 스트레더 자신이 더 어리다는 느낌이 든다면 채드는 나이가 들었다는 인상을 준다는 뜻이고, 그렇게 흰머리가 성성한 나이 든 죄인이야말로 계획에는 전혀 없었던 변모였기 때문이다.

채드윅이 실제 몇 살인가 하는 문제는, 당연히 연극이 끝나고 그 두 사람이 오페라 거리의 한 카페에 자리를 잡고 앉았을 때 첫 번째 주제였다. 고스트리 양은 완벽하게 적절한 과정을 밟아 그런 자리를 마련해 주었다. 그들이 원하는 것, 그러니까 두 사람이 곧장 어디든 가서 대화하길 원한다는 것을 정확히 알았던 것이다. 스트레더는 그녀가 심지어 자신이 하고 싶은 말과 그가 즉시 일을 시작할 준비를 하고 있다는 사실도 이미 안다고 보았다. 그렇다고 그런 티를 냈다는 것은 아니다. 웨이마시가 혼자서 자신을 집에 바래다주고 싶어 하는 게 당연하다는 사실을 마치 이미 안다는 시늉은 했지만 말이다. 그

럼에도 스트레더는 화려한 홀에 들어서자마자 다른 탁자와는
금방 구별이 된다는 듯이 채드가 곧장 골라잡은 작은 탁자에
그와 마주 앉았을 때에도 마치 그녀가 그의 말을 듣고 있는
기분이었다. 자신이 아는 1마일 밖의 아파트에서 그녀가 잠도
자지 않고 그의 말을 듣기 위해 열심히 귀를 기울이고 있는 것
처럼 말이다. 그는 그 상상이 맘에 들었고 뉴섬 부인 역시 그
런 식으로 상황을 알 수 있으면 하는 바람이었다. 왜냐하면
한시도 지체하지 않고 먼저 일거에 시작해 상대를 압도하는
일이 무엇보다 긴급하다고 결론 내렸기 때문이다. 온갖 것이
가득한 파리의 의식이 그 청년을 대신해 자청해서, 예를 들어
밤의 급습처럼 그에게 성숙함을 들이밀 거라면 거기 맞서 선
수를 치기 위해서는 그래야만 했다. 고스트리 양이 막 제공한
정보로 채드가 기민하게 움직이고 있음은 충분히 알았다. 그
렇기 때문에 더욱 꾸물거려서는 안 되는 것이었다. 어차피 어
수룩한 사람 취급을 받을 거라면 그전에 적어도 한 번 냅다
쳐 보기라도 해야 했다. 이후 날개가 잡아 묶이더라도 그의 나
이가 오십이라는 것은 기록에 남을 테니까. 극장을 나서기도
전에 이것이 얼마나 중요한지 벌써 실감했다. 빨리 기회를 잡
아야 한다는 절박감에 안절부절못했으니 말이다. 길을 걸으면
서도 거의 참을 수 없는 지경이었고, 하마터면 부적절하게도
거리에서 그 문제를 끄집어낼 뻔했다. 스스로도 언짢은 사실
이지만 나중에 인정할 수밖에 없었듯, 지금 기회를 놓치면 두
번째 기회는 없을 것 같아 거의 입 밖으로 나오려는 말을 겨
우 막을 수 있었다. 보라색 긴 의자에 앉아 마실 생각도 없는

맥주를 앞에 놓고 참았던 그 말을 꺼내고 나서야 적어도 그 문제에 있어서는 아직 기회를 놓치지 않았음을 확신할 수 있었다.

4부

1

"알다시피 내가 여기 온 이유는 오로지 자네가 이곳 생활을 완전히 접고 나와 함께 고국으로 돌아가게 하기 위해서일세. 그러니까 지금 이 점을 긍정적으로 고려해 보는 게 좋을 거야." 연극이 끝난 후 채드와 마주 앉자마자 스트레더는 숨고를 새도 없이 이렇게 말했는데, 그로 인해 확실히 불편해진 것은 당장은 스트레더뿐이었다. 왜냐하면 이 말을 듣는 채드의 태도는, 전령사가 먼지 속을 뚫고 1마일을 달려 당도하기를 침착하고 우아하게 기다린 사람의 태도였기 때문이다. 스트레더는 말을 내뱉은 후 아주 잠깐 동안 정말 그렇게 애써 달려온 기분이었다. 이마에 땀방울이 맺혀 있지 않나 싶기까지 했다. 기분이 그러했으므로 긴장이 지속되는 동안 그를 향한 젊은이의 시선에 나타났던 표정이 고마울 따름이었다. 왜냐하면 잠깐 그가 흔들리는 것이, 고약하게도 어떤 다정함에 가까운 감정을 느끼며 흔들리는 것이 그 표정에 나타났기 때문이다. 이에 다시 우리의 주인공은 채드가 자신을 불쌍히 여겨서 그냥 '몽땅 다 털어놓는' 것은 아닐까 불쑥 두려워졌다. 그런 두려움은 불쾌했다. 아니 두려움이란 원래 불쾌한 것이지만 지금은 모든 것이 불쾌했다. 얼마나 순식간에 만사가 불쾌해지는지 신기할 정도였다. 그러나 그렇다고 절대 그냥 넘어갈 수는 없었다. 스트레더는 마치 기선을 잡았다는 듯이 곧이어 단도직입적으로 말했다. "물론 내가 오지랖이 넓긴 하지. 자네가 끝까지 따지고 들겠다면 그럴 수도 있어. 하지만 그건 반바지에 재킷을 입고 다니던 꼬마 시절부터 내가 자네를 보아 왔고 자네가 용인할 만큼의 애정을 쏟아 왔다는 의미에서 그런 거야. 그래, 반바지였어. 그걸 기억할 만큼 내가 오지랖이 넓어. 자넨 그 나이 어린애 치고는 다리가 엄청 튼실했지. 옛날 일이지만. 어쨌든 우린 자네가 여기 일을 정리하길 바라네. 자네 모친의 마음이 그 점에서 아주 확고하기도 하지만, 그보다도 아주 마땅한 논리와 이유가 있기도 해. 내가 뭘 어떻게 한 게 아니야. 자네 어머니가 다른 사람 말을 듣고 뭘 하는 사람이 절대 아니라는 건 자네가 더 잘 알지 않나. 하지만 자네 어머니의 친구이자 자네의 친구로서 말하자면 내 입장도 마찬가지네. 그 논리와 이유를 내가 지어 낸 것도 아니고 애초에 부추긴 것도 아니야. 하지만 나도 잘 알고 있으니 설명은 할 수 있을 것 같아. 그러니까 그에 대해 적극적으로 정당한 평가를 내리게끔 말이지. 그래서 내가 여기에 온 셈이지. 제일 듣기 싫은 말을 먼저 듣는 게 낫겠지? 지금 당장 이곳의 모든 관계를 끊고 바로 돌아가는 문제 말이야. 좀 듣기 좋게 포장할 수 있을 거라고 자신했었는데. 어쨌든 그 문제가 내 최대의 관심사라네. 미국을 떠나기 전부터 이미 그랬어. 그리고, 뭐 얘기해도 상관없을 것 같은데, 자네가 무척 변하기는 했지만 자네를 보고 나니 더욱 그렇군. 나이도 들고, 뭐라고 해야 할지 모르겠는데, 나로서는 좀 감당하기 힘들어 보이기는 해. 하지만 내가 파악하기로는 바로 그렇기 때문에 더욱 우리 목적에 합당한 셈이지."

"제가 나아졌다고 보시나요?" 스트레더가 나중에 기억하기로는 이 시점에서 채드가 이렇게 물었던 것 같다.

역시 나중에 기억하기로는, 울렛에서 하는 표현을 빌리자면 자신이 거의 '타고났다' 할 만큼 상당한 평정심을 보이며 '나로선 전혀 모르겠네.'라고 대답했는데, 그것이 이후 한동안 그에게 무척 위안이 되었다. 단연코 냉정한 모습을 보여 정말로 잠깐이나마 흡족했다. 외양에서 나아졌다고 인정을 하되, 오로지 외양에만 한정하려는 찰나, 그 정도의 타협도 안 하기로 하면서 유보적인 태도를 내보인 것이다. 의심할 바 없이 채드가 스스로 약속했던 이상으로 수려한 모습 — 그리고 이건 다시 그 빌어먹을 흰머리의 문제가 아니겠는가 — 이 되었다는 사실, 그로 인해 스트레더의 도덕 관념만이 아니라, 말하자면 미적 감각까지 약간 타격을 받게 되었다. 하지만 그것은 스트레더가 앞서 한 말과 전혀 배치되지 않았다. 그들은 채드의 정당한 발전을 억누르려는 마음이 없었다. 따라서 지금의 그가 예전에 툭하면 보이던 그저 무모하고 제멋대로인 모습이 아니라고 해서 그들의 목적에 덜 부합하는 것은 아니었다. 게다가 더욱 목적에 부합할 만한 중요한 사항이 분명히 있었다. 말을 하는 와중에도 스트레더는 자기가 무슨 말을 하는 것인지 종 잡을 수가 없었다. 이야기의 가닥을 겨우 붙잡은 채 이따금씩 그것을 좀 더 바투 잡아채고 있음을 의식할 뿐이었다. 그것은 그저 처음 얼마간 채드가 그의 말을 끊지 않았기 때문에 가 능했다. 바로 이런 순간에 무슨 말을 해야 할지 한 달 동안 곱 씹어 왔는데, 결과적으로 생각했던 말은 하나도 못 한 것 같 았다. 상황이 완전히 달랐으므로.

그러나 이 모든 것에도 불구하고 창문에 깃발을 걸기는 했 다. 이것이 바로 그가 한 일이었고, 잠깐이나마 상대방의 코앞 에서 엄청 시끄럽게 펄럭거리도록 깃발을 세게 흔드는 체하기 도 했다. 그러자 정말로 자신의 역할은 이미 다 한 것이나 진 배없다는 생각까지 들었다. 적어도 그런 일은 되돌려 없던 일 로 할 수는 없다는 사실을 알아서인지 일시적으로 안도감 이 찾아왔다. 그것은 고스트리 양의 특별석에서 직접 파악하 고 순간적으로 알아차리면서 곧장 작동하기 시작해 이후 그 의 의식이 고동칠 때마다 나타난 어떤 특정한 명분에서 나온 것이었다. 결국 문제는 이렇게 완전히 새로운 용량을 상대해야 한다면 그냥 알 도리가 없다는 것이었다. 채드가 완전히 개조 되었다는 사실이 그 새로운 용량을 대표적으로 보여 줬다. 그 게 다였다. 무슨 문제든 결국 그거였다. 그렇게 완전히 개조된 경우는 지금까지 본 적이 없었다. 어쩌면 파리의 장기인지도 몰랐다. 변화하는 과정을 곁에서 지켜봤다면 그 결과를 조금씩 소화할 수도 있었을 것이다. 그러나 지금 그가 마주한 것은 이미 다 끝난 결과물이었다. 그의 모습이 전혀 환영할 모습이 아닐 거라는 말을 많이 들었지만, 그건 다 예전의 용량에 근거한 짐작이었다. 스트레더는 원래 자신이 감당해야 할 문제가 선과 색조 등이라고 여겼는데, 이제 그런 가능성은 거의 사라져 버렸다. 자신 앞의 이 젊은이가 어떤 주제에 대해서 무슨 생각을 하고 어떤 느낌을 받고 어떤 말을 할지 도저히 계산이 되지 않았다. 스트레더는 이 사실을 나중에야, 자신의 불안감을 설명하기 위해 어떻게든 상황을 재구성하면서 깨달았을 뿐이다. 채드가 얼마나 재빠르게 자신의 불확실함을 바로잡아 주었는지도 나중에 돌이켜 보며 깨달았던 것처럼 말이다. 그렇게 바로잡아 준 것도 정말 순식간이었고, 그러고 나자 상대방의 표정과 태도에서 부정적인 건 다 사라졌다. "그럼 어머니와의 약혼은 여기 말로 하자면 '기정사실'이 된 건가요?" 그 결정적인 솜씨란 더도 덜도 아닌 바로 그런 식이었다.

음, 그쯤 해 두지. 대답할 말을 찾지 못하고 있는 동안 그의 마음은 그랬다. 하지만 동시에 오래 우물쭈물하는 것만큼 부적절한 일도 없다 싶었다. "그렇지." 그가 밝게 말했다. "내가 이렇게 나선 것도 바로 그 문제가 만족스럽게 해결되었기 때문이고, 그러니까 내가 자네 가족 내에서 어떤 자리에 있는지 알겠지." 그러고는 덧붙였다. "자네도 이미 짐작했겠지만."

"아, 오래전부터 그렇게 짐작하고 있었어요. 지금 그 말씀을 들으니 아저씨가 뭐든 하고 싶어 하시리라는 게 이해가 돼요." 채드가 말했다. "그러니까 그렇게, 뭐라고 해야 하죠? 그렇게 경사스러운 일을 기념하기 위해서 말이에요." 그가 말을 이었다. "저를 데리고 개선장군처럼 고국으로 돌아가는 일이 최고의 결혼 선물일 거라고 생각하시는 것도 당연하죠." 그가 웃었다. "그러니까 모닥불을 피우려고 절 불쏘시개로 던져 넣는 거잖아요. 정말 감사해요." 그러고는 다시 웃었다.

채드는 말할 수 없이 편안해 보였고, 본인에게 아무 손해될 것 없는 수줍음의 기색이 있긴 했지만 그가 사실 처음부터 기본적으로 만사를 쉽고 편안하게 대해 왔다는 사실을 스트레더는 이제 알 수 있었다. 약간의 수줍음은 그저 교양이었을 뿐이다. 교양 있는 태도가 몸에 밴 사람들은 말하자면 최고의 카드처럼 약간의 수줍음도 지니고 있는 법이다. 대화 중에 그가 팔꿈치를 탁자 위에 올리고 몸을 약간 앞으로 기울였다. 그러자 어디서 어떤 식으로든 채드가 얻어 낸 불가해한 낯선 얼굴이 스트레더 가까이로 다가왔다. 스트레더로서는 그 얼굴을 바라보며 적어도 지금 관찰한 바로는 그것이, 그 농익은 인상이 그가 울렛에서 떠날 때의 원래 얼굴이 아니라는 사실에 매료되지 않을 수 없었다. 스트레더는 다소 쉽게 그것이 세상 물정을 잘 아는 사람의 얼굴이라고 규정했는데, 많은 일을 겪으며 온갖 것을 알게 된 사람의 얼굴이라는 그 공식이 정말이지 얼마간 그에게 안도감을 주는 듯했다. 사실 과거의 채드가 문득 반짝인다든지 스치듯 언뜻언뜻 드러났을 수도 있었겠지만 그 빛은 너무 흐릿했고 바로 파묻혀 버렸다. 오늘의 채드는 그을린 피부에 건장하고 탄탄한 반면, 과거의 채드는 거칠었더랬다. 그렇다면 채드가 매끄럽다는 데에서 이 모든 차이가 나오는 걸까? 그럴 수도 있었다. 왜냐하면 그 매끄러움은 마치 양념을 맛보거나 손등을 문질러서 확인한 것만큼 분명했으니까. 그 효과는 전반적이어서 그의 면모를 매만져 더 말끔하게 그려 놓았다. 눈빛이 더 맑아지고 색조는 차분해졌으며, 그 얼굴에서 가장 잘생긴 부분이라 할 반듯하고 환한 앞니도 반짝거렸다. 거의 도안처럼 형태와 외모가 갖춰진 동시에 목소리도 달라지고 억양도 안정되었으며, 웃는 표정은 더 다양해졌지만 다른 동작은 줄어들었다. 예전에는 동작이 크기만 하고 표현하는 바가 거의 없었다면, 지금은 별 동작도 없이 필요한 표현은 다 해 내는 것이었다. 한마디로 풍성할지는 모르나 형체를 제대로 못 갖추었던 그가 어떤 틀에 들어갔다가 나와 훌륭한 모습으로 탈바꿈한 것 같았다. 이 현상 — 스트레더는 이것을 줄곧 하나의 현상, 아주 두드러진 사례로 바라보았다 — 은 얼마나 도드라지는지 손으로 만질 수 있을 정도였다. 그래서 그는 마침내 팔을 뻗어 채드의 팔에 손을 얹었다. "자네가 약속만 해 준다면, 그러니까 바로 이 자리에서 자네의 명예를 걸고 여기 일을 완전히 정리하겠다고 약속만 해 준다면, 우리 모두에게 정말 제대로 된 미래가 찾아올 거네. 그렇게 되면 내가 여기서 며칠이고 자네를 기다리면서 시달리고 있었던, 그렇게 심한 것은 아니지만 어쨌든 강렬한 이 긴장감을 털어내고 드디어 편히 쉴 수 있을 거야. 자네를 축복해 주고 나서 평화롭게 잠이 드는 거지."

이에 채드는 다시 몸을 뒤로 기대고 손을 주머니에 넣은 채 자세를 잡았다. 다소 불편하게 미소를 지어 보이긴 했지만 그 자세의 채드는 오히려 더 진지해 보였다. 그러자 스트레더는 그가 정말로 긴장하고 있음을 알 수 있었고, 그것이 그에게는 긍정적인 신호로 여겨졌다. 지금까지 그가 드러낸 긴장감이라고는 그저 챙 넓은 납작한 모자를 두세 번 벗었다 썼다 한 것이 전부였기 때문이다. 지금 그는 그 모자를 다시 벗을 것처럼 동작을 취했다가 그냥 약간 뒤로 밀쳤는데, 그러는 바람에 모자가 젊고 단단한, 희끗희끗한 짧은 머리에 대충 얹히게 되었다. 그러면서 그들의 조용한 대화에 뒤늦게 익숙하고 친밀한 분위기가 생겨났다. 그런 사소한 변화로 스트레더가 의식하게 된 것은 또 있었다. 그것은 너무나 미세해서 다른 많은 것들과 구분되지 않는 어떤 빛을 통해서 왔는데, 그럼에도 아주 분명하게 확신할 수 있었다. 함께 마주 앉은 이 시간 동안 채드는 의심할 바 없이, 스트레더의 표현을 따르자면, 아주 괜찮은 사람으로 보였다. 그러다가 우리의 주인공은 어떤 특정한 면에서 그 의미를 문득 이해하게 되었다. 즉 여성들의 눈에 확 띨 그런 젊은이라는 생각이 번쩍 들었던 것이다. 스스로도 우습지만 짧고 강렬한 그 순간적인 상상에서, 채드의 위엄과 상대적인 엄격함은 그에게 거의 경외심을 안겨 줄 정도였다. 아무렇게나 얹힌 모자 아래에서 자신을 바라보는 그 표정에 경험이 엿보였다. 더구나 본인이 나서서 으스대거나 허세를 부려서가 아니라 그 자체의 힘으로, 경험의 양과 질이라는 심오한 요소에 의해 저절로 나타나는 것이었다. 여성들의 눈에 띄는 남자들이란 바로 이런 모습일 것이었다. 마찬가지로 그들 역시 그런 식으로 여성을 구분해 내는 것이리라. 한 삼십 초간,

스트레더에게 그것이 아주 그럴듯한 진실로 보였다. 그런데 그 진실이 곧 다른 것을 끌어들였다. "아저씨께서 그렇게 멋들어지게 설명하시니 감동적이긴 하지만, 그래도 제가 먼저 여쭤보고 싶은 게 있을 거란 생각은 혹시 안 드시나요?" 채드가 물었다.

"아, 물론이지. 대답을 해 주러 내가 온 거니까. 자네에게 무척 중요하지만 잘 몰라서 물어보기 힘든 것도 말해 줄 수 있을 걸세. 시간은 원하는 만큼 줄 수 있어. 하지만 지금은 일단 잠을 자고 싶네." 스트레더가 그렇게 말을 마쳤다.

"정말로요?"

채드가 그 말에 너무나 놀란 표정을 지어 스트레더는 우습기까지 했다. "못 믿겠나? 자네 때문에 내가 지금껏 고생한 게 얼마인데?"

채드가 잠깐 생각하는 듯하더니 말했다. "그렇게 심한 일을 겪으신 건 아닌데요, 아직은요."

"아직도 겪어야 할 일이 그렇게 많단 뜻인가?" 스트레더가 웃었다. "그렇다면 더욱 대비를 해야겠구먼." 그러더니 지금 자신이 기댈 구석이 무엇인지 알려 주기라도 하듯 바로 자리에서 일어섰다.

채드는 여전히 앉은 채, 테이블 사이를 지나가는 그를 손을 내밀어 잠시 붙잡으며 말했다. "아, 아저씨랑 전 잘 지내게 될 거예요!"

그 말투는 스트레더로서는 더 바랄 나위 없는 것으로 느껴졌다. 그를 살며시 붙잡으며 올려다보는 표정도 마찬가지였다.

그런데 그 모두에서 그것이 경험의 산물이라는 것이 나타났다. 물론 경험이야말로 채드가 지금껏 그에게 구사하던 것이었다. 무례하게 반항하는 식이 아닐지라도 말이다. 당연히 모든 경험은 어떤 면에서 반항적이지만 어쨌든 채드의 경우에는 무례하지 않았고 오히려 그 반대였다. 그만큼 성숙한 것이다. 이런 생각을 하는 와중에도 스트레더는 채드가 상당히 나이가 들었다는 생각을 했다. 그렇게 성숙한 투로 채드는 스트레더의 팔을 토닥거리더니 자신도 일어섰다. 이쯤 되자 스트레더로서는 뭔가 합의를 봤다는 느낌이 들기에 충분했다. 적어도 합의에 대한 믿음이 있다고 채드 스스로 증언했다는 점은 합의된 것이 아닌가? 같이 잘 지낼 거라는 채드의 말을 들었으니 이제 잠을 자러 가도 된다고 보았던 것이다. 그렇다고 곧바로 잠을 자러 간 것은 아니었다. 두 사람이 여전히 환하고 온화한 밤거리로 다시 나섰을 때, 평온함을 확고히 해 줄 수도 있었을 작은 상황이 말 그대로 그것을 가로막았기 때문이다. 거리는 여전히 북적이고 이런저런 소리로 시끌시끌한 데다 여기저기서 불빛이 새어 나오고 있었다. 그 사이로 훌륭한 건축물이 늘어선 거리를 잠시 바라본 뒤 그들은 맘이 통한 듯 말 없이 스트레더의 호텔이 있는 쪽으로 발길을 돌렸다. "어머니께서 제 일을 아저씨와 함께 해결하려 하시는 건 당연해요." 채드가 불쑥 말을 꺼냈다. "물론 아저씨 스스로 판단할 근거도 많았겠지만요. 그래도 좀 빈 곳을 채울 필요도 있었을 거예요."

그러곤 말을 멈췄으므로 스트레더는 그가 무슨 이야기를

하고 싶은 건지 잠깐 어리둥절했지만 곧 무슨 뜻인지 이해할 수 있었다. "아, 우리가 세세한 사항까지 파고들었던 적은 한 번도 없었어. 그 점에 있어서라면 전혀 그래야 할 필요를 못 느꼈지. '채우는' 문제라면 자네가 그립고 아쉽다는 것만으로 충분했으니까."

하지만 채드는 이상할 정도로 그 점을 고집했다. 길모퉁이의 높은 가로등 아래에서 걸음을 멈췄을 때, 고향의 가족이 오랫동안 자신을 보지 못해 그리워한다는 말에 처음에는 마음이 흔들린 것처럼 보였음에도 말이다. "제 말씀은 상상을 좀 하셨을 거란 뜻인데요."

"뭘 상상해?"

"그러니까, 끔찍한 일 말이에요."

그 말에 스트레더는 움찔했다. 적어도 겉으로 보기에는 이 건장하고 합리적인 모습과 끔찍한 일은 너무 어울리지 않았다. 하지만 어쨌든 그가 여기 온 것은 진실을 위해서였다. "그래, 굳이 말하자면 분명 상상을 하기는 했지. 하지만 그것이 틀린 게 아니라면 해가 될 게 뭔가?"

채드가 가로등 쪽으로 얼굴을 치켜올렸는데, 그것은 그만의 특별한 방식으로 의도적으로 자기 모습을 보여 주려는 태도임이 분명했다. 마치 자기 자신을, 그러니까 잘 마무리된 자신의 정체성과 손에 잡힐 듯이 뚜렷한 그 존재감, 어마어마한 젊음을 한데 묶어 시위하듯이 내보이는 것이다. 그래서 결국 참 이례적인 일이지만, 자신에게 그 모두가 충분히 훌륭해 보이니 그 가치를 그대로 인정해 달라고 하는 것 같았다. 그로써 스트레더가 알아차린 것이, 묘하게 변형되긴 했지만 자신의 힘에 대한 자부심이나 어떤 자존감이 아니면 무엇이겠는가? 잠재되어 닿을 수 없는 어떤 것, 불길하지만 어쩌면 탐이 나기도 하는 어떤 것 말이다. 그러한 막연한 생각에서 문득 명칭 하나가 떠올랐는데, 지금 마주하고 있는 상대방이 어쩌면 돌이킬 수 없는 젊은 이교도가 아닐까 자문하다가 깨닫게 된 것이었다. 이 명칭이 떠올랐을 때 이거다 싶어 아주 반색을 했는데 내심 아주 흡족하게 들렸기 때문에 어느새 당장 사용하게 되었다. 이교도라, 그래, 바로 그거야, 그렇지? 논리적으로 보면 당연히 채드가 그렇게 되었겠지. 분명히 그런 거야. 그것이 실마리가 되어, 앞으로의 전망을 어둡게 하는 것이 아니라 얼마간 환히 밝혀 주었다. 이렇게 반짝 환해지면서 어쩌면 지금 상황이라면 이교도가 울렛에서 가장 원하는 것일지도 모른다는 생각까지 들었다. 이교도라면, 그러니까 괜찮은 이교도라면 어떻게 해 볼 수 있을 것이었다. 들어갈 만한 자리를 찾을 수 있을 거야, 그래. 그러고는 자신이 동행해 물의를 일으킬 만한 이 인물이 처음 등장하는 장면까지 미리 그려 보는 것이었다. 채드가 가로등에서 돌아섰을 때 스트레더는 그가 잠깐 침묵하는 사이 자기 생각을 눈치챈 것은 아닐까 약간 불편해졌다. "음, 분명 어지간히 맞히셨겠죠." 채드가 말했다. "세세한 부분이야 아저씨 말씀대로 중요한 게 아니니까요. 지금까지는 대체로 제가 제멋대로 해 온 게 맞아요. 하지만 이젠 마음을 잡는 중이에요. 이제 나쁜 사람은 아니라고요." 그 말과 함께 두 사람은 다시 스트레더의 호텔 쪽으로 걸음을 옮겼다.

"그러니까 이제 만나는 여자는 없단 얘긴가?" 현관에 가까워지자 스트레더가 물었다.

"그게 도대체 무슨 상관이 있는 거죠?"

"무슨 소리야, 바로 그게 문제이지."

"제가 돌아가는 문제에서요?" 채드는 정말로 놀란 기색이었다. "아니, 별로 상관없어요. 정말로 아저씨 생각에는 제가 돌아가고 싶은데 그 누구든……."

"자네를 막을 능력이 있겠냐고?" 스트레더가 그의 말을 가로챘다. "글쎄, 우리 생각으로 말하자면 지금까지 누군가가, 뭐 꽤 여러 사람일 수도 있겠지만 어쨌든 '돌아가고 싶은 마음' 자체를 가로막았다는 거야. 자네가 지금 누군가의 수중에 있다면 또 그런 상황이 벌어질 테고." 스트레더가 말을 이었다. "내 질문에 아직 대답을 안 했는데, 지금 어느 누구의 수중에도 있지 않다면 더 잘된 일이지. 돌아가는 일만 남은 거니까."

채드가 잠깐 생각했다. "제가 대답을 안 했나요?" 억울해하는 기색 없이 그가 말했다. "글쎄요, 그런 질문은 항상 좀 과장된 면이 있기 마련이죠. 여자의 '수중에 있다'라는 게 일단 무슨 뜻인지 잘 모르겠어요. 너무 애매하잖아요. 수중에 있는 줄 알았는데 없기도 하고, 없는 줄 알았는데 있기도 하거든요. 그러니까 남한테 줘 버리는 것도 잘 안 되는 거죠." 그가 친절하게 설명하듯이 말했다. "전 누구한테든 완전히 빠져 본 적이 한 번도 없어요. 빠져나오지 못할 정도로 말이에요. 그래서 뭔가 다른 좋은 것이 생겼다고 그 때문에 겁을 먹은 적도 없었고요." 이 말에 스트레더가 잠시 어리둥절했고, 그 덕에 채드는 말을 이어 나갈 수 있었다. 더 좋은 생각이 떠올랐는지 그가 불쑥 말했다. "제가 파리를 얼마나 좋아하는지 모르세요?" 그 말에 스트레더의 눈이 휘둥그레졌다. "아, 정말로 그게 전부라면……." 오히려 스트레더 쪽에서 억울한 심정이 들 정도였다.

채드는 다 이해한다는 듯 진실한 미소를 보였다. "하지만 그걸로 충분하지 않나요?"

스트레더는 잠깐 멈칫했지만 곧 이렇게 툭 던졌다. "자네 모친에게는 충분치 않아!" 하지만 말을 하고 나니 좀 이상하다 싶었고, 채드가 웃음을 터뜨린 것을 보니 정말 그런 모양이었다. 스트레더 역시 따라 웃었다. 곧 그치기는 했지만 말이다. "우리로서는 여전히 우리 이론을 고수할 수밖에 없음을 이해하게. 하지만 자네가 정말 그렇게 자유롭고 강하다면 핑곗거리는 없는 셈이야. 내일 아침에 편지를 쓰겠네." 단호하게 그가 덧붙였다. "자네를 설득했다고 말이야."

이 말에 채드는 새로운 관심거리가 생긴 모양이었다. "얼마나 자주 편지를 쓰시나요?"

"아, 줄곧 쓰고 있지."

"게다가 아주 길게?"

스트레더는 약간 성가신 느낌이 들었다. "너무 길다고 느끼지 않았으면 하지."

"아, 당연히 그건 아니겠죠. 어머니도 자주 쓰시고요?"

스트레더가 다시금 잠깐 주저했다. "내가 받아야 할 만큼은."

"어머니가 편지를 아주 멋지게 쓰시죠." 채드가 말했다.

문이 닫힌 현관 앞에서 스트레더는 잠시 그를 응시했다. "물론 자네보다야 그렇지! 그런데 자네가 어떤 관계에 묶여 있는 게 아니라면 우리가 무슨 가정을 했든 상관없지 않나." 그가 덧붙였다.

그럼에도 채드는 자존심에 약간 상처를 입은 듯했다. "진짜 그런 적은 한 번도 없었어요. 항상 자유롭고 독립적으로 살았다고요." 그러곤 한마디 더 덧붙였다. "지금도 그렇고요."

"그렇다면 도대체 여기에 뭣 하러 있는 건가? 정말로 자네 뜻대로 떠날 수 있는 거라면 무엇 때문에 여기 붙잡혀 있는 거야?" 스트레더가 물었다.

이에 채드는 그를 빤히 쳐다보며 잠깐 기가 막히다는 표정을 지었다. "붙잡혀 있는 게 오직 여자 때문이라고 생각하시는 거예요?" 놀란 기색과 그 강한 말투가 고요한 거리에서 얼마나 또렷하게 울려 퍼졌는지 스트레더는 인상을 찌푸렸는데, 영어를 쓰고 있으므로 안전하다는 사실을 곧 떠올렸다. "울렛에서 생각하는 게 그거란 말이지요?" 채드가 물었다. 그 진지한 물음에, 말하자면 자신이 실언을 한 것은 아닐까 하는 생각에 스트레더는 얼굴이 붉어졌다. 울렛의 생각을 바보같이 잘못 전달하고 있는 것만 같았다. 그러나 그것을 바로잡기도 전에 채드가 다시 그를 몰아 댔다. "그렇다면 정말 천박하다고 할 수밖에 없네요!"

스트레더에게는 유감스럽게도 이것은 말셰르브 대로의 상쾌한 기운이 그에게 불러일으켰던 당혹스러운 그 힘이 다소 감당하기 힘들다는 느낌, 바로 그 느낌과 아주 잘 맞아떨어졌다. 이런 비난이 그의 입에서 나왔다면, 심지어 뉴섬 부인에게 했다고 해도 유익한 교훈 정도였을 것이다. 그러나 그것을 채드가, 그것도 아주 논리적으로 들이대자 칼에 찔려 피가 흐르는 느낌이었다. 그들은 절대 천박하지 않았다. 천박함 근처에도 가지 않았다. 하지만 그들이 자신들에게 비수로 돌아올 수도 있는 그런 근거를 들어서, 그것도 약간 우쭐해하면서 일을 도모했다는 것은 부정할 수가 없었다. 어쨌든 채드는 자신을 찾아온 그를 비난했다. 심지어 훌륭한 어머니마저 비난했다. 게다가 손목을 한 번 홱 돌려 저 멀리까지 올가미를 던져서 자부심에 푹 빠져 있는 울렛 전체를 싸잡아 비난했던 것이다. 채드가 거칠고 세련되지 못하다는 게 지금까지 울렛의 주장이었던 것은 사실이다. 그런데 지금 그는 모두가 잠든 거리에 서서 그와 정반대로 오히려 그러한 주장을 하는 쪽이 부끄러워해야 한다는 것을 단적으로 보여 주었다. 천박하다는 그들의 비난을 간단히 털어내 버린 것과 마찬가지였다. 더욱 망할 것은 그 결과 그 비난이 바로 스트레더 자신에게 와서 들러붙은 느낌이었다. 방금 전 채드가 이교도가 아닐까 의심했는데 이제는 그가 혹시 신사가 아닐까 싶었다. 그 누구도 이교도인 동시에 신사일 수는 없다는 생각이 도움이 되었겠지만 적어도 이 자리에서는 떠오르지 않았다. 주변에 그 조합을 부정할 만한 것이 전혀 없었을 뿐 아니라, 반대로 만개해 피어나게만 했다. 게다가 스트레더에게는 가장 답하기 어려운 질문에 대답하는 것으로도 보였다. 다른 질문을 대체하는 방식이긴 했지만 말이다. 신사가 되는 법을 배웠기 때문에 사람들이 대놓고 떠들어 대지 못할 만큼 멋지게 보이는 술수에 통달한 것은 아닐까? 하지만 그런 결실을 이룬 주요 원인을 알려 줄 실마리는 도대체 무엇이란 말인가? 스트레더는 수많은 실마리 속에서 아직 갈피를 잡지 못하고 있었고 그 실마리의 실마리라 할 이것도 그중 하나였다. 결론적으로 그는 자신이 무지하다는 사실을 다시금 인정할 수밖에 없는 상황에 처하게 되었다. 이즈음 스트레더가 자기 입으로 말했듯이, 자신의 무지를 상기시키는 것들에는 이미 익숙해져 있었다. 그러나 그가 그것을 참아 온 이유는, 첫째로 그것이 사적인 문제였고, 둘째로는 사실상 그것이 일종의 칭찬이기도 했기 때문이다. 무엇이 나쁜 것인지 몰랐고, 자신이 무지하다는 사실을 다른 사람들도 몰랐기 때문에 그 상태를 참을 수 있었다. 그러나 그가 이렇게 중요한 사안에서 뭐가 좋고 나쁜지 몰랐던 거라면, 적어도 채드는 이제 그 사실을 알게 되었다. 그래서 왠지 그 점이 이상한 방식으로 까발려진 기분이었다. 사실상 채드가 그를 이토록 까발려진 상태로 몰아가 그는 거의 한기를 느낄 정도였는데, 그래서인지 채드는 관대하게 다시 그를 덮어 줘야겠다는 마음이 든 모양이었다. 그것도 정말 상냥하게 덮어 주었는데, 이 상황 전체를 아우르는 간단한 말을 통해서였다. "아, 전 괜찮아요!" 이 말을 끝으로 스트레더는 약간 얼떨떨한 상태로 잠자리에 들게 되었다.

2

더욱이 이후 채드의 행동을 보면 그것은 진짜 같았다. 어머니가 보낸 대사(大使)에게 아주 성심을 다했던 것이다. 그럼에도 불구하고 그동안 스트레더에게는 채드 외의 다른 관계가 무시할 수 없는 자리를 차지하게 되었다. 방에 들어앉아 펜을 들고 뉴섬 부인과 상대하는 시간은 단속적이었지만 더욱 생산적이 되었다. 또한 그 사이 그 어느 때보다 자주, 방식은 다르지만 그 못지않은 성실함과 충실함으로 마리아 고스트리에게 편지를 썼다. 스스로 말하듯 이제는 정말로 할 이야기가 생겼기 때문에, 이 이중의 관계가 별날 수도 있다는 사실을 더욱 의식하지 않을 수 없었지만 또한 개의치 않으려 했다. 많은 도움을 주는 이 새로운 친구에 대해서는 진작부터 뉴섬 부인에게 자세하게 알려 주고 있었다. 하지만 혹시 채드가 오랫동안 쓰지 않았던 편지를 다시 어머니에게 쓰면서 더 자세한 얘기를 하는 건 아닐까 하는 우려가 찾아왔다. 특정하게 알려 줘야 마땅한 것 외에 어떤 것이라도 채드를 통해 듣게 된다면 아주 안 좋을 것임을 알았기 때문이다. 특히 채드가 별 생각 없이 뭐라도 있는 양 그 관계를 과장한다면 제일 문제였다. 얼마나 우습게 그들이 처음 만났는지, 그와 관련한 몇몇 사실을 있는 그대로 그 젊은이에게 솔직히 이야기한 것도 그러한 일을 미연에 방지하기 위해서였다. '모든 경위'가 그렇다며 유쾌하고도 친절하게 알려 주었는데, 진지한 태도를 보이면 오히려 그 관계가 우스워 보이지 않을까 싶어서였다. 그 놀라운 여성과 처음 만났을 때 얼마나 격의 없었는지를 이야기할 땐 약간 과장을 섞기까지 했다. 그들이 처음 만나게 된 말도 안 되는 상황, 즉 길거리에서 어쩌다 마주쳐 말을 트게 되었다는 사실에 대해서는 일부러 더욱 확실히 했다. 그리고 무엇보다 놀라운 영감으로 그에게 떠오른 작전은, 적이 전혀 모르고 있다는 사실에 오히려 놀라며 전투를 적국 안으로 몰고 들어가는 것이었다.

그는 그러한 싸움이 장엄한 싸움이라고 늘 생각했다. 그렇게 장엄한 방식으로 싸움을 해 본 기억이 전혀 없기 때문에 더욱 대단했다. 그 작전에 따르면 이렇게 물을 수 있었다. 다들 고스트리 양을 아는데 어떻게 채드가 모를 수 있단 말인가? 그녀를 알 만한 상황이 없기란 정말로 어렵고, 아예 불가능하지 않은가. 스트레더는 자신에게 당연한 사실에 의거해서 그 반대의 증거를 제시할 의무를 상대방에게 지웠다. 이러한 방식은 아주 성공적이어서, 채드는 그 명성은 익히 들어 왔지만 도대체 운이 닿지 않아 지금까지 직접 만나지 못했다고 인정했다. 동시에 자신이 사교 관계라고 할 만한 관계망을 가지고는 있지만 마구 쏟아져 들어오는 미국인들과는 스트레더가 가정하는 만큼의 관계는 없다고 강조했다. 자신은 갈수록 다른 기준에 근거해 사람들을 사귀게 된다고 슬쩍 내비쳤는데, 그 말은 요컨대 '미국인 구역'에는 거의 가지 않는다는 뜻인 듯했다. 현재는 상당히 다른 관심사가 있는 것이 분명했다. 그가 이해한 것은 아주 심오했고, 스트레더로서는 그저 지켜볼 뿐이었다. 얼마나 심오한지는 아직은 알 수가 없었다. 너무 빨리 알게 되지 않기를! 왜냐하면 정말이지 그들의 문제에서 채드는 벌써 아주 많은 것을 좋아하게 되었던 것이다. 일단 미래의 양아버지를 좋아하게 되었는데, 확실히 미리 예상했던 바는 아니었다. 스트레더는 오히려 그가 자신을 미워하는 곤란한 상황에 대비하고 있었다. 실제로 그를 만난 후 자신이 맡은 책임보다 더 많은 일을 떠맡게 되리라는 예상은 하지 못했던 것이다. 일이 더 많아진 이유는, 충분히 무뚝뚝하게 굴지 못했으니 어떻게든 만회를 해야 하지 않나 하는 생각이 들어서이기도 했다. 그런 태도야말로 해야 할 일을 철저히 하고 있음을 확신하는 유일한 방법이라고 여겼기 때문이다. 요는 채드가 그의 철저함을 참아 주는 것이 단지 시간을 벌기 위한 최선의 책략일 뿐 진실하지 않다 해도 좌우간 그로 인해 모든 것이 암묵적으로 결론이 난 듯이 보였다는 것이다.

이렇게 된 것은 열흘 내내 엄청나게 많은 대화를 나눈 결과였는데, 스트레더는 그 속에 채드가 알아야 할 것들을 다 쏟아부어 모든 사실과 수치를 다 이해시키려고 했다. 채드는 이 대화를 한순간도 끊지 않았고 행동이든 표정이나 말투나, 모든 면에서 거리낌이 없었다. 다소 무겁고 약간 침울한 느낌도 없지 않았지만 어쨌든 근본적으로 편안했다. 요구에 따르겠다고 대놓고 말한 적은 없지만, 아주 영리한 질문을 했고 때로는 스트레더가 아는 것 이상을 불쑥 따져 보기도 했다. 그 솜씨를 보니 그의 잠재적 자질에 대한 울렛의 평이 옳았음을 알 수 있었고, 어느 모로 보나 깊이 생각하며 반듯하고 밝은 삶을 살려고 애쓰는 모습이었다. 그는 그러한 삶의 화폭에서 이리저리 움직이며, 스트레더가 멈출 때마다 상냥하게 그의 팔을 잡고 오른쪽 왼쪽을 여러 번 살펴보았고, 고개를 갸우뚱하며 양쪽 모두에 비판적인 시선을 보내고, 더욱 비판적으로 보이게끔 담배를 뻐끔거리며 이런저런 대목을 지적했다. 스트레더로서는 같은 얘기를 되풀이하는 데서 위안을 찾았다. 위안이 필요한 때가 자주 있었으니까. 정말이지 채드의 뛰어난 수완은 무시할 수 없을 정도였다. 그러나 여전히 풀어야 할 숙제는 그것이 무엇을 위한 것인가였다. 그 때문에 이제는 터놓고 질문하기가 쉽지 않았다. 하지만 어차피 자신의 질문을 뺀 모든 질문이 사라진 이상 그건 중요하지 않았다. 묶인 데 없이 자유롭다는 것이 충분한 대답이 되었고, 이 자유로움을 다른 곳으로 가져가기는 힘든 일이라 결국 여기서 종결될지라도 그렇게 터무니없다고 할 수도 없었다. 달라진 채드의 상태와 멋들어진 집, 훌륭한 수집품과 편안한 대화, 그리고 지치지 않고 지속되었고 어쨌든 결과적으로는 기분 좋은 스트레더에 대한 관심 등 눈에 띄는 사실들이 그가 자유롭다는 표식이 아니고 무엇이란 말인가? 그는 스트레더를 위해 이렇게 멋지게 자유를 희생하고 있다는 분위기를 풍겼다. 티를 내지는 않았지만 그가 한동안 당황할 수밖에 없었던 것도 주로 그 때문이었다. 그즈음 스트레더는 어떻게든 계획을 수정해야 할 필요를 거듭 절감할 수밖에 없었다. 채드에게 영향을 준 존재, 바로 그 적을 향해 부지불식간에 유감스러운 눈초리를 보내고 탐색을 하는 듯한 쑥스러운 표정을 짓기도 했다. 뉴섬 부인의 부추김으로 그런 여성이 실제로 존재한다는 허황된 이론에 전적으로 근거해 일을 진행해 왔는데 한 방에 그의 노력이 허사가 되었던 것이다. 주위에 아무도 없을 때, 뉴섬 부인이 직접 와서 여성을 찾아보는 것이 좋을 거라고 짜증스럽게 내뱉은 적도 한두 번 있었다.

그렇더라도 그러한 채드의 삶, 타락한 젊은이의 생활에도 결국 믿을 만한 구석이 있고, 지금 그들이 다루는 문제에서 사교적인 채드에게 일종의 면죄부를 줘도 되겠다고 울렛에 주장하기는 아직 일렀다. 하지만 적어도 아주 강렬한 반향을 각오해야 할 만한 내용을 큰마음 먹고 써 보내기는 했다. 이 반향, 신문 기사의 요란한 '표제'처럼 그쪽의 메마르고 척박한 공기 속에서 쩡쩡 울리는 반향이 심지어 편지를 쓰는 중에도 그에게 들리는 듯했다. 뉴섬 부인이 '스트레더 말이 채드에게 여자가 없다는데.'라며 거의 신문 머리글자처럼 요란하게 딸인 포콕 부인에게 알려 주는 게 들렸다. 그에 포콕 부인이 신문 독자다운 반응을 보이는 것도 눈에 선했다. 열심히 귀를 기울

이는 그녀의 얼굴과, 잠깐 기다렸다가 정말 믿기 힘들다는 듯
이 '그럼 뭐가 있는데요?'라고 묻는 의아한 표정도 보였다. 마
찬가지로 뉴섬 부인의 단호한 결론도 놓치지 않았다. '없는 것
처럼 보이려고 철저히 대비한 건 확실하겠지.' 편지를 부치고
난 후 스트레더는 그 장면을 전부 그려 보았다. 그리고 편지를
부치러 오가면서 그 장면을 떠올리던 중 어쩐 일인지 그 딸
쪽에 적잖은 시선이 갔다. 포콕 부인이 결국 자신의 확신을 다
시금 확인하게 되리라는 것을 아주 분명히 알 수 있었다. 처
음부터 그 자신도 충분히 의식했지만, 스트레더는 이 일의 적
임자가 아니라는 확신 말이다. 심지어 스트레더가 배를 타고
떠나기 직전까지도 그녀는 그가 눈치챌 수 있을 정도로 뚫어
지게 그를 보았더랬는데, 스트레더가 여자를 찾아낼 거라고는
전혀 믿지 않는다는 게 그 시선에서 훤히 보였다. 그녀는 사
실 여자를 찾아내는 그의 능력이 기껏해야 별 볼일 없는 수준
이라고 여기지 않았던가? 자기 어머니와의 관계에서도 그녀
는 스트레더가 어머니를 찾아냈다고 보지 않았다. 그녀의 판
단에 따르면 오히려 어머니 쪽에서 그를 찾아냈다는 것이다.
실제로 그녀의 어머니가 남자를 찾았다고 할 수 있는데, 그 경
우에 대한 개인적인 판단이 여전히 포콕 부인의 비평 감각을
보여 준다고 할 수 있었다. 그의 안정적인 지위도 대개 울렛에
서는 뉴섬 부인이 찾은 남자라면 자연스럽게 받아들여진다는
점에 힘입은 바 크다. 스트레더로서는 포콕 부인이 그가 찾아
낸 사실에 대해 자신의 견해를 공언하고 싶어서 얼마나 안달
이 나 있을지 뼛속 깊이 느낄 수 있었다. 나한테 맡겨 봐, 그럼

내가 당장 찾아내지. 요지는 그것이었다.

한편 스트레더가 보기에 고스트리 양은 채드를 만난 후 부자연스러울 정도로 경계심을 보였다. 처음에는 자신이 원하는 바를 거기서 도무지 얻어 낼 수가 없다는 느낌이 들었다. 이 특정한 시점에 원하는 것이 도대체 뭐냐고 묻는다면 분명 막연한 것밖에는 생각해 내지 못하겠지만 말이다. 그녀가 자주 하듯이, 아주 간단하게 '어때요, 그 애가 맘에 드나요?'라고 물어봤자 건질 건 하나도 없을 것이었다. 그 청년에게 유리한 증거를 더욱 쌓아 봐야 자기로서는 별 소용없는 일이라는 생각이 들었기 때문이기도 했다. 그는 몇 번이고 그녀를 찾아가, 얼마든지 다른 소소한 흥밋거리가 있을 수 있지만 어쨌든 채드의 경우는 그 무엇에 비견할 수 없을 만큼 엄청난 기적이라는 점을 매번 상기시켰다. 사람이 완전히 탈바꿈했고 그 점이 너무나 두드러져서 눈이 있는 사람이라면 어떤 다른 말로도 표현할 수가 없다고, 과연 그럴 수가 있겠냐고 말이다. "뭔가 음모가 있어요." 그가 단언했다. "겉으로 보이는 것 말고 뭔가 더 있을 겁니다." 그가 멋대로 상상했다. "비밀스런 뭔가가 말이에요."

그녀는 이 상상이 재미있는 모양이었다. "그럼 누구의 음모요?"

"글쎄요, 내가 보기에 이 일을 벌인 당사자는 우리를 기다리는 운명, 거칠 것 없는 불운이지요. 내 말은 우리가 그것을 상대해야 한다면 어찌해 볼 도리가 없다는 거예요. 내가 가진 것이라고는 별 볼일 없이 개인적이고 보잘것없는 수단밖에 없으니까요. 불가사의한 힘과 대항해서 게임을 할 계제가 아닌 거죠. 그 정체를 알려고 애쓰느라 가진 힘을 다 써 버리거든 요. 그러니까 그냥, 망할! 모르겠어요?" 그가 묘한 표정으로 고백했다. "그렇게 진기한 건 그냥 즐기고 싶은 거예요. 삶이라 고 불러도 되겠죠." 그가 어떻게든 표현하려고 애썼다. "오래 되고 소중한 삶이 경이감을 불러일으킨달까. 어찌 됐든 그 경 이감이 사람을 꼼짝 못 하게 사로잡거나 적어도 정신을 빼놓 을 정도라는 사실은 변함없어요. 보이는, 아니 볼 수 있는 전부 가요."

그녀의 침묵은 언제이고 무의미하거나 따분한 적이 없었다. "울렛에 그렇게 써 보내신 건가요?"

그가 바로 대꾸했다. "아, 그럼요!"

그가 카펫을 가로질러 반대 방향으로 걸음을 옮기는 동안 그녀가 다시 침묵을 지켰다. "조심하지 않으면 그들이 바로 여 기로 올 텐데요."

"하지만 채드가 돌아갈 거라고 했는걸요."

"돌아간다고 하던가요?" 고스트리 양이 물었다.

그 묻는 말투가 좀 특별해서 그는 걸음을 멈추고 그녀를 한 참 바라보았다. "내가 사전에 모든 자료를 제공하고, 그를 당신 에게 소개시키고, 그러고 나서도 엄청나게 참을성 있고 허심 탄회하게 기다린 게 바로 그 질문에 대한 당신 대답을 원해서 아닌가요? 바로 그 대답이 듣고 싶어서 오늘도 당신을 찾아온 거잖아요. 돌아갈까요?"

"아니요, 안 돌아갈 거예요." 그녀가 결국 대답을 내놓았다.

"그는 혼자가 아니에요."

그 말투에 그는 멈칫했다. "그럼 처음부터 내내 알고 있었다는……?"

"전 보이는 것만 알 뿐이에요." 그녀가 약간 답답하다는 듯이 잘라 말했다. "당신에게는 안 보이는 게 이상해요. 그 자리에 함께 있어 보면 충분히……."

"특별석에서? 그래서요?" 그가 약간 얼떨떨하며 재촉했다.

"그러니까, 충분히 확신을."

"뭘 확신해요?"

이 말에 그녀는 어떻게 그렇게 모를 수가 있느냐는 듯이 황당한 표정으로 앉아 있던 의자에서 일어섰는데, 지금껏 그와 지내면서 그런 반응을 보인 건 처음이었다. 시간을 주려는 듯 말을 멈추고, 불쌍해하는 마음을 살짝 내비치며 말했다. "맞춰 보세요!"

그 살짝만으로도 그의 얼굴이 달아올랐다. 그래서 그렇게 기다리는 잠깐 사이 두 사람 사이에 거리감이 생겨났다. "그때 잠깐 자리를 함께한 것만으로 그렇게 잘 알게 되었다는 건가요? 좋아요. 나로 말하자면 당신을 이해하지 못하거나, 채드를 조금도 이해하지 못할 만큼 바보는 아니에요. 그가 지금껏 무엇보다 좋아하는 일을 하며 살았다는 건 우리 둘 다에게 전혀 논란의 여지가 없어요. 마찬가지로 지금 상황에서 그가 정말로 좋아하는 게 뭔지도 큰 문제는 아니에요." 그가 조리 있게 설명했다. "하지만 나는 지금 채드가 어쩌다가 만났을 별것 아닌 몹쓸 여자 얘기를 하는 게 아니에요. 지금 상황에서 자기 입지를 고수하는, 정말 중요할 수도 있는 사람 얘기를 하는 거라고요."

"제 말이 바로 그거잖아요!" 고스트리 양이 말했다. 그러고는 곧이어 좀 더 명확히 했다. "제가 볼 때는 당신은 — 아니면 울렛의 사람들은 — 별것 아닌 몹쓸 여자가 분명 그런 일을 했다고 생각했어요. 하지만 별것 아닌 몹쓸 여자는 절대 그런 일을 할 수가 없어요!" 그녀는 힘주어 단언했다. "아무리 겉으로 보기에는 아닌 것 같아도 누군가 있을 수밖에 없어요. 그런데 그게 기적이라는 사실은 인정했으니 그 사람은 그냥 아무나일 수 없는 거죠. 그런 기적을 만들 수 있는 사람이 대단한 사람이 아니고 뭐겠어요?"

그가 무슨 말인지 이해했다. "왜냐하면 우리에게 주어진 사실 자체가 바로 여자이니까?"

"어떤 여자이지요. 이렇든 저렇든. 그래야만 하는 상황이니까요."

"그렇다면 적어도 괜찮은 여자이긴 하다는 뜻이군요."

"괜찮은 여성이요?" 그녀가 손을 치켜 올리며 웃었다. "아주 뛰어난 여성이라고 봐야죠!"

"그럼 채드는 왜 그녀의 존재를 부정하는 건가요?"

고스트리 양이 잠깐 생각했다. "인정하기에는 너무 훌륭해서요!" 그녀가 말을 이었다. "그녀가 그에게 얼마나 도움이 되는지 모르겠어요?"

확실히 스트레더에게 상황이 점점 분명해지기 시작했다. 그러나 연이어 다른 문제들도 떠올랐다. "하지만 우리가 원하는 게 그녀에 대한 그의 해명 아닌가요?"

"하고 있는 거예요. 지금 눈앞에 보이는 것이 그 나름의 해명이에요. 대놓고 설명하지 않아도 그냥 볼 수 있어야 해요. 파리에서는 그런 식으로 덕을 본 것은 대놓고 말하지 않아요."

스트레더는 상상이 갔다. 그러나 그래도! "여자가 괜찮은 여자인데도요?"

다시 그녀는 소리 내어 웃었다. "그래요. 남자가 괜찮은 남자일 때에도 그래요." 약간 진지해지며 그녀가 설명했다. "그런 경우엔 언제나 밖에서 어떻게 보일지 조심스러워하죠. 여기서는 갑자기 훌륭한 면모가 나타날 때야말로 너무 많은 면을 내보였다고 보거든요."

"아, 그렇다면 지금 얘기는 좋은 사람들 얘기가 아니군요." 스트레더가 말했다.

"당신의 분류 방식은 정말 재미있어요." 그녀가 대답했다. "하지만 이 문제와 관련해 지금 상황에서 제가 할 수 있는 가장 좋은 충고를 해 드릴까요?" 그녀가 물었다. "그 여성을 그녀 자체로 보거나 판단하는 일은 절대 하지 마세요. 오직 채드에게서 나타난 모습만 보고 또 판단하세요."

그는 담대하게 상대방의 논리를 따라갈 수 있었다. "안 그러면 나 자신이 그녀를 좋아하게 되니까?" 민첩한 그의 상상력으로는 벌써 그렇게 된 것처럼 보일 정도였지만, 동시에 그것이 얼마나 자신의 계획에 어울리지 않는지도 알 수 있었다. "내가 고작 그러려고 여기 왔겠어요?"

사실 그건 아니라고 그녀는 인정하지 않을 수 없었다. 하지만 할 말은 더 있었다. "아직 결정은 하지 마세요. 온갖 일이 생길 수 있으니까요. 아직 그를 다 본 게 아니에요."

그 점이라면 스트레더도 인정한 바였다. 어쨌든 위험을 예상할 만큼 이해력도 빨랐다. "알아요. 하지만 보면 볼수록 그가 더 좋아 보인다면?"

그녀에게 뭔가 떠올랐다. "그럴 수도 있지요. 하지만 채드가 그녀를 부정하는 건 어쨌든 순수한 생각에서 나온 건 아니에요. 문제가 있어 보여요." 그러더니 결론 삼아 말했다. "그녀를 떼어내려는 것 같아요."

그 이미지가 떠올라 스트레더의 인상이 찡그려졌다. "떼어 낸다'고요?"

"그러니까 제 얘기는 뭔가 갈등이 있고 그것이 그가 감추는 이유 중 하나라는 거죠. 시간을 좀 두고 보세요. 그게 나중에 후회할 실수를 하지 않을 유일한 방법이에요. 그럼 알게 되겠죠. 그는 정말로 그녀를 털어 버리고 싶은 거예요."

이즈음 우리의 주인공은 너무나 생생하게 그 모두를 그려 보고 있었기 때문에 거의 숨이 막힐 지경이었다. "그렇게 해줬는데 이제 와서?"

고스트리 양은 잠시 그를 물끄러미 바라보더니 이내 환한 미소를 지었다. "채드는 당신이 생각하는 것만큼 착하지 않아요!"

이 말은 장차 도움이 될 일종의 경고로서 그에게 남았다. 하지만 그 말의 도움을 받으려고 해도 채드를 만날 때마다 뭔가에 의해 계속 좌절되었다. 뭔지 모를 이 당혹스러운 힘, 채드가 자기 생각처럼 착하고 괜찮은 사람이라는 사실이 집요하게 거듭 느껴지는 것이 아니면 그것이 달리 무엇이겠는가? 그렇게 스트레더는 자문했다. 어떻게 보면 그에게 채드가 나쁜 사람이 아니게 된 그 순간부터 좋은 사람일 수밖에 없었던 듯도 했다. 어떻든 그와 함께 보내는 시간이, 그리고 마치 그 외에는 달리 생길 게 없다는 듯이 곧장 생겨난 결과들이, 그 사실 외의 모든 것을 스트레더의 의식 밖으로 밀어내 버리는 날들이 지속되었다. 리틀 빌럼이 다시 주된 등장인물이 되었다. 그러나 원래도 그랬지만 이제는 더욱 수많은 포괄적인 관계 중 하나일 뿐이었다. 스트레더에게 그것은 앞으로 우리가 알게 될 두세 사건을 통해 더욱 분명해졌다. 웨이마시도 한동안은 그 물결에 휩쓸렸다. 일시적이긴 하지만 어쨌든 그 물결이 그를 완전히 삼켜 버렸고, 그동안 스트레더는 깊이 잠수해서 유영하던 중 바닷속 물체를 스치며 지나가듯이 그와 부딪치는 느낌이었다. 깊이를 알 수 없는 물체가 그들을 붙잡고 있었고, 채드의 행동거지가 바로 깊이를 알 수 없는 그 물체였다. 그래서 스트레더는 그와 함께 깊이 가라앉은 채 말 없는 물고기의 무표정한 눈동자로 서로를 바라보며 스쳐 지나가는 기분이었다. 웨이마시가 그에게 기회를 주고 있다는 말도 사실 그러던 중에 나왔다. 자기를 생각해 주는 듯한 그 말투에 스트레더는 약간의 불편함을 느꼈는데 그것은 어릴 적 학교 발표회에 식구들이 참석했을 때의 난처함과 별반 다르지 않았다. 전혀 모르는 사람들 앞에서야 개의치 않고 연주할 수 있었지만 가족이나 친척은 치명적이었다. 그런데 지금 비유하자면 웨이마시가 친척인 셈이다. '자 한번 해 봐!'라고 말하는 소리가 들리고 가족과 친척들이 내릴 깐깐한 비평의 맛이 미리 그의 혀에 감돌았다. 사실 그로서는 능력껏 연주했다. 이제 채드는 그가 뭘 원하는지 너무 잘 아니까. 그런데 그렇게 마음을 다 털어놓은 마당에 그의 미국인 친구는 무슨 저열한 폭력을 기대한단 말인가? '내가 말했지! 자네가 불멸의 영혼을 잃게 될 거라고 말이야.' 이것이 웨이마시가 뜻한 바였음이 둘 사이에서 어떤 식으로든 오고 갔다. 그러나 분명 스트레더 쪽에서도 이에 맞서 할 말이 있었다. 어차피 다들 끝까지 가야 하는 상황이므로 채드를 지켜보다 스트레더가 미덕을 상실한다면 채드 쪽에서도 마찬가지라는 것이었다. 해야 할 일이었기 때문에 뛰어든 것인데, 그것이 웨이마시의 경우보다 뭐가 그렇게 나쁘다는 것인가? 웨이마시야 저항하고 거부하는 일을 그만둘 이유도 없고 자신처럼 적과 그만큼 협상을 해야 할 필요도 없지 않은가.

따라서 구경을 다니고 파리 거리를 쏘다니며 여기저기 방문하는 일도 자연스럽고 불가피했고, 4층의 훌륭한 장소인 채드의 멋진 집에서 담배 연기와 그럭저럭 괜찮은 음악과 여러 언어가 섞인 대화로 더욱 퇴폐적인 분위기를 연출하는 밤늦은 모임에 스트레더가 참석하는 것도, 원칙상 아침이나 오후에 거기 있는 것과 크게 다르지 않았다. 의자에 등을 기대고 앉아 담배를 피우면서 인정하지 않을 수 없었던 것은, 그곳에서는 아무리 왁자지껄해도 격렬해지는 경우는 없었다. 어쨌든 그 모임에서는 주로 토론이 벌어졌고 스트레더로서는 그렇게 많은 주제를 놓고 그만큼 많은 의견이 나오는 광경은 생전 처음 보았다. 울렛에도 의견은 있었지만 그저 서너 가지 주제에 대해서였다. 차이도 구색 맞추기일 뿐이었다. 울렛에서는 얼마 안 되는 차이라도 심각하다 싶으면 침묵을 지켰다. 거의 수치스러운 일이라는 듯 무척 조심스러워한다고 할 수도 있을 것이다. 반면 말셰르브 대로에서는 그런 면에서 소극적인 태도를 보이는 경우는 거의 없었다. 다른 것도 그랬겠지만 의견 차이에 대해 부끄러워하기는커녕, 합의에 이르면 오히려 담소의 재미를 망치므로 일부러 차이를 만들어 내는 것처럼 보일 때도 종종 있었다. 울렛에서는 어느 누구도 그런 일을 하지 않았다. 그의 기억으로는 무슨 이유에서인지 그 자신은 그렇게 해 보고 싶은 충동을 가끔 느끼기는 했지만 말이다. 그 이유를 이제는 알았는데, 바로 관계를 좀 더 나아가게 하고 싶었기 때문이었다.

그러나 이것은 단지 여담격의 기억일 뿐이다. 전반적으로 그의 상황이 어땠는가 하면, 격렬함이라 할 만한 게 전혀 없었기 때문에 신경줄이 팽팽해져 있었다고 봐야 했다. 이러다 아무 일도 생기지 않는 것은 아닐까 자문할 때면, 마치 어떻게 하면 그걸 조장할 수 있을까 궁리하는 것처럼 보이기도 했다. 긴장을 덜기 위해서 그런 식의 상상을 한다는 것은 너무 부조리한 일이었다. 하지만 딱 한 번 식사 초대를 받아들였다는 이유로 법석을 떨다가 점잔을 빼다가 한 것부터가 이미 충분히 부조리해 보였다. 도대체 채드가 어떤 종류의 난봉꾼이 되었기를 기대했던 것일까? 간혹 이런 질문이 떠올랐지만, 마음속에만 묻어 두려 했다. 상대적으로 최근 일이긴 하지만 — 정말이지 며칠 안 된 일인데 — 스트레더는 애초 자신이 얼마나 치밀하지 못했는지 분명히 알 수 있었다. 하지만 혹시 누구라도 한번 보려고 다가온다면 마치 불법적인 물건을 소지하기라도 한 양 그 생각을 슬쩍 치워 감출 것이었다. 뉴섬 부인의 편지에는 아직도 그런 기미가 있었고, 그 때문에 이따금 그녀의 요령 없음에 소리를 지르고 싶어졌다. 물론 다음 순간 곧 얼굴을 붉히긴 했지만 말이다. 그것은 요령이 없어서가 아니라 그럴 수밖에 없는 사정 때문이었다. 그녀는 아무래도 그렇게 빨리 눈치챌 수는 없겠다는 생각이 적당한 시점에 떠올라 예의에 어긋나는 일은 피할 수 있었다. 그녀의 요령은 대서양과 중앙 우체국, 그리고 지구 반 바퀴라는 거리를 감안해야 했기 때문이다.

어느 날 채드는 몇몇 사람만을 불러 말셰르브 대로에서 차를 대접하겠다고 했는데 그중에는 유난히 돋보이는 바라스 양도 있었다. 그리고 거기서 나오는 길에 스트레더는, 자신이 뉴섬 부인에게 보내는 편지에 항상 작달만한 예술가 친구라고 칭하는 이와 함께 걷게 되었다. 아주 이상하긴 하지만 지금까지 지켜본 바로는 채드가 가진 친밀한 대인 관계로는 그가 유일하다고 그녀에게 알려 줄 기회가 이미 있었다. 이날 오후 가는 방향이 달랐음에도 리틀 빌럼은 친절하게 그와 동행해 주었는데, 공교롭게도 갑자기 비가 쏟아지는 바람에 비를 피해 카페에 들어가 함께 이야기를 나누게 된 것도 어떻게 보면 그의 친절함 덕이었다. 막 파한 그 자리에서 스트레더는 지금까지 어떤 채드의 모임에서보다 더 밀도 있는 시간을 보냈더랬다. 바라스 양이 담소를 나누던 중 왜 자신을 보러 오지 않느냐고 스트레더를 책망했고, 그에 웨이마시의 긴장을 풀어 줄 좋은 생각이 떠올랐다. 웨이마시가 바라스 양과 잘 해 볼 수도 있겠다는 발상이었는데, 그 발상에서 뭔가 자신에게 유리한 것을 끌어낼 수 있겠다 싶었다. 그녀의 책망이란 결국 스트레더의 거대한 짐 덩어리와 관련해 자신이 좀 도와주면 안 되겠냐는 의미 아닐까? 그렇게 해서 본인과 전혀 무관한 이 세계에서도 모종의 관계가 가능하다는 생각을 웨이마시에게 심어 준다면 그 신성한 분노도 당분간 멈추지 않겠냐는 뜻이 아니겠는가. 스트레더가 파악한 바로는 이 관계가 청록색 양단으로 장식된 이인승 사륜마차 안에서 주름 장식과 깃털 장식에 둘러싸여 정신없이 쏘다니는, 보기에도 멋진 관계가 아니라면 무엇이겠는가? 스트레더로 말하자면 그렇게 마차를 타고 쏘다닌 적이 없었다. 적어도 뒤에 하인이 서 있는 이인승 사륜마차를 타고 다닌 적은 없었다. 고스트리 양과 영업용 마차를 타거나 포콕 부인과 몇 번인가 지붕 없는 이륜마차를 탄적이 있고, 뉴섬 부인과 사인승 마차를 타거나 이따금 산에 오를 때 좌석만 있는 사륜마차를 타 본 적은 있지만 말이다. 그러니 그의 친구가 하게 될 경험은 그의 개인적인 경험을 넘어서는 것이었다. 그래서 이제 그가 청년과 마주 앉자마자 먼저 꺼낸 얘기는, 자신이 그렇게 우스울 만큼 경험이 일천하기 때문에 전반적인 조언자로서 얼마나 부적합한지를 새삼 깨달게 된다는 사실이었다.

"도대체 무슨 꿍꿍이속인 거지?" 곧이어 그렇게 물었는데, 그것은 그가 처음 카페에 들어오면서 눈길을 주었던, 도미노에 빠져 있는 뚱뚱한 신사 이야기가 아니라 방금 파한 모임의 주최자를 지칭하는 것이었다. 스트레더는 이제 그와 관련해서 일관성이라고는 조금도 찾아볼 수 없는 상황이었으므로 벨벳 소파에 앉은 채 딱히 가릴 것도 없이 편하게 이야기를 시작했다. "어떻게 해야 정체를 알 수 있을까?"

생각에 잠긴 리틀 빌럼은 거의 아버지 같은 자상함으로 그를 바라보았다. "여기서 지내시는 게 맘에 들지 않으세요?"

그 말투가 정말 우스꽝스러웠으므로 스트레더는 웃음을 터뜨렸다. 그러면서 말을 이어 갔다. "그게 무슨 상관이 있나? 내 임무상 맘에 들어야 하는 일은 그의 마음이 움직이고 있다는 사실밖에 없어. 그래서 내가 자네에게 정말 그러기는 한지 묻는 것 아닌가. 그 녀석이 정직한가?" 그는 그저 확실히 하고 싶을 뿐이라는 점을 말투에서 분명히 하려 했다.

상대방은 책임감 있는 진중한 표정이었지만 보일 듯 말듯 희미한 미소를 지었다. "어떤 녀석 말씀이신가요?"

이 질문에 그들은 잠시 말없이 생각을 나누었다. "그가 매여 있지 않다는 게 사실인가?" 스트레더가 이해할 수 없다는 듯이 물었다. "그렇다면 도대체 어떤 생활을 하고 있는 거지?"

"그 녀석이 채드를 말씀하시는 건가요?" 리틀 빌럼이 물었다.

이에 스트레더는 희망을 가지며 속으로 생각했다. '한 번에 하나씩 처리해야 해.' 그러나 일관성을 지키기가 힘들었다.

"여자가 정말 있긴 있는 건가? 그러니까 당연히 채드가 상당히 두려워하는, 혹은 채드를 마음대로 부리는 여자 말일세."

"그 질문을 지금까지 참으셨다니 정말로 훌륭하세요." 빌럼이 바로 대답했다.

"아, 내가 이 일에 적임자가 아닌 거지!"

자기도 모르게 이 말이 입에서 튀어나왔는데, 이로 인해 빌럼은 조금 더 조심스러워졌다. "채드는 정말 드문 경우예요!" 그가 간단명료하게 말하고는 덧붙였다. "엄청나게 변했지요."

"자네가 보기에도 그런 거지?"

"얼마나 나아졌는지 말입니까? 당연하죠. 누가 봐도 그럴걸요." 리틀 빌럼이 말했다. "하지만 저한테는 예전 모습도 마찬가지로 좋았던 것 같아요."

"그러면 지금은 정말로 완전히 새로운 모습이라는 거지?"

"글쎄요." 잠깐 사이를 두고 청년이 대답했다. "정말 천성적으로 그렇게 훌륭하게 될 사람이었는지는 잘 모르겠어요. 아주 좋아했던 오래된 책의 새로운 판이라고 할까요. 개정도 되고 보완도 되고 최신 유행에 맞게 바뀌었는데 오랫동안 알고 좋아했던 그 책이라고 보기는 좀 힘든 거죠." 그가 말을 이었다. "어찌 됐던 간에 아저씨 말씀처럼 무슨 꿍꿍이속이 있다고 보진 않아요. 채드가 정말로 귀국해서 일하고 싶어 한다고 봐요. 아시겠지만 자신을 더욱 확장하고 발전시킬 그런 사업을 할 능력이 있잖아요." 리틀 빌럼의 말이 이어졌다. "그렇게 되면 더 이상은 저의 닳고 닳은 구식 책일 수는 없겠지요. 하지만 저야 뭐 너무나 부도덕한 사람이니까요. 만사가 제가 원하는 방식대로 흘러간다면 아주 웃긴 세상이 되겠죠. 저도 돌아가서 사업을 해야 하는 게 맞아요. 그런데 그러느니 그냥 죽는 게 낫거든요. 그냥 그래요. 돌아가지 않겠다고 마음먹는 게 전혀 힘들지도 않았어요. 왜 그런 마음이 들었는지 분명히 깨닫는 것도, 누군가 데리러 올 때마다 내 입장을 굳게 견지하는 것도 그랬고요. 그래도 채드에게는 돌아가지 말라는 말은 전혀 하지 않아요. 그러니까 채드의 경우엔 말이에요. 채드가 행복하지 않다는 걸 아시잖아요?" 그렇게 말을 맺었다.

"내가 알아……?" 스트레더가 그를 빤히 쳐다봤다. "내가 아는 건 그 반대라고 생각했는데. 마음의 평정을 얻었을 뿐 아니라 확고히 지키고 있는 놀라운 경우라고 말이야."

"아, 그 뒤에 숨겨진 게 아주 많죠."

"드디어 나왔군!" 스트레더가 외쳤다. "그게 바로 내가 알고 싶었던 거야. 오랫동안 친숙했던 책이 몰라볼 정도로 바뀌었다고 했지? 그렇게 만든 편집자가 누군가?"

리틀 빌럼은 잠시 말없이 앞만 바라봤다. "채드는 결혼을 해야 해요. 그러면 괜찮을 거예요. 그걸 원하기도 하고요."

"그 여자랑 결혼하고 싶은 건가?"

리틀 빌럼은 다시 말을 멈췄다. 스트레더는 그가 뭔가 알고 있다는 것은 알 수 있었지만 무슨 말이 나올지는 종잡을 수가 없었다. "채드는 자유롭고 싶은 거예요." 그가 또렷하게 설명했다. "아시겠지만 그는 그렇게 좋은 사람으로 사는 데 익숙하지 않아요."

스트레더가 잠깐 망설였다. "그 얘길 그가 지금은 진정 좋은 사람이라는 뜻으로 받아들여도 되겠나?"

상대방도 똑같이 약간 망설였지만, 곧이어 나직이 힘주어 말했다. "분명히 그렇습니다."

"좋아, 그렇다면 그는 왜 자유롭지 못한 건가? 나한테는 자유롭다고 맹세해 놓고는 지금까지 그 점을 증명할 만한 어떤 일도 하질 않았어. 내게 아주 친절한 건 빼고 말일세. 물론 자유롭지 않다고 해도 크게 달리 행동할 수는 없겠지만. 내가 지금 자네에게 이런 질문을 하는 건 바로 그의 이 외교적 행동에서 묘한 인상을 받기 때문이야. 자기 입장을 굽히는 대신 나를 여기에 붙들어 두고 나쁜 사례를 보여 주는 게 그의 방식인 것 같으니 말일세."

그새 반 시간이 지났으므로 스트레더는 찻값을 지불했고, 곧 웨이터가 잔돈을 거슬러 주러 왔다. 그가 잔돈 중 일부를 팁으로 주자, 웨이터는 고마움을 표시하고 물러갔다. "팁을 너무 많이 주셨어요." 리틀 빌럼이 자상하게 알려 주었다.

"아, 내가 항상 그렇지!" 스트레더가 맥없이 한숨을 쉬었다. 그러나 자신의 비운에 대한 명상에서 빨리 빠져나오고 싶다는 듯이 바로 덧붙였다. "하지만 자네는 내 질문에 아직 답하지 않았네. 채드가 왜 자유롭지 않다고?"

웨이터와 계산을 한 것이 신호라도 된 것처럼 리틀 빌럼은 이미 자리에서 일어나 탁자와 긴 의자 사이로 빠져나가고 있었다. 결과적으로 그들은 곧 그 카페를 나서게 되었고 팁에 만족한 웨이터가 문을 열어 주며 배웅했다. 상대방이 이렇게 갑작스럽게 자리를 뜨는 이유는 좀 더 한적한 곳에서 그의 질문에 대답하기 위해서임을 눈치챘기 때문에 스트레더가 그를 따라 나선 것이다. 밖으로 나와 몇 걸음 걷다가 다음 모퉁이를 돌자 적합한 때가 왔다. 그래서 스트레더는 다시 그 이야기를 끄집어냈다. "그가 좋은 사람이라면 왜 자유롭지 못한 거지?"

리틀 빌럼은 그의 얼굴을 정면으로 쳐다보며 말했다. "왜냐하면 그것이 고결한 애정이기 때문입니다."

이 말이 한동안, 그러니까 이후 며칠 동안 너무나 효과적으로 그 문제를 해결해 주어서 스트레더는 마치 새로운 삶을 사는 기분이었다. 그러나 삶이 그에게 경험의 술을 건네면 그는 항상 그 병을 흔들어 보는 습관이 있기 때문에, 으레 그랬듯이 곧 그 술에서 앙금이 서서히 떠오르는 맛이 나기 시작했다는 말을 덧붙여야겠다. 다시 말하면 그는 이미 상상력을 동원해 그 젊은이의 단언을 이리저리 살펴보고 있었으므로, 곧이어 마리아 고스트리를 만날 기회가 생겼을 때 거기서 끄집어낼 만한 것이 충분히 있었다. 더구나 어떤 새로운 상황, 당연히 하루가 지나기 전에 고스트리 양에게 알려 줘야만 했던 상황으로 인해 이 기회는 빨리 오게 되었다. 스트레더가 용건부터 시작했다. "어젯밤에 채드에게 우리가 언제 배를 타고 미국으로 건너갈지, 혹은 적어도 나만이라도 언제 갈지 날짜나 계획을 알려 줄 만한 확실한 언질이 없는 터라 내가 맡은 책임도 영 말이 아니고 입장도 거북하게 됐다고 했더니, 그가 뭐라고 했는지 알아요?" 고스트리 양이 모르겠다고 손을 들었다. "글쎄, 자기가 아는 특별한 친구 둘이 있다는 거예요. 엄마하고 딸이고, 한동안 파리를 떠나 있었는데 곧 돌아올 거라는 겁니다. 내가 그들을 만나서 서로 알고 친해지기를 무척 바란다는 거예요. 그러니 자기가 그들을 다시 볼 기회를 갖기 전에 제발 이 일을 위험한 수준까지 몰고 가지 말아 달라고 하더군요." 그가 물었다. "이런 식으로 모면하려는 걸까요?" 그러더니 설명을 이어 갔다. "그 사람들이 내가 도착하기 전에 채드가 만나러 갔던 사람들임이 분명하잖아요. 누구보다 좋은 친구이고 그 누구보다 자신의 일에 관심을 가지고 있다고 해요. 자신에게는 내가 그다음으로 좋은 친구이니 내가 그들과 편하게 만나 볼 이유는 차고 넘친다면서요. 더 일찍 이 말을 꺼내지 않은 이유는 그들이 정말 돌아올지 불확실했고 현재로서는 불가능에 가까웠기 때문이래요. 게다가, 믿을 수 있을지 모르지만, 나를 만나 보고 싶은 마음이 너무나 간절해서 그렇게 엄청난 어려움을 헤치고 온다는군요."

"당신이 보고 싶어 죽을 지경이래요?" 고스트리 양이 물었다.

"죽을 지경이라는군요." 스트레더가 말했다. "물론 고결한 애정에서 나온 것이지만요." 그는 리틀 빌럼과 이야기를 나눈 그 다음 날 그녀를 만나 그와 관련한 이야기를 이미 해 준 터였다. 그 새로운 사실이 어떤 의미가 있는지 함께 열심히 궁리도 했다. 리틀 빌럼의 말에서 논리적으로 불충분했던 부분을 그녀가 좀 채워 주었다. 그렇게 예상치 못한 방식으로 묘사된 애정의 대상에 대해 스트레더는 리틀 빌럼을 다그치지 않았다. 원래 양심의 가책도 있는 데다, 그런 존재에 대해서는 완전히 다른 대상을 찾고 있을 때에는 전혀 불필요했던 조심스러움을 보이지 않을 수 없었기 때문이다. 알량한 자존심 탓인지는 모르겠지만 그 청년에게 이름을 대라고 할 수 없었다. 그로써 채드의 고결한 애정은 자기 관심사가 아니라는 사실을 무엇보다 분명히 보여 주었기를 바라면서 말이다. 처음부터 자기 위신은 크게 개의치 않기로 했지만 그렇다고 해서 어쩌다가 생기는 소소한 기회들까지 마다할 이유는 없었다. 그동안자신의 개입이 어느 정도나 사심에서 나온 것으로 비칠까 궁금했던 때가 꽤 자주 있었다. 따라서 기회가 생길 때마다 간섭하려는 의도가 아님을 알렸고 거기서 나온 어떤 만족감이없지 않았다. 물론 그렇다고 해서 혼자 있을 때 실컷 놀라워하는 만족감이 사라진 것도 아니었다. 들은 바를 전해 주기에앞서 그것을 어느 정도 줄여 놓긴 했지만 말이다. 드디어 이지점에 이르러 그가 한 말은, 나처럼 당신도 처음에는 무척 놀랐겠지만 생각해 보면 결국 사정이 그렇게 되었어야만 지금까지 확인된 외양과 딱 맞아떨어진다고 보는데 그렇지 않느냐는것이었다. 지금까지 나타난 사실로 봤을 때 그에게 거대한 변화를 초래할 만한 것이 고결한 애정 말고 달리 뭐가 있겠는가.그리고 그 변화를 지칭할, 프랑스에서 말하는 '적절한 단어'를찾던 차에 리틀 빌럼이 이상하게 오래 끌기는 했지만 마침내그 단적인 표현을 제공했고 그것이 웬만큼 그 역할을 하지 않겠냐고 했다. 그녀는 생각해 보면 볼수록 그 말이 맞다고 인정했다. 하지만 그로서는 그 인정이 왠지 석연치가 않아서 헤어지기에 앞서 진정 그렇게 생각하는지 다시금 확인하지 않을수 없었다. 그들의 애정이 정말 고결하다고 믿지 않나요? 그렇게 다시 물었던 것이다. 이 두 번째 기회에 그가 가지고 온 소식이 그것을 더욱 확실히 하는 데 도움이 될 것이었다.

그런데도 처음에 그녀는 그저 흥미롭다는 표정이었다. "두 명이 있다고요? 그럼 둘에 대한 애정이 다 순결할 수밖에 없겠네요."

우리의 주인공은 그 말뜻은 이해했지만 자기 나름의 생각도 있었다. "혹시 엄마와 딸 중 누구를 더 좋아하는지 아직 본인도 잘 모르는 그런 단계에 있는 건 아닐까요?"

그녀가 잠깐 생각했다. "아, 당연히 딸이어야겠죠. 그의 나이를 생각하면."

"그럴 수도 있죠. 하지만 딸이 몇 살인지 모르잖아요? 나이가 찼을 수도 있지만." 스트레더가 물었다.

"나이가 차다니요?"

"채드랑 결혼할 만큼 말이에요. 그게 그들이 원하는 건지도 모르죠. 그래서 채드도 원하고, 리틀 빌럼도 원하고, 심지어 우리도 어쩔 수 없는 상황이 되어 그걸 받아들이기로 하면, 물론 그녀가 고국으로 돌아가는 걸 마다하지 않을 때 얘기이지만, 그럼 그냥 바로 배를 타고 돌아가는 거죠."

그녀에게 조언을 구할 때면 그는 항상 그녀의 말 한마디 한마디가 깊은 우물에 떨어지는 느낌을 받았다. 그래서 다음 말이 떨어져서 희미하게 퐁당 하는 소리가 날 때까지 어쨌든 좀 기다려야 했다. "여태껏 결혼도 안 했고 지금까지 그에 관해 먼저 당신한테 얘기한 바도 없는데 이제 와서 왜 그 처녀와 결혼을 해야 되는 건지 이해가 안 되는데요. 게다가 그들과 관계도 좋고 결혼하고 싶은 마음도 있다면 왜 그가 '자유롭지' 못하겠어요?"

그 말을 들으니 스트레더도 정말 알 수가 없었다. "그 아가씨가 채드를 별로 안 좋아하는 걸까요?"

"그렇다면 그들에 대해 왜 당신한테 그렇게 좋게 얘기를 하겠어요?"

스트레더는 마음속으로 그 질문을 다시 던져 보았고 그에 대한 답을 끄집어냈다. "사이가 좋은 것이 어머니만일 수도 있지요."

"딸은 아닌데요?"

"딸을 채드와 결혼시키려고 어떻게든 애쓰고 있다면 채드로서야 무엇보다 어머니 쪽이 맘에 들지 않겠어요?" 스트레더가 툭 던졌다. "문제는, 딸이 왜 결혼에 동의하지 않는가이죠."

"아, 그건 모든 사람이 당신처럼 그렇게 채드를 매력적으로 보지 않아서는 아닐까요?" 고스트리 양이 말했다.

"그가 '신랑감으로 적격'이라고 생각하지 않는다는 뜻인가요? 채드를 내가 정말 그렇게까지 본다는 건가?" 그가 정말 알고 싶다는 듯이 입 밖으로 소리 내어 중얼거리고는 말을 이었다. "하지만 그의 모친은 무엇보다 채드의 결혼을 바라고 있어요. 그러니까 그게 도움이 된다면요. 그런데 모든 결혼이 도움이 되잖아요?" 그는 이미 생각을 정리했다. "그들 모녀도 분명 그가 부유해지기를 바랄 거예요. 그와 결혼할 여자라면 대부분 그가 좋은 기회를 잡는 데 직접적인 이해관계가 있으니까요. 기회를 놓친다면 적어도 결혼 상대는 좋아하지 않겠죠."

고스트리 양이 그 주장을 이리저리 궁리해 보았다. "그렇
죠. 아주 그럴 듯한 얘기예요! 하지만 다른 한편으로 그 고상
한 올렛이 있잖아요."

"아, 그래요." 그가 곰곰 생각했다. "항상 고상한 올렛을 생
각해야죠."

그녀가 잠깐 쯤을 두었다가 말했다. "그 처녀로서는 그 정도
까지 받아들일 수는 없다고 여길지도 모르죠. 대가가 너무 크
다고 생각할 수도 있잖아요. 양쪽을 대조하며 재어 봤을 수도
있고."

이런 종류의 논의를 할 때면 항상 안절부절못하는 스트레
더가 애매하게 딴 얘기를 꺼냈다. "모든 건 그녀가 누군지에
달렸겠지요. 당연히 그렇기 때문에, 그 고상한 올렛을 상대할
수 있는 능력이 입증된 매미가, 그러니까 분명히 상대할 수 있
는 매미가 아주 유리한 거죠."

"매미?"

그녀의 말투에 그가 그녀 앞에 멈춰 섰다. 그러고는 그것이
잘 기억이 안 나서가 아니라 잠깐 당황했기 때문임을 알아챘
으면서도 이렇게 외쳤다. "설마 매미를 잊은 건 아니겠지요!"

"아뇨, 매미를 잊은 건 아니에요." 그녀가 미소 지으며 말했
다. "그녀의 장점에 대해서야 할 말은 아주 많죠. 매미는 제가
잘 알잖아요!" 그녀가 딱 잘라 말했다.

스트레더는 다시 방 안을 서성이기 시작했다. "매미는 정말
로 나무랄 데 없이 사랑스러워요. 여기서 본 어떤 처녀보다 훨

씬 예쁘고요."

"바로 거기에서 시작할 수 있을 거예요." 그러더니 그녀가 스트레더처럼 잠깐 생각에 잠겼다. "단연코 확실하게 알아보고 싶네요!"

그는 이 상상에 잠시 보조를 맞춰 주었지만 곧 이의를 제기했다. "아, 하지만 열정에 사로잡힌 나머지 개한테 가 버리진 말아요! 내겐 무엇보다 당신이 필요하고, 알다시피 날 혼자 버려 두면 안 돼요."

하지만 그녀는 굴하지 않았다. "매미를 나한테 보내 주면 좋았을 텐데!"

"당신을 안다면 보내 줄 텐데요." 그가 대답했다.

"아, 날 알지 않나요? 저에 대해서 줄곧 써 보내신 걸로 알고 있는데요."

그가 그녀 앞에 잠깐 멈춰 섰다가 다시 걸음을 옮겼다. "당신 말처럼 내가 써 보내기도 전에 알았을 거예요." 그러고는 무엇보다 이야기하고 싶었던 점을 끄집어냈다. "이젠 그의 속셈을 알 것 같아요. 나를 줄곧 여기 붙들어 놓고 지금껏 하고 있었던 게 바로 이겁니다. 그들이 오기를 기다렸던 거지요."

고스트리 양이 입을 꼭 다물더니 말했다. "많은 것을 알아냈군요!"

"당신만큼 알아낸 건 아니라고 보는데요." 그가 이어서 물었다. "설마 모르는 척하는 건가요?"

"뭘 말인가요?" 그가 말을 이어 나가지 않자 그녀가 재촉했다.

"뭐긴요, 그들 사이에 많은 게 오갔다는 것 말입니다. 처음부터 계속 그래 왔던 거예요. 심지어 내가 오기 전에도."

그녀가 잠시 사이를 두었다가 대답했다. "그럼 그들이 누군 가요? 그게 그렇게 심각한 문제라면."

"심각할 게 없을 수도 있어요. 그냥 유쾌할 수도 있지요. 하지만 어쨌든 분명해요." 그러곤 고백하지 않을 수 없었다. "그냥 내가 그들에 대해 아무것도 모른다는 거지요. 예를 들어 리틀 빌럼의 말을 듣고 나니 이름 같은 건 굳이 알아낼 필요도 없겠다는 생각에 마음이 가벼워지기까지 했다니까요."

"아." 그녀가 대꾸했다. "이제 벗어났다는 생각이라면……."

그녀의 웃음에 잠깐 그가 우울해졌다. "벗어났다고 생각하진 않아요. 그냥 한 오 분쯤 숨을 쉬고 있을 뿐이지요. 그래 봐야 어쨌든 다시 시작하지 않을 수 없을 테니까요."

그 점을 놓고 두 사람은 잠시 서로를 마주 보았지만, 그는 곧 유쾌함을 되찾았다. "그동안은 이름 같은 건 전혀 관심 없어요."

"국적도 관심이 없나요? 미국인인지 프랑스인인지, 아니면 영국인이나 폴란드인인지."

"어느 나라 사람이든 정말 '손톱만큼도' 관심이 없어요." 그가 미소를 지었다. "하지만 폴란드인이라면 멋지긴 하겠군요!" 그가 바로 덧붙였다.

"정말 멋지겠죠." 화제가 그쪽으로 옮겨 가자 그녀가 활기를 띠었다. "보세요, 관심 있으시잖아요."

그는 약간 단서를 두면서도 그 주장에 동의했다. "그들이 폴란드인이라면 관심이 생길 것 같아요. 그래요, 정말 그렇다면 재밌겠는데요."

"그럼 폴란드인이길 바라 보죠." 그러더니 다시 앞의 문제로 돌아갔다. "딸이 결혼 적령기라면 당연히 엄마는 아니겠죠. 그러니까 그 고결한 관계 말이에요. 딸이 스무 살이라면, 그보다 적을 수는 없잖아요? 그러면 엄마는 적어도 마흔은 되었을 거고, 그러면 엄마는 열외가 되죠. 채드와 묶이기엔 너무 나이가 많으니까."

다시 걸음을 멈춘 스트레더가 잠깐 생각하더니 이의를 제기했다. "그렇게 생각해요? 나이가 많다고 채드의 상대가 못 될까요? 나이를 이렇게 먹은 나도 채드에 비하면 새파랗게 젊은 것 같은데요." 그가 말을 이었다. "하지만 어쩌면 딸이 스무 살이 아닐 수도 있어요. 한 열 살밖에 안 되었는데 너무나 사랑스러워서 그 관계가 매력적이라고 보는 걸지도 모르지요. 아니면 딸은 다섯 살이고 엄마는 스물다섯, 매력적인 과부라든가."

고스트리 양도 그 가능성을 따져 보았다. "그럼 그녀가 과부라는 거죠?"

"내가 어떻게 알겠어요!" 그러나 이렇게 불분명한 사실을 앞에 두고도 그들은 다시 한번 서로를 의미심장하게 쳐다보았다. 그것도 아주 오래. 그래서 정말이지 그 사실 자체를 설명하는 일이 급선무처럼 보였고, 가능한만큼 설명이 되었다. "내가 알 수 있는 건 아까 말한 것뿐이에요. 그에게 나름의 이유가 있다는 것 말입니다."

고스트리 양이 상상의 날개를 펴 보았다. "어쩌면 그녀가 과부가 아닐 수도 있지요."

스트레더는 그 가능성은 잠시 유보했지만 일단은 받아들였다. "그렇다면 바로 그 때문에 그 관계가 고결한 것이겠죠. 그러니까 대상이 엄마 쪽이라면요."

그러나 그녀는 그의 말을 잘 이해하지 못한 모양이었다. "여자가 자유로워서 그 관계에 어떤 조건도 달 필요가 없다면 그게 왜 고결하죠?"

이 질문에 그가 웃었다. "아, 그런 식으로 고결하다는 뜻은 아니었어요. 그럼 당신은 여자가 자유롭지 않을 때에만 관계가 고결함이라는 이름에 값한다고 생각하는 거예요?" 그가 물었다. "그렇다면, 그녀에게 그 관계는 뭐가 되는 건가요?"

"아, 그건 다른 문제이죠." 이 말에 스트레더가 바로 대꾸하지 않자 그녀가 말을 이었다. "어쨌든 뉴섬 씨가 뭔가 꿍꿍이속이 있다는 당신 얘기는 확실히 맞다고 봐요. 정말로 당신을 시험해 보고 있었고, 친구들에게는 모든 걸 알리고 있었던 거죠."

그사이 스트레더는 나름대로 생각을 이어 나갔다. "그렇다면 정직한 채드는 어떻게 된 건가요?"

"글쎄요, 어떻게든 뚫고 나와 그 모습을 보이려고 가능한 한 열심히 애를 쓰고 있다고 할 수 있겠죠. 우린 정직한 채드 편에 서서 그를 도울 수 있어요." 고스트리 양이 말했다. "당신이면 되겠다는 걸 파악한 거죠."

"뭐가 돼요?"

"뭐긴요, 그 두 여성들한테요! 당신을 지켜보고 연구하다

보니 당신이 좋아졌고, 그래서 그들 역시 당신을 좋아하리라고 생각한 거예요. 당신한테는 엄청난 칭찬이랍니다. 분명 아주 까다로운 사람들일 테니까요. 당신은 결국 성공했어요." 그녀가 유쾌하게 단언했다. "아니, 성공하고 있지요!"

스트레더는 참을성 있게 그 말을 듣더니 갑자기 몸을 돌렸다. 그로서는 그 방에 구경할 만한 진기한 물건이 널려 있다는 사실을 항상 편리하게 이용할 수 있었다. 하지만 두세 가지 물건을 찬찬히 보다가 문득 결심했다는 듯이 아무 상관없는 말을 툭 던졌다. "당신은 안 믿는군요!"

"뭘요?"

"그 관계의 성격 말이에요. 그게 고결하다는걸요."

그녀가 방어적인 태도를 취했다. "그에 대해서 뭔가 안다고 말한 적 없어요. 어떤 것도 가능해요. 더 지켜봐야죠."

"지켜봐요?" 그가 거의 신음처럼 그 말을 되뇌었다. "충분히 보지 않았나요?"

"저는 그렇지 않은데요." 그녀가 미소를 지었다.

"하지만 리틀 빌럼이 거짓말을 했을 거라고 보는 건가요?"

"그것도 알아봐야죠."

그 말에 그의 얼굴이 창백해졌다. "더 알아봐야 한다고요?"

혼란스럽다는 듯이 그가 소파에 털썩 주저앉았다. 그러나 위에서 그를 내려다보는 고스트리 양에게는 아직 할 말이 한마디 더 남아 있었다. "모든 걸 알아보려고 여기 나오신 게 아니었어요?"

5부

1

그다음 주 일요일은 아주 화창했다. 채드 뉴섬은 그날 할 일을 다 생각해 놓았다고 미리 스트레더에게 알려 주었다. 위대한 글로리아니를 만나게 해 준다는 계획이 내내 있었고, 그가 일요일 오후에는 집에 있으며 그 집에서는 대체로 그 어디에서보다 재미있는 사람들을 많이 만날 수 있다고 했다. 그런데 어쩌다 보니 그 계획이 바로 실행에 옮겨지지 못하다 이제 더 좋은 조건으로 이루어지게 되었다. 채드는 그 유명한 조각가의 집에 이색적인 오래된 정원이 있는데, 드디어 봄이 만연한 데다 날도 화창하니 정원 구경에 마침맞다는 점을 특히 강조했다. 게다가 두세 가지 더 암시한 바도 있어서 스트레더는 확실히 뭔가 특별한 것을 기대해도 좋겠다 싶었다. 이즈음 그는 채드가 보여 주는 것은 모두 어떤 면에서 채드 자신이기도 하다는 생각을 품고 어떤 사람을 소개받든 어떤 일을 겪든 거리낌 없이 응하고 있었다. 사실 이 문제와 관련해서라면 채드가 안내원 역할을 좀 덜 했으면 하고 바랄 수도 있었을 것이다. 왜냐하면 이제 그가 벌이는 게임과 계획, 심오한 외교 전술 등이 자꾸 눈에 띄었기 때문에, 스트레더가 혼자 이름 붙인 '빵과 서커스'를 아낌없이 제공함으로써 그들의 현실적 관계의 문제에서 도피하고 있는 듯한 인상이 들기도 했기 때문이다. 우리의 주인공은 내내 꽃향기에 둘러싸여 숨이 막히는 느낌이 없지 않았다. 그러다가 또 어떤 때는 자신의 혐오스러운 금욕적 성향 탓에 모든 형태의 아름다움에 의심의 눈초리를 보내서 그런 건 아닐까 불쑥 화가 치밀기도 했지만 말이다. 그 반응은 격렬한 편이어서, 그런 성향을 없애지 않으면 그 어떤 진실에도 이르지 못하리라 거듭 다짐했다.

비오네 부인과 그 딸이 그 자리에 모습을 보이리라는 사실을 스트레더는 미리 알고 있었는데, 남쪽에서 온 자신의 좋은 친구들에 대해 채드가 다시 언급한 내용이라고는 그게 전부였다. 그들에 관해 고스트리 양과 이야기를 나눈 결과, 채드에게 더 캐묻고 싶지 않았던 마음이 정당화된 기분이었다. 그 당시 대화에 비추어 보면, 채드가 입을 다물고 있는 데에는 그래야 할 어떤 이유가 있는 듯했던 것이다. 뭐라 딱히 꼬집어 말할 수 없는 어떤 분위기, 사려 깊은 태도나 높은 신분 같은 것이 그것을 감싸고 있었다. 그리고 어쨌든 적어도 지금까지 아는 바로 그들은 상류층 여성이었다. 그래서 그에게 분명한 사실 한 가지는 자신이 책임질 수 있는 만큼 그 역시 신사다운 면모를 보여야 한다는 것이었다. 이 만남에서 좋은 결과가 나오도록 채드가 이렇게 공을 들이는 것은 그들이 아주 아름답거나 아주 총명하거나, 혹은 아주 좋은 사람들이기 때문일까? 울렛의 표현을 빌리자면, 강렬한 힘으로 확 다가와서 어떻게 따져 볼 새도 없이 아주 절묘한 장점으로 비평가를 당황하게 만들 심산인 것일까? 지금까지 비평이라고 할 만한 것은 별로 없었지만 말이다. 어떻든 그 비평가가 물어볼 수 있는 것이라고는 그들이 프랑스 사람인지 정도뿐이었다. 그런 질문이야 이름의 발음과 관련해 무리 없이 나올 수 있었다. "맞아요, 아니, 아니에요!" 채드의 대답은 그랬다. 그러나 곧이어 덧붙이기를, 그들이 영어를 정말 훌륭하고도 매력적으로 구사하기 때문에 혹시라도 그들과 어울리기 힘든 핑계를 찾는다 해도 그점은 해당 사항이 없을 것이라고 했다. 사실 스트레더는 그 장소에 들어서자마자 지금까지 살면서 그 어느 때보다 핑계 같은 건 필요 없을 그런 기분이 되었다. 혹시라도 핑계를 찾는다면 기껏해야 그곳에 있는 모든 사람들, 그의 앞에 있는 모든 사람들에게 해당할 텐데, 사실 내키는 대로 활보하는 그들의 모습을 그 자신이 확실히 기분 좋게 즐기고 있었다. 손님들은 점점 불어났고, 이 모든 것들, 그들의 자유와 강렬함, 다양함과 전반적인 그 상황들이 그 장소의 감탄할 만한 환경과 혼연일체가 되어 있었다.

장소 자체도 정말 인상적이었다. 포부르 생제르맹의 중심부, 오래된 저택에 딸린 여러 개의 정원 가장자리에 외따로 떨어져 있는, 말쑥한 외관의 작은 정자였는데, 마룻바닥은 반짝거리고 세련된 흰색 판에는 드문드문 광택과 은은한 금박이 섞여 있었으며, 섬세하고도 진기하게 장식되어 있었다. 도로에서 한참 떨어진 덕에 지나가는 사람들의 눈에 띄지 않는 이곳은 좁은 길을 한참 걸어 조용한 마당을 지나야 이를 수 있었고, 별 생각 없이 들어서면 마치 보물을 발굴해 낸 심정이 될 것임을 즉각 알 수 있었다. 또한 지금까지 봐 온 그 어느 것보다 강력하게 파리의 헤아릴 수 없는 범위를 깨우쳐 주었으며, 대범한 마지막 빗질로 평상시 그의 지표와 용어들을 완전히 쓸어 가 버렸다. 이미 여남은 사람들이 뒤쪽 잘 가꿔진 넓은 정원으로 나가고 있었는데, 스트레더는 거기에서 곧 집주인을 만날 수 있었다. 화창한 봄을 맞아 소란스러운 새들이 잔뜩 날아드는 키 큰 나무와, 사적인 공간인 장중한 저택을 가로막고 선 높은 벽은 존속과 전승, 유대, 그리고 무관심한 듯 강하게 지속되는 질서를 말해 주고 있었다. 무척 온화한 날씨라 모인 사람들이 다들 바깥으로 흩어져 나가, 바깥도 이런 경우에는 만찬의 장소와 다를 바 없었다. 스트레더는 이곳에서 위대한 수도원의 인상을 받았다. 젊은 사제들을 키우는, 뭔지 딱히 알 수 없는 어떤 것으로 유명한 수도원. 여기저기 나무 그림자가 드리우고, 안에 있는 사람들을 모두 한 구역으로 인도하는 곧게 뻗은 통로와 교회 종이 있는 수도원 말이다. 허공에서 이름들이 감지되고 창문에는 유령들도 보이고, 주변으로 온통 기호나 표식들이 가득한데, 표현할 수 있는 것은 몽땅 다 모인 듯 얼마나 빽빽한지 바로 구별해 낼 수 없을 정도였다.

이처럼 쏟아져 내리는 이미지의 공격은 유명한 조각가와 인사를 나누는 잠깐 새에 어마어마한 정도로 불어났다. 채드가 소개하자 글로리아니는 아주 자신감 있는 태도로, 나이를 먹었지만 선이 고운 잘생긴 얼굴을 그에게로 돌렸는데, 그 얼굴은 외국어로 쓰여 있긴 하지만 완전히 공개된 편지와도 같았다. 뒤편으로 오랜 경력이, 주변으로는 명예와 보상들이 즐비했다. 눈에 천재성을 담고 입가에 예의 바름을 머금은 채, 단 한번 유심히 쳐다본 후 만나게 되어 기쁘다는 말을 몇 마디 건넸을 뿐인데 스트레더는 이 위대한 예술가가 눈부신 천재라는 강렬한 인상을 받았다. 스트레더는 박물관에서 — 뤽상부르에서만이 아니라, 이후 억만장자들이 가득한 뉴욕에서 좀 더 감탄하면서 — 그의 작품을 본 적이 있었다. 또한 그가 처음에 고향인 로마에서 작품 활동을 하다가 중반기에 파리로 건너왔고, 그곳에서 찬란하게 눈부신 자기만의 광채로 예술 세계에서 유난히 빛나는 자리를 차지했다는 사실도 알고 있었다. 그 모든 것이 스트레더에게는 로맨스와 더불어 영광스러운 빛으로 그를 환히 비추고도 남았다. 지금까지 한 번도 이렇게 가까이 접해 본 적이 없는 요소들과 직접 만나게 되자, 스트레더는 이 행복한 순간을 위해 의식적으로 정신의 모든 창문을 활짝 열어젖혔고 이번 한 번만은 다소 무채색인 자신의 내면이 자신의 낡은 지리 책에는 표시도 안 된 낯선 지방의 태양을 맘껏 들이마시도록 두었다. 나이가 들수록 색조만 달리하며 더욱 성스러워진, 주름 하나하나마저 예술가에 어울리는, 훈장과도 같은 그 이탈리아 사람의 얼굴을 그는 이후에도 몇 번이고 떠올리게 될 것이다. 특히 환영의 인사와 응답을 주고받으며 잠깐 마주 서 있는 사이, 걸출한 그 영혼이 관통

하는 빛줄기처럼 직접 말을 건네듯 스트레더 자신이 그 조각가의 눈빛에 사로잡혔던 것을 떠올리게 될 것이었다. 아주 무의식적이고 의도치 않게, 뭔가에 사로잡힌 듯이, 그것들을 금방 잊지 못하고 지금껏 경험해 본 가장 깊은 지적 울림의 원천으로 여기게 될 것이었다. 정말이지 그 이미지를 소중히 간직한 채 한가할 때마다 꺼내 보며 즐길 것이었다. 다른 사람에게는 헛소리처럼 들릴 것이기에 누구에게도 이야기하지 않겠지만 말이다. 그에게 들려준 이야기와 그에게 물었던 질문, 둘 중 어느 쪽이 더 알 수 없는 미스터리였을까? 그것은 경이로운 예술의 세계를 영원히 비추는, 누구도 범접할 수 없는 횃불 중에서도 특별한 최상의 불꽃이었을까, 아니면 그보다는 인생의 담금질로 단련된 그만의 예리함으로 파 내려간 길고 곧은 갱도였을까? 이보다 기이한 일은 없을 것이고, 의심할 바 없이 누구보다 예술가 자신이 놀랄 일이었지만, 그로서는 정말로 그 순간 자신의 임무 수행에서 엄청난 시험에 처한 듯했다. 글로리아니의 매력적인 미소에 담긴 깊은 인간적인 노련함 — 아, 그 뒤의 무시무시한 삶이라니! — 이 스트레더의 능력을 시험하듯이 불꽃처럼 그에게 내리꽂혔던 것이다.

그동안 채드는 편하게 스트레더를 소개한 뒤 역시 편하고 느긋하게 그 자리를 떠나 이미 다른 참석자들과 인사를 나누고 있었다. 그는 위대한 예술가와 함께 있더라도 별 볼일 없는 미국인들과 함께 있을 때와 다름없이 느긋하고 영리한 채드였고, 그들이 아닌 다른 누구와 있을 때도 마찬가지였다. 이 점이 다른 것과 맞아떨어지면서 스트레더에게 새로운 사실을 알려 줬고, 그가 즐길 만한 다른 어떤 것도 딸려 나왔다. 그는 글로리아니가 마음에 들었지만 다시는 그를 보지 못할 것이었다. 그것은 아주 분명했다. 따라서 스트레더와 글로리아니 둘 다와 좋은 관계인 채드는 가망 없는 상상을 이어 주는 일종의 끈이었다. '아, 상황이 지금과 달랐다면.' 하는 식의 어떤 가능성의 암시 같은 것 말이다. 아무튼 스트레더는 채드가 저명한 사람들과 친한 사이이면서 또한 확실히 그것을 전혀 내세우지 않는다는 것을 알 수 있었다. 그가 고작 에이블 뉴섬의 아들의 이런 모습을 보러 거기에 간 것은 아니었지만, 찬찬히 살펴보면 분명 핵심적 존재감을 지니고 있다는 인상을 주기에 충분했다. 사실 글로리아니도 뭔가 떠올랐는지 그에게 양해를 구한 뒤 채드를 찾아가 대화를 나눴고, 이에 스트레더는 혼자 남아 여러 가지 생각을 하게 되었다. 그중 하나는, 그가 시험을 치른 거라면 과연 합격했을까라는 질문이었다. 조각가가 저 사람은 글렀다고 결론을 내리고 자신을 두고 가 버린 것이었을까? 오늘은 정말로 평상시보다는 잘할 수 있겠다는 기분이었는데. 이 점에서라면 정신없이 홀린 것이 제대로 못 해냈다는 뜻인가? 또한 스스로 거의 확신했듯이, 그 예술가가 자신을 가늠해 보고 있음을 감지했다는 사실을 완전히 숨기지 못했던 것도? 그러다 문득 정원 건너편에서 이쪽으로 다가오는 리틀 빌럼이 보였다. 두 사람의 눈이 마주쳤을 때 그가 알고 있는 것을 짐작할 수 있었던 까닭도 어느 정도는 그를 사로잡고 있는 감정적 동요 때문이었다. 가장 먼저 떠오른 생각을 입 밖에 냈다면 그것은 아마 '내가 합격한 건가? 당연히 여기서는 일단 합격을 해야 하는 걸로 알거든.'이었을 것이다. 그러면 리틀 빌럼은 과장이 너무 심하다며 그를 안심시킬 것이고, 아주 적절하게도 자기 자신이 그 자리에 있다는 사실을 증거로 들 것이었다. 그 역시 글로리아나나 채드만큼이나 편하고 느긋했다는 것은 스트레더도 알 수 있었으니까. 그러면 스트레더 자신도 어느 정도 시간이 흐르고 나면 더 이상 겁을 먹지 않고, 이미 시야에 들어오기 시작한 몇몇 얼굴들 ─ 울렛에서는 상상도 할 수 없을 만큼 별난 유형들 ─ 을 찬찬히 뜯어볼 수 있게 될 것이었다. 무리를 짓거나 짝을 지어 여기저기 흩어져 있는 저 사람들은 다 누구일까? 울렛과 달라 보이기로는 남자들보다 여자들이 더했다. 그리고 젊은 친구가 드디어 가까이 다가와 인사했을 때 스트레더가 던진 질문이 그것이었다.

"아, 정말로 온갖 종류의 사람들이지요. 물론 제한은 있습니다. 위쪽이라기보다는 아마 아래쪽으로 있는 제한이겠지만요. 일단 항상 예술가들이 있어요. 글로리아나는 같은 일에 종사하는 사람들에게 상상할 수 없을 정도로 자비롭거든요. 그리고 여러 분야의 고위직 인사들이 있지요. 외국 대사라든지 장관, 은행장, 장군들, 그 밖에 많은 사람들이요. 유대인도 있어요. 무엇보다 엄청나게 멋진 여성들이 항상 있지요. 너무 많은 정도는 아니고요. 배우이거나 예술가, 훌륭한 연주자일 때도 있는데, 물론 괴물 같은 유형은 빼고요. 그리고 특히 진짜 사교계 귀부인이 있어요. 그러니 그쪽에서 그의 행적을 상상할 수 있겠죠. 정말 환상적이었을 거예요. 절대 그를 놔주지

258

않는다니까요. 하지만 그는 그들이 도를 넘지 않도록 다룰 줄 알아요. 도대체 어떤 수완을 쓰는지는 아무도 모르지요. 정말 멋지고 부드러워요. 인원이 너무 많은 법이 절대 없는 데다, 또 하나 훌륭한 점은 아주 적절하게 고른 사람들이라는 겁니다. 어떤 경우에도 따분한 사람은 별로 없어요. 항상 그랬어요. 뭔가 비법이 있나 봐요. 정말 놀랄 만하죠. 그리고 아직 알아채지 못하셨나 본데 그는 모두에게 한결같아요. 어떤 것도 물어보지 않습니다."

"아, 그래?" 스트레더가 웃었다.

빌럼은 아주 순진하게 그 질문을 받아들였다. "아니면 제가 어떻게 이 자리에 있겠어요?"

"아, 자네 말처럼 자네도 아주 적절하게 고른 사람이기 때문이겠지."

젊은이는 이에 주변을 둘러보았다. "오늘도 꽤 훌륭해 보이는데요."

스트레더는 그가 바라보는 쪽으로 시선을 돌렸다. "오늘 여성들은 다 사교계 귀부인들인가?"

리틀 빌럼은 그 대답을 할 수 있을 만큼은 잘 알았다. "거의 그래요."

이는 우리의 주인공이 좋아하는 분야였다. 여성과 관련된, 발랄하고 낭만적이며 신비로운 분위기. 그래서 잠시 그것을 바라보며 즐겼다. "폴란드 사람도 있나?"

상대방이 잠깐 생각했다. "포르투갈 사람은 한 명 있는 것 같은데요. 전에 터키 사람도 본 적 있어요."

모두에게 공정하기를 원하며 스트레더가 말했다. "저들은 다들, 아주 조화로워 보이는군, 여성들 말이네."

"아, 가까이서 보면 도드라져요!" 스트레더가 그 조화로움에 흠뻑 빠지면서도 가까이 가기는 두려워하는 것처럼 보이자 리틀 빌럼이 말을 이었다. "최악의 경우라도 괜찮은 만남이 될 거예요. 이런 식으로 느낄 수 있고 좋아한다는 건, 그건 적어도 거기 속해 있다는 증거이니까요. 하지만 아저씨는 항상 모든 걸 즉각적으로 아시잖아요." 그가 싹싹하게 덧붙였다.

스트레더는 그 말이 맘에 들었지만 좀 과하다 싶었다. 그래서 괜히 방심하게 만들지 말라고 약간 무기력하게 중얼거렸다.

"어쨌든 글로리아니는 우리에게 정말 잘해 줘요." 상대방이 다시 말했다.

"우리 미국인에게 말인가?"

"아, 아니요. 그런 문제라면 그는 전혀 몰라요. 그게 바로 이 장소의 비결의 반은 될 겁니다. 그러니까 정치 얘기는 전혀 없다는 것. 그런 얘긴 하지 않아요. 제 말은 그냥 각양각색의 불쌍한 젊은이들에게 잘해 준다는 거예요. 그런데도 지금처럼 언제나 매혹적이죠. 마치 이곳의 어떤 분위기 덕에 우리의 누추함이 나타나지 않는 것처럼 말이에요. 우리를 전부 과거로, 그러니까 지난 세기로 돌아가게 해요."

"내 경우에는, 오히려 앞으로 데려가는 것 같은데. 한참 앞으로!" 스트레더가 재미있다는 듯이 말했다.

"다음 세기로 말입니까?" 리틀 빌럼이 물었다. "하지만 그건 아저씨가 그 이전 세기 사람이라서 그런 건 아닐까요?"

"지난 세기보다 더 전 말인가? 정말 고맙군!" 스트레더가 웃었다. "그럼 저 귀부인들에 대해 알아본다 한들, 로코코 시대의 케케묵은 사람인 내가 그들의 환심을 살 수 있다는 기대는 접어야겠구면."

"천만에요, 그들은 로코코를 아주 좋아해요. 우리 모두가 그렇죠. 정자와 정원도 그렇고 여기를 다 통틀어 이보다 더 잘 어울리는 배경이 또 어디 있겠어요? 수집하는 사람들이 많아요." 미소를 지으며 리틀 빌럼이 주위를 둘러봤다. "아저씨도 누군가에게 잡힐 수도 있어요!"

그 말에 스트레더는 잠깐 생각에 빠졌다. 어떻게 봐야 할지 알 수 없는 얼굴들이 정말 있었다. 매력적이라고 봐야 할지 아니면 그저 좀 신기하다고 해야 할지. 정치는 거론하지 않게 되어 있다지만, 그가 보기에 폴란드 사람도 한두 명 있는 것 같았다. 그러나 그런 생각의 말미에 나온 질문은 빌럼과 함께 이야기를 나누던 내내 머리 한편에 박혀 있던 것이었다. "비오네 부인과 그 딸은 아직 안 왔나?"

"아직 못 봤어요. 하지만 고스트리 양은 오셨어요. 정자에서 미술품을 감상하고 있지요. 그분도 수집가인 걸 알겠어요." 리틀 빌럼이 별 뜻 없이 덧붙였다.

"아, 물론 수집가이지. 그녀가 온다는 것도 알고 있었어. 비오네 부인도 수집가인가?" 스트레더가 이어서 물었다.

"그렇다고 할 수 있죠. 어느 정도 유명하기까지 해요." 이 말과 함께 그는 잠깐 스트레더의 눈을 쳐다보았다. "그들이 돌아왔다는 얘기는 우연히 들었어요. 어젯밤 채드를 만났을 때요.

어제야 도착했다고 해요. 마지막까지도 확신을 할 수 없었대요.” 리틀 빌럼이 말을 이었다. “그러니까 돌아온 후 처음으로 여기에서 모습을 보이는 거지요. 어쨌든 온다면 말이에요.”

스트레더가 이 말을 바로 뒤집어 보았다. “채드가 어젯밤에 얘기했다고? 여기 오는 길에도 내게는 아무 말 안 하던데.”

“물어보긴 하셨어요?”

스트레더가 그 질문의 타당성은 인정했다. “물어보지는 않았지.”

“글쎄요.” 리틀 빌럼이 말했다. “아저씨가 알려고 하지 않는 부분을 굳이 나서서 얘기하기가 쉽지는 않아요.” 그가 자상하게 덧붙였다. “물론 알고 싶다고 하실 때에는 굉장히 편안하고 멋지기까지 하지만요.”

스트레더는 빌럼의 영리함에 어울릴 만한 관대함으로 그를 바라보았다. “그렇게 심오한 추론에 따라 자네 역시 이 여성들에 대해 그렇게 침묵으로 일관한 건가?”

리틀 빌럼은 그 추론의 심오함을 가늠해 보았다. “침묵으로 일관하진 않았는데요. 얼마 전 채드의 집에서 다과회가 끝난 후 같이 카페에 갔을 때 말씀드렸잖아요.”

스트레더가 그 말에 동의했다. “그래서 그들의 관계가 고결한 애정이라는 거지?”

“저로서는 사람들이 보통 그렇게 본다고만 말씀드릴 수 있어요. 하지만 그거면 된 거 아닌가요? 아무리 많이 안다고 해 봐야 허망한 외양 외에 무얼 더 알 수 있겠어요?” 젊은이가 유쾌하게 힘주어 말했다. “그러니까 저는 허망한 외양을 말씀드린 겁니다."

스트레더는 좀 더 멀리까지 주변을 둘러보았고, 그가 정면으로 마주한 광경으로 인해 그 젊은이의 말이 더 효과적이었다. "그렇게 훌륭한가?"

"말할 수 없어요."

스트레더가 잠깐 말을 멈췄다. "남편은 작고하셨나?"

"천만에요. 살아 있어요."

"아!" 스트레더가 말했다. 그러고는 상대방이 웃자 다시 물었다. "그러면 도대체 그게 어떻게 훌륭한 거지?"

"직접 알게 되실 거예요. 보면 알거든요."

"채드가 그 딸과 사랑에 빠진 건가?"

"그게 제가 말씀드린 거예요."

스트레더가 의아해했다. "그럼 뭐가 문제인 거지?"

"아니, 아저씨와 저도 그렇지 않나요? 우리의 이 장대하고 대담한 생각 때문에?"

"아, 내 생각이야!" 스트레더가 좀 이상한 말투로 대답했다. 그러고는 그것을 누그러뜨리려는 듯 말했다. "그들이 울렛 얘기는 들으려 하지 않는 건가?"

리틀 빌럼이 미소를 지었다. "그게 바로 아저씨가 알아보셔야 하는 것 아닌가요?"

이 마지막 말을 바라스 양이 듣게 되었으므로 그들은 바라스 양과 대화를 나누게 되었다. 스트레더는 숙녀가 파티에서 혼자 돌아다니는 것을 본 적이 없었기 때문에 혼자 돌아다니는 바라스 양이 이미 눈에 띄었던 참이었다. 그녀는 그들의 대화가 들릴 만큼 가까워지자마자 손잡이가 긴 안경을 눈에 대고 자신의 흥미로운 소유물을 들여다보며 말을 꺼냈다. "알아봐야 할 게 얼마나 많은지 불쌍하기도 하시지." 그러고는 발랄하게 말했다. "하지만 제가 당신을 도와드리기 위해 나름 애쓰지 않았다고는 말 못 할 거예요. 웨이마시 씨를 잘 모셔 놓았거든요. 고스트리 양과 함께 집 안에 있지요."

"어쩜 저렇게 숙녀분들마다 다 알아서 아저씨를 도와주는지!" 리틀 빌럼이 소리쳤다. "또 다른 숙녀분을 끌어들이려고 준비 중이라니까요. 훤히 보이죠? 비오네 부인에게 접근하려고 말이에요."

"비오네 부인이요? 오, 오, 오!" 바라스 양이 멋지게 강도를 더하며 외쳤다. 우리의 주인공이 의식한 바로는 거기에는 뭔가 다른 의미가 있었다. 결국은 그가 심각하게 반응하는 것이 우스운 걸까? 여하튼 그는 심각하지 않을 수 있는 바라스 양의 능력이 부러웠다. 화려한 긴 깃털을 휘날리며 자유로이 먹이를 쪼아 대는 재빠른 새의 움직임처럼 가볍게 외치거나 항의하고, 재깍 알겠다는 표시를 보내기도 하는 그녀는 마치 물건으로 가득한 가게 진열장 앞에 서 있는 듯한 태도로 삶을 대했다. 물건을 가리키고 고를 때처럼 별갑 자루 안경을 진열창에 대고 톡톡 두드리는 소리가 실제로 들릴 정도였다. "우리가 뭔가 알아보며 살아야 하는 건 분명하죠. 그걸 해야 하는 게 제가 아니라서 다행일 뿐이에요. 당연히 시작은 해 보죠. 그런데 문득 도저히 못 하겠다는 생각이 드는 거예요. 너무 힘들어서 감당할 수가 없거든요. 당신들은 정말 놀라워요." 그녀가 스트레더를 보며 말했다. "그러니까 당신들 미국인들에겐 불가능이라는 느낌이 없으니 말이에요. 전혀 느끼지 못하잖아요. 얼마나 강인한 불굴의 정신으로 그 일을 감당하는지 보는 것만으로도 배우는 게 있다니까요."

"아, 하지만 그렇게 해서 우리가 이루는 게 뭐가 있나요?" 리틀 빌럼이 동의하지 않는 듯이 끼어들었다. "당신들에 대해 알아보고 알리기도 하는데, 때로 정말 알리기도 하니까요. 하지만 바뀌는 건 아무것도 없죠."

"어휴, 빌럼 씨." 마치 성마르게 진열장을 두드리듯이 그녀가 대답했다. "당신은 아무짝에도 쓸모가 없어요! 야만인을 개종시키겠다고 와서는, 그래 놓고 도리어 야만인에게 개종당하고 말았죠. 정말 그랬잖아요, 내가 다 기억해요."

"그 정도도 못 돼요!" 젊은이가 애처롭게 고백했다. "개종이라는 과정을 거친 것도 아니에요. 그냥 저를 잡아먹었어요. 정말 식인종들이라니까요! 개종 정도가 아니라 아예 음식으로 탈바꿈시켜 버린 거죠. 전 이제 그저 백골만 남은 기독교인이에요."

"봐요, 우리가 그렇다니까요!" 바라스 양이 다시 스트레더에게 호소했다. "그렇다고 낙담하지는 마세요. 얼마 안 가 무너지긴 하겠지만 그전에 멋진 시간을 갖게 될 테니까. 꼭 그렇게 될 거예요. 당신이 버티는 내내 지켜보고 싶어요. 그런데 누가 끝까지 버티게 될지 알려 줄까요?"

"웨이마시인가요?" 그녀가 말하기 전에 스트레더가 대꾸했다. 그 말투에 깃든 불안감 때문인지 그녀가 큰 소리로 웃었다.

"그분은 심지어 고스트리 양도 거부할 거예요. 그분이 이해하지 못하는 정도는 거의 장엄할 지경이에요. 경이롭다니까요."

"정말 그렇지요." 스트레더가 인정했다. "심지어 오늘 일에 대해서도 내게 얘기하지 않았어요. 그냥 약속이 있다고만 했는데, 정말이지 교수형을 당할 약속이라도 되는 양 아주 우울해하더군요. 그래 놓고 아무 말도 없이 몰래 당신과 함께 여기 나타난 거예요. 그걸 '버티기'라고 볼 수 있나요?"

"아, 버티기이길 바라요!" 바라스 양이 말했다. "단지 저를 참아 주는 것뿐이에요. 그분은 뭐가 뭔지 몰라요. 전혀 모르죠. 정말 사랑스럽고 경이로운 분이라니까요."

"미켈란젤로의 작품처럼 말이에요!" 리틀 빌럼이 거들었다. "그분은 성공작이에요. 천장의 모세가 바닥에 내려온 것 같다니까요. 어마어마하고 압도적이지만, 어째 운반도 가능하죠."

"정말 그래요." 그녀가 대꾸했다. "운반도 가능하다는 게 마차 안에서 얼마나 보기 좋은지를 뜻하는 거라면요. 내 옆자리 한쪽 구석에 앉은 모습이 얼마나 우스워 보이던지. 무슨 유명 인사처럼 보여요. 그러니까 망명 중인 유명한 외국인 같달까요. 그래서 정말 재미있게도 사람들이 내가 데리고 다니는 사람이 누군지 궁금해하더라니까요. 파리 구경을 시켜 주며 볼 만한 건 다 보여 줬는데 전혀 미동도 하지 않아요. 마치 책에서 읽은 아메리카 원주민 추장 같아요. 왜 있잖아요, '국부'[12]를 만나러 워싱턴에 와서는 담요를 꽁꽁 두른 채 꼼짝도 않

---

12) 미국의 대통령.

앉다는 그 추장 말이에요. 그가 만사를 대하는 방식을 보면 내가 마치 그 국부라도 된 것 같아요." 그녀는 자신을 그 인물에 갖다 붙인 게 아주 만족스러운 모양이었다. 자기 성격에 아주 잘 어울리므로 이제부터 아예 그 호칭을 써야겠다고 했다. "게다가 제 집에 와서 한구석에 앉아 있던 모습도 그래요. 무슨 일이라도 벌일 듯이 손님들만 뚫어지게 바라보는 거예요! 무슨 일을 벌이고 싶은 건지 다들 의아해했죠. 그래도 그분은 놀라워요!" 바라스 양이 다시 한번 강조했다. "아직까지 무슨 일을 벌이거나 한 적은 없지만요."

그녀의 말에 함께 있는 친구들은 실제로 웨이마시를 떠올릴 수 있었다. 빌럼은 대놓고 재미있다는 표정으로, 스트레더로서는 약간의 서글픔을 담아 두 사람은 알겠다는 표정으로 서로를 바라보았다. 웨이마시의 이미지가 나름의 숭고함을 지니고 있었기 때문에, 스트레더로서는 담요를 싸매고 있지도 않고, 국부는 까맣게 잊은 채 대리석 홀에 서 있는 자신의 모습이 위엄 있는 원주민과 너무 닮은 구석이 없어서 서글플 뿐이었다. 하지만 다른 생각도 떠올랐다. "이곳 사람들은 시각적인 감각이 너무 발달해서 거기에 좀 '빠져 있는' 것 같은데요. 가진 게 그것밖에 없다는 인상을 받을 때가 있어요."

"어떤 도덕적 분별력도 없단 말이죠." 리틀 빌럼이 정원 건너편의 몇몇 화려한 사교계 부인들을 평온하게 바라보며 설명했다. "하지만 바라스 양에겐 뛰어난 도덕적 분별력이 있습니다." 그가 친절하게 덧붙였는데, 그것은 그녀만이 아니라 스트레더를 위해서이기도 했다.

"정말 그런가요?" 자기가 무슨 질문을 하는 건지도 제대로 모른 채 스트레더가 거의 간절한 목소리로 물었다.

"아, 뛰어난 정도는 아니에요." 그녀는 스트레더의 그 말투가 말할 수 없이 재미있는 모양이었다. "빌럼 씨가 너무 추켜세운 거예요. 하지만 충분하다고는 할 수 있겠죠. 그래요, 충분한 정도. 저와 관련해 뭐 이상한 일을 가정해 보신 적이 있나요?" 그러고는 익살스러운 흥미를 보이며 별갑 안경을 통해 그를 뚫어지게 보았다. "당신들은 정말 다들 경이로워요. 제가 엄청나게 실망스러우시겠죠. 하지만 충분하게 있다는 점은 고수하겠어요." 그녀가 말을 이었다. "하지만 솔직히 말하면 저도 이상한 사람들을 좀 알아요. 어떻게 알게 되었는지는 모르겠지만요. 일부러 그런 건 아니에요. 그냥 제 운명인 것 같아요. 마치 제가 항상 그들의 습관인 것처럼요. 놀랍잖아요!" 그녀가 진지하고 엄숙하게 덧붙였다. "제가, 아니 이곳의 우리 모두가 정말로 눈에 보이는 것에만 지나치게 빠져 있다고 볼 수도 있겠죠. 하지만 어떻게 안 그럴 수가 있겠어요? 우리는 다 서로를 바라보고 사는데. 파리의 빛 속에서는 닮은 모습만 보여요. 그게 바로 파리의 빛이 항상 보여 주는 것이니까요. 그러니까 파리의 빛이 잘못하는 거예요. 그렇게 고색창연하고 사랑스러운 빛이라니!"

"고색창연한 사랑스러운 파리!" 리틀 빌럼이 따라 했다.

"모든 것이, 모든 사람이 보여 주는 거예요." 바라스 양이 이어 말했다.

"진짜 모습만 빼고 말인가요?" 스트레더가 물었다.

"아, 보스턴식의 그 '진짜'는 정말 마음에 든다니까요! 하지만 가끔씩은 그래요."

"그렇다면 정말 고색창연한 사랑스러운 파리로군요!" 스트레더가 체념한 듯 한숨을 쉬며 말했고, 그들이 잠시 마주 보았다. 그러다 그가 불쑥 말했다. "비오네 부인도 그런가요? 그러니까 자기 본모습을 보여 주나요?"

그녀가 즉각 대답했다. "그녀는 매력적이에요. 완벽하죠."

"그러면 좀 전에 그녀 얘기가 나왔을 때, 어째서 '오, 오, 오!' 하는 반응을 보인 거죠?"

그녀는 바로 기억해 냈다. "아, 그거야…… 그녀가 경이로우니까요!"

"아, 그녀도?" 스트레더는 거의 신음하듯 내뱉었다.

그러나 바라스 양은 자신을 대신할 사람을 생각해 냈다. "그냥 그 질문에 가장 잘 답할 수 있는 사람에게 직접 물어보는 게 어때요?"

"아닙니다." 리틀 빌럼이 말했다. "질문 같은 건 하지 마시고 직접 판단할 수 있을 때까지 그냥 기다리세요. 그게 더 재밌을걸요. 그렇잖아도 아저씨를 모셔 가려고 저기 오네요."

2

그 말에 스트레더는 채드가 다시 이쪽으로 오고 있음을 알았는데, 터무니없는 소리 같지만 그는 그 뒤로 순식간에 일어난 일들을 나중에 거의 이해하지 못했다. 그 순간은 설명하기도 힘들 만큼 심오한 의미가 있었고, 채드와 함께 그 자리를 뜰 때 자신의 얼굴이 붉어졌거나 창백해진 것은 아닐까 싶기도 했다. 분명히 의식할 수 있었던 것은 다행히 무분별한 말을 하지는 않았고, 채드도 그 어느 때보다, 바라스 양이 즐겨 쓰는 말마따나 경이로웠다는 것뿐이었다. 따져 보면 왜 그랬는지 명확하지는 않지만, 어쨌든 그 순간은 채드에게 일어난 변화가 전체적으로 가장 두드러진 시점이었다. 정원에서 집 쪽으로 함께 걸어가다가 그는 채드를 처음 만났던 날 특별석에 들어오는 법을 알고 있는 그가 인상적이었다는 사실을 떠올렸다. 마찬가지로 지금 능숙하게 소개하는 그의 모습도 그만큼 인상적이었다. 스트레더의 좋은 점을 들어 그것을 존경할 만한 것으로 강조하는 것이었다. 그래서 우리의 주인공은 그 모든 것을 의식하는 중에도 자신이 수동적으로, 누군가에게 배달되어 넘겨지는 듯한 느낌을 받았다. 아예 선물 포장이 되어 넘겨졌다고 표현할 수도 있었을 것이다. 건물에 가까워졌을 때, 곁에 아무도 없이 혼자 막 계단참으로 나서는 젊은 여성이 보였다. 채드와 주고받는 말을 들으니 그녀가 친절하고도 고맙게 그들을 마중 나왔음을 알 수 있었다. 채드가 그녀를 남겨 두고 자리를 떴는데 그녀가 뒤이어 마중 삼아 이쪽으로 오는 길이었고 곧바로 정원에서 그들과 만나게 되었던 것이다. 일단 그녀가 상당히 젊어 보여서 스트레더는 거의 당혹스러울 정도였다. 그다음 그에 못지않게 강렬했던 두 번째 느낌은 앞서 다른 사람들과 함께 그녀에 대해 마구 떠들지 않은 데 대한 안도감이었다. 그녀가 그런 식으로 입에 올릴 대상이 아님을 단박에 알아챘기 때문이다. 한편 채드의 소개에 그녀가 아주 간단하면서도 상냥하게 영어로 말을 건넸는데, 분명 그녀에게 영어가 가장 수월한 언어임이 분명했지만 지금까지 들어 보지 못한 스타일이었다. 애를 쓴다는 느낌은 아니었다. 몇 분 정도 함께한 뒤에 알게 되었다시피 무엇을 하든 그녀는 애를 쓰는 것처럼 보이지 않았다. 그러나 특이하지만 매력적이고 정확한 그녀의 영어를 잘 들어 보면 폴란드 사람으로 통하지 않으려고 주의하는 듯한 기미도 있었다. 실제로 그렇게 보일 위험이 있으니 주의하는 것이 아닐까 싶었다.

이후 그 점들을 더욱 실감하겠지만, 그때쯤엔 그것 외에 다른 것도 많이 느끼게 될 터였다. 그녀는 검은색 옷을 입었는데, 얇고 투명한 느낌의 검은색이었다. 무척이나 하얀 피부에, 굉장히 마른 편이었음에도 얼굴은 동그스름했고 양 미간이 벌어져 약간 특이해 보였다. 옅은 미소는 자연스러웠고 모자는 지나치게 화려하지 않았다. 지금까지 보아 온 어떤 귀부인보다 많은 금 팔찌와 고리 모양 팔찌를 착용했지만, 그것이 고운 검은색 소맷자락 속에서 짤랑거리는 정도로만 느껴졌다. 그들의 만남에 대해 채드는 말할 수 없이 편안하고 경쾌했다. 스트레더가 자신에게도 있었으면 하고 진정 바랐던 그런 편안함과 유머였다. "자, 드디어 직접 만나게 되셨어요. 두 분이 정말 잘 맞을 거예요. 두고 보세요. 두 분의 만남을 축하드려요." 그가 자리를 뜬 후에야 그 역시 얼마간은 진지했구나 싶었다. 그가 자리를 뜬 이유는, 그가 '잔'에 대해서 묻자 그 어머니인 비오네 부인이 대답하기를 고스트리 양에게 맡기고 나왔으니 아마도 그녀와 함께 아직 집 안에 있을 거라고 했기 때문이었다. "아, 아저씨가 잔도 만나 보셔야죠." 젊은이가 그렇게 대꾸하고는 스트레더가 귀를 쫑긋 세우고 있는 사이 두 사람을 남겨 둔 채 그녀를 데리러 갈 것처럼 자리를 떴다. 스트레더는 고스트리 양이 이미 그들과 안면을 텄고, 그래서 자신이 놓친 것이 있는 게 아닌지 궁금했다. 또한 약간 뒤늦었지만 이런 증거를 가지고 비오네 부인에 대해서 당장 그녀와 이야기를 나누고 싶은 마음도 들었다.

지금까지의 증거라고 해 봐야 별 볼일 없는 것은 사실이었다. 어쩌면 그의 기대치가 갑자기 떨어진 것도 조금은 그 때문이라고 할 수 있었다. 간단히 말해 그녀에게 분명 뭐가 많을 거라고 예상했는데, 왠지 딱히 뭐가 많다고 하기 힘들었다. 그렇다고 뭐가 없다고 미리 단정 짓기에는 뭔가 있기는 했다. 그들은 집 반대쪽으로 움직였고, 조금 떨어진 곳에 벤치가 있는 것을 보고는 스트레더가 거기 앉자고 제안했다. "말씀 많이 들었습니다." 그쪽으로 움직이면서 그녀가 말했다. "음, 비오네 부인 당신에 대해 저는 거의 들은 바가 없다는 말씀밖에 드릴 수가 없네요." 그의 대답은 이러했고 그러자 그녀가 걸음을 멈췄다. 그로서는 확실히 말할 수 있는 것이 이 말밖에 없는 듯했다. 그만한 이유가 있기도 했지만 앞으로 남은 임무와 관련해서 아주 똑바르고 솔직하게 해 나가야겠다고 의식적으로 결심했기 때문이다. 어쨌든 채드의 정당한 자유를 염탐하는 일은 전혀 그가 원하는 바가 아니었으니까. 하지만 똑바로 해 나가는 것도 좀 조심스럽게 해야 했나 하는 느낌이 든 것은 아마 바로 그 순간 비오네 부인이 걸음을 멈췄기 때문이었을 것이다. 하지만 그녀는 그저 무척 상냥한 미소를 보였을 뿐이라 결과적으로 그는 자신이 구부러져 버린 것은 아닐까 자문하게 되었다. 그에게 '친절함'으로 보일 태도만 확고히 보여 주겠다는 것이 그녀의 의도임이 확실하다면 그것이야말로 구부러졌다 할 만했다. 잠시 말없이 서 있는 동안 이런 생각이 둘 사이를 오갔다. 나중에 다시 떠올려 봤을 때에도 그 외 다른 어떤 방식일 수가 없었다. 의심할 바 없이 분명한 점은, 가늠할 수 없고 상상할 수도 없는 어떤 상황에서 자신이 논의의 대상이 되었다는 사실이 파도처럼 그를 휩쓸고 지나갔다는 것이었다. 그녀와 관련된 어떤 근거에서 그에 대한 설명이 이루어졌고, 따라서 그녀는 자신은 넘볼 수도 없는 유리한 입장을 점유하게 된 것이다.

"고스트리 양이 저에 대해 좋은 말을 해 주지 않았나요?" 그녀가 물었다.

그 말에 처음 떠오른 의문은 자신이 어떤 식으로 고스트리 양과 엮여 있는가였다. 채드가 그들의 관계를 어떻게 설명했을지 궁금했다. 아무튼 아직은 추적할 수 없는 어떤 일이 벌어진 것이 분명했다. "그녀가 당신과 아는 사이인 줄도 몰랐는데요."

"아, 이젠 모두 얘기해 줄 겁니다. 당신이 그녀와 가까운 사이라 참 기뻐요."

바로 이것이, 그러니까 고스트리 양이 이제 그에게 이야기해 줄 그 '모두'가, 자리를 잡은 후 당장의 대화에 가능한 주의를 기울이는 와중에도 스트레더의 생각을 사로잡았다. 대화를 시작한 지 한 오 분만에 든 또 다른 생각은 그녀가 별다를 바 없는 사람이라는 것이었다. 정말 이론의 여지없이 그랬다. 그러니까 피상적인 판단이기는 하지만, 뉴섬 부인이나 심지어 포콕 부인과도 크게 다를 바가 없었다. 뉴섬 부인보다 훨씬 젊었고 포콕 부인만큼 젊지는 않았지만, 울렛에서는 절대 만날 수 없는 여성이라 할 어떤 면이 그녀에게 있기나 한가? 그리고 벤치에 앉아 함께 나눈 대화가 울렛의 가든파티에서 적절하다고 여겨지는 대화와 어떤 면에서 다르단 말인가? 어쩌면 그다지 영리하지는 않다는 점을 제외하고 말이다. 자기가 알기로는 뉴섬 씨가 그의 방문을 무척이나 기뻐한다고 비오네 부인이 말했다. 그러나 울렛에 있는 괜찮은 숙녀 치고 그 정도 이야기를 못 할 사람은 없었다. 혹시 채드의 마음 깊은 곳에 고향에 대한 충성심 같은 원칙이 있어서, 고향의 공기와 땅을 강하게 연상시키는 어떤 요소를 유쾌한 분위기에서 우연히 마주치자 감상적인 이유로 거기에 애착을 보이게 된 것이 아닐까? 그렇다면 사교계 귀부인이라는 이 신기한 현상에 대해 법석을 떨 이유가 어디 있단 말인가? 스트레더에게는 법석이라고 할 만했다. 이 정도라면 뉴섬 부인도 사교계 귀부인이라 부를 수 있었다. 이런 유형의 숙녀들은 직접 대해 보면 바로 알 거라고 리틀 빌럼이 힘주어 말한 바 있었다. 그러나 이렇게 꽤 직접적인 대면으로도 오히려 비오네 부인이 평범하게 느껴졌다. 스트레더에게는 다행스럽게도, 정말이지 그녀가 특별할 것 없는 존재로 나타났던 것이다. 뒤에 숨겨진 동기가 있을 수도 있지만 그런 일은 울렛에도 흔했다. 오직 다른 점이라면, 상상할 만한 어떤 내밀한 동기에서 그녀가 스트레더와 친해지고 싶다는 내색을 했을 때, 차라리 그녀가 누가 봐도 이국적 인물이었다면 아마 그로서는 더욱 짜릿했을 것이라는 사실 정도였다. 그런데 그녀는 폴란드 사람도 아니고 터키 사람도 아니지 않은가! 뉴섬 부인과 포콕 부인에게도 다시금 실망스러운 일이 아닐 수 없었다. 그때 한 숙녀와 두 신사가 그들이 앉은 곳으로 다가오는 바람에 그들 간의 대화는 잠시 중단되었다.

화려하게 차려입은 그들이 곧 비오네 부인에게 말을 걸었고 그녀는 일어나서 그들과 대화를 나눴다. 스트레더는 그 숙녀가 나이도 더 많고 결코 아름답지도 않지만 더 대담하고 고귀한 인상에 부자들도 많이 알고 있을 것 같은 분위기라, 말하자면 그의 계획에 더 어울리겠다는 생각을 했다. 비오네 부인은 그녀를 '공작 부인'이라 칭했고, 대화가 프랑스어로 이어졌으므로 그녀는 비오네 부인을 '내 아름다운 이'라고 불렀다. 사소했지만 나름 의미가 있어서 스트레더는 확실히 관심이 솟았다. 그렇지만 비오네 부인은 스트레더를 소개하지 않았는데, 울렛의 척도와 인정에 비춰 보면 옳지 않았다. 자신만만하고 거리낌이 없어서, 스트레더가 막연하게나마 공작 부인은 저렇지 않을까 상상했던 모습의 그 공작 부인은, 그를 소개받지 않았음에도 전혀 개의치 않고 그가 누군지 알고 싶다는 듯이 똑바로 뚫어지게, 정말로 뚫어지게 바라보았다. '아, 이봐요, 괜찮아요, 나예요. 그런데 흥미로운 주름이 있는, 그리고 무엇보다 인상적인 코(그걸 아주 멋지다고 해야 할까요, 아주 흉하다고 해야 할까요?)를 가진 당신은 누군가요?' 뭐 그런 종류의 화려한 꽃을 대충 한 줌 쥐어 향기를 잔뜩 풍기며 그에게 집어 던지는 듯했다. 이제 생각이 마구 달려 나가고 있었으므로 스트레더는 그녀가 소개를 해 주지 않는 이유가 혹시 그들 각자의 영향력을 예상했기 때문이 아닐까 하는 생각까지 들었다. 어쨌든 신사 한 명이 비오네 부인 가까이 자리를 잡는 데 성공했다. 그는 상당히 작은 키에 살집이 좀 있었다. 테두리가 멋지게 구부러진 모자를 썼고 프록코트의 단추를 잠근 방식이 상당한 결단력을 보여 주었다. 유창하게 프랑스어를 하다가 마찬가지로 재빨리 유창한 영어로 바꾸었기 때문에, 스트레더는 그가 대사(大使)일 가능성이 크다고 보았다. 비오네 부인을 혼자 독차지하려는 심사가 분명했는데, 순식간에 그 목적을 달성하고는 단 세 마디 말로 그녀를 딴 데로 데리고 가 버렸다. 스트레더는 등을 돌리고 멀어져 가는 네 사람을 물끄러미 바라보며 자신은 그런 사교적 기술의 비결을 절대 익힐 수 없으리라는 느낌이 들지 않을 수 없었다.

그는 다시 의자에 주저앉았다. 그리고 멀어져 가는 그들을 눈으로 좇으며 전에 그랬듯이 다시 채드가 어울리는 기이한 무리들에 대해 생각했다. 오 분 정도 그렇게 앉아 있었는데, 생각할 것이 아주 많았다. 무엇보다 매력적인 여성이 갑자기 자신을 버리고 가 버렸다는 실망감은 다른 인상들에 거의 밀려나 이제 아무렇지도 않았다. 지금껏 그렇게 묵묵히 체념해 본 적은 없었다. 앞으로 아무도 그에게 말을 걸지 않을지라도 전혀 상관없었다. 태도로 보자면 어떤 아주 광범위한 경기에 참여하고 있다고도 할 수 있었다. 그리고 자신이 막 겪은 무례한 대접이 그 전체 경기의 일부로 딱 들어맞는 것이었다. 게다가 사건은 계속 일어날 것이었는데, 리틀 빌럼이 다시 나타나 이어지던 사색을 끊어 버렸을 때에도 그런 느낌이었다. 리틀 빌럼이 그의 앞에 잠시 서서 '어땠어요?'라고 물었을 때, 자신이 완전히 엉망으로, 어쩌면 아예 바닥에 뻗어 있는 것처럼 보일 것 같았다. 그는 적어도 바닥에 뻗어 있지는 않다는 양 '글쎄!'라고 대답했다. 진정 뻗어 있던 것은 아니었다. 젊은이가 곁에 앉자 그는, 최악의 경우 고꾸라졌다 하더라도 그것은 위쪽을 향하여, 그러니까 자신이 잘 알고 있고 얼마간은 믿고 떠다닐 수 있는 저 위 공중으로 던져진 것임을 확실히 했다. 잠시 후 그들이 여전히 마음속으로 생각하는 대상에 대해 다음과 같이 물었을 때에도 그것은 그가 땅으로 내려왔기 때문은 아니었다. "부군이 살아 있다는 게 확실한 거지?"

"그럼요, 물론이죠."

"아, 그렇다면……."

"그렇다면 뭐요?"

스트레더는 대답하기 전에 잠깐 생각해야 했다. "음, 그들에겐 안된 일이군."

하지만 지금으로서는 그 정도면 되었다. 그 정도면 만족한다고 젊은 친구에게 확실히 말했다. 그러고는 꼼짝도 하지 않았다. 그냥 그렇게 있는 것으로 족했다. 그로서는 이미 충분히 사람들을 소개받았으므로 누구를 더 소개받고 싶은 마음도 없었다. 무엇보다 대단한 존재를 보지 않았는가. 글로리아니가 마음에 들었는데, 바라스 양이 잘 쓰는 표현처럼 그는 정말 경이로웠다. 유명한 사람들 여남은 명도 알아볼 수 있었다. 예술가, 비평가, 아 그리고 그 유명한 극작가. 알아보는 것은 정말 쉬웠다. 하지만 정말이지 그들과 직접 대화를 나누고 싶은 마음은 없었다. 할 얘기도 없고 그냥 이대로가 가장 좋다고 생각했으니까. 왜냐하면 이제는, 그냥 이제는 너무 늦었으니까 말이다. 이해할 수 있다는 듯이 순순히 이 말을 듣고 있던 리틀 빌럼이 위안이 될 만한 가장 가까이 있는 사람에게 시선을 둔 채 대수롭지 않게 '아예 안 하는 것보다야 늦은 게 낫지요!'라고 툭 던졌을 때, 스트레더가 할 수 있었던 대꾸라고는 '늦은 것보다는 이른 게 나은 걸세!'라는 약간 날카로운 대답뿐이었다. 바로 다음 순간 그 말투는 넘쳐흘러 어떤 고요한 항의의 물결 속으로 흘러 들어갔고 그 속에 몸을 맡기자 정말 위안이 되는 느낌이었다. 지금껏 그 물결이 의식적으로 머릿속에서 점점 차오르고 있었는데 그 저수지가 자신이 생각했던 것보다 더 빨리 차올랐고, 그래서 리틀 빌럼의 한마디에 바로 물이 넘치며 사방으로 퍼져 나가게 되었다. 일어날 거라면 제때 일어나 줘야 하는 일들이 있다. 제때 일어나 주지 않는다면 그냥 영원히 잃어버리게 되니까. 물결이 천천히 오래도록 그를 휩쓸며 지나갈 때 그를 압도했던 것은 바로 그 상황 전체에 대한 인식이었다.

"어느 쪽에서든 자네한테는 늦지 않았네. 자네는 기차를 놓칠 사람으로 보이지도 않고. 게다가 이곳처럼 자유로움의 시계가 저렇게 요란스럽게 똑딱거리고 있을 때에는 대체로 사람들이 순식간에 지나가는 시간을 예의 주시한다고 웬만큼 믿을 수 있지. 그래도 어쨌든 자네가 젊다는 사실을, 행복하게도 젊다는 사실을 잊지 말게. 반대로 그 사실에 기뻐하며 거기에 맞게 살아가게. 가능한 한 최대로 살아. 그렇게 안 하는 건 잘못이야. 자네 자신의 삶을 살고만 있다면 딱히 어떤 삶을 사는지는 그렇게 중요하지 않아. 자네 자신의 삶을 살지 않았다면 도대체 지금까지 얻은 게 뭐란 말인가? 이 장소와 이곳의 인상들이 자네가 보기에는 누군가에게 자극이 될 만큼 강렬해 보이지 않을 수도 있겠지. 하지만 채드와 그 집에서 만난 사람들에게 그동안 받은 모든 인상들이 내게는 풍부하게 전해 주는 바가 있었고 바로 그 점을 마음속 깊이 심어 놓았어. 이젠 보인다네. 예전엔 봐야 할 것을 충분히 보지 못했어. 그런데 이젠 늙어 버렸지. 어쨌든 지금 내가 보게 된 것에 비해선 너무 늙었어. 아, 하지만 적어도 볼 수는 있어. 자네가 믿는 것보다, 내가 표현할 수 있는 것보다 더 많이 보기는 한다네. 이젠 늦었어. 마치 역에서 기차가 충분히 기다려 줬는데 난 기차가 거기 있다는 것을 알 만한 주변머리도 없었던 것 같아. 이미 한참 멀어져 버린 기차의 아득한 기적 소리가 이제 들리네. 잃어버린 건 잃어버린 거지. 그건 분명히 해야 해. 의심할 바 없이 내게 있어서 상황이, 그러니까 인생사가 지금과 달랐을 수는 없을 거야. 왜냐하면 신기한 장식에 홈이 패고 돈을 새김 장식이 되어 있건, 아무것도 없이 매끈하고 평범하건 그래 봐야 결국 주석 틀과 같은 거라, 우리의 의식은 젤리처럼 무력하게 그 안으로 부어지게 마련이거든. 그러면 위대한 요리사들이 말하듯이 그냥 그 모양을 '취하게' 되고 대충 거기에 맞춰 굳는 거야. 한마디로 우린 할 수 있는 만큼만 사는 거야. 그렇지만 여전히 자유에 대한 환상은 있지. 그러니까 나처럼 그 환상에 대한 기억도 없이 살지는 말게. 난 결정적인 시기에 너무 어리석었던지 아니면 너무 똑똑했던지 환상을 가진 적이 없어. 어느 쪽인지는 잘 모르겠네. 물론 지금 내 경우는 과거의 실수에 대한 반발이고 당연히 반발심에서 하는 얘기는 늘 그 점을 고려해서 받아들여야지. 하지만 지금 자네가 딱 그 시기에 있다는 사실이 달라지지는 않네. 어쨌든 운 좋

게 아직 시간이 있으면 그때가 언제나 적절한 때야. 자네에게
는 차고 넘치는 게 시간 아닌가. 그게 가장 중요한 걸세. 내가
이미 말했듯이, 자네는 다행히도, 밉상스러울 만큼 젊지 않은
가 말이야. 어쨌든 어리석음 때문에 무엇을 놓치거나 하지는
말게. 물론 자네를 바보로 보는 건 아니야. 그렇다면 따분하게
이런 얘기를 늘어놓지도 않겠지. 나의 실수를 반복하는 것만
아니라면 뭐든 원하는 대로 하게. 그건 정말 실수였거든. 삶다
운 삶을 살라고!" 천천히, 상냥하게, 간혹 말을 멈추기도 했다
가 다시 달려 나가는 식으로 스트레더는 자기 생각을 털어놓
았다. 매 순간 리틀 빌럼이 진지하고도 깊이 빠져들도록 말이
다. 그래서 말이 끝나자 그 젊은이는 무척 엄숙해졌고, 이는
스트레더가 그에게 불어넣으려 했던 순진한 발랄함과는 반대
의 결과였다. 그는 자신의 말이 가져온 결과를 잠시 바라보다
가 그럴듯한 농담으로 끝맺으려는 듯 빌럼의 무릎에 손을 얹
고 말했다. "자 그러니까 내가 자네를 지켜볼 거네!"

"아, 하지만 제가 아저씨 나이에 아저씨와 아주 다른 사람
이 되고 싶을지는 모르겠어요!"

"더 재밌는 사람이 되도록, 할 수 있을 때 준비를 해야지."
스트레더가 말했다.

리틀 빌럼은 좀 더 생각하더니 결국 미소를 지었다. "글쎄
요. 아저씨는 정말 재미있는 사람인데요, 저한테는요."

"자네 말마따나 재미나기는 하지. 하지만 나 자신에게는 어
떤 사람인가?" 스트레더는 이 말과 함께 자리에서 일어났다.
비오네 부인을 데려간 그 귀부인과 집주인이 정원 중간에서

만나는 것이 눈에 띄었기 때문이다. 몇 분 전 같이 있던 친구들과 헤어진 듯한 그 귀부인은 반갑게 다가오는 글로리아니를 맞으며 무슨 말인가를 했는데, 알아들을 수는 없었으나 재기 넘치는 흥미로운 표정에서 그 반향이 느껴졌다. 그녀가 멋지고 민첩하긴 하지만 적수를 만난 게 분명했다. 공작 부인의 잠재적인 무례함이라 할 만한 점과 비교했을 때, 위대한 예술가가 그만큼 풍부히 가지고 있는 유머라는 자산이 마음에 들었다. 이 한 쌍의 남녀가 이른바 '상류 사회'의 일원이란 말인가? 그리고 이렇게 그들을 지켜봄으로써 관계를 맺는 이 잠시 동안은 그 역시 같은 세계 안에 있는 걸까? 상류 사회에는 겉으로 드러나지는 않지만 맹수 같은 격렬함이 있는지, 그것이 정글에서 풍겨 나오는 냄새처럼 달콤한 공기를 타고 정원을 가로질러 다가왔다. 하지만 그는 그 둘 가운데 윤기 나는 털을 가진 수컷, 그 장엄할 만큼 두드러진 수컷을 더욱 찬탄하고 부러워했다. 이렇게 감각이 동요하면서 생겨난 우스꽝스러운 마음, 순식간에 자라난 암시의 열매는 리틀 빌럼에게 던진 다음 말에 모두 담겨 있었다. "그 점에서, 나라면 누구처럼 되고 싶은지 알 것 같군!"

리틀 빌럼이 그의 시선을 눈으로 좇더니, 이해는 하지만 다소 놀랍다는 듯이, '글로리아니요?'라고 물었다.

사실 우리의 주인공이 그새 주저하는 모습을 보이긴 했지만, 그건 드러나진 않았어도 상당히 암묵적인 비판이 담긴 상대방의 의구심을 눈치챘기 때문은 아니었다. 순간 어떤 다른 존재, 다른 사람을 전체적으로 제대로 알아보게 되면서 다른 인상이 그 위에 겹쳤기 때문이었다. 흰옷을 입고 부드러운 깃털이 달린 하얀 모자를 쓴 어린 소녀가 갑자기 시야에 들어왔고, 그녀가 그들을 향해 오고 있음이 곧 분명해졌다. 그보다 더 분명한 것은 그녀 곁의 잘생긴 남자가 채드 뉴섬이라는 사실이었다. 따라서 그녀가 비오네 양이라는 것도 분명했다. 밝고 상냥하고, 수줍으면서도 행복하고 멋진 그녀는 누가 봐도 아름다웠고, 채드가 지금 최대의 효과를 계산하며 그녀를 스트레더의 시야 안으로 들어오게 한 것 역시 분명한 사실이었다. 그러나 무엇보다 분명했던 것은, 그것을 훨씬 넘어 모든 모호함을 단번에 날려 버리는 ― 그냥 나란히 있었기 때문이 아닐까? ― 어떤 것이었다. 용수철이 탁 튕기듯이 단박에 그는 진실을 깨달았다. 또한 이때쯤 채드의 표정도 보였는데, 그 안에는 더 많은 진실이 있었다. 따라서 빌럼의 질문에 관해서라면 그 대답에 진실이 집약된 셈이었다. "오, 채드!" 그가 '누구처럼' 되고 싶다면 그건 바로 보기 드문 그 젊음이었다. 고결한 애정이 그대로 그의 앞에 전부 나타날 참이었고, 그의 축복을 바라는 그 바람 속에 고결한 애정이 있을 것이었다. 잔드 비오네, 바로 이 사랑스러운 인물이 이제 아름다우면서도 강렬하게 그 대상으로 나타날 것이었다. 채드는 곧장 그녀를 그에게 데리고 왔고, 울렛으로서는 영광스럽게도 정말이지 이 순간 채드는 심지어 글로리아니보다 더 나았다. 그가 이 꽃을 꺾어서 밤새 물에 담가 두었다가 드디어 보란 듯 내밀며 그 자신은 거기서 생겨나는 효과를 진정 즐기고 있었던 것이다. 바로 그 때문에 처음에는 계산된 것이 아닌가 하는 느낌이 스트레더에게 약간 들었을 것이다. 또한 이제야 깨닫게 된 사실이지만 무엇보다 그 소녀를 바라볼 때의 표정이 채드에게 성공의 표식이 되는 이유이기도 했다. 어떤 젊은이가 활짝 피어난 처녀를 아무 이유 없이 이런 식으로 과시하며 데리고 다닌단 말인가? 그리고 지금 그의 이유에는 모호한 부분이라곤 없었다. 그녀 자체가 충분한 이유가 되었다. 그녀는 울렛에 가기를 진정 바라지도, 바랄 수도 없는 것이다. 불쌍한 울렛, 이런 모습을 볼 수 없다니! 이렇게 용맹한 채드는 가질 수 있겠지만 말이다. 용맹한 채드는 멋지게 이렇게 말했다. "이쪽은 저의 좋은 친구인데요, 아저씨에 대해 많이 알고 있고, 더구나 아저씨께 전할 말이 있습니다." 그리고는 처녀 쪽으로 몸을 돌려 말했다. "이분은 너무나 훌륭하신 분이고, 우리를 위해 아주 많은 일을 해 주실 분이니 가능하면 나만큼 이분을 좋아하고 존경했으면 좋겠어."

그녀는 약간 겁을 먹은 듯 발개진 얼굴로 서 있었는데, 그럴수록 오히려 더 예뻐서 조금도 그 모친과 닮아 보이지 않았다. 공통점으로 말하자면 둘 다 젊다는 사실밖에는 없었는데, 사실 불현듯 스트레더는 그 사실에서 강렬한 인상을 받았다. 그리고는 약간 멍해질 만큼 놀랍고 당혹스러워져서 방금 얘기를 나눴던 그녀의 모친에게로 생각이 되돌아갔고 이 인상으로 어느새 그녀가 더 흥미로운 인물이 되었다. 여전히 젊고 호리호리하며 아름다운 그녀가 이렇게 완벽한 존재를 낳은 것이다. 따라서 정말로 그것을 믿으려면, 그녀를 정말 이렇게 큰 딸을 둔 엄마로 받아들이려면 비교를 하는 일이 급선무였다.

그런데 그 기회가 지금 마침맞게 그에게 주어지지 않았는가? 소녀가 이렇게 말했던 것이다. "가기 전에 엄마가 꼭 한번 저희를 보러 오시라는 부탁을 드렸으면 하세요. 긴히 드릴 말씀이 있으시대요."

채드가 옆에서 거들었다. "부인께서는 정말 재미있는 시간을 보내고 있었는데 의도치 않게 불쑥 자리를 뜨게 되었다며 거의 자책을 하신답니다."

"아, 괜찮네!" 상냥하게 두 사람을 번갈아 바라보며, 또한 여러 가지를 궁금해하며 스트레더가 중얼거렸다.

"저도 부탁드려요." 짧은 기도문을 외울 때처럼 두 손을 맞잡은 채 잔이 말을 이었다. "별로 오고 싶은 마음이 없으시다면 제가 부탁드리고 싶어요."

"나한테 맡겨 둬. 내가 알아서 할게." 스트레더가 거의 숨을 죽이고 있는 사이 채드가 대답 삼아 다정하게 말했다. 비오네 양은 정말이지 직접 상대하기에는 너무 여리고 신비로웠다. 그래서 꼼짝않고 그저 그림을 보듯 바라보게만 되었다. 그러나 채드와는 이제 상대할 수 있었다. 채드는 이 문제는 물론 다른 모든 면에서 아주 유쾌한 자신감을 거리낌 없이 표출하고 있었다. 잔에게 말하는 그의 말투가 모든 것을 말해 주고 있었는데, 벌써 가족의 일원인 양 말했던 것이다. 그를 통해 스트레더는 비오네 부인이 긴급하게 하고 싶은 이야기가 무엇일지도 곧 짐작할 수 있었다. 그를 만나 보자 별로 다루기 어렵지 않다고 봤을 것이다. 젊은 두 사람을 위해 어떤 방법을 찾아야 한다고, 딸을 미국 땅에 보내는 것을 조건으로 삼지 않을 어떤 방법을 찾아야 한다고 터놓고 그와 얘기하고 싶은 것이다. 그는 벌써 마음속으로는 울렛이 채드의 배우자가 살기에 어떤 좋은 점이 있는지를 부인과 논의하고 있었다. 채드는 이제 그 일을 부인에게 맡길 셈인 걸까? 그래서 그 모친이 파견한 대사인 자신이 이제 상대해야만 하는 것은 결국 그의 '숙녀 친구분'인 걸까? 마치 두 남자가 이 문제를 두고 잠깐 마주 보는 듯했다. 결국 이러한 관계를 드러내 보이는 채드의 자부심에는 의심의 여지가 없었다. 삼 분 전 잔을 데리고 나타났을 때 그런 태도를 취할 수 있었던 것도 그 때문이었다. 또한 바로 그 때문에 처음 그들을 보았을 때 그의 태도가 그렇게 인상적이었던 것이다. 한마디로 채드가 드러내 놓고 만사를 그에게 과시한다는 느낌을 받았던 바로 그 순간이 리틀 빌럼에게 말했다시피 그에게는 가장 부러운 순간이었던 것이다. 하지만 그러한 과시는 다해야 고작 삼사 분이었다. 그 연출자의 설명에 따르면 비오네 부인이 곧 다른 볼일로 가 봐야 해서 잔도 잠깐 들렀다고 했다. 곧 다시 만나게 될 테니 그동안 좀 더 즐기시라고 하면서 채드가 덧붙였다. "이따가 다시 모시러 오겠습니다." 그러고는 잔을 데려왔을 때와 같은 식으로 데리고 가 버렸다. 스트레더는 '안녕히 계세요.'라는 여리고 사랑스러운 그녀의 프랑스어 인사가 예전에는 들어 보지 못한 여운으로 귓가에 머무는 사이 나란히 멀어져 가는 두 사람을 지켜보았고, 그로 인해 채드와 그녀의 관계가 어떻게 더 부각되는지를 다시금 실감했다. 그들은 다른 사람들 속으로 사라져 분명 집 안으로 들어갔을 것이다. 그래서 스트레더는 확신에

가득 차 빌럼에게 말하려고 몸을 돌렸는데 리틀 빌럼도 어느
샌가 가고 없었다. 바로 전에 개인적인 사정으로 자리를 떴던
것인데, 그 상황에 스트레더도 꽤 당황할 수밖에 없었다.

3

사실 채드는 돌아오겠다는 약속을 지키지 않을 것이었다. 그러나 곧 고스트리 양이 나타나 그 이유를 알려 주었다. 막판에 그 여성들과 함께 가 봐야 할 사정이 생겼으니 나가서 스트레더를 좀 맡아 달라고 신신당부를 했다는 것이었다. 그렇게 말하며 그의 옆에 자리 잡고 앉는 그녀의 모습은 스트레더에게는 더 바랄 나위 없이 훌륭했다. 그는 자신의 생각을 털어놓을 상대인 리틀 빌럼의 부재를 절감하며 한동안 혼자 벤치 깊숙이 앉아 있던 터였다. 생각을 털어놓는 데 있어서는 지금 옆에 앉은 사람이 훨씬 더 나았다. "딸이었어요!" 그녀가 모습을 드러내자마자 스트레더가 외쳤다. 대답이 바로 나오지는 않았지만 그녀도 그동안 그 사실을 따져 보고 있음을 알 수 있었다. 간단히 말하면 그녀가 잠자코 있는 사이 컵에 담아 전해지는 정도가 아니라 홍수처럼 불어나 퍼져 가는 진실을 함께 마주하고 있다고도 할 수 있었다. 직접 만나 보니 사실 그 여성들에 대해서는 그녀가 처음부터 모든 걸 다 알려 줄 수도 있었던 터라 더 그렇지 않겠는가? 그가 그들의 이름을 미리 말해 주는 예방책만 썼더라도 쉽게 이루어질 일이었다. 혼자 이미 그렇게 많이 알아냈으니 그런 예방책 같은 건 전혀 안중에도 없는 듯한 그의 태도에서 무엇보다 그 사실이 잘 드러나, 고스트리 양은 정말 재미있다는 듯이 그런 그를 지켜보았다. 알고 보니 그들은, 그러니까 비오네 부인과 고스트리 양은 동창생이었다. 수년 동안 거의 만나지 못했는데 이렇게 우연치 않은 계기로 갑자기 만나게 되었던 것이다. 더듬거리며 찾아다니는 느낌을 더는 갖지 않아도 되니 다행이라고 고스트리 양이 넌지시 말했다. 더듬 대는 건 워낙 익숙지 않은 데다가, 스트레더도 알아차렸겠지만 자신은 보통 대놓고 단서를 찾아나서는 스타일이라는 것이다. 이제 그 단서를 손에 쥐었으니 적어도 쓸데없이 머리를 굴리지 않아도 되었다. "비오네 부인이 나를 만나러 올 텐데, 그건 당신 때문이에요." 스트레더의 상담자가 말을 이었다. "사실 굳이 그러지 않아도 내 입장은 이미 분명하거든요."

쓸데없이 머리를 굴리는 일은 막았을지 몰라도, 스트레더는 종종 그렇듯이 아직까지 방향을 알 수 없는 드넓은 공간에 있는 느낌이었다. "그 말은 그녀의 입장도 안단 뜻인가요?"

고스트리 양은 잠깐 망설였다. "저를 보러 오면, 전 집에 있지 않을 거란 말이에요. 이제 충격에서 좀 벗어나 정신을 차렸으니까요."

그가 멈칫했다. "그게, 그러니까 그녀의 정체를 알게 되어서 충격이라는 건가요?"

간혹 보이는 답답한 기색이 잠깐 그녀에게 나타났다. "뜻밖의 일이라, 감정적으로도 동요가 있었죠. 너무 글자 그대로 받아들이지 마세요. 이 일에서는 손을 떼겠어요."

불쌍한 스트레더는 우울한 표정이 되었다. "도저히 안 될 인물인가요?"

"제가 기억하는 것보다 훨씬 더 매력적이더군요."

"그럼 뭐가 문제이죠?"

그녀는 어떻게 표현할지 궁리를 좀 했다. "글쎄요, 제가 도저히 안 되겠어요. 그냥 안 돼요. 모든 게 불가능해요."

그가 잠깐 그녀를 바라보았다. "무슨 말을 하려는지 알겠어요. 모든 게 가능하다는 거죠." 이 말에 그들은 한동안 시선을 교환했다. 그리고 그가 이어서 물었다. "아름다운 딸 쪽이 아닌가요?" 그녀가 아무 대꾸도 없자 다시 물었다. "왜 그녀를 만나지 않으려는 거죠?"

곧바로 나온 그녀의 대답은 아주 명료했다. "이 일에 관여하고 싶지 않으니까요."

그 말에 스트레더는 약간 투덜거렸다. "이제 와서 나를 버리는 거예요?"

"아니요, 그녀를 버리려는 거예요. 당신과의 일을 도와달라고 할 테니까요. 그런데 그런 일은 하지 않을 거고요."

"이 일에서 나만 도와주겠다는 거군요. 뭐, 그렇다면……."

밖에 있던 사람들이 대부분 차를 마시러 집 안으로 들어

갔으므로 정원에는 그들 말고는 거의 아무도 없었다. 그림자가 길게 드리우고, 널찍하게 자리 잡은 귀족 동네에 보금자리를 마련한 새들의 마지막 노랫소리가 다른 집 정원뿐 아니라 오래된 수도원과 오래된 저택으로부터 들려왔다. 마치 이곳의 매력이 전부 발산될 때를 기다려 온 것만 같았다. 스트레더가 받은 인상은 여전히 생생했다. 마치 무슨 일인가 일어나 마치 못질을 하듯 그 인상을 확고하고 강렬하게 만든 것 같았다. 그러나 그는 곧, 그러니까 바로 그날 저녁이면 실제로 무슨 일이 있었던 것인지 자문하게 될 것이었다. 신사 대접을 받고 생전 처음 '상류 사회'에, 전체적으로 모인 사람들은 많지 않았지만 대사들과 공작 부인들의 세계에 초대받아 갔다는 사실은 여전히 의식하게 될지라도 말이다. 하지만 잘 알려진 사실처럼 실제 겪은 일에 비해 훨씬 더 많은 경험을 할 수도 있음을 그는 잘 알았고, 그 역시 그런 종류의 사람이었다. 따라서 이렇게 고스트리 양과 앉아 비오네 부인에 대해 이야기를 나누는 일이 누가 봐도 대단한 일은 못 되겠지만, 어느 것 하나 반향을 일으키지 않은 것이 없는 그때의 대화는 물론이고 그때의 시간과 풍경, 방금 전 일어난 일과 직접 와닿은 것, 가능한 것들로 인해 그 순간은 더욱 역사적인 분위기를 띠게 되었다.

우선 잔의 모친이 이십삼 년 전에 제네바에서 함께 학교를 다닌 고스트리 양의 좋은 친구였다는 사실 자체가 일종의 역사적인 일이었다. 도중에 소식이 끊기기도 하고 최근에는 오랫동안 소식을 접하지 못하긴 했지만, 고스트리 양은 그 이후에도 그녀를 잠깐씩 볼 수 있었다. 이십삼 년의 세월이 분명 두 사람 모두에게 티도 나지 않게 쌓였다. 비오네 부인이 졸업 후 바로 결혼하기는 했지만 지금 아무리 어려야 서른여덟 살이었다. 그러면 채드보다 열 살이 많은 셈이었다. 스트레더로서는 열 살은 어려 보인다고 말할 수도 있지만 말이다. 어쨌든 장차 장모가 될 사람에게 보통 기대하는 바와는 거리가 멀었다. 장모가 된다면 아주 매력적인 장모이겠지. 그녀가 장모와 사위 관계에서 아직 상상할 수 없는 어떤 괴팍한 성격으로 돌변하지만 않는다면 말이다. 마리아가 기억하는 바로는 확실히 그녀가 멋지지 않았던 때라고는 없었다. 가장 실패가 잦은 결혼 관계에서 실패했다는 오명에도 불구하고 솔직히 그랬다. 비오네 씨가 짐승 같은 놈이었기 때문에 그와 관련해서 그녀의 매력을 평가 — 결혼 관계에서 그 평가를 할 수 있는 때가 진정 있기나 한가? — 할 수는 없었다. 남편과는 몇 년째 별거 중이고, 물론 그런 상황은 언제나 고약할 수밖에 없다. 하지만 고스트리 양이 받은 인상으로 말하자면, 비오네 부인이 설사 자기가 얼마나 인정 많은 사람인지 과시하겠다고 작정했더라도 그보다 더 잘할 수 없겠다는 것이었다. 그녀는 워낙 인정이 넘쳤으므로 아무도 그에 대해 이러쿵저러쿵하지 않았다. 불행히도 남편은 그렇지 않았다. 그는 너무나 형편없는 사람이었기 때문에 그녀는 자신의 장점을 충분히 활용할 수 있었다.

고스트리 양의 예리한 솜씨에 힘입어 이제 비오네 백작 — 문제의 여성이 백작 부인이라는 것도 역사적인 점이었다 — 이 신비로운 계층의 뛰어나고 세련된 상류층 인사이지만 무례하기 짝이 없는 무뢰한으로 그의 눈앞에 나타난 것은 하나의 역사였다. 더 나아가 고스트리 양이 풍성하게 그려 보인 그 매력적인 소녀가, 역시 빼어난 인물이지만 이기적이고 사악한 동기를 가진 어머니에 의해 어쩔 수 없이 결혼을 하게 되었다는 것, 무엇보다 이 결혼의 당사자들은 당연히 이혼이 불가능한 사고방식의 지배를 받고 있다는 것까지 모두가 역사라 할 만했다. "그 사람들은 이민을 가거나 신앙을 버리지 않는 것처럼 이혼도 하지 않아요. 불경스럽고 상스러운 일로 여기죠." 그 사실에 비추어 보니 그들이 더욱더 특별해 보이는 것이었다. 그 모두가 스트레더의 상상력을 자극할 만했다. 예민하면서도 격정적이고, 대담하게 행동하지만 항상 용서해 줄 수 있을 것 같은 소녀, 제노바에서 학교를 다니던 흥미롭고 싹싹하면서도 외톨이 같던 그 소녀는 프랑스인 아버지와 영국인 어머니 사이에서 태어난 딸이었는데, 일찍이 과부가 된 어머니는 새롭게 시작할 마음으로 외국인과 재혼했다. 그러나 그 생활도 딸에게는 딱히 편안한 생활이 되지는 못했다. 이 모든 사람들, 그러니까 영국 사람인 어머니의 일가친척들은 저명한 집안이었다. 하지만 워낙 성정이 천차만별에다 기이한 사람들이 많아서 마리아가 곰곰 생각해 봐도 그들 사이에 도대체 어울리는 구석이 있기나 한지 의아할 따름이었다. 어쨌든 관심거리도 많고 모험을 좋아하는 비오네 부인의 어머니가 양심도 없이 거추장스러운 짐이 될 수도 있는, 아니 이미 짐이 되고 있는 딸을 치워 버릴 생각만 했다고 고스트리 양은 믿었다. 그녀가 받은 인상에 따르면 아버지는 이름난 프랑스인이었고 어머니와는 상당히 다른 사람이었다. 그래서 분명히 기억하는 바로는 딸에게 애정 가득한 기억과 더불어 얼마 되지는 않지만 확실한 재산을 남겨 주었는데, 불행히도 이 재산 때문에 후에 그녀를 노리는 사람들이 많았다. 특히 학창 시절의 그녀는 딱히 책을 많이 읽는 것도 아닌데 놀랄 만큼 총명했으니 말이다. 어린 유대 소녀처럼(유대인이 아니었다니! 이럴 수가!) 몇 개 국어를 할 줄 알아서, 온갖 상이나 학위는 아니었지만 적어도 무대 위에서 의상을 차려입고 하는 학교 행사의 모든 '역할'을 휩쓸다시피 했고, 외워서든 즉흥적이든 불어나 영어, 독일어, 이탈리아어 등으로 떠들어 댈 수 있었다. 다양한 극중 인물 중에서도 특히 어느 나라 출신인지 알 수 없거나 전적이 모호한 사람들로서 '고향'에 대해 허풍을 떠는 역할은 다 그녀 차지였다는 것이다.

지금에야 그녀가 영국인인지 프랑스인인지 결정하기는 분명 어려울 것이다. 고스트리 양은 그녀가 상대방이 구구절절 설명을 늘어놓지 않아도 되는 그런 편리한 유형임을 분명 알게 될 거라고 했다. 온갖 언어가 통하는 성 베드로 성당에 늘어선 고해실처럼 그렇게 수많은 문을 지닌 유형 말이다. 심지어 루멜리아어[13]로 루멜리아의 죄를 그녀에게 고백할 수도 있을 것이다. 그러니까 ─! 이 말이 함축하는 바를 고스트리 양은 웃음으로 덮었다. 스트레더로서는 그 웃음 덕에 그 장면에서 떠올랐던 섬뜩한 상상을 들키지 않을 수 있었다. 상대

---

13) 루멜리아는 '로마의 땅'이라는 뜻으로 오스만 투르크 제국령이었던 유럽 남동부 지역을 가리킨다.

방의 이야기를 듣다가 잠시 루멜리아의 죄라 할 만한 게 특히 무엇일지 궁금해하던 중이었다. 어쨌든 그녀는 말을 이어 나갔고, 다시 스위스의 한 호숫가에서 결혼한 지 얼마 안 된 젊은 그녀와 마주쳤던 이야기를 했다. 적어도 결혼 생활 초반에는 심하게 곤란하지는 않은 모양이었다. 당시 그녀는 아주 사랑스럽고 다정다감해서 정말 마음에 들었고, 재밌게 옛날 이야기를 나누었다고 했다. 그러고는 한참 지나 다시 한번 만나게 되었다. 여전히 매력적이었지만 좀 달라 보여서, 애처로우면서 좀 알 수 없는 모습이었다. 한 시골의 기차역에서 오 분 남짓 만났을 뿐이었는데, 그 사이에 그녀의 삶이 완전히 달라졌음을 알 수 있었다는 것이다. 묻지 않아도 무슨 일이 생긴 것인지 충분히 알 수 있었지만 그녀의 멋진 상상 속에서 비오네 부인 자신은 여전히 흠잡을 데가 없었다고 했다. 분명 가늠하기 힘든 깊이가 있었지만 괜찮아 보였으니까. 괜찮지 않았다면 스트레더가 봤어도 알아챘을 거라고 했다. 하지만 예전 제네바에서 학교를 다니던 자연스러운 어린 소녀와는 완전 딴판이 되었다는 사실은 이내 알아챌 수 있었다. 미국과 달리 외국 여성들에게 주로 일어나는, 어린 소녀가 결혼을 통해 완전히 바뀐 경우였다. 그녀의 상황도 정리가 된 게 확실했다. 법적인 별거를 하고 있었는데 그것이 가능한 최선의 선택이었다. 파리에 정착해 딸을 키우며 나름의 삶을 꾸려 가고 있었다. 특히 파리에서 그러한 삶은 별로 유쾌한 축에 들지 않았지만 마리 드 비오네라면 개의치 않고 꿋꿋이 살아갔을 터였다. 당연히 친구도 있었을 테고, 그것도 아주 좋은 친구들이었을 것이다. 그러니까 여전히 그녀다운 것이고, 그 점이 아주 흥미롭다고 했다. 그녀가 채드를 안다고 해서 그것이 그녀에게 친구가 없다는 증거일 수는 없었다. 오히려 그에게 정말 좋은 친구가 있다는 사실을 증명하는 것이다. "그날 밤 프랑세즈 극장에서 알 수 있었지요." 고스트리 양이 말했다. "단 삼 분 만에 드러났어요. 그 모습에서 바로 그녀를, 아니면 그녀 같은 어떤 인물을 알아볼 수 있었어요." 그러곤 곧 덧붙였다. "당신도 그랬겠지만."

"아, 천만에요! 그런 인물일지는 전혀 몰랐어요!" 스트레더가 웃었다. "하지만 그 말은 그녀가 그에게 그렇게 굉장한 영향을 주었다는 뜻인가요?" 그가 바로 이어 물었다.

이제 가야 할 시간이 되었으므로 고스트리 양이 일어섰다. "자기 딸을 위해서 그를 키운 거예요."

종종 그랬듯이 이 말과 함께 그들은 각자의 안경 너머로 상대방의 눈을 오래 들여다보면서 솔직한 생각을 말없이 나누었다. 스트레더가 눈을 돌려 주위를 둘러보았다. 이제 그곳엔 그들뿐이었다. "그때부터 그랬다면 좀 서두른 것 아닌가요?"

"아, 그녀라면 당연히 때를 놓치지 않겠죠. 하지만 그건 그냥 좋은 엄마인 거예요. 프랑스에서는요. 그걸 기억하셔야 해요. 그녀가 프랑스식 엄마이고 그들에게는 특별한 섭리라는 게 있다는걸요. 하지만 과거에 그녀 자신은 원했던 방식으로 삶을 시작하지 못했기 때문에 누군가의 도움을 감사히 받고 싶은 거겠지요."

그 장소를 뜨기 위해 저택 쪽으로 천천히 움직이면서 스트레더는 그 점을 이해했다. "그럼 내가 그 일을 성사시키길 바라는 건가요?"

"그래요, 당신을 믿고 있죠." 고스트리 양이 덧붙였다. "아, 물론 그보다 먼저 당신을 설득할 수 있으리라 믿고 있고요."

"아, 채드가 아직 어릴 때 잡았군요!" 그가 화답했다.

"그래요, 하지만 모든 '연령대'의 남자와 어울리는 여성이 있어요. 가장 놀라운 유형의 여성들이죠."

그녀는 웃으며 그 말을 던졌지만 상대방은 바로 걸음을 멈추었다. "그녀가 날 가지고 놀 거라는 뜻인가요?"

"글쎄요, 당신을 가지고 어떻게 할지 저로서도 궁금해요. 그러니까 기회가 된다면요."

"기회란 건 뭘 말하는 거죠?" 스트레더가 물었다. "내가 그녀를 만나러 가는 것?"

"아, 만나 보기는 해야죠." 그러나 고스트리 양은 약간 얼버무렸다. "안 만날 수는 없잖아요. 다른 여자였어도 만나러 갔을 테니까요. 그러니까 처음에 생각했던 다른 종류의 여자 말이에요. 그것 때문에 오셨으니까."

그럴지도 몰랐다. 그러나 스트레더는 구분을 지었다. "이런 유형의 여성을 만나러 온 건 아니었어요."

그녀가 놀랍다는 듯이 그를 바라보았다. "나쁜 여자가 아니라서 실망스러운 거예요?"

그는 잠시 그 질문을 이리저리 굴려 보다가 가장 솔직한 대답을 찾았다. "그래요. 나쁜 여자였다면 우리 목적에는 더 합당했겠죠. 상황이 더 간단했을 테니까."

"그럴 수도 있겠군요." 그녀가 인정했다. "하지만 이편이 더 재밌지 않나요?"

"아, 알다시피 난 재미를 보려고 여기 온 게 아니에요." 그가 즉각 대답했다. "처음에 나를 책망했던 것도 바로 그 점 아니었나요?"

"물론이죠. 그러니까 처음에 했던 말을 다시 해야겠네요. 모든 걸 그냥 있는 대로 받아들이세요." 그녀가 덧붙였다. "게다가 전 제 걱정은 안 해요."

"당신 걱정……?"

"당신이 그녀를 만난다고 해서요. 그녀를 믿거든요. 저에 대해서는 아무 말도 하지 않을 거예요. 사실 할 수 있는 말도 없겠지만요."

이 점에 대해서는 거의 생각해 보지 못했기 때문에 스트레더는 잠시 어리둥절했지만 곧 이해했다. "오, 여자들이란!"

그 말에 담긴 어떤 점 때문에 그녀가 얼굴을 붉혔다. "그래요, 우리가 그렇다고요. 알 수 없는 심연이죠." 그러나 결국 미소를 지었다. "하지만 저로서는 위험을 감수하는 거라고요!"

그가 약간 정신을 가다듬었다. "그럼 나도 마찬가지죠!" 집 안으로 들어가면서 그는 다음 날 아침 일찍 채드를 만나야겠다고 덧붙였다.

다음 날 그가 방에서 내려오기도 전에 그 젊은이가 호텔에 나타났으므로 일은 훨씬 수월하게 이루어졌다. 스트레더는 주로 호텔 식당에서 커피를 마셨다. 그래서 커피를 마시려고 내려가는 중이었는데 채드가 따로 조용히 이야기할 수 있는 곳으로 가자고 제안했다. 자신도 아직 아무것도 먹지 않았으니 어디 가서 함께 먹자는 것이었다. 몇 걸음 만에 대로로 나섰다. '따로 조용히 얘기'하자면서 사실 스무 명 남짓한 사람들이 앉아 있는 식당에 자리를 잡았을 때, 그는 채드가 자리를 옮긴 이유는 웨이마시가 나타날까 봐 두려웠기 때문임을 알았다. 채드가 웨이마시를 이 정도까지 '따돌린' 것은 처음이었고, 스트레더는 이것이 무슨 징조일지 궁금했다. 그는 채드가 지금껏 보지 못했던 아주 진지한 모습임을 곧 눈치챘다. 그것은 약간 놀랍긴 하지만 지금까지 각자에게 진지함이 어떤 것이었는지 알려 주었다. 스트레더의 중요성이 더욱 커졌기 때문에 실체를 보이게 되었다는 사실은 충분히 기분 좋은 일이었다. 마침내 이것을 실체라 할 수 있다면 말이다. 삽시간에 이른 결과는 이러했다. 즉 채드가 아침 새소리가 들리기 무섭게 일어나 아침의 정신이 여전히 창창한 중에, 전날 오후에 스트레더가 말 그대로 엄청난 인상을 주었음을 알려 주러 급히 내려왔다는 것이다. 스트레더가 자신을 만나러 오겠다는 확답을 줄 때까지 비오네 부인은 마음을 놓지도 않을 것이고, 놓을 수도 없다는 것이었다. 대리석 상판의 테이블을 사이에 두고 뜨거운 우유 거품이 가득한 컵을 앞에 놓고 앉아, 우유를 부을 때의 소리가 여전히 공기 중에 머물러 있는데 편안하고 도시적인 미소를 띠며 채드가 그렇게 말했다. 채드의 그 표정으로 인해 순간 우리의 주인공에게 미심쩍은 기분이 들었고 그것이 바로 입 밖으로 나왔다. "이것 보게." 그러곤 말았다. 잠깐 뜸을 들이고 되풀이했다. "이것 보게." 채드가 다 이해한다는 태도로 그의 말을 기다리는 중에 스트레더는 처음 그에게서 받았던 인상을 기억했다. 수려하고 매정해 보이면서도 묘하게 관대한, 행복한 젊은 이교도. 가로등 아래에서 알 수 없는 그 모습을 정신적으로 어떻게든 가늠해 보려고 애썼더랬지. 서로 시선을 오래도록 교환한 끝에 젊은 이교도는 충분히 이해했다. 스트레더가 다음 말을 굳이 꺼낼 필요도 없었다. "지금 상황이 어떤 건지 알고 싶네." 그러나 어쨌든 꺼냈고, 대답을 기다리지 않고 한마디 더했다. "그 딸이랑 약혼을 한 건가? 그게 바로 자네 비밀인가?"

천천히 나긋나긋하게 채드가 고개를 저었는데, 그것은 무엇을 하든 시간은 아주 많다는 뜻을 전하는 그의 방식이었다. "전 비밀은 없어요. 물론 나름의 비밀은 있죠. 하지만 적어도 그 문제와 관련해서는 없어요. 약혼하지 않았어요. 천만에요."

"그럼 도대체 문제가 뭔가?"

"왜 진작 아저씨랑 여길 떠나지 않았냐는 말씀이신가요?" 빵에 버터를 바르며 커피를 마시는 채드는 기꺼이 털어놓을 태세였다. "할 수 있는 만큼 아저씨를 여기 붙들어 두는 일을 중단해야 할 계기가 없었고요, 지금도 여전히 없어요. 아저씨에게 정말 좋은 일이라는 게 눈에 보이거든요." 이 점에 대해 스트레더는 할 말이 많았지만, 채드가 말투를 바꿔 가는 모습을 지켜보는 것도 흥미로웠다. 그가 이 정도로 처세에 능한 모습을 보인 적은 이제껏 없었다. 그리고 그와 함께 있을 때마다, 처세술에 능한 사람이 연이은 특정 시점마다 어떤 식으로 처신하는지를 눈앞에서 지켜볼 수 있었다. 채드가 훌륭하게 그 태도를 밀고 나갔다. "제 바람은 그저 비오네 부인이 아저씨를 만나 보고, 그리고 아저씨도 부인을 알았으면 하는 겁니다. 아시잖아요. 아주 매력적이고 총명해서 제가 믿는 가까운 사이라고까지 말씀드릴 수 있어요. 제가 부탁드리는 건 그냥 한번 대화를 나누시라는 거예요. 문제될 게 뭐냐고 물으셨죠? 그 문제에 관해서라면 그녀가 답해 줄 겁니다. 바로 그녀가 문제예요, 망할. 굳이 제 입으로 말하자면 그렇죠." 아주 멋들어지게 바로 덧붙였다. "하지만 아마 아저씨께서 보면 아실 거예요. 정말 좋은 사람이에요, 망할. 그러니까 너무나 좋은 사람이라 그녀를 떠나려면, 떠나려면……." 처음으로 그가 머뭇거렸다.

"떠나려면 뭐?"

"그러니까 제가 어떤 망할 조건에서 그런 희생을 할지를 어떻게든 결정하지 않을 수 없다는 거죠."

"그럼 정말 희생이 될 거란 말인가?"

"제 평생 가장 커다란 손실이 될 겁니다. 빚진 것이 너무 많아요."

채드는 이런 이야기를 참으로 훌륭하게 했고, 지금 그의 간청은 분명히 흥미로웠다. 아주 노골적이고 공개적으로 그랬다. 스트레더에게는 진정 강렬한 순간이었다. 채드가 비오네 부인에게 빚진 것이 그렇게 많다고? 그것이야말로 그 모든 미스터리를 해결하는 것이 아니고 무엇이란 말인가? 채드는 자신의 변화를 그녀에게 빚지고 있고, 따라서 그녀는 그런 재구성의 과정에서 발생한 비용을 청구할 수 있는 위치에 있는 것이다. 따져 보면 결국 이 말이 아니고 뭐란 말인가? 스트레더는 거기 앉아 토스트를 썹으며, 그리고 두 잔째의 커피를 저으며 그 결론에 도달했다. 유쾌하면서도 진지한 채드의 표정 덕분에 그 결론에 이르게 되자 다른 것도 따라 나왔다. 예전에는 단 한 번도 지금처럼 그를 있는 그대로 기꺼이 받아들인 적이 없었다. 갑자기 말끔해진 이것은 도대체 무엇일까? 그것은 그저 모든 사람들의 인격이었다. 그러니까 자신의 인격 — 이것은 약간 정도만 — 을 뺀 나머지 모든 사람의 인격 말이다. 자신의 인격으로 말하자면, 그가 그 모든 잘못된 것들을 의심하고 믿는 바람에 잠시 오점이 생긴 느낌이었다. 채드가 다른 사람들의 눈에 확실히 만족스러운 존재로 거듭나는 데 큰 몫을 한 사람이라면, 그 사람은 결과물의 성격으로 보나 이 젊은이의 한결같은 태도로 보나 가볍게 '왈가왈부'할 존재는 절대 아니었다. 이 모든 사실이 아주 선명한 빛으로 재빨리 왔다가는 사라졌다. 그 와중에도 질문 하나는 던질 수 있었다. "내가 비오네 부인의 뜻대로 한다면 자네는 내 뜻에 따르겠다고 명예를 걸고 약속할 수 있나?"

채드는 그의 손에 자신의 손을 얹고 지그시 누르며 말했다. "물론입니다."

그의 행복한 상태가 종국에는 좀 당황스럽고 심지어 숨이 막히기까지 했다. 그래서 스트레더는 밖으로 나가 바람을 좀 쐬고 싶은 마음에 들썽거리기 시작했다. 웨이터에게 계산을 하겠다고 신호를 보냈는데 그 과정이 시간이 좀 걸렸다. 그동안, 그러니까 돈을 꺼내고 아주 빤히 보이게 잔돈을 계산하는 척하는 동안, 채드가 혈기왕성함과 젊음, 능숙함과 이교도적인 모습, 행복감이나 확신, 자만, 혹은 그 무엇으로든 다들 인정할 만한 성공을 거두었음을 뼈저리게 느꼈다. 그래, 그건 그런대로 괜찮아. 그 모든 것에 대한 인식이 스트레더를 잠시 베일처럼 감싸서, 5시쯤 저 건너로 모시고 가도 되겠냐는 상대방의 질문이 베일 너머인 듯 먹먹하게 들려왔다. '건너'란 강 건너를 말함이고, 강 건너란 비오네 부인이 사는 곳이며, 5시란 바로 그날 오후를 의미했다. 그들은 드디어 밖으로 나왔지만, 스트레더는 아직 대답을 하지 않았다. 거리에 나와 그는 담배에 불을 붙였고, 그래서 더 시간을 벌 수 있었다. 그러나 시간을 벌어야 소용없다는 것은 이미 너무나 분명했다. "나를 만나서 뭘 어쩔 셈인 건가?" 그가 곧 물었다.

채드가 재깍 대답했다. "그녀를 만나기가 두려우신가요?"

"말할 수 없이. 보면 모르나?"

"글쎄요." 채드가 말했다. "기껏해야 아저씨 맘에 들려고 애쓸 텐데요."

"그게 바로 내가 두려워하는 거야."

"그럼 저한테 부당한 처사이지요."

스트레더가 잠깐 궁리했다. "자네 모친에게는 마땅한 처사이지."

"아. 어머니가 두려우신 거예요?" 채드가 말했다.

"비오네 부인 못지않게. 어쩌면 더할지도 모르지. 그런데 자네가 고국에 돌아가 얻게 되는 것에 그녀가 반대하는 건가?" 스트레더가 다시 물었다.

"직접적으로 그렇진 않아요. 하지만 이곳에서 얻게 되는 걸 훨씬 더 좋아하긴 하지요."

"그래서 그녀가 보기에 '이곳에서' 얻게 되는 게 뭐지?"

"음, 좋은 관계!"

"그녀와의?"

"그녀와의."

"그게 그렇게 좋은 이유는 뭐지?"

"뭐냐고요? 아저씨가 그걸 알아보셨으면 하니까 직접 만나 보시라고 간청하는 거잖아요."

좀더 '알아보게' 될 그것 때문에 어쩔 수 없이 약간 안색이 창백해졌을 스트레더가 그를 빤히 바라보았다. "그러니까 얼마나 좋다는 건가?"

"아, 엄청나게요."

스트레더는 다시 머뭇거렸지만 오래가지는 않았다. 아무렇든 상관없었고 이제 하지 못할 일은 없었다. "미안하네만, 처음 물었던 것처럼 지금 상황이 어떤지 정말 알아야겠네. 그녀는 나쁜 여잔가?"

"'나쁜 여자'요?" 채드가 그 말을 되풀이했지만 놀란 것 같진 않았다. "그게 아저씨가 의미한……."

"좋은 관계였느냔 말이지?" 스트레더는 자신이 그런 말까지 하게 되다니 꼴이 우스워진 듯했고, 심지어 바보같이 웃었다는 것도 알 수 있었다. 정말이지 무슨 소릴 하고 있단 말인가? 긴장된 시선을 좀 풀면서 그제야 주변을 둘러보았다. 하지만 어떤 생각이 떠오르는 바람에 다시 그 문제로 돌아왔다. 어떻게 그쪽으로 화제를 돌려야 할지 확실히 알 수는 없었지만 말이다. 두서너 가지 방식을 생각해 봤는데, 그중 하나는 꺼림칙함을 떨쳐 버린다 해도 너무 저속했다. 결국 고른 방법은 이거였다. "그녀에게 책잡힐 만한 점은 없단 거지?"

이렇게 말하자마자 자신이 거만하고 꽉 막힌 사람처럼 느껴졌다. 그래서 채드가 그 말을 적절한 의미로 받아들인 게 정말 고마울 정도였다. 얼마나 적확하게 요점을 짚었는지 사실 밋밋하게 들리기까지 했다. "그런 건 전혀 없습니다. 훌륭한 삶을 살았죠. 직접 가서 보세요!"

자신감이 넘쳐흐르는 마지막 말이 거의 명령조였기 때문에 스트레더는 그에 동의할 필요도 없었다. 그래도 그는 헤어지기 전에 5시 십오 분 전에 스트레더를 데리러 오겠다고 재차 확인했다.

6부

1

  5시 반쯤, 그러니까 두 남자가 비오네 부인의 거실에 함께
자리를 잡은 지 십여 분도 채 되지 않아 채드는 손목시계를
들여다보고 그다음 비오네 부인을 한 번 바라보더니 명랑하
면서도 상냥하게 말했다. "전 약속이 있어요. 아저씨를 두고
먼저 일어나도 괜찮겠죠. 무척 재미있는 시간을 보내실 수 있
을 거예요." 그러고는 스트레더를 향해 말했다. "혹시라도 긴
장하셨을까 봐 드리는 말씀인데, 비오네 부인이 정말 믿을 만
한 분이라는 건 제가 장담할게요."
  이런 단언으로 그들이 민망해지든 말든 알아서 하라는 듯
그는 가 버렸는데, 스트레더는 비오네 부인이 그러한 민망함
을 피할 수 있을지 처음에는 잘 알 수 없었다. 그 자신은 놀
랍게도 전혀 문제가 없었는데, 사실 그때쯤 그는 뻔뻔한 자신
의 모습에 거의 익숙해진 터였다. 오래되었지만 말끔한 마당

을 거쳐 들어가야 하는, 벨샤스가의 오래된 집 1층에 부인은 자리를 잡고 있었다. 넓고 탁 트인 마당에는, 사적인 습관, 간격이 주는 평온함, 거리를 둘 때와 다가올 때의 격식 등이 풍부히 담겨 있었다. 약간 초조한 스트레더가 보기에도 그 집은 옛날풍의 고상한 가정집이었다. 왁스 칠한 넓은 계단의 오래된 광택, 안내받아 들어간 밝은 회색빛 응접실의 넓고 깨끗한 공간과 멋진 장식 판자 벽, 원형 장식들, 띠 장식, 거울, 그 모두에, 때로는 강렬하게 실감하고 때로는 더욱 통렬하게 놓쳐 버리면서 그가 항상 찾아왔던 태고의 파리가 있었다. 맨 처음 눈에 띈 그녀는 천박하게 늘어놓은 것이 아닌, 대대로 전해 내려오는 소중한 물건들과 함께 있었다. 여주인과 채드가 자기 이야기를 하기는커녕 그는 알지도 못하는 사람들에 대해 마치 그도 다 아는 것처럼 편하게 대화를 나누기에 시선을 돌려 주변을 둘러보았다. 제1제정 시대의 번영과 영광, 나폴레옹 시대의 화려함, 그 위대한 시대의 흐릿한 어떤 광채가 집주인의 배경처럼 깔려 있음을 알 수 있었다. 집정관의 의자와 신화와 관련된 황동 집기들, 스핑크스의 머리, 실크로 줄무늬를 넣은 색바랜 공단 등에 그런 요소가 여전히 감돌았다.

그의 짐작으로 집 자체는 그보다 오래되었고 옛 파리가 여전히 잔향처럼 남아 있었다. 하지만 혁명 이후 시대, 그러니까 그가 막연하게 샤토브리앙과 스탈 부인의 세계라고 생각하는 그 세계와, 심지어는 젊은 라마르탱의 세계[14]의 하프나 항아

---

14) 프랑스 낭만주의 운동의 주요 인물들.

리, 횃불 등의 문양 역시 이런저런 작은 물건들과 장식품, 유물에 새겨져 있었다. 그가 기억하는 한 그는 오래된 작은 세밀화나 메달, 그림, 책처럼 특별한 중요성이 있는 개인적인 유물을 한 번도 실제로 본 적이 없었다. 특히 가죽을 씌워 제본한 표지의 분홍색이나 녹색이 바래진 서적, 뒤쪽에 금박 화환 무늬가 있는 서적 등이 눈에 띄는 다른 물품과 함께 황동 장식이 달린 유리 장식장 안에 진열되어 있었다. 그는 그 모두를 정감 어린 시선으로 주의 깊게 바라보았다. 그것들로 인해 비오네 부인의 집은, 구입한 물건들로 이루어진 고스트리 양의 작은 박물관이나 채드의 멋진 집과는 상당히 달라 보였다. 그것들은 동시대에 구입했다거나 호기심에서 모았다기보다 오랫동안 쌓여 온 물건들로, 오히려 이따금 그 양이 줄어들 수도 있는 그런 것들이었다. 채드와 고스트리 양은 찾아다니고, 고르고, 걸러 내고, 비교하면서 구입하고, 결정하고, 교환하기도 했을 것이다. 반면 지금 그 앞에 앉은 이 집주인은 부계 — 그는 그쪽일 거라고 결정을 내렸다 — 로부터의 상속이라는 마력의 힘으로 전혀 저항 없이 그저 받아서 들여놓은 뒤 가만히 있었던 것이다. 혹시 가만히 있지 않았다면 기껏해야 어떤 파산한 부자들을 몰래 돕기 위해 물건을 산 정도였을 것이다. 그녀나 그녀의 선조들이 형편이 궁해져 내다 팔지 않을 수 없었던 물건도 있을 것이다. 그러나 그들이 '더 좋은' 물건을 사기 위해 오래된 물건을 팔았으리라고는 상상할 수 없었다. 그들에게는 더 좋고 나쁘고가 아무런 차이가 없었을 것이다. 머리에 그려 볼 수 있는 상황이 다소 빈약하고 뒤죽박죽이긴 했지만 그가 상상할 수 있는 상황이라면 아마 이민을 갔다거나 추방을 당해서 사는 게 너무 궁핍해졌거나 희생을 감수할 수밖에 없는 그런 정도였다.

추방 쪽이야 어쩔지 모르지만 추정컨대 지금 상황은 궁핍한 형편은 아닌 듯했다. 적당히 조절된 안락함의 표시를 여기저기서 찾아볼 수 있었고, 좀 별나게도 보이는 고급스러운 취향을 보여 주는 것도 많았기 때문이다. 약간 강하다 싶은 선호와 역시 약간이지만 빼야 할 것은 빼는 날카로움, 천박한 것에 대한 깊은 불신과 올바른 것에 대한 개인적인 견해를 짐작할 수 있었다. 그 모든 것이 어우러진 결과를 그 자리에서 바로 한마디로 정의하긴 힘들었지만, 그나마 가장 근사치의 이름을 붙이자면 지대한 점잖음, 대단하거나 겉으로 내세우지 않지만 어쨌든 분명하게 전체적으로 스며들어 있는, 개인의 명예에 대한 의식이라고 할 만했다. 지대한 점잖음이라니. 지금까지 우여곡절을 겪으며 찾아다니다 불쑥 정면으로 마주치게 된 것 치고는 묘하게 텅 빈 벽이라 하지 않을 수 없었다. 이제야 깨달았지만 사실 그것은 들어오는 진입로에 가득했고, 마당을 지나갈 때 거기 떠돌고 있었고, 계단을 올라갈 때에도 걸려 있었다. 채드가 문간에서 잡아당겼던, 오래되었지만 말끔하게 관리된 줄이 달린, 전기 초인종과는 거리가 먼 옛날 초인종의 묵직한 소리 안에서도 울리고 있었다. 한마디로 이 특정한 분위기의 문제라면 지금껏 가장 명료하게 전달하고 있었다. 한 십오 분 정도 지나면 옛날 장군이나 대령들이 찼던 칼과 견장, 이미 세상을 뜬 지 한참 된 사람들의 가슴에 달려 있던 메달과 훈장, 장관과 외국 사절들에게 선물로 준 코담뱃갑, 저자가 직접 서명해 선물로 준 이제는 고전이 된 책 등이 들어 있는 유리 진열장을 보게 되리라 장담할 수 있을 정도였다. 그 모든 것의 밑바닥에는 그녀가 그 자신이 알던 어떤 여자와도 다르다는 인식이 깔려 있었다. 그 인식은 전날부터 시작해서 그녀를 떠올릴 때마다 줄곧 자라났고, 무엇보다 아침에 채드와 이야기를 나누던 중 특히 더 강해졌다. 그렇게 해서 결국 그녀는 이제 헤아릴 수 없이 새로운 존재가 되었는데, 이 오래된 집과 오래된 물건들은 더욱 새로웠다. 그가 앉은 의자 곁의 작은 탁자에는 두세 권의 책이 있었다. 그것은 그가 유럽에 도착한 순간부터 눈길이 가기 시작했고 한 이 주 전에 더 자세히 알아볼 기회가 생겨 그때부터 계속 빠져 있는 레몬색의 표지가 아니었다. 반대편의 다른 테이블에는 그 유명한 잡지 《레뷰》[15]가 있었는데, 뉴섬 부인의 응접실에서 그렇게 두드러지던 그 익숙한 표지도 여기서는 현대적인 축에 끼지도 못했다. 채드가 그 잡지를 가져왔을 거라는 확신이 바로 들었고, 나중에 알고 보니 그 생각이 맞았다. 채드에게 '영향력'을 행사하는 이 사심 있는 여성이 《레뷰》를 읽고 있었다는 사실에 대해 뉴섬 부인은 과연 뭐라고 할까? 여하튼 이 사심 있는 '영향력'은 곧바로 본론으로 들어갔고, 그래서 그 문제는 곧 관심 밖으로 밀려났다.

---

15) the Revue des Deux Mondes. 19세기 후반 프랑스에서 아주 영향력 있었던 문학잡지.

그녀는 벽난로 근처 술 장식이 늘어진 푹신한 작은 의자에 앉아 있었는데, 그것이 방 안에서 몇 안 되는 현대적인 물품 중 하나였다. 깍지 낀 손을 무릎 위에 얹고 뒤로 기대앉은 그녀의 몸은 미동도 하지 않았지만, 젊고 깊이 있는 얼굴에는 섬세하고 기민한 표정이 살아 있었다. 가림막이 없어 좀 딱딱해 보이는 낮은 흰색 대리석 벽난로 안에는 얼마 안 되는 장작이 다 타고 은빛 재만 남아 있었다. 멀리 창문 하나는 열려 있고 밖은 대체로 조용하고 잔잔했다. 마당 건너편의 마차 보관 창고로부터 물 튀는 소리와 말발굽 소리가 경쾌하면서도 소박하게, 시골스러운 느낌까지 주면서 간간이 희미하게 들려왔다. 스트레더와 있는 내내 비오네 부인의 앉은 자세는 한 치도 흐트러지지 않았다. "선생님께서 지금 하는 일이 중요하다고 진심으로 믿어서 그 일을 하고 계신다고는 보지 않아요." 그녀가 말했다. "그래도 상관없이 어쨌든 그렇다 치고 이야기를 할 생각이에요."

"당신은 믿지 않는다는 뜻이군요!" 스트레더가 바로 대답했다. "분명히 말하지만 어떻게 보든 나로서는 전혀 상관이 없을 겁니다."

"글쎄요." 별로 위축되지 않고 담대하게 그 위협을 받아들이며 그녀가 말했다. "진정 중요한 건 선생님과 제가 잘 지내는 거겠죠."

"아, 그건 안 되지요!" 그가 즉시 맞받았다.

그 말에 그녀가 다시 말을 멈췄다. 하지만 적당한 때에 곧바로 말을 이었다. "잠정적이나마 약간은 그렇다고 가정하고 대화를 해 나가는 건 어떨까요?"

바로 그때 그는 그녀가 마음을 단단히 먹고 여기까지 왔음을 깨달았다. 그와 동시에 아래편 어디에선가 아름다운 눈길로 탄원하듯 그를 올려다보는 듯한 묘한 느낌도 받았다. 그는 문간이나 창문가에 서 있고 그녀는 마치 아래쪽 길가에 서 있는 것처럼 말이다. 잠시 그녀를 그렇게 놔둔 채 가만히 있었을 뿐 아니라 뭐라고 대꾸할 말조차 찾지 못했다. 불현듯 애처로운 생각이 들었는데, 그것은 얼굴을 정면으로 때리는 찬바람과도 같았다. "채드윅에게 약속했으니 부인 말씀을 들어 봐야지 어쩌겠습니까?" 마침내 그가 말했다.

"아, 하지만 제가 지금 부탁드리는 건 뉴섬 씨가 생각하고 있는 그건 아닙니다." 그녀가 재빨리 대꾸했다. 말투를 보니 그녀가 용감하게 모든 위험을 감수하고 있음을 알 수 있었다. "그것과는 달리 저 자신의 생각이에요."

사실 그 말에 스트레더는 자신의 무모한 상상이 정당화되는 것 같아 불편해지면서도 동시에 어떤 짜릿함을 느꼈다. "글쎄요." 그가 누그러진 말투로 대답했다. "부인 나름대로 하고 싶은 말씀이 있다는 느낌이 조금 전부터 확실히 들기는 했습니다."

그녀는 여전히 그를 올려다보고 있는 듯했지만 이제는 차분한 모습이었다. "그런 생각을 하신다는 걸 알았어요. 그래서 말을 꺼내기가 수월했죠." 그녀가 말을 이었다. "그러니까 보세요, 우리는 잘 맞잖아요."

"하지만 제가 부인의 요구를 들어주고 있다는 생각은 전혀 안 드는데요. 뭔지 알지도 못하는데 어떻게 그게 가능하겠습니까?"

"굳이 아실 필요는 없어요. 그냥 기억해 주시기만 하면 돼요. 제가 당신을 믿고 있다는 것만 알아주세요. 그것도 거창한 걸 바라서가 아니에요." 그녀가 우아하게 미소를 띠며 말했다. "그냥 기본적인 친절함이면 돼요."

스트레더는 한동안 말이 없었다. 앞서 강 저편에서 가련한 비오네 부인과 함께 앉았을 때처럼 온갖 생각이 머리에 가득한 채 마주 보기만 했다. 지금 스트레더에게 그녀는 가련한 비오네 부인이었다. 왜냐하면 확실히 그녀는 어려움에 처해 있었고, 그에게 이렇게 간청을 하는 것도 그 문제가 심각하다는 사실을 보여 주었기 때문이다. 그로서는 어쩔 수가 없었다. 그의 잘못이 아니었다. 그의 편에서 한 일은 아무것도 없었으니까. 그런데 손바닥 뒤집듯 홀연히 그녀가 그들 사이에 어떤 관계를 만들어 냈다. 그리고 그 관계는, 엄밀히 말하면 그것과는 딱히 관련이 없는 많은 것들 덕분이기도 했다. 그러니까 그들이 앉아 있는 분위기, 천장이 높고 세련된 냉랭한 이 방, 바깥세상과 마당에서 희미하게 들리는 물 튀기는 소리, 제1제정과 딱딱한 장식장 안의 유물들처럼 아주 동떨어진 것들뿐만 아니라, 절대 깍지를 푸는 법 없이 가만히 무릎 위에 놓여 있는 그녀의 손이나, 시선은 미동도 없는데 너무나 자연스러운 표정을 띠고 있는 얼굴처럼 아주 가까이에 있는 것들 말이다. "물론 말씀과는 달리 뭔가 아주 중요한 것을 제게 기대하고 있는 거겠지요."

"저로서도 꽤 중요하다는 말이었는데요!" 그녀가 웃으며 말했다.

바라스 양이 하듯이 '정말 경이로우시군요.'라고 말할 뻔했으나, 가까스로 참고는 대신 이렇게 말했다. "당신이 내게 얘기하려 했던 채드의 생각은 무엇이었나요?"

"아, 그건 그냥 남자들이 늘 하는 그런 생각이에요. 해야 할 일은 여자가 다 떠맡게 하는 거죠."

"여자라면……?" 스트레더가 천천히 되물었다.

"그가 좋아하는 여자 말이에요. 그가 그 여자를 그만큼 좋아하기 때문이겠죠. 그리고 문제를 떠넘기는 데 있어서는 여자 쪽에서 그를 좋아하는 바로 그만큼이기도 하지요."

스트레더는 그 말을 이해했다. 그러고는 불쑥 물었다. "채드를 얼마나 좋아하나요?"

"바로 그만큼이지요. 그러니까 당신과의 일을 제가 다 떠맡을 만큼."

그러나 그녀는 다시금 이 문제에서 비켜났다. "당신이 절 어떻게 보느냐에 우리 일의 성패가 달려 있다는 생각에 줄곧 불안에 떨었답니다." 그녀가 멋지게 말을 이었다. "지금에서야 저를 아주 가망 없는 사람으로 보시진 않았다는 희망이 생겨 그나마 한숨 놓았어요. 그래요, 당연히 엄청나게 용기를 내야 했지만요."

"좌우간 내가 당신에게 가망 없는 사람으로 비치진 않은 모양이군요." 그가 잠시 후 말했다.

"그렇죠." 그녀가 거기까지는 동의했다. "좀 참을성을 가

지고 저와 만나 달라는 부탁을 아직 거절하지는 않았으니
까⋯⋯."

"거기서 멋진 결론을 끌어내셨다? 당연히 그렇겠죠. 하지만
난 아직 그에 대해 아는 바가 없어요." 스트레더가 말을 이었
다. "내게 필요 이상으로 너무 많이 바라는 것 같군요. 당신에
게 최악의 상황이자 내게 최고의 상황에서조차 내가 할 수 있
는 게 뭐가 있겠습니까? 지금까지 해 보지도 않은 어떤 압력
을 행사할 수도 없는 노릇이고. 당신의 요청은 사실 너무 뒤늦
은 거예요. 나로서는 이 문제와 관련해서 할 수 있는 건 이미
다 했어요. 내 생각도 다 얘기했고, 그래서 여기 있는 것 아닙
니까."

"그래요, 다행히도 당신이 여기 오셨죠!" 비오네 부인이 웃
었다. 그러고는 말투를 바꿔 덧붙였다. "뉴섬 부인은 당신이
이 정도밖에 못 하리라고 생각하진 않았겠죠."

그가 약간 멈칫했지만 곧 대답했다. "지금은 그렇게 생각합
니다."

"그 말씀은⋯⋯." 그녀가 말을 끊었다.

"그 말씀은 뭐요?"

그녀는 여전히 머뭇거렸다. "이 문제를 건드리게 되어 죄송
합니다. 별 얘기를 다 한다 싶겠지만 그래도 해야 할 것 같아
요. 게다가 우리가 마땅히 알아야 하는 문제잖아요?"

"뭘 알아야 한다는 겁니까?" 그녀가 말을 빙빙 돌리다가 다
시 멈췄으므로 그가 재촉했다.

그녀가 용기를 내서 물었다. "그래서 그녀가 당신을 포기했

나요?"

그 질문에 자신이 얼마나 차분하고도 간단히 대응했는지 나중에 생각해 봐도 놀랄 정도였다. "아직은요." 그녀가 그보다 더한 말도 거리낌 없이 할 수 있으리라 예상했기 때문에 심지어 실망스러울 정도였다. 하지만 곧이어 물었다. "내게 그런 일이 생길 거라고 채드가 말하던가요?"

분명 그녀는 그가 이 문제를 받아들이는 방식에 반해 버린 모양이었다. "그에 관해 우리가 얘기를 나눴느냐는 질문이시라면, 물론 그렇죠. 사실 많은 부분 그 때문에 제가 당신을 만나 보길 원했고요."

"내가 정말 여자가 포기할 수 있는 남자인지 판단하려고?"

"그렇죠!" 그녀가 외쳤다. "정말 놀라운 분이시군요. 정말 판단할 수 있겠네요. 다 알았어요. 포기할 수 없을 거예요. 안심해도 돼요. 당연히 그래야 하고요. 스스로 그걸 믿는다면 훨씬 더 행복하실 텐데."

스트레더는 잠시 침묵을 지켰다. 그러다가 자기도 모르게 어디서 나왔는지 그 자신도 출처를 알 수 없는 자신감 있는 냉소를 담아 말을 던졌다. "믿으려고 애쓰고는 있습니다. 하지만, 당신이 어떻게 벌써 그걸 알았는지 정말 놀랍군요!"

그녀로서는 충분히 설명할 수 있었다. "뉴섬 씨를 통해서 이미 얼마나 많은 이야기를 들었을지 기억해 주세요. 당신을 만나기 전에 말이에요. 그는 당신의 장점을 아주 높이 평가해요."

"참는 일이라면 거의 다 참을 수는 있죠!" 스트레더가 퉁명스럽게 말을 끊었다. 이에 아름답고 깊은 미소가 다시 그녀의 얼굴에 퍼졌고, 그 결과 자신의 말이 그녀에게 어떻게 들렸을지가 그대로 들리는 듯했다. 본색을 내보이고 말았음은 쉽게 알 수 있었다. 하지만 정말이지 만사가 항상 그렇지 않았던가? 마지못해 받아들이도록 그녀를 강요했다는 생각이 문득문득 드는 것만 해도 그런대로 괜찮았다. 하지만 지금까지 그가 한 일이라는 게 사실상 자신이 그들의 관계를 받아들였음을 그녀에게 알려 준 것 말고 뭐가 있는가? 더구나 아직 너무 짧은 만남이라 제대로 형태를 갖추지 못한 지금도 그 관계가 그녀가 원하는 대로 짜이고 있는 게 아니고 뭐란 말인가? 무슨 일이 있어도, 자신이 뭘 어떻게 하든 그녀는 유쾌한 관계를 만들어 갈 것이었다. 그의 면전에 거역할 수 없는 생생한 형태로 있는 그녀가 바로, 지금까지 그렇게 자주 들어 보고 책에서 보고 상상도 해 봤지만 한 번도 실제로 만난 적은 없는 그런 드물고 진기한 여성이라는 느낌이 그의 마음 깊은 곳에서 떠올라 이 모든 것의 배경을 이루었다. 그 존재 자체, 그 표정과 목소리만으로, 그녀와 이 시간 함께 있다는 사실만으로, 그 상황이 일단 눈앞에 펼쳐지기만 하면 그저 알아차리는 것만으로도 바로 관계가 형성되는 것이다. 그것은 뉴섬 부인과는 한 번도 느껴 보지 못한 종류로, 그녀와 같은 시간에 함께 있다는 사실이 확고해지기까지는 시간이 좀 걸렸다. 그리고 비오네 부인과 대면하고 있는 지금 이 순간, 고스트리 양을 처음 만났을 때 그 인상이 얼마나 단순했는지가 떠올랐다. 사실 측면에서 그녀는 확실히 아주 빠르게 자라났다. 하지만 세상은 넓고 매일매일 새로운 교훈이 생긴다. 어쨌든 아예 모르는 사람끼리도 온갖 관계가 존재하는 거니까. "당연히 제가 채드의 원대한 계획에는 적합한 사람이죠." 그가 바로 덧붙였다. "나를 끌어들이는 데 별 어려움이 없었을 겁니다."

그녀가 눈썹을 치켜올렸는데, 마치 그런 사려 깊지 못한 행동을 할 의도가 있었을 리 없다고 그 젊은이를 대신해서 살짝 주장하려는 듯했다. "당신이 무엇이든 하나라도 잃게 된다면 그가 얼마나 슬퍼할지 아셔야 해요. 뉴섬 씨는 그의 모친이 참고 기다리게 할 수 있는 사람이 당신이라고 믿고 있죠."

그녀에게서 시선을 떼지 않은 채 스트레더는 의아한 표정을 지었다. "알겠어요. 바로 그게 당신이 정말 나한테 원하는 거였군요. 하지만 내가 어떻게 그런 일을 하죠? 어쩌면 당신이 알려 줄 수 있겠네요."

"그냥 진실을 전해 주세요."

"진실이란 뭘 말하는 거죠?"

"글쎄요, 우리 모두에 관해 당신이 직접 보는 진실이라면 무엇이든. 당신에게 맡길게요."

"정말 고맙군요." 스트레더가 약간 냉담하게 웃었다. "그렇게 맡겨 버리는 방식이 맘에 들어요!"

하지만 그 정도는 별것 아니라는 듯 그녀는 변함없이 상냥하고 친절하게 말했다. "완전히 솔직하게요. 모든 것을 다 말해 주세요."

"모든 것을 다?" 그가 묘한 말투로 되물었다.

"단순히 진실을 전해 주세요." 비오네 부인이 다시 간청하는 투로 말했다.

"그 단순한 진실이 도대체 뭔데요? 그 단순한 진실을 알아내려고 내가 기를 쓰는 거잖아요."

그녀가 잠시 주위를 둘러보더니 곧 그의 말에 대답했다. "우리에 관해 있는 대로 다, 분명하게 알려 주세요."

그동안 스트레더는 그녀를 뚫어지게 보고 있었다. "당신과 당신 딸에 대해서?"

"그래요, 내 딸 잔과 저에 대해서." 그녀의 목소리가 아주 약간 떨렸다. "우리를 좋아하게 되었다고 말해 주세요."

"그러면 그게 나한테 무슨 득이 되겠어요?" 그가 다른 말로 바꿔 물었다. "아니, 그보다 당신에겐 무슨 득이 되나요?"

그녀가 좀 심각한 표정이 되었다. "정말 아무 득도 없다고 생각하시는 거예요?"

스트레더가 약간 고민하다가 말했다. "그녀는 당신을 '좋아하라고' 날 여기 보낸 게 아니에요."

"아, 사실을 있는 그대로 직시하라고 보낸 거잖아요." 그녀가 멋지게 맞받았다.

그는 그 말에 일리가 있다고 바로 수긍했다. "하지만 사실이 뭔지 알기 전까지 어떻게 그걸 직시하겠어요?" 그러고는 마음을 굳게 먹고 물었다. "채드를 따님과 결혼시키길 원하는 겁니까?"

그 말에 즉시, 그러나 또한 우아하게 그녀가 고개를 저었다. "아니요, 그건 아니에요."

"그가 원하는 것도 아니고요?"

역시 그녀가 고개를 저었지만, 이번엔 얼굴에 묘한 빛이 스쳤다. "채드가 제 딸을 무척이나 좋아하긴 하죠."

스트레더가 의아해했다. "미국으로 데려갈 생각을 해 볼 수도 없을 만큼?"

"더할 나위 없이 상냥하게 잘해 주는 일밖에는 할 수가 없을 만큼. 정말 그 애를 아껴 주죠. 그 애를 잘 보살펴야 해요. 당신도 도와주셔야 하고요. 그 애를 다시 만나 보셔야죠."

스트레더는 약간 머쓱했다. "아, 물론이죠. 정말 매력적이더군요."

이 말에 비오네 부인이 엄마답게 반색을 했는데, 나중에 스트레더는 감동적일 만큼 아름다운 모습이었다고 다시 떠올리곤 했다. "제 딸애가 마음에 드시던가요?" 그에 스트레더는 아주 열정적으로 '아, 그럼요.'라고 답했고, 그러자 그녀가 다시 말했다. "조금도 흠잡을 데가 없어요. 제 삶의 기쁨이랍니다."

"따님을 가까이서 자주 보면 당연히 저도 그렇게 느낄 게 분명합니다."

"그러면 뉴섬 부인에게 그렇게 말씀드리세요!" 비오네 부인이 말했다.

스트레더로서는 더욱 이해가 가지 않았다. "그러면 부인에게 무슨 이득이 되나요?" 그녀가 바로 대답할 말을 찾지 못하자 그가 다른 식으로 물었다. "따님이 채드를 사랑하나요?"

"아, 당신이 알아냈으면 좋겠어요!" 좀 놀랍게도 그녀가 그렇게 대답했다.

그로서는 놀라지 않을 수 없었다. "제가요? 생판 모르는 사람이?"

"아, 곧 아는 사람이 될 거예요. 장담하건대, 마치 아는 사람 같다는 느낌이 들 테니까요."

하지만 그건 스트레더에게는 너무나 이상한 말이었다. "내게 분명한 건 엄마가 하지 못하는……."

"아, 요즘의 어린 딸자식과 그 엄마들 말인가요!" 그녀가 좀 뜬금없이 불쑥 내뱉었다. 하지만 거기서 멈추고 맥락상 좀 더 어울리는 주제로 돌아갔다. "제가 채드에게 도움이 되었다고 전해 주세요. 그렇게 생각하지 않으시나요?"

그 말은 그에게 파문을 일으켰다. 그때 그 자리에서 자신이 생각했던 그 이상으로. 어쨌든 스스로도 의식할 수 있을 만큼 그의 마음이 움직였다. "아, 그게 전부 당신이……."

"글쎄요, '전부'까지는 아니지만 상당한 정도로는 그렇죠." 그녀가 말을 막았다. "진정으로요." 역시 나중에 그가 기억하게 될 그런 말투로 그녀가 덧붙였다.

"그렇다면 훌륭하군요." 스스로 느끼기에도 좀 굳어진 얼굴에 미소를 지으며 그가 말했다. 그녀의 표정이 잠깐 그를 긴장시켰기 때문이었다. 마침내 그녀가 자리에서 일어났다. "자, 그러니까 그 문제에 있어서는……."

"내가 당신을 구해 줘야 한다?" 그래서 그가 그녀를 만나고, 또한 그녀와 헤어진 것도 어떤 면에서는 바로 그런 방식으로였다. 자기도 모르게 그 역시 그 엄청난 단어를 사용했고, 그것이 그 자리를 뜨는 데 도움이 되었다. "할 수 있다면 구해 드리도록 하죠."

2

하지만 그로부터 열흘 뒤 스트레더는 채드의 근사한 집에서 잔 드 비오네의 수줍은 비밀이라는 문제가 와르르 무너지는 것을 목격하게 되었다. 잔 모녀를 포함해 여러 사람들과 함께 저녁 식사를 하고 있었는데, 채드의 요구로 잔과 이야기를 나누기 위해 작은 응접실로 들어갔다. 채드의 말투는 마치 무슨 호의라도 베푼다는 식이었다. "잔을 보고 어떤 생각을 하실지 정말로 궁금해요. 전형적인 프랑스 아가씨를 만나 볼 수 있는 기회가 될 겁니다. 정말 전형적인 프랑스 아가씨거든요. 그러니까 여러 나라의 관습을 관찰하시는 분으로서 절대 놓쳐서는 안 될 부분이잖아요. 미국에 돌아가실 때 다른 인상과 더불어 그대로 가져가서 여러모로 비교하시라고요."

채드가 비교하기를 바라는 대상이 뭔지 스트레더는 잘 알았다. 그 말에 전적으로 동의하면서도, 말없이 줄곧 표현해 왔듯이 자신이 이용당하고 있다는 느낌은, 어쩐지 아직까지는 그렇게 강하지 않았다. 정확한 목적이 무엇인지 그 어느 때보다 오리무중이지만, 어쨌든 자신이 뭔가를 해 주고 있다는 느낌은 항상 따라다녔다. 그렇게 자신이 해 주는 일에서 이득을 얻는 사람에게는 아주 만족스럽겠다는 상상만 할 뿐이었다. 그러면서 스스로 불쾌해지는, 어떤 면에서는 아예 참을 수 없게 되는 순간이 포착되기를 여전히 기다릴 뿐이었다. 혐오스럽다는 평계를 낼 만한 사건의 전환이 일어나지 않는 다음에야 자신이 이 상황을 어떻게 논리적으로 해결할 수 있을지 도대체 알 수가 없었던 것이다. 그 혐오스러움에 가능성을 두고 하루하루를 보냈지만 지금까지는 모퉁이를 돌 때마다 매일 새롭고 흥미로운 길이 나타날 뿐이었다. 그래서 그 가능성은 도착한 날 저녁과 비교해 너무나 멀어져 버렸고, 그런 일이 생긴다 한들 기껏해야 뜬금없고 사납기만 할 것임이 그로서는 아주 분명했다. 그나마 그 가능성에 가장 근접한 때라고는 유용한 삶이라는 측면에서 봤을 때 자신이 뉴섬 부인을 위해 도대체 무슨 역할을 하고 있는 것인지 자문할 때뿐이었다. 그래도 아직은 괜찮다고 믿고 싶어질 때면, 사실 그 자신도 놀랄 일이지만, 어쨌든 그들이 변함없이 자주 편지를 주고받는다는 사실을 떠올렸다. 그런데 문제가 이렇게 갈수록 복잡해졌으니 편지도 더 자주 쓰는 게 결국 더 자연스러운 일이 아니었을까?

어쨌든 이제 그는 어제의 편지를 생생하게 의식하며 '그것 말고 뭘 더 할 수 있겠어? 있는 대로 다 얘기해 주는 일밖에는 말이야.'라고 자문하며 자위하고 있었음은 확실했다. 정말로 모든 것을 다 알려 주고 있고, 내내 그래 왔다고 확신하기 위해 혹시라도 빠뜨린 게 있는지 생각해 내려 애쓰곤 했다. 잠이 오지 않아 깨어 있는 밤이면 간혹 언급하지 않은 것이 문득 떠오르기도 했는데, 대개는 잘 생각해 보면 사실 그렇게 중요한 문제라고 보기 힘든 것들이었다. 뭔가 새로운 일이 떠오른다거나 잊고 있던 어떤 것이 떠오르면 항상 그 즉시 편지를 썼다. 바로 쓰지 않으면 뭘 놓치기라도 할 것 같았고, 때로는 '내가 걱정하는 동안에도 어쨌든 이제는 그녀가 알고 있다.'라고 정당화할 수 있기 때문이었다. 전체적으로는 지난 일이 불현듯 알려져서 그에 대해 설명을 늘어놓아야 하는 일이 생기지 않아 그로서는 대단히 안심이 되었다. 이제껏 알려 주지 않은 사실이나, 심지어 그 당시에는 별로 눈에 띄지 않았던 것들까지 뒤늦게 알려 주지 않아도 되었으니까 말이다. 이젠 알고 있겠지. 그것이 바로 오늘 밤, 두 여성과 채드의 관계라는 새로운 사실뿐만 아니라 자신이 그들을 알게 되었다는 더 새로운 사실과 관련해 줄곧 혼잣말로 중얼거린 것이었다. 말하자면 자신도 비오네 부인을 알게 되었고 그녀를 만나 봤으나 양심에 거리낌이 없음을, 그리고 그녀가 놀랍게 매력적이고 앞으로 더 나눌 이야기기가 있을 거라는 사실을 바로 그날 밤 뉴섬 부인이 알게 되었다고 말이다. 또한 양심에 비추어 다시는 그녀를 찾아가는 일이 없을 거라는 점도 이미 알고 있거나 곧 알게 될 것이었다. 채드가 백작 부인을 대신하여 ─ 스트레더는 꿍꿍이가 있어서 일부러 그녀를 여지없이 백작 부인이라고 칭했다. ── 저녁 식사를 함께할 날짜를 정해 달라고 부탁했을 때, 그가 '고맙긴 하지만, 그건 절대 안 되겠네.'라고 딱 잘라 말한 사실도 말이다. 채드에게 대신 사정을 잘 설명하라고 하면서, 자신에게는 그것이 올바른 일로 여겨지지 않는다는 점을 이해해 주리라 믿는다고 말했다. 비오네 부인을 '구해 주기'로 약속했다는 사실은 뉴섬 부인에게 말하지 않았다. 하지만 그 문제와 관련해 기억하는 바로는, 그렇다고 자신이 그녀의 집을 드나들겠다고 약속한 적은 없었다. 채드가 어떤 식으로 이해하고 있는지는 사실 그의 행동을 통해 추측할 수 있을 따름이었는데, 그의 행동은 여느 상황에서 그렇듯이 이와 관련해서도 태평스럽기 그지없었다. 그는 상황을 이해할 때 항상 태평했지만, 그렇지 못할 때에는 더욱 천하태평이었다. 그는 자신이 알아서 잘해 보겠다고 대답했다. 그러고는 겨우 한다는 일이 바로 스트레더가 꺼림칙함을 느낄 만한 상황을 대신해서 이 자리를 마련한 것이었다. 대신할 만한 다른 자리를 만드는 건 그에겐 일도 아니었으니까.

"아, 하지만 전 어린 외국 소녀가 아닌걸요. 전 어느 모로 보나 영국 사람이에요." 작은 응접실에서 잔 드 비오네의 옆자리에 앉아 있던 글로리아니 부인이 그를 위해 자리를 비켜 주었고 그가 좀 수줍어하며 앉자마자 잔 드 비오네가 한 말은 그랬다. 검은색 벨벳 옷에 흰색 레이스 장식을 달고 머리에 분을 뿌려 색을 입힌 글로리아니 부인은 약간 육중하고 위풍당당한 분위기를 풍겼지만, 직접 만나 알아들을 수는 없지만 품위 있는 외국어를 들으면 그런 분위기가 녹아 버리는 인물이었다. 그전 일요일에 그를 몇 번 봐서 낯이 익었는지 그녀가 알 아듣기 힘든 억양으로 친절한 인사를 건넨 후 그 모호한 신사에게 자리를 내주고는 사라졌다. 그래서 그가 자신의 나이를 최대한 이용해, 어린 외국 소녀를 즐겁게 해 주는 일을 혼자 맡게 되어 상당히 겁이 난다고 말했던 것이다. 사실 그렇지 않은 경우도 있어서, 미국 소녀들은 꽤 자신 있게 대할 수 있다고 덧붙였다. 그러자 그녀가 자신을 변호하기 시작했다. "게다가 거의 미국인이기도 해요. 엄마가 그렇게 되기를 바라시거든요. 그러니까 미국인처럼 되기를요. 왜냐하면 제가 아주 자유롭기를 원하시니까요. 거기서 좋은 결과가 나오는 경우를 많이 보셨대요."

그의 눈에 그녀는 상당히 아름다웠다. 타원형 액자 속 옅은 파스텔 그림처럼. 어느새 그는 그녀를 긴 화랑의 잘 보이지 않는 곳에 걸린 한 폭의 그림으로 떠올리고 있었다. 어려서 세상을 떴다는 사실 외에 아무것도 알려진 바가 없는 먼 옛날 어린 공주의 초상화. 어린 잔은 물론 일찍 죽을 것은 아니었지만, 그래도 어쨌든 최대한 조심스럽게 대해야만 할 것 같았다. 그녀를 두고 젊은 남자 얘기를 끄집어내는 것 자체가 거칠게 다루는 일이었고, 여하튼 그로서는 참을 수 없는 일이었다. 젊은 남자라니, 정말 끔찍하지 않은가. 이런 아이를 마치 남자들이 쫓아다니는 하녀 대하듯 대할 수는 없는 일이었다. 그리고 젊은 남자들이란, 글쎄, 그건 그저 그들 문제였고, 무엇보다 그녀 자신의 문제였다. 저녁 식사 자리에 나왔다는 대단한 모험과, 안경을 쓰고 주름살도 있고 길고 희끗희끗한 수염도 있는,

그녀의 눈에는 아주 나이 든 신사를 만나게 된 어쩌면 더 대단한 모험으로 인해, 눈 속에 여린 빛이 언뜻 스쳐 지나가고 두 볼은 계속 발그레해질 정도로 그녀는 가슴이 두근거리고 온몸이 화끈거렸다. 스트레더는 그녀의 영어가 전혀 들어 보지 못한 식이지만 아주 멋지다는 생각을 했는데, 그전에는 프랑스어를 아주 멋지게 한다고 생각했더랬다. 거의 갈망하는 시선으로, 리라를 저렇게 뜯으면 영혼 자체와 교감하는 게 아닐까 생각했다. 사실 자기도 모르게 그러한 환상이 점점 자라나 눈앞에 수를 놓듯 펼쳐지는 바람에, 알고 보니 멍하니 정신을 놓은 채, 다정하지만 아무 말도 없이 그녀 곁에 앉아 있는 자신을 발견했다. 이쯤엔 다행히 그녀의 두근거리던 가슴도 좀 진정되어 편안해진 모양이었다. 그녀가 자신을 믿었고 좋아했으며, 많은 이야기를 해 주었다는 것도 나중에 그가 다시 떠올리게 될 일이었다. 드디어 그녀는 기다림이라는 물결 속으로 뛰어든 것이었다. 그 속에서 거친 파도나 몸을 감싸는 냉기가 아니라, 기분 좋은 따스함 안에서 자신이 만들어 내는 퐁당거리는 소리만을 들을 수 있었고, 거듭 뛰어들어도 안전하다는 사실만을 발견했다. 함께 십여 분의 시간을 보내고 나자 필요 없는 것은 버리고 다른 것은 모두 받아들이면서 그녀에 대한 인상이 완결되었다. 그녀는 자유라는 것을 알고 있었으므로 그녀가 아는 다른 소녀들과 달리 자신은 자유라는 이상을 흡수했음을 어느 정도 자유로이 그에게 보여 줄 수 있었다. 본인의 문제에서는 재미있을 만큼 구식인 면이 있었지만 그녀가 흡수한 그 이상이야말로 가장 그의 관심을 끌었다. 곧 깨닫게 되겠지만 그것은 정말이지 작지만 대단한 단 하나의 사실과 관련이 있었는데, 그것은 천성이 무엇이었든 그녀가 철저한 가정교육 — 뭐라고 해야 할까 궁리하다가 겨우 찾아낸 표현이었다 — 을 받았다는 점이었다. 당연히 그렇게 잠깐 만난 후 그녀의 천성이 어떤지 알 수는 없겠지만, 가정교육이라는 개념이 그녀가 그에게 남겨 놓은 인상이었다. 그는 지금껏 가정 교육이 그렇게 두드러지게 나타나는 경우를 본 적이 없었다. 비오네 부인도 분명 그렇긴 했다. 하지만 그녀는 그 외 다른 면도 아주 많이 가지고 있어서 그 점이 그렇게 두드러져 보이지 않았다. 아주 남다른 여성인 만큼, 앞서 두 번의 만남에서는 오늘 밤 같은 모습을 보인 적이 없었다. 어린 잔은 교육을 잘 받은 아주 절묘한 사례였다. 반면 백작 부인 — 그녀를 백작 부인으로 생각하는 것이 그로서는 아주 흥미로웠다 — 역시 사례였고 마찬가지로 절묘했지만, 무엇의 사례인지는, 글쎄, 그로서도 알 수 없었다.

"안목이 아주 훌륭해요, 우리 젊은이 말이에요." 그것이 문 가까이 걸려 있던 작은 그림을 들여다보다가 돌아서면서 글로리아니가 그에게 한 말이었다. 그 유명 인사는 방에 막 들어섰는데, 비오네 양을 찾아온 것으로 보였으므로 스트레더가 자리를 비켜 주었고, 그는 그사이 확 눈에 띄었던 그 그림을 한참 들여다보고 있었던 것이다. 그것은 별로 크지 않은 풍경화였다. 스트레더는 뿌듯한 마음으로 그것이 프랑스 화풍의 작품임을 알아볼 수 있었고, 상당한 수준이라는 것도 추측할 수 있었다. 하지만 액자가 그림에 비해 지나치게 커 보였다. 코를 바짝 들이대고 머리를 상하좌우로 빠르게 움직이면서 채드의 수집품을 조사하는 글로리아니를 보니 그런 식으로 뭔가를 들여다보는 사람을 본 적이 없다는 생각이 들었다. 그러던 그가 예의 바른 미소를 짓고 안경을 닦고 주위를 좀 더 둘러보며 이같이 말했던 것이다. 요컨대 그는 이런 식으로 그 자리에 있음으로써, 그리고 이 특별한 관찰로 알아차릴 수 있을 어떤 것을 통해서, 스트레더가 보기에 많은 것을 단번에 결정하는 그런 종류의 찬사를 이 장소에 보낸 것이라 할 수 있었다. 그 점이라면 스트레더는 자기 주변에서 자신과 아무 상관 없이 많은 것들이 줄곧 결정되고 있었음을 전에 없이 강하게 의식했다. 저녁 식사 자리에서 두 사람의 자리는 가깝지 않았고 글로리아니는 더없이 이탈리아인다운 섬세하고 오묘한 미소로 그에게 뭔지 모를 인사를 대신했다. 하지만 그 미소에는 지난번 그를 꿰뚫는 듯했던 특성은 완전히 사라지고 없었다. 심지어 각자의 의구심으로 생겨난 잠깐의 연결조차 끊어져 버린 격이었다. 지금 그가 의식하게 된 결정적인 현실이란 이제는 그런 의구심조차 없이 분명한 차이만 있다는 사실이었다. 더구나 이 유명한 조각가가 넓은 강물 저 건너편에서 위로하듯 그 차이 너머로 손을 흔들고 있는 느낌이었다. 아, 하지만 얼마나 공허한지! 그로써 멋지지만 공허한 예의 바름의 다리를 놓은 셈이지만, 스트레더로서는 그 다리가 자신의 몸을 지탱할 수 있으리라는 확신이 조금도 들지 않았다. 일시적이었고 게다가 뒤늦긴 했지만 그런 생각이 들자 스트레더는 마음이 좀 편해졌고 부옇게 펼쳐졌던 광경도 말소리와 함께 바로 사라졌다. 고개를 돌려 보니 글로리아니가 이제 소파에 앉아 잔과 대화를 나누고 있는 것이 눈에 들어왔는데, 그의 귀에는 바라스 양의 '오, 오, 오!'가 들려왔다. 친숙하고 정감 있지만 의미는 알 수 없었던 그 감탄사의 의미를 두 주 전에 물었지만 소용없었다. 이 멋스러우면서도 독특한 여성은 묘하게 고풍스러우면서 동시에 현대적이라는 느낌을 주었는데, 그녀에게는 예전에 끝낸 농담을 다시 끄집어내는 듯한 분위기가 있었다. 분명 내용은 고풍스럽고, 그것을 이용하는 방식이 현대적인 것이리라. 지금 그는 바라스 양의 악의 없는 아이러니가 뭔가와 관련이 있다는 느낌을 받았는데, 그녀가 그냥 입을 다물었기 때문에 좀 편치 않은 기분이 들었다. 궁금해하는 그를 보며 재밌다는 표정만 지을 뿐 무슨 일이 있어도 말해 주지 않겠다고 했던 것이다.

그로서는 말을 돌려 웨이마시를 어떻게 했느냐고 물을 수밖에 없었는데, 그가 다른 방에서 비오네 부인과 대화를 나누고 있다는 대답을 듣자 앞선 궁금증에 대한 단서를 조금은 찾은 것 같기도 했다. 그는 잠시 그 둘이 함께 있는 장면을 그려 보았다. 그러고는 바라스 양의 표현을 빌려 물었다. "그럼 비오네 부인도 그의 매력에 푹……."

"아뇨, 전혀요." 바라스 양이 바로 대답했다. "그를 도무지 어떻게 해야 좋을지 모르고 있죠. 지루해할 뿐이에요. 그 문제에서 당신에게 도움이 되지는 못할 거예요."

"아, 부인도 할 수 없는 게 있군요." 스트레더가 웃었다.

"물론이죠! 정말 놀라운 분이긴 하지만. 게다가 웨이마시

씨도 그녀에게 전혀 관심이 없고요. 저한테서 웨이마시 씨를 빼앗아 가는 일은 없을 거예요. 워낙 다른 할 일이 많으니 할 수 있다 해도 당연히 그럴 일은 없겠지만요." 바라스 양이 말을 이었다. "그녀가 누구하고든 잘 해 나가지 못한 걸 본 적이 없어요. 게다가 오늘 밤엔 특히 더 멋지고 훌륭하니까 그게 이상하다고 느꼈을 수도 있을 거예요. 혹시 그게 마음이 쓰였다면 말이죠. 그래서 어쨌든 그분은 여전히 제 것이에요. 마음이 푹 놓인다니까요!"

스트레더는 그 말이야 이해할 수 있었지만 여전히 단서를 찾으려 애썼다. "당신이 보기에 그녀가 오늘 밤 특히 멋지고 훌륭한가요?"

"그럼요. 거의 지금껏 본 적이 없을 정도로요. 당신한테는 안 그런가요? 당신을 위해서 그런 건데요!"

그는 순진하게 밀고 나갔다. "나를 위해서라고요?"

"오, 오, 오!" 그 반대편으로 밀고 나가며 바라스 양이 외쳤다.

"글쎄요, 오늘 다르긴 합니다. 아주 생기발랄해요." 그가 곧 인정했다.

"생기발랄하다고요!" 바라스 양이 웃었다. "게다가 어깨가 아주 아름답죠. 물론 뭐 달라진 점은 없지만."

"없죠." 스트레더가 말했다. "어깨라면 분명히 알 수 있어요. 어깨 때문은 아니에요."

다시금 즐거움을 찾은 데다 유머 감각도 고도로 살아난 상대는 담배 연기를 내뿜으며 대화를 무척이나 즐기는 듯했다. "그래요, 어깨는 아니죠."

"그럼 뭐란 말인가요?" 스트레더가 진지하게 물었다.

"뭐긴요, 그냥 그녀 자신이죠. 그녀의 기분이고 매력이죠."

"당연히 그녀의 매력이긴 하죠. 하지만 지금 달라진 점에 대해서 얘기하는 거잖아요."

"글쎄요, 우리가 늘 하는 말처럼 그냥 뛰어난 거예요." 바라스 양이 설명했다. "그게 다죠. 아주 다양해요. 그 안에 서로 다른 여성이 아마 쉰 명은 있을걸요."

"아, 하지만 한 번에 하나씩이죠." 스트레더가 분명히 했다.

"그렇겠죠. 하지만 쉰 번을……."

"거기까지 갈 일은 없을 겁니다." 스트레더가 잘라 말하고 바로 다른 화제로 넘어갔다. "간단한 질문 하나 할 테니 답해 주겠어요? 그녀가 이혼을 할까요?"

바라스 양이 별갑 자루 안경 너머로 그를 바라보았다. "왜 이혼을 해야 하지요?"

그가 원한 대답은 그게 아니잖냐는 티를 내긴 했으나 어쨌든 답은 해 주었다. "채드와 결혼하기 위해서요."

"왜 채드와 결혼을 해야 하죠?"

"내가 보기엔 분명 그를 무척 좋아하니까요. 그를 위해 놀라운 일을 했고요."

"그럼 그 이상 뭘 더 할 수 있겠어요?" 바라스 양이 점잖은 척 말을 이었다. "남자랑 결혼하는 건, 여자랑 결혼하는 것도 그렇지만, 절대 놀라운 일이 못 돼요. 그건 아무나 할 수 있는 거잖아요. 결혼을 하지 않고도 그런 일을 해냈으니 그게 놀라운 거죠."

스트레더는 잠시 이 주장에 대해서 생각해 보았다. "두 사람이 그런 식으로 계속해 나가는 게 그렇게 아름다운 일이란 뜻인가요?"

하지만 그녀는 그가 무슨 말을 하든 웃었다. "아름답죠."

그래도 그는 계속 밀고 나갔다. "그리고 그건 그 관계가 사심이 없기 때문이고?"

그녀는 문득 그런 질문이 따분해진 모양이었다. "그래요, 그렇다고 하죠. 게다가 그녀는 절대 이혼하지 않을 거예요." 그녀가 덧붙였다. "무엇보다 그녀의 남편에 대해서 들리는 말을 다 믿지는 마세요."

"그럼 그가 망나니가 아니라는 건가요?" 스트레더가 물었다.

"아, 그건 맞아요. 하지만 매력적이기도 하죠."

"그를 아나요?"

"만난 적이 있어요. 아주 상냥한 사람이더라고요."

"자기 부인은 빼고 다른 사람한테?"

"제가 아는 바로는 부인한테도요. 여성이라면 모두한테요." 그녀가 재빨리 말을 돌렸다. "어쨌든 제가 웨이마시 씨를 돌봐 드린 것에 대해서 고맙게 생각해 주시면 좋겠네요."

"아, 엄청나게 고맙게 생각합니다." 하지만 스트레더는 여기서 끝낼 마음이 없었다. "아무튼 그 관계가 순수한 애정이라는 거죠." 그가 직설적으로 툭 던졌다.

"저와 웨이마시 씨요?" 그녀가 웃었다. "사심을 완전히 없애지는 마세요."

"여기 집주인 말입니다. 지금 얘기하고 있는 그 부인과의 관계가요." 그것이 바로 그가 잔에게서 받은 인상으로부터 간접적이지만 어쨌든 면밀하게 따져 다다른 결론이었다. 그리고 당분간 그 결론을 유지할 작정이었다. "순수한 애정이라, 이제 다 알겠어요." 그가 다시 말했다.

이 난데없는 단언에 어리둥절해진 그녀는 시선을 돌려 그가 암시한 모종의 인물이라도 찾는 듯 글로리아니를 바라봤고, 곧 그의 말을 이해했다. 스트레더로서는 그녀의 일시적인 오해를 알아차리고는 그 오해의 배후에 어떤 의미가 있을지 궁금했지만 말이다. 그 조각가가 비오네 부인을 사모하고 있음은 그도 이미 알고 있었다. 하지만 그 사모의 감정 역시 순수한지 아닌지를 논할 수 있는 그런 애정 관계란 말인가? 정말이지 그는 기이한 공기에 둘러싸인 채 무른 땅 위에 서 있는 느낌이었다. 그가 잠시 바라스 양을 주시했지만, 그녀는 이미 제대로 방향을 잡아 대화를 이어 나가고 있었다. "뉴섬 씨와 문제없느냐는 거지요? 당연히 그렇지요!" 그러더니 다시 신나게 자기 친구 이야기로 돌아갔다. "정말이지 제가 '앉은 황소'[16]를 그렇게 자주 보면서도 지쳐 나자빠지지 않은 게 놀라우실걸요. 하지만 아시잖아요, 전 별로 개의치 않아요. 제가 좀 참아 주면 우린 아주 잘 해 나갈 수 있거든요. 전 아주 특이해요. 원래 좀 그래요. 딱히 설명하기 힘들 때가 많지만요. 흥미롭거나 굉장하거나 뭐 그런 사람들이 제게는 때때로 따분

16) 다코타 지역의 아메리카 원주민인 수(Sioux)족의 추장으로서 백인 지배에 대한 저항을 이끈 것으로 유명하다.

해 죽을 지경이고요, 저 사람한테 볼 만한 점이 뭐가 있나 아무도 이해할 수 없는 그런 사람이 제게는 말할 수 없이 흥미롭기도 하거든요." 그녀는 잠시 담배 연기를 뿜고 나서 말했다. "아시겠지만 그분은 좀 안됐어요."

"'아시겠지만'?" 스트레더가 반문했다. "당연히 알죠. 당신은 우리를 보면 거의 눈물이 날 지경이겠죠."

"아, 당신 얘기는 아니었어요." 그녀가 웃었다.

"나도 포함시켜야 할 거예요. 지금 당신이 분명히 했듯 당신이 날 도울 수 없다는 사실이 바로 최악의 표시이죠. 여성들이 그럴 때 동정을 느끼잖아요."

"하지만 내가 당신을 분명 돕고 있잖아요!" 그녀가 유쾌하게 고집했다.

그가 다시 한번 그녀를 똑바로 보고 나서는 잠깐 짬을 두고 말했다. "아니, 그렇지 않아요!"

긴 체인이 달린 별갑 자루 안경이 짤랑거리며 내려왔다. "앉은 황소를 통해 돕고 있잖아요. 그것도 큰 도움이죠."

"아, 그거라면 맞는 말이긴 하죠." 그가 좀 주저하다가 물었다. "그 친구가 내 얘기를 한단 말인가요?"

"그리고 제가 당신을 두둔하냐고요? 아뇨, 전혀요."

"그렇군요." 스트레더가 생각에 잠겼다. "너무 심오한 거죠."

"그게 그분의 유일한 단점이에요." 그녀가 대답했다. "그분에겐 만사가 너무 심오하다는 거요. 한참 깊은 침묵을 지키고 있다가 이따금 한마디씩 하죠. 그리고 그렇게 내뱉는 한마디는 늘 혼자 느꼈거나 알아낸 사실이에요. 조금도 진부하지 않아요. 다른 사람들은 바로 그 점을 두려워할 수도 있지만 제게는 아주 죽여주는 점이죠." 그녀가 흐뭇한 표정으로 자신이 손에 넣은 것을 음미하며 다시 담배 연기를 내뿜었다. "하지만 절대 당신 얘기는 안 해요. 그쪽으로는 아예 가지도 않지요. 우린 멋진 사람들이거든요. 하지만 그가 무슨 일을 하는지는 말해 줄 수 있어요." 그녀가 말을 이었다. "제게 선물을 사 주려고 애를 쓰죠."

"선물이라고요?" 자신은 어떤 관계에서도 그런 일을 해 본 적이 없다는 사실에 불현듯 가슴이 저려 온 가련한 스트레더가 되물었다.

"그러니까 사륜마차에 있을 때만큼 훌륭하다니까요." 그녀가 설명했다. "제가 상점에 들어가 그를 문 앞에서 몇 시간이고 기다리게 할 때가 있어요. 그래도 개의치 않으니까요. 그렇게 기다려 주면 상점에서 나왔을 때 줄지어 서 있는 마차들 가운데 제 마차를 구별하기가 수월하거든요. 하지만 때로는 기분 전환 삼아 저를 따라 가게로 들어가기도 하는데, 그럴 때면 저한테 계속 뭘 사 주겠다고 해서 그걸 막으려면 별 수를 다 써야 한다니까요."

"당신에게 특별한 선물을 사 주고 싶어 한다고요?" 자신은 전혀 생각지도 못했던 그 모든 상황에 스트레더는 거의 말문이 막혔다. 경탄스럽기까지 했다. "아, 그 친구가 나보다 진정한 전통을 훨씬 더 잘 지키고 있네요." 그가 혼잣말처럼 말했다. "그래요, 정말 신성한 분노군요."

"신성한 분노, 바로 그거예요!" 앞서 이 단어가 어떻게 쓰였는지 알지 못하면서도 바라스 양은 단박에 그 의미를 알아차리고는 반지 낀 손으로 손뼉을 쳤다. "그가 왜 진부하지 않은지 이제 알겠어요. 어쨌든 그가 뭘 사 주려는 건 어떻게든 막아요. 그가 고른 걸 보면 더 이해가 가겠지만. 제가 엄청난 돈을 절약하게 해 준 거죠. 전 다른 건 안 받고 꽃만 받아요."

"꽃이라고요?" 슬픔에 차서 자신을 돌아보며 스트레더가 되물었다. 자신은 지금까지 꽃다발을 선물해 본 게 몇 번이나 될까?

"특별한 의미는 없는 꽃이니까 그냥 주는 대로 다 받아요." 그녀가 말을 이었다. "얼마나 멋진 꽃다발인지 몰라요. 최고의 꽃가게는 다 알고 있는데, 그걸 다 혼자서 찾아냈으니 정말 놀랍죠."

"나한테 그런 얘기라고는 한 적이 없는데. 자기 나름의 인생을 살고 있군요." 스트레더가 미소를 지었다. 그러다가 어차피 자신에게 그런 인생은 해당되지 않을 거라는 사실에 생각이 미쳤다. 웨이마시에게야 신경 써야 할 웨이마시 부인이 없지만, 스트레더에게는 명예를 지키며 언제나 신경 써야 할 뉴섬 부인이 마음속 깊이 자리 잡고 있으니 말이다. 더구나 자신의 친구가 열심히 진정한 전통을 지키고 있다는 사실이 마음에 들었다. 그래도 그 나름의 결론은 있었다. "얼마나 대단한 분노인지!" 그가 끌어낸 결론은 이랬다. "그건 일종의 반발입니다."

그녀가 그 말을 이해하기는 했지만 완전히는 아니었다. "제 느낌도 그래요. 그런데 뭐에 대해서요?"

"그러니까 내가 나름의 인생을 살고 있다고 생각하는 거죠.

정작 나는 그렇지 않은데요!"

"당신은 그렇지 않아요?" 그녀가 믿기지 않는 표정을 지었고, 뒤따라 나온 웃음은 완전히 믿을 수 없다는 투였다. "오, 오, 오!"

"그렇지 않죠. 나 자신을 위한 인생은 아니에요. 그저 다른 사람을 위해서만 살고 있는 것 같거든요."

"아, 그들을 위해서이지만 그들과 함께이기도 하지요! 지금만 해도 예를 들어……"

"예를 들어 누구?" 그녀가 말을 잇기 전에 그가 물었다.

그의 말투에 그녀가 좀 머뭇거렸고, 그 대답은 그가 보기에 좀 다른 의미를 지닌 듯했다. "예를 들어 고스트리 양이요. 그녀를 위해서는 무슨 일을 해 주나요?"

그 질문에 그 역시도 의아스러운 마음이 들었다. "전혀, 아무것도요!"

3

그사이 방 안에 들어와 있던 비오네 부인이 곧 그들에게 다
가왔다. 굳이 대꾸하기보다 그녀를 아래위로 재듯 훑어보는
바라스 양의 모습은 마치 그녀 스스로 감정하기 위한 긴 자
루 달린 별갑 안경이 되어 버린 듯했다. 그녀가 나타났을 때부
터 우리의 주인공은 그녀가 성대한 행사에 맞게 옷을 차려입
었다는 인상을 받았는데, 가든파티에서 만났을 때 떠올랐던
개념, 그러니까 그런 생활상이 완전히 몸에 밴 화려한 상류층
여성이라는 개념에는 이전보다 더 맞아떨어졌다. 드러난 팔과
어깨는 희고 아름다웠다. 실크와 검은 크레이프가 섞인 것으
로 보이는 드레스는 아주 예술적으로 조화된 은빛 회색으로
따뜻하면서도 화려한 인상을 주었다. 목에는 오래된 큰 에메
랄드가 박힌 짧은 목걸이를 했고, 옷의 자수라든가 에나멜 장
식, 공단, 그리고 뭔지 모르지만 화려한 재질이나 옷감 등 여

기저기에서 그보다는 흐릿하지만 비슷한 색조의 녹색이 눈에 띄었다. 무척이나 밝은 금발에 섬세하면서도 화려하게 장식된 머리는 마치 행복한 환상처럼 보였다. 오래된 귀한 메달이나 르네상스기 은화 같은 골동품처럼 말이다. 반면 호리호리하면서도 가볍고 경쾌한 몸, 발랄한 태도나 표정, 단호함 등은 시인이라면 반은 신화적이고 반은 관습적이라고 느꼈을 법한 그런 효과를 자아내고 있었다. 아침 구름에 여전히 반쯤 잠겨 있는 여신이라거나 여름날의 파고에 상체만 내놓고 있는 바다 요정에 비유할 수도 있을 것이다. 그녀의 모습이 그 무엇보다 그에게 보여 준 것은, 이렇게 가장 섬세하게 발달된 형태의 상류층 여성이란 마치 연극의 클레오파트라처럼 정말이지 다양하고 다면적이라는 사실이었다. 그녀는 여러 면모와 성격, 여러 낮과 밤을 가지고 있었다. 적어도 신비로운 자신만의 법칙에 따라 그것들을 보여 주었는데, 그 모든 것과 더불어 특별한 재능을 가진 여성이기도 했다. 어떤 날은 눈에 잘 안 띄는 숨죽인 분위기를 지녔다가, 또 다른 날은 완전히 스스로를 드러낸 현란한 여성이었다. 오늘의 비오네 부인은 완전히 그 모습을 드러낸 현란한 여성으로 보였다. 그러면서도 특별한 재능을 가진 여성이란 그런 식의 모든 범주를 쉽게 어그러뜨리기도 하기 때문에 오히려 너무 투박한 범주로 느껴졌다. 저녁을 먹으면서 그는 채드와 두 번 정도 길게 시선을 교환했다. 하지만 그런 식의 의사소통은 사실 예전의 모호함을 다시금 일깨웠을 뿐이었다. 그것이 부탁의 눈빛인지 충고하는 눈빛인지 당시에는 거의 분간할 수 없었다. '제가 어떤 상황에 있는지 아시겠지요.'라는 게 그 눈빛이 전하려는 바인 듯했지만, 그래서 어떤 상황이라는 건지 그때는 정확히 알 수 없었던 것이다. 하지만 이제는 어쩌면 알 것도 같았다.

"뉴섬 씨가 글로리아니 부인을 상대하느라 다소 버거워 보이는데, 잠깐 가서 도와줄 수 있을까요? 전 스트레더 씨만 괜찮다면 잠깐 이야기를 나누고 싶거든요. 여쭤 보고 싶은 것도 있고. 뉴섬 씨가 주인으로서 다른 여성분들과 어울리기도 해야 하고요. 제가 곧 가서 당신을 구해 드리죠." 특별한 의무감이 지금 막 생겨난 것처럼 그녀는 바라스 양에게 이렇게 말했다. 마치 이 집안사람처럼 구는 태도가 은연중 드러나 스트레더가 약간 놀라는 것을 그녀가 알아채기는 했지만, 두 사람 다 그에 대해서는 아무 언급도 하지 않았다. 그리고 같이 있던 바라스 양이 곧 친절하게 자리를 뜨자 스트레더로선 다른 문제를 생각해야 했다. "마리아가 왜 갑자기 떠난 거죠? 혹시 아세요?" 비오네 부인이 묻고 싶었던 질문은 바로 이것이었다.

"그녀의 짧은 편지에 적힌 단순한 이유 말고 제가 따로 드릴 수 있는 설명은 없을 것 같은데요. 남쪽에 사는 친구의 병세가 악화되어 갑자기 떠나게 되었다는 것 말입니다."

"아, 그럼 서로 편지를 주고받으시는군요."

"떠난 이후로는 못 받았습니다. 떠나기 전에 짧게 설명했을 뿐이죠." 스트레더가 해명했다. "당신을 찾아간 다음 날 만나러 갔는데, 이미 떠나 버린 뒤였어요. 건물 수위 말이 혹시 내가 오거든 내게 편지를 보냈다고 전해 주라고 했다더군요. 돌아와 보니 편지가 와 있었어요."

비오네 부인은 스트레더의 얼굴을 바라보며 관심 있게 들었다. 그리고는 세련되게 장식된 머리를 서글프다는 듯이 약간 흔들었다. "제게는 편지를 보내지 않았어요. 저도 당신을 만난 뒤 바로 만나러 갔었죠." 그녀가 덧붙였다. "글로리아니의 파티에서 만났을 때 보러 가겠다고 분명히 말했거든요. 그때는 집에 없을 거라고는 하지 않았어요. 그런데 그 문 앞에 서자 알 것 같았어요. 아프다는 친구를 부정할 생각은 없지만 (그 외에도 정말이지 많은 친구가 있을걸요.) 나를 만나지 않으려고 집을 비운 거예요. 다신 날 만나고 싶지 않은 거죠." 의식적으로 훌륭하게 온화한 태도를 보이며 그녀가 말을 이었다. "그녀는 과거에 내가 누구보다 좋아하고 사랑했던 친구이고 그녀도 그걸 알아요. 어쩌면 바로 그 때문에 그녀가 떠났을 수도 있지만. 장담하건대 영원히 못 만나는 일은 없을 거예요." 스트레더는 여전히 말이 없었다. 이제 와서 보니 자신이 두 여성 사이의 문제에 끌려들 수도 있고, 사실 이미 상당히 그렇게 된 것 같아 끔찍한 생각이 들었기 때문이다. 게다가 이러한 암시와 고백의 이면에는 알아차릴 수 있을 만한 다른 것도 있어서, 그것을 받아들인다면 상황을 단순화하겠다는 자신의 결심과 아주 어긋나 버릴 거라는 느낌도 들었다. 그럼에도 어쨌든 그녀의 온화함과 슬픔은 진지해 보였다. 이어서 '그녀가 행복해서 얼마나 기쁜지 몰라요.'라고 말할 때도 못지않게 진지한 느낌이었다. 그러나 그는 여전히 아무 말도 하지 않았다. 암묵적으로 지칭된 사람이 누군지 아주 분명했음에도 말이다. 그 말은 곧 자신 덕에 마리아 고스트리가 행복하단 뜻이었고, 그는 아주 잠깐 그러한 생각에 이의를 제기하고 싶은 충동을 느꼈다. 하지만 그러려면 '우리 둘이 무슨 사이라고 생각하는 겁니까?'라는 식의 질문을 하는 수밖에 없을 것이고, 바로 다음 순간 그런 질문을 하지 않아서 무척이나 다행스러웠다. 멍청하게 자만에 빠진 것보다 그냥 어리석은 쪽이 차라리 나았고, 게다가 여성들이, 특히 고도로 지적인 유형의 여성들이 서로에 대해 생각하는 바가 떠올라 몸서리가 쳐지는 것을 겨우 억눌렀다. 무슨 이유로 유럽에 왔든 이런 일에 연루되러 온 것은 아니었다. 그래서 상대방이 무슨 말을 던지건 전혀 대응하지 않았다. 그런데 그가 며칠 동안 그녀를 멀리했고, 둘이 만나는 일도 전적으로 그쪽에서 알아서 하도록 내버려 두었건만 그녀는 조금도 기분 나쁜 내색을 보이지 않았다. "그럼 잔은 어떤가요?" 그녀가 미소를 지으며 물었는데, 처음 방을 들어올 때 보였던 경쾌함이 다시 묻어났다. 사실은 그것이 그녀가 그를 보러 온 이유이자 용건임을 곧 알 수 있었다. 지금까지 그는 웬만하면 나서서 이야기하지 않고 그녀 쪽에서 사실을 알려 주도록 길을 들이고 있었다. "그래서 무슨 감정이 있는지 정말 알겠던가요? 그러니까 뉴섬 씨에 대해서 말이에요."

거의 화가 난다는 투로 스트레더가 재깍 대꾸했다. "내가 그런 걸 어떻게 알겠습니까?"

그녀는 개의치 않고 여전히 상냥했다. "아, 하지만 그 아이들은 정말 아름답고 젊잖아요. 게다가 당신이 모든 걸 알아낼 수 있다는 걸 알아요. 아닌 척하지 마세요." 뒤이어 물었다. "잔과 얘기를 나누지 않았나요?"

"그랬죠, 하지만 채드에 대한 건 아니었어요. 어쨌든 별로 많이 하지도 않았고."

"아, 많이 할 필요도 없잖아요!" 그녀가 안심시키듯 외쳤다. 그러더니 곧 다른 화제로 넘어갔다. "지난번에 한 약속을 기억해 주세요."

"당신을 '구해 달라'고 말했던 것 말이에요?"

"지금도 마찬가지로 말할 수 있죠. 그래 주시겠어요?" 그녀가 재촉했다. "후회하신 건 아니죠?"

그가 곰곰 따져 봤다. "그건 아닌데, 내가 무슨 의미로 그랬는지를 생각하기는 했죠."

그녀가 그 말을 받았다. "저는 무슨 의미로 한 말이었을지 약간 따져 보지 않았나요?"

"아니, 그럴 필요는 없어요. 내가 무슨 의미로 한 얘기였는지만 알면 그것으로 충분합니다."

"그리고 아직까지 알아내지 못했고요?" 그녀가 물었다.

그가 다시 말을 멈췄다. "그건 그냥 내게 맡겨 두는 게 좋을 것 같군요." 그가 덧붙였다. "그런데 시간을 얼마나 줄 수 있죠?"

"오히려 당신이 제게 시간을 얼마나 줄 수 있는지가 문제인 것 같은데요. 어쨌든 이 집주인과 함께 있으면 항상 저에 대해서 알 수 있지 않나요?"

"당신에 대해 말로 알려 주는 경우는 전혀 없어요." 스트레더가 답했다.

"전혀요?"

"전혀."

그녀가 잠시 생각에 잠겼다. 혹시 그 사실이 당혹스러웠을 지라도 겉으로 드러나지는 않았다. 정말로 금방 아무렇지도 않은 표정이 되었다. "그렇죠, 얘기 안 하겠죠. 얘기를 들을 필요가 있나요?" 그렇게 절묘하게 강조하는 바람에, 여기저기 딴 데를 둘러보던 그의 시선이 그녀의 얼굴에 오래 머물렀다. "무슨 뜻인지 알겠군요."

"당연히 무슨 뜻인지 아시겠죠."

그녀는 의기양양했지만 전혀 과하지 않았고, 정말이지 정의로움도 울고 가게 만들 말투였다. "그가 당신에게서 어떤 덕을 입었는지가 훤히 보인다는 뜻이죠."

"그러면 그게 대단하다고 인정해 주세요." 여전히 자신의 자부심을 분별 있게 조절하면서 그녀가 말했다.

그는 그러한 그녀의 기분을 받아들이면서 더 밀고 나갔다. "당신이 지금의 채드를 만들어 낸 것은 알겠는데, 도대체 어떻게 그런 일을 했는지는 알 수가 없군요."

"아, 그건 또 다른 문제예요." 그녀가 미소를 지었다. "요점은 뉴섬 씨를 아는 게 — 지금 영광스럽게도 당신이 인정한 것처럼 — 곧 저를 아는 일인데, 저에 대해 모르겠다고 하는 게 무슨 소용이 있느냐는 거죠."

"알겠어요." 여전히 시선을 그녀에게 둔 채 그가 나직이 말했다. "오늘 당신을 만나지 말았어야 했어요."

그녀가 맞잡은 손을 들어 올렸다 떨구었다. "그건 상관없잖아요. 내가 당신을 믿는데 당신은 왜 조금이라도 날 믿어 줄 수 없나요?" 그녀가 말투를 바꿔 물었다. "게다가 왜 당신 자신을 믿지 못하나요?" 그녀는 대답할 짬도 주지 않고 말을 이었다. "아, 그러면 나를 대하기도 편할 텐데! 어쨌든 우리 딸을 만나 줘서 고마워요."

"저도 즐거웠습니다." 그가 말했다. "하지만 그게 당신에게 별 도움이 되진 않을 거예요."

"도움이 안 돼요?" 비오네 부인이 뚫어지게 그를 보았다. "왜요, 얼마나 천사 같은 아이인데."

"바로 그래서죠. 그냥 내버려 둬요. 뭘 알아내려 하지 말고." 그가 설명했다. "그러니까 내게 얘기한 그런 점에서 말이에요. 그 애의 감정에 대해서."

상대방이 의아한 표정을 지었다. "왜냐하면 알아내지 못할 테니까?"

"내가 부탁하는 거니까, 부탁을 들어주는 셈 치고 하지 말라는 겁니다. 지금까지 본 가장 사랑스러운 아이예요. 그러니까 괜히 건드리지 말아요. 알지도 말고 알려고 하지도 말고. 게다가, 맞아요, 알 수도 없을 겁니다."

난데없이 간청하는 식이 되어 버렸지만, 그녀가 받아들였다. "당신 부탁을 들어주는 셈 치고?"

"굳이 그렇게 묻는다면, 그래요."

"당신이 부탁하신다면 뭐든지." 그녀가 미소 지었다. "그렇다면 전 알아낼 수가 없겠군요. 절대로. 고맙습니다." 그녀가 돌아서면서 특유의 상냥함을 담아 덧붙였다.

그 말소리가 계속 그에게 남았고, 발이 걸려 넘어지기라도 한 기분이었다. 어떻게든 독립적인 지위를 마련하려 애쓰는 와중이었는데, 어떤 특별한 느낌 때문에 떠밀리듯이, 앞뒤도 안 맞게 바보같이 책임을 떠맡고 말았으니 말이다. 필요한 것을 단박에 이용할 줄 아는 절묘한 능력을 지닌 그녀는 그 한마디로, 말하자면 황금 못을 박아 버렸고, 그는 이제 그 예리한 의도를 또렷하게 느낄 뿐이었다. 떨어져 나오기는커녕 더 긴밀하게 엮여 버린 셈이었다. 이 상황을 깊이 고심하는 중에 그의 눈이 막 그의 시야에 들어온 다른 눈과 마주쳤는데 그 눈은 자신의 행위에 대한 이런 생각을 반영하는 듯이 보였다. 그것이 리틀 빌럼의 눈임은 바로 알 수 있었다. 그는 분명 그를 찾아오는 것으로 보였고, 리틀 빌럼이야말로 이런 상황에서 그가 마음을 털어놓을 만한 상대였다. 곧 그들은 글로리아니와 잔 드 비오네가 여전히 담소를 나누고 있는 구석 자리에서 대각선으로 마주 보는 곳에 함께 자리를 잡았다. 우선 아무 말 없이 잔 쪽을 다정한 눈길로 바라보았다. 스트레더가 입을 열었다. "나로서는 기백이 있는 젊은이 치고, 그러니까 예를 들어 자네처럼 말이야. 저 처녀를 보고도 어떻게 푹 빠져 버리지 않을 수 있는지 알 수가 없네. 한번 해 보지 그래, 리틀 빌럼?" 조각가의 파티 때 정원 벤치에 앉아 이야기했을 때 자신의 어조를 기억하는 그로서는 이것이 젊은이에게 해 줄 만한 조언으로 훨씬 적절해서 그때의 일을 만회할 만하다고 생각했다. "무슨 이유가 있을 것 같은데."

"무슨 이유요?"

"여기서 얼쩡거리는 이유 말이야."

"비오네 양에게 청혼이라도 하기 위해서라고요?"

"그러면 구혼할 상대로 저보다 더 사랑스러운 여성이 있을 수 있단 말인가? 내가 본 가장 사랑스러운 처자인데." 스트레더가 물었다.

"당연히 말할 수 없이 사랑스럽죠. 그러니까 정말 그런 존재예요. 저 옅은 분홍빛 꽃망울 안에는 때가 되면 아주 멋지게 만개할 꽃이 담겨 있을 게 분명해요. 그러니까 위대한 황금빛 태양을 향해서 꽃잎을 여는 거죠. 유감스럽게도 저는 그저 작은 싸구려 양초에 불과해요. 저 같은 가난한 그림쟁이가 저런 자리에 무슨 가능성이 있겠어요?"

"무슨 소리, 자넨 아주 좋은 사람이야." 스트레더가 외쳤다.

"확실히 제가 좋은 사람이긴 하죠. 우리 같은 미국인들은 뭘 하든 다 괜찮은 사람이에요. 하지만 그녀는 너무 훌륭해요. 그게 다른 거죠. 그쪽에선 절 쳐다보려고도 안 할걸요."

긴 의자에 편히 기대어 앉아 여전히 잔의 매력에 빠져 있는 스트레더 쪽으로 잔이 일부러 시선을 돌렸는데, 그에게는 약간 미소까지 보인 듯이 느껴졌다. 새로운 문제가 던져지긴 했지만 잠자고 있던 어떤 충동이 드디어 깨어나 이 상황을 즐기던 스트레더는 빌럼의 말을 생각해 보았다. "'그쪽'이 누굴 말하는 거지? 잔과 그 엄마?"

"그렇죠. 게다가 아버지도 있어요. 그가 어떤 사람이건 잔이 지닌 가능성에 절대 무관심할 수 없을걸요. 게다가 채드도 있죠."

스트레더가 잠시 침묵을 지켰다. "아, 하지만 채드는 저 애를 좋아하지 않는걸. 그러니까 지금 얘기하는 그런 의미에서 말일세. 저 애를 사랑하진 않는다는 거지."

"맞아요. 하지만 채드는 잔과 가장 가까운 사람이에요. 엄마 다음으로요. 그녀를 아주 아끼고, 그녀의 앞날에 대해 나름의 생각을 가지고 있죠."

"흠, 그거 참 이상하군!" 그 심오함에 한숨이 나올 듯한 심정으로 스트레더가 곧 맞받았다.

"정말 이상하긴 하죠. 그게 바로 묘미예요. 지난번 아저씨가 제게 그렇게 멋지게 영감을 불어넣어 주셨을 때 염두에 두셨던 게 바로 그런 종류 아니었나요?" 리틀 빌럼이 말을 이었다. "기회가 있을 때 가능한 모든 것을 보라고, 절대 잊을 수 없을 만큼 힘주어 제게 요구하지 않으셨나요? 진정으로 보라고 말이에요. 아저씨가 의도한 뜻은 오로지 그것이었을 테니까요. 저한테 정말 말할 수 없이 도움이 되었고요. 그래서 지금 최선을 다하고 있어요. 정말 중요한 시점이라고 생각하거든요."

"내 생각도 그래!" 잠시 짬을 두고 스트레더가 말했다. 그러더니 곧 생뚱맞게 물었다. "그런데 채드는 어쩌다가 그렇게 깊이 엮이게 되었을까?"

"아, 아, 아!" 그렇게 외치며 리틀 빌럼이 의자 등받이로 털썩 몸을 기댔다. 그에 우리의 주인공은 바라스 양이 떠올랐고, 다시금 뭔가 신비롭고 비밀스러운 암시의 미로를 헤매는 느낌이 살짝 들었다. 그래도 이야기의 가닥은 여전히 붙들고 있었다. "물론 이해는 하지. 그저 완전히 변한 그 모습에 간혹 입이 벌어질 뿐이야. 백작 집안의 어린 딸의 미래를 결정하는 데 그 정도의 발언권이 있는 채드라니." 그가 단정하듯 말했다. "아니, 그건 시간이 좀 걸리겠어!" 그가 말을 이었다. "게다가 자네 말처럼 자네나 나 같은 사람들은 어차피 승산이 없지. 여전히 이해하기 힘든 게, 채드는 다르다는 거야. 지금 상황이 그럴 상황이 아니어서 그렇지, 다른 상황이라면 원하기만 하면 잔을 얻을 수 있다는 거지."

"그렇죠, 하지만 그건 그가 부자이고 더 큰 부자가 될 가능성도 있기 때문이죠. 그들이 생각하는 거라고는, 유명한 집안 아니면 엄청난 재산이니까요."

"글쎄, 이런 식으로 나가면 엄청난 재산은 못 얻을 텐데. 서두르지 않으면 안 되는데." 스트레더가 말했다.

"비오네 부인께 한 얘기가 그거였나요?" 리틀 빌럼이 물었다.

"아니, 별다른 얘기는 하지 않았네." 스트레더가 말을 이었다. "하지만 물론 그가 원한다면야 그런 희생은 할 수 있겠지."

리틀 빌럼은 잠깐 짬을 두고 말했다. "채드는 희생하는 걸 별로 좋아하지 않는데요. 그러니까 어쩌면 희생은 이미 할 만큼 했다고 생각할 수도 있고요."

"글쎄, 그 관계가 고결한 거니까." 스트레더가 약간 단호한 말투로 말했다.

"바로 그겁니다." 젊은이가 잠시 후 말했다.

이번엔 스트레더가 잠시 침묵을 지키다가 다시 말을 꺼냈다. "나 혼자 그걸 알아냈어. 여기서 반 시간 만에 파악한 거지. 드디어 이해한 거야. 처음에는, 그러니까 자네가 처음 얘기했을 때는 이해하지 못했고, 채드가 처음 얘기했을 때도 마찬가지였거든."

"아, 아저씨가 그때 제 말을 믿으셨다는 생각은 안 해요." 리틀 빌럼이 말했다.

"아니, 믿었어. 채드 말도 믿었고. 너희를 안 믿었다면 괴팍스러운 정도가 아니라 아주 밉상스럽고 경우에 맞지 않는 일이었겠지. 날 속여서 자네에게 득이 될 게 뭐가 있겠나?"

리틀 빌럼이 곰곰이 생각했다. "저한테 무슨 득이 있겠냐고요?"

"그래, 채드는 있을 수도 있겠지. 하지만 자네가?"

"아, 아, 아!" 리틀 빌럼이 소리쳤다.

그 뭔지 모를 감탄사가 반복적으로 나오는 통에 스트레더로서는 기분이 좀 상할 법도 했다. 하지만 지금까지 봐 온 것처럼 그는 자신의 입장을 알았고, 무슨 일이 있어도 끄떡하지 않는다는 사실이 그 입장을 계속 견지하겠다는 결심을 증명했다. "내가 직접 겪어 보지 않고는 깨달을 수가 없었던 거야. 그녀는 엄청나게 능력 있고 총명하고 뛰어난 여성인 데다 보기 드물게 매력적이기까지 해. 오늘 밤 우리 모두가 확실히 알게 된 그런 매력 말일세. 능력 있고 총명하고 뛰어난 여성들은 대개 갖기 힘든 그런 매력이지. 사실 그 자체로도 드문 것이지만." 단지 리틀 빌럼을 위해서 하는 설명이 아닌 듯 스트레더가 말을 이었다. "바로 그래서 그러한 여성과의 관계가, 그렇게 고도로 세련된 친밀함이 어떤 것일지 이해하게 된 거야. 어쨌든 상스럽거나 막돼먹은 관계일 수는 없는 거고, 그게 중요한 거지."

"그렇죠, 그게 중요한 거죠." 리틀 빌럼이 말했다. "상스럽거나 막돼먹은 것일 리가 없죠. 그리고 천만다행으로 전혀 그렇지 않아요! 맹세컨대 저는 지금껏 살면서 그렇게 섬세하고 기품 있는 관계를 본 적이 없어요."

리틀 빌럼이 뒤로 기댈 때 같이 몸을 기댔던 스트레더는 그를 잠시 쳐다봤는데, 잠깐 동안 지속된 그 시선을 그는 알아채지 못했다. 대화에 완전히 몰두한 채 앞만 바라보고 있을 뿐이었다. "물론 그 관계가 채드에게 가져온 결과는, 그러니까 그 관계가 어떻게 그렇게 훌륭하게 그 일을 해냈는지 나로서는 아직 알아내지 못했네." 여하튼 스트레더는 대화를 이어 나갔다. "그냥 그 상태의 그를 받아들일 수밖에 없으니까. 그를 보라고."

"그를 보라고요!" 리틀 빌럼이 되풀이했다. "게다가 정말로 전적으로 그녀의 힘이에요. 더 가까이서 더 오래 보아 왔지만 저도 이해할 수가 없다니까요. 하지만 저도 아저씨와 비슷해요." 그가 덧붙였다. "제대로 이해할 수 없더라도 감탄하며 환호할 수 있지요. 아시다시피 제가 지난 삼 년간 그들을 지켜봤고, 지난 일 년 동안은 특히 그랬잖아요. 그전에도 채드는 제가 보기에 아저씨가 생각하신 만큼 나쁜 사람은 아니었는데……."

"아, 난 이제 아무 생각도 안 하네!" 스트레더가 성마르게 말을 잘랐다. "그러니까 진짜 생각해 낸 것 말고는 말이야! 그러니까 애초에 그녀가 채드에게 관심을 가졌다면……."

"그럴 만한 뭔가가 있었을 거라는 거죠? 그럼요, 당연히 그런 면이 있었을 뿐 아니라 미국에서보다 훨씬 더 많이 드러났죠." 젊은이가 아주 객관적으로 따져 보았다. "어쨌든 그녀가 어떻게 해 볼 만한 여지가 있어서 그렇게 한 거죠. 가능성이 있다고 보았고 그 기회를 잡은 거예요. 저는 그 점이 특히 멋지다고 봐요. 하지만 물론 채드가 그녀를 먼저 좋아했죠." 그렇게 그가 말을 맺었다.

"당연히 그랬겠지." 스트레더가 말했다.

"제 말은 그 둘이 언젠가 어디에서 처음 만났을 때, 분명 어떤 미국인의 집이었을 텐데요. 그때 전혀 의도치 않게 그녀에게서 강한 인상을 받은 거죠. 그리고 시간이 가면서 여러 기회에 걸쳐 그도 좋은 인상을 주었고요. 그런 이후에 그녀도 채드만큼 나쁜 사람이 되었죠."

스트레더가 막연하게 그 말을 되풀이했다. "그만큼 '나쁜 사람'?"

"그러니까 그녀도 그를 좋아하게 되었다는 거죠. 그것도 아주 많이요. 끔직한 상황에서 외롭게 살다 보니 일단 관계가 시작되자 거기서 오는 이득에 관심이 생긴 거죠. 과거에도 그랬고 지금도 역시 그건 이득이자 관심이에요. 또한 그녀 자신에게 아주 도움이 많이 되었고, 지금도 그래요. 그래서 여전히 그를 좋아하는 거고요." 리틀 빌럼이 의미심장하게 말했다. "사실 더 좋아하죠."

"채드가 그녀를 좋아하는 것보다 더?" 스트레더가 이렇게 되물었지만 그렇다고 그들의 관계는 자기가 관여할 바가 아니라는 그의 이론에서 크게 벗어난 것은 아니었다. 이 말에 상대방은 고개를 돌려 스트레더를 보았고, 그제야 잠시 그들의 눈이 마주쳤다. "더 좋아하나?" 그가 다시 물었다.

리틀 빌럼은 한참 말이 없었다. "다른 사람에게는 절대 말하지 않으실 거죠?"

스트레더가 잠깐 생각했다. "말할 사람이 누가 있나?"

"제가 알기로는 정기적으로……."

"미국에 있는 가족들?" 스트레더가 대신 말을 이었다. "그럼 그들에게 이 말은 하지 않도록 하지."

그러자 젊은이가 시선을 다시 돌렸다. "그럼 채드보다 그녀가 그를 더 좋아하는 게 맞습니다."

"오!" 스트레더가 좀 야릇하게 외쳤다.

하지만 상대방이 다시 물었다. "사실 그런 인상을 받지 않으셨어요? 이미 그렇게 그를 파악하신 거잖아요."

"아니, 그를 파악하지 못했는데!"

"그럴 리가요!" 그러더니 리틀 빌럼은 더 이상 말이 없었다.

"어쨌든 내가 상관할 바는 아니지." 스트레더가 좀 더 부인했다. "그러니까 그를 파악하는 일 말고는 말일세." 하지만 왠지 이렇게 한마디 덧붙여도 될 듯싶었다. "어쨌든 그녀가 채드를 구했다는 건 여전한 사실인 거지."

리틀 빌럼이 쫌을 두었다가 말했다. "채드를 구하는 건 아저씨가 하실 일이라고 생각했는데요."

스트레더에게 그 답은 이미 준비되어 있었다. "그녀와 관련되어 그의 태도나 도덕심, 성격이나 사는 방식을 말하는 거네. 서로 상대하며 얘기를 나누고 함께 살 사람, 그러니까 사회적 동물로서 말이야."

"아저씨 쪽에서 원한 것도 사회적 동물로서의 채드 아닌가
요?"

"물론이지. 그러니까 그녀가 우리를 위해서 그를 구해 준 거
나 마찬가지인 거야."

"그래서 이제는 그쪽 모두가 그녀를 구해 줘야 한다고 보는
건가요?" 젊은이가 툭 던지듯 물었다.

"우리 '모두'라니⋯⋯!" 그 말에 스트레더는 웃음이 나오지
않을 수 없었다. 하지만 그 덕에 정말 하고 싶었던 말로 되돌
아 갈 수 있었다. "그 둘은 자신들의 상황을 받아들인 거야.
아주 힘들긴 하지만. 자유롭지가 않으니까. 적어도 그녀는 그
렇지. 하지만 그나마 자신들에게 주어진 것을 받아들였지. 그
건 아주 아름다운 우정이고, 그래서 그들이 그렇게 강인한 거
라네. 꺼릴 게 없고, 본인들도 그렇게 느끼고 그리고 서로를
북돋아 주지. 하지만 자네도 언급했듯이 그녀 쪽에서 그런 생
각이 더 강한 거지."

리틀 빌럼은 자신이 언급한 게 잘 기억이 안 나는 모양이었
다. "자기들이 꺼릴 게 없다는 생각이요?"

"그녀로서는 꺼릴 게 없다는 것과 거기서 나오는 힘 말이야.
그걸로 그녀가 그를 지탱하는 거지. 모두를 떠받치고 있는 거
야. 그런 일을 할 수 있는 사람이라면 상관없어. 바라스 양 말
처럼 경이로운 사람이니까. 그 나름으로는 채드도 그렇고. 하
지만 남자의 입장에서는 때로 반감이 들면서 내가 하는 일이
뭐가 있나 하는 기분이 들 수도 있겠지. 그녀는 그저 그에게
말할 수 없이 도덕적인 삶을 준 것이고, 그게 설명해 주는 바

는 엄청나다네. 그래서 내가 그걸 문제적인 상황이라고 부르는 거야. 문제적인 상황이라는 게 있다면 이게 바로 그렇지." 머리를 기대고 시선을 천장에 둔 스트레더는 자신이 그려 낸 모습에 빠져든 것처럼 보였다.

상대방은 아주 주의를 기울여 듣더니 말했다. "저보다 훨씬 더 설명을 잘하시네요."

"아, 자네로서야 직접적인 관심사가 아니니까."

리틀 빌럼이 잠깐 생각했다. "좀 전에 아저씨 관심사도 아니라고 하신 것 같은데요."

"글쎄, 비오네 부인의 문제는 전혀 관심사가 아니지. 하지만 지금도 막 얘기했지만 내가 채드를 구하러 온 게 아니면 무엇때문에 여기까지 왔겠나?"

"그렇죠, 채드를 데려가려고 오셨죠."

"데려감으로써 구하는 거지. 돌아가 사업을 맡는 것이 최선이니까. 따라서 그가 본래 모습을 찾아 그것을 위해 필요한 일을 당장 해야겠다는 마음을 먹을 수 있도록 말이야."

"글쎄요……." 약간 사이를 두고 리틀 빌럼이 말했다. "확실히 그렇게 설득되긴 했어요. 정말 그게 최선이라고 생각하니까요. 어제인가 그제 제게 그렇게 말하더군요."

"그래서 그가 좋아하는 마음이 덜하다고 생각한 건가?" 스트레더가 물었다.

"그녀가 그를 좋아하는 마음보다요? 예, 그것도 있죠. 하지만 다른 데서도 그런 인상을 받았어요." 리틀 빌럼이 바로 이어 말했다. "그런 상황에서는 남자가 여자만큼 좋아할 수가 없어요. 그렇지 않나요? 그가 더 좋아하게 만들려면 다른 조건이 필요하고요. 그렇게 되면 아마 더 좋아할 수 있겠죠. 채드의 앞엔 가능한 미래가 있잖아요."

"사업과 관련된 미래 말인가?"

"아니요, 반대 쪽 거요. 아저씨가 문제적 상황이라고 적절히 표현한 그 미래 말입니다. 비오네 씨가 한참을 더 살 수도 있잖아요."

"그래서 그들이 결혼할 수가 없다?"

빌럼이 잠깐 망설였다. "결혼을 할 수 없다는 게 유일하게 확실한 전망이겠죠. 여자는, 어떤 여자는 그런 긴장을 견딜 수 있을지 모르죠. 하지만 남자가 그럴 수 있을까요?" 문제를 제기하듯 그가 물었다.

마치 혼자 해답을 찾아보기라도 했던 것마냥 스트레더의 대답이 단박에 나왔다. "자기 행위에 대한 아주 고귀한 이상이 없다면 그럴 수 없겠지. 하지만 우리가 바로 그 점을 채드에게서 본 것 아닌가." 그가 의아하다는 듯 물었다. "그리고 그 문제라면 그가 미국에 간다고 해서 어떻게 그 긴장이 줄어들 수 있는 거지? 오히려 더 심해지는 것 아닌가?"

"눈에서 멀어지면 마음에서도 멀어진다잖아요!" 상대방이 웃고는 말을 이었다. "떨어져 있으면 고통도 덜하지 않을까요?" 그러고는 스트레더가 대답하기도 전에 결론지었다. "중요한 건 채드가 결혼을 해야 한다는 겁니다!"

스트레더는 그 점에 대해 잠깐 생각하는 듯하더니 불쑥 말했다. "고통에 대해 말이 나왔으니 말인데, 나의 고통은 전혀 줄여 줄 생각이 없구먼!" 그가 곧장 자리에서 일어나면서 물었다. "결혼을 누구랑 해야 한다는 건가?"

리틀 빌럼은 그보다 천천히 일어섰다. "그냥, 결혼을 할 수 있는 여자요. 아주아주 착한 여자."

둘 다 일어선 상태에서 스트레더의 눈이 다시 잔에게로 향했다. "저 처자 말인가?"

상대방이 문득 알 수 없는 표정을 지었다. "엄마와 사랑하는 사이였는데요? 안 돼죠."

"하지만 그가 그 엄마와 사랑에 빠진 게 아니라는 게 자네 이론 아니었나?"

리틀 빌럼이 다시 사이를 좀 두었다가 말했다. "어쨌든 잔과 사랑에 빠진 것도 아니니까요."

"그렇겠지. 그러니 어떻게 다른 여자와 사랑에 빠질 수가 있겠나?"

"그건 인정해요. 하지만 아시다시피 여기서는 엄밀한 의미에서 꼭 사랑해야 결혼할 수 있다고 생각하지는 않아요." 리틀 빌럼이 친절하게 상기시켜 주었다.

"그러면 그렇게 결혼한 여성에게 도대체 얼마만 한 고통이 따르겠나? 당연히 고통이지." 그러고는 질문 자체에 관심이 있다는 듯 대답을 기다리지도 않고 계속 물었다. "게다가 그녀가 한 남자를 그렇게 훌륭하게 빚어낸 게 결국 딴 여자를 위한 거란 말인가?" 이 점에 대해 어떤 주장을 하려는 듯이 보였으므로 리틀 빌럼이 그를 바라보았다. "서로를 위해서 뭔가를 포기한 거라면 포기한 것을 아쉬워하지 않기 마련이야." 스트레더는 의식적으로 좀 과장된 말투를 사용해 툭 던졌다. "둘이서 함께 미래에 맞서도록 두자고!"

그 말에 리틀 빌럼이 그를 똑바로 쳐다봤다. "그럼 채드가 돌아가지 않을 거라는 겁니까?"

"내 말은 그가 비오네 부인을 포기한다면……!"

"그러면?"

"그럼 그로서는 정말 부끄러운 일이라는 거지." 그 말과 함께 스트레더에게서 나온 소리는 웃음소리처럼 들렸다.

7부

1

스트레더가 장중한 성당의 어둑한 실내에 혼자 앉아 있었
던 것은 이번이 처음이 아니었다. 사정이 허락하는 한, 성당의
기운에 긴장이 풀어질 수 있도록 자신을 내맡긴 것 역시 이번
이 처음이 아니었다. 노트르담 성당에는 웨이마시와도 갔고,
고스트리 양과도 갔고, 채드 뉴섬과도 갔는데, 심지어 동행이
있을 때에도 그곳에서는 자신의 문제에 대한 강박에서 벗어날
수 있음을 알았다. 이제 같은 일로 새로이 압박감을 느끼게 되
자, 물론 직접적이진 않지만 잠시나마 그것을 상당히 완화해
줄 치유의 시간을 갖기 위해 자연스럽게 이곳을 찾게 되었다.
임시방편일 뿐이란 것은 당연히 알았지만, 요즘 들어 거의 수
치스러울 정도로 하루하루를 근근이 살아간다는 느낌을 떨
칠 수 없는 그로서는 잠깐이라도 좋은 시간을 가지면 도움이
되겠다는 생각이었다. 그것을 좋은 시간이라고 부를 수 있다

면 말이다. 이제 가는 길은 잘 알았으므로 그는 최근 혼자서 여러 번 찾아갔더랬다. 다른 사람들의 눈에 띄지 않을 기회가 생기면 거의 몰래 갔다 왔고, 그런 다음에도 친구들에게 그 이야기를 꺼내지 않았다.

친구들 이야기가 나왔으니 말이지만 그의 절친한 친구는 여전히 부재중이었을 뿐 아니라 소식도 없었다. 삼 주가 지났는데 고스트리 양은 돌아오지 않았던 것이다. 프로방스의 망통에서 편지를 보내, 자신이 말도 안 되게 앞뒤가 맞지 않을 뿐 아니라 지금으로서는 불쾌할 만치 신의 없는 사람으로 비춰지는 게 당연하겠지만 좀 참고 기다려 달라고, 판단은 나중에 내려 달라며 그의 자비로움에 호소했다. 그녀로서도 사는 게 아주 복잡하다고, 그가 추측할 수 있는 것 이상으로 훨씬 복잡하다고도 했다. 더욱이 사라지기 전에 그에게 장담하지 않았느냐고, 그러니까 돌아오면 다시 그를 만나게 될 거라고 장담하지 않았느냐고 했다. 편지를 쓰지 않는 이유는 그가 다른 사람과 주고받을 편지가 많다는 것을 알기 때문이라고 했다. 그는 두 주 동안 두 통의 편지를 보내서 자신이 정말로 그녀가 원하는 만큼 관대하다는 사실을 보여 줬다. 그러나 그때마다 자신의 편지가 마치 뭔가 민감한 사안을 피하고 싶을 때의 뉴섬 부인의 편지와 비슷하다는 느낌이 들었다. 자신의 문제는 묻어 둔 채, 웨이마시와 바라스 양, 리틀 빌럼에 대해서나, 두 번 차를 마시러 갔던 강 건너 사람들에 대해서만 썼던 것이다. 채드와 비오네 부인, 잔에 대해서는 편의상 무난한 이야기만 했다. 자신이 계속 그들을 만나고 있고, 채드의 집을 확실히 자주 찾아가고 있으며, 채드가 그들과 실제로 아주 가까운 사이임은 부정할 수 없다고 인정했다. 하지만 최근에 받은 인상을 고스트리 양에게 알려 주는 일을 삼가는 그 나름의 이유가 있었다. 그러면 그 자신에 대해 너무 많은 이야기를 하는 셈이 될 텐데, 지금 그가 가장 피하고 싶은 것이 바로 그 자신이었기 때문이다.

이 작은 몸부림은 적잖이 그를 노트르담으로 이끈 바로 그 충동에서 나온 것이었다. 그러니까 만사를 그냥 내버려 둬서 그것들이 알아서 이해되거나 적어도 그냥 지나가도록 시간을 주자는 그런 충동 말이다. 다른 특정한 장소에서 잠시 벗어나고 싶다는 마음 외에 그 장소에 특별히 다른 용무가 없다는 것은 자신도 잘 알았다. 안전하다거나 만사가 단순해지는 그런 느낌이었는데, 그것에 의탁할 때마다 은근슬쩍 비겁함에 승복하는 것은 아닌가 하는 우스운 생각도 들었다. 그 위대한 성당에는 그가 예배드릴 수 있는 제단도 없고 자신의 영혼에 직접 들려오는 목소리도 없었다. 하지만 성스러운 분위기만으로도 위로가 되었다. 왜냐하면 거기 있을 때면, 그저 피곤에 지친 평범한 사람이 마땅히 가져도 되는 휴일을 가진다는 느낌이 들었기 때문이다. 다른 어떤 곳에서도 그런 느낌은 받을 수 없었다. 그는 피곤한 게 맞았지만 평범하지는 않았고, 안됐지만 그게 문제였다. 하지만 성당 입구에 항상 버티고 있는 눈먼 거지의 돈 통에 동전을 던져 주듯이, 문을 들어서면서 자신의 문제도 거기 던져 버릴 수 있었다. 길고 어둑한 신도석 사이를 걷기도 하고 멋진 성가대석에 앉아 보기도 했으며 동쪽 끝에 딸린 부속 예배당에서 잠깐 걸음을 멈추기도 했는데, 그럴 때면 이 육중한 오래된 건물이 그에게 주문을 걸어 오는 듯했다. 박물관의 매력에 빠진 학생과 비슷하다고도 할 수 있는데, 인생의 후반기에 발을 들여놓은 이 낯선 마을에서 가능하다면 바로 그렇게 되고 싶었다. 어쨌든 이런 식의 참배도 다른 어떤 방식만큼이나 이 장소에 적합했다. 세상사를 피해 이 건물 안에 들어서면 정말 세상만사가 멈춰 버린다는 것을 그역시 충분히 이해할 수 있었기 때문이다. 비겁함일 수도 있을 것이다. 그저 피하거나 기정사실화할 뿐, 저 바깥의 엄연한 현실에 부딪히지 않는 것이니까. 하지만 별 실속은 없이 아주 잠깐만 잊으려 할 뿐이니 자신 외에 누구에게도 해가 되지 않을 터였다. 성당 안에서 마주친 어딘가 좀 미심쩍거나 불안해 보이는 사람들이나, 짬짬이 지켜본 끝에 죄를 짓고 도망 다니는 사람이라고 결론 내린 사람들을 보며 상상 속에서 막연한 친절함이 일어나기도 했다. 정의는 바깥의 저 엄연한 현실 속에 있고, 불의도 마찬가지이다. 하지만 여기 긴 통로의 공기와 수많은 밝은 제단에는 그 어느 쪽도 존재하지 않았다.

여하튼 그의 상상력을 심대하게 자극하게 된 어떤 사람과 우연찮게 마주치게 된 것도 바로 이런 정황에서였다. 비오네 부인이 딸과 함께 참석했던 말셰르브 대로의 만찬이 있고 여남은 날이 지난 어느 날 아침이었다. 그는 이런저런 생각을 하면서 드문드문 앉아 있는 신도들을 적당한 거리를 두고 지켜보곤 했는데, 거기서 그들의 행동이라든지, 엎드려 기도하거나 참회하는 모습, 혹은 죄의 사함을 받고 안도하는 모습을 알아볼 수 있었다. 그들을 향한 그의 막연한 애정이 그렇게 솟아난 것이지만 당연히 표현도 그런 식일 뿐이었다. 그런데 부속 예배당 안을 천천히 돌아보고 나와 다시 한번 더 도는 중에 어떤 부인에게 두세 번 눈길이 갔다. 어두컴컴한 그늘에 꼼짝 않고 앉아 있는 부인의 자세에서 은연중 나타나는 어떤 분위기를 문득 감지했을 때 왠지 막연함 이상의 책임감이 들었다. 그녀는 엎드려 있지 않았을 뿐 아니라 전혀 몸을 숙이고 있지도 않았다. 하지만 이상할 정도로 꼼짝도 하지 않았다. 그가 지나가기도 하고 멈춰 서기도 하는 중에도 그렇게 오래 가만히 있는 것을 보니, 무엇이 되었건 성당에 찾아온 목적에 완전히 몰두해 있는 것으로 보였다. 그 자신도 왕왕 그랬지만 그녀는 그저 가만히 앉아 앞쪽만 바라보고 있었다. 하지만 그와는 달리 제단이 잘 보이는 자리에 앉아 있었고, 그는 단지 원하기만 할 뿐인 그런 정도로 완전히 거기에 빠져 있음을 쉽게 알 수 있었다. 그러니까 다 털어내지 못하고 많은 부분을 감추는, 어쩌다 들른 이방인이 아니라, 성당의 모든 방법을 알고 그 의미를 아는 익숙하고 친밀하고 행복한 신자였다. 어떤 자리에서 어떤 인상을 받으면 대개 자신이 상상한 것들을 떠올리는 것이 그의 방식이었으므로, 지금 그녀의 모습에 우리의 주인공은 옛날이야기 속 굳세고 결연한 아름다운 여주인공이 떠올랐다. 전에 들었거나 읽은 이야기, 혹은 극에 소질이 있었다면 직접 썼을 수도 있을 그런 이야기에 등장하는, 흔들림 없이 명상에 몰두해 스스로 명료함과 용기를 다시 북돋는 그런 여주인공 말이다. 그에게 등을 보이고 앉아 있었지만, 그의 인상으로 판단하자면 그녀는 젊고 아주 흥미로운 여성일 것임이 분명했다. 게다가 그 어둑하고 성스러운 장소에서조차 고개를 들고 있는 모습에서 자신에 대한 신뢰를 찾아볼 수 있었고, 지조와 확고함과 결백함에 대한 확신도 은연중 나타나 있었다. 그런 여성이 기도를 하러 온 게 아니라면 무얼 하러 왔겠는가? 이런 문제에 관한 스트레더의 이해가 좀 분명치 않다는 건 인정해야겠지만, 그녀의 태도가 혹시 죄를 용서받아, 그러니까 '면죄부'를 받아서 생겨난 결과물은 아닐까 싶었다. 그런 장소에서 면죄가 무엇을 뜻할지는 어렴풋하게밖에는 알 수 없었다. 하지만 그것이 실제 의례에 어떻게 묘미를 더할지, 그 모습이 그의 눈앞을 스치듯이 살짝 나타났다가는 사라졌다. 어둠 속에 숨은 전혀 모르는 누군가의 모습에서 끌어낸 것으로는 이 정도만 해도 상당히 많은 양이었다. 하지만 성당을 나서기 바로 직전에, 뜻밖에도 그의 상상력을 더욱 자극할 만한 일이 있었다.

그는 줄지어 있는 신도석 중간쯤에 털썩 앉아서, 고개를 뒤로 젖히고 시선은 위쪽에 둔 채 다시 박물관에 있는 듯한 분위기에 빠져 과거를 재구성해 보려 했다. 사실은 재구성할 과거를 손쉽게 빅토르 위고로 좁혀 놓은 상태였다. 아주 가끔씩 그럴 때가 있듯이 며칠 전에 다른 건 다 제쳐놓고 인생의 즐거움만을 고려해서 일흔 권짜리 빅토르 위고 전집을 덜컥 샀기 때문이었다. 그것도 가게 주인이 강조한 바에 따르면 빨간색 가죽에 금빛 장식이 된 표지 장정 값밖에 안 된다는 터무니없이 싼 가격에 말이다. 항상 끼고 다니는 코안경을 만지작

거리며 고딕풍의 어둑한 실내를 바라보는 그는 누가 봐도 경건한 숭배에 완전히 몰두해 있는 듯이 보였다. 하지만 사실 생각에 빠져 있던 그가 결국 맞닥뜨리게 된 문제는 지금까지 잔뜩 쌓아 놓은 것들 사이에서 딱히 어떤 형태일지 알 수도 없는 돌파구를 어떻게 마련할 수 있겠는가였다. 혹시 빨간색과 금색 글자의 그 장정들이 자기 임무의 결과물로서 울렛에 내보일 수 있는 가장 실질적인 것이 되지는 않을까? 그럴 수도 있겠다는 생각을 잠깐 하고 있는데, 문득 누군가가 자신이 모르는 새에 다가와 멈춰 선 것을 느꼈다. 고개를 돌리니 어떤 부인이 인사를 하려고 서 있었다. 순간 비오네 부인이 틀림없다는 것을 알아차리고는 자리에서 벌떡 일어났다. 그녀는 문쪽으로 나가다가 그를 알아본 모양이었다. 당황스러워하는 그의 모습에 그녀는 자신도 마찬가지라며 능숙하게 맞받아 줌으로써 그것을 재빠르고도 경쾌하게 누그러뜨렸다. 사실 그가 주체할 수 없이 당황했던 이유는 그녀가 좀 전에 지켜봤던 바로 그 인물이었기 때문이다. 어둑한 예배당 안에 눈에 띄지 않게 앉아 있던 그 여성이 바로 비오네 부인이었던 것이다. 그녀가 생각한 것 이상으로 그가 그녀에게 빠져 있었던 셈이었지만, 다행히도 그런 말은 할 필요가 없고 안 해도 달리 해가 될일도 없다는 생각이 마침맞은 순간에 들었다. 그녀는 이런 식으로 만나다니 정말 이렇게 기막힌 우연이 없다고 말하며, 어색한 상황에 처했을 때 뜻밖의 놀라움을 진정시키기 위해 으레 하는 질문인, '당신도 여기 다니세요?'라는 질문을 그에게 던졌다.

"저는 자주 와요." 그녀가 말했다. "이 성당을 정말 좋아하거든요. 신도로서는 아주 형편없지만요. 성당에 사는 나이 든 여성들이 다 저를 알아요. 하긴 저도 이미 나이 든 여성이 되었네요. 그건 마치 제가 나중에 어떻게 될지를 미리 보는 것 같다고나 할까요." 마땅한 의자가 있나 그녀가 둘러보았다. 스트레더가 바로 의자를 당겨 오자 그녀는 그와 마주 앉으면서 다시 감탄하듯 말했다. "아, 당신도 좋아하신다니 정말 기쁘네요!"

뭘 좋아한다는 것인지 분명하지 않았지만 그는 그렇다고 인정했다. 그러면서 일부러 모호하게 남겨 두는 그녀의 교양과 요령에 감명을 받았다. 그저 아름다움에 대한 그의 식견을 당연시하는 것이었으니 말이다. 성당에 오는 특별한 목적과 아침 산책 — 약간 두꺼운 베일을 두른 것으로 보아 걸어왔음이 분명했으니까 — 을 위해 뭔가 은은하면서도 분별 있게 차려입었기 때문에 그러한 느낌이 더해졌다는 사실도 알 수 있었다. 아주 단순한 솜씨이지만 사실 모든 것을 말해 주었다. 검은색 바탕에 어두운 와인색이 언뜻언뜻 드러나는 옷의 잘 짜인 엄숙함과, 단정하게 매만진 머리 스타일의 놀라운 분별력, 앉아 있을 때 무릎에 겹쳐 놓은 회색 장갑을 낀 손의 고요한 정조 말이다. 스트레더의 마음속에서 그것은 마치 그녀가 자리에 그대로 앉은 채, 활짝 열어 놓은 대문 뒤로 펼쳐진 광활하고 신비로운 영지를 수월하게 잠깐 구경시키는 것과도 같았다. 완벽하게 차지하고 앉은 사람들은 대단히 정중할 수 있다. 그래서 우리의 주인공은 정말이지 이 순간 그녀의 풍부한 정신적 유산을 계시처럼 깨닫게 되었다. 그녀가 짐작하는 것

이상으로 그에게는 그녀가 낭만적인 인물로 보였는데, 그녀가 아무리 민감하다 한들 자신의 인상을 알 수는 없으리라는 확신에서 다시금 작은 위안을 얻을 뿐이었다. 대체로 그녀가 알지 못할 일로 인해 그가 불편해진 것은 재미없는 그의 모습에도 그녀가 참을성을 보였기 때문이었다. 바로바로 호응하긴 하지만 여전히 재미는 없는 모습을 한 십 분 정도 보이고 나자 불편함이 거의 사라졌지만 말이다.

불빛이 가물거리는 제단 앞에 앉아 있는 모습이 무척 인상적이었던 인물이 지금 앞에 있는 비오네 부인이라는 사실, 그로 인해 솟아난 관심으로 그 순간은 이미 깊이 물들어 있었다. 이 모습은 지난번 채드와 함께 있는 그녀를 보면서 그들의 관계에 대해 혼자 결정했던 입장과 잘 맞아떨어졌다. 그때의 결론을 흔들림 없이 고수하는 데 도움이 되었던 것이다. 그 입장을 고수하겠다는 결심은 그때 그 자리에서 이미 했지만 지금처럼 그 일이 쉬워 보인 적은 한 번도 없었다. 남녀 중 어느 한쪽이 지금 비오네 부인처럼 행동하게 되는 그런 관계는 반박의 여지 없이 고결한 것이었다. 고결하지 않다면 왜 그녀가 성당에 자주 찾아오겠는가? 그가 지금까지 알아낸 바에 따르면 그녀는 죄를 짓고도 뻔뻔하게 과시하기 위해 성당에 올 그런 여성은 아니었으니까. 계속 도움을 받으려고, 힘을 얻고 평화를 구하려고 오는 것이었다. 어떻게 보면 매일의 일상에서 찾을 수 있는 숭고한 정신적 힘을 찾아서 말이다. 그들은 간혹 고개를 들어 둘러보기도 하면서 그 위대한 성당과 그 역사와 아름다움에 대해서 편안하고 낮은 목소리로 대화를 나누

었다. 비오네 부인이 말한 바에 따르면 밖에 나가 다른 시각에
서 보면 성당 전체가 아주 감동적으로 다가온다고 했다. "괜
찮으시다면 좀 이따 여기를 나서면서 바깥을 한번 둘러보죠."
그녀가 말했다. "별로 급한 일도 없고, 당신이랑 꼼꼼히 둘러
보면 재미있을 것 같아요." 그는 위대한 로맨스 작가인 빅토르
위고와 그의 위대한 소설에 대해서, 그리고 전체적으로 그것
이 자신으로 하여금 어떤 상상을 하게 했는지에 대해서 막 이
야기한 참이었고, 덧붙여 너무나 균형이 맞지 않는 번쩍거리
는 일흔 권짜리 전집을 사는 무지막지한 일을 했다고도 했다.

"뭐에 비해 맞지 않는다는 거죠?"

"다른 충동적인 모험에 비해서요." 그렇게 말하는 순간에도
자신이 충동적으로 몸을 던지고 있는 기분이었다. 그는 이미
결심을 했고 따라서 어서 밖으로 나가고 싶어서 조바심이 났
다. 왜냐하면 그의 의도는 밖에서 전해야만 하는 것이었고, 미
적거리다가 혹시라도 사라져 버릴까 봐 무척 겁이 났기 때문
이었다. 하지만 그녀는 서두르지 않았다. 그렇게 이루어진 만
남을 최대한 이용하고 싶은 양 조용하게 이런저런 말을 꺼냈
는데, 이 점이 바로 그녀의 행동, 그녀의 신비로움에 대한 그의
생각을 확인해 주었다. 빅토르 위고에 반색을 했을 때 —— 그
가 보기에는 그랬다 —— 의 그녀의 목소리와, 주변의 엄숙함
에 경외심을 보일 때 느껴지는 약간의 떨림으로 인해 그 말이
겉으로 표현하는 것 이상으로 다른 무언가를 의미하는 듯했
다. 도움, 힘, 평화, 신에게 구하는 정신적 힘에서 그녀가 지금
껏 얻어낸 것이, 자신을 믿어 주는 스트레더의 모습으로 확보

한 보잘것없는 양에 비해 그렇게 티가 날 만큼 많지는 않았던 모양이다. 오랫동안 긴장하며 살다 보면 작은 것이라도 다 도움이 되기 마련일 텐데, 스트레더가 붙잡아도 될 만큼 단단한 대상이라는 생각이 어쩌다가 그녀에게 들었다면 그로서는 그녀가 내미는 손에서 멀찍이 물러나는 일은 하지 않을 것이다. 어려움에 처한 사람들은 가까운 것을 붙잡게 되어 있고, 결국 스트레더가 좀 더 추상적인 위안보다 멀지 않은지도 몰랐다. 바로 이 점에 그의 결심이 있었다. 그러니까 그녀에게 신호를 보내기로 한 것이다. 신호란 '당신이 알아서 할 바이기는 하겠지만 어쨌든 이해했소.' 혹은 '내가 상관할 일은 아니지만 날 맘 놓고 붙잡아도 좋소.'라는 의미가 될 것이었다. 자신이 심하게 흔들리는 것 같았지만 그녀가 그를 단단한 대상으로 여긴다면 그렇게 되도록 최선을 다할 것이었다.

그 결과 삼십 분쯤 뒤 그들은 조금 이른 점심을 먹기 위해 왼쪽 강변에 있는 유쾌하고 멋진 장소에서 마주 앉게 되었다. 두 사람 다 알고 있듯이 워낙 유명한 집이어서 이렇게 바쁜 세상에도 파리 다른 쪽 끝에서 사람들이 일부러 찾아온다는 그런 집이었다. 스트레더가 이 집을 찾은 것은 벌써 세 번째였다. 처음에는 고스트리 양과, 그다음에는 채드와, 마지막으로는 채드와 웨이마시, 리틀 빌럼과 함께였고, 그 모두를 자신이 잘 대접해 주었다. 그런데 비오네 부인이 아직 이곳에 와 본 적이 없다고 하자 더욱 흐뭇한 마음이 되었다. 함께 성당 주변과 강가를 천천히 걷다가, 드디어 마음속으로 결정한 그 사실에 기초해, '시간이 되면 어디서 같이 간단하게 식사라도 하겠어요? 예를 들면, 아시는지 모르겠지만, 저 건너편에 있는 식당에서 말이에요. 금방 걸어갈 수 있을 텐데.'라고 말하고는 그 이름을 댔더랬다. 그러자 그녀는 반색을 하면서도, 걸음을 뚝 멈췄다. 그 제안을 바로 승낙하고 싶지만 또한 그렇게 하기가 너무 어려운 모양이었다. 그 제안이 사실로 믿기지 않는 듯했다. 그래서 스트레더로서는 지금껏 이렇게 예상치 못하게 뿌듯한 마음이 든 적이 없었을 것이다. 모든 것을 다 가진 듯한 사람에게 뭔가 새롭고 진귀한 즐거움을 선사할 수 있는, 묘하지만 어쨌든 멋진 경우였다. 그녀는 그 유명한 식당에 대해 들어 봤다고 하면서, 그다음 질문에 미리 대답이라도 하듯 어째서 자신이 그런 곳에 가 봤을 거라고 생각했느냐고 물었다. 아마 채드가 데리고 갔으리라 가정했던 것이었는데, 그녀가 그걸 바로 알아차리자 적잖이 당혹감이 들지 않을 수 없었다.

"아, 채드와 공공장소를 나다니지 않는다는 말씀을 드려야겠네요." 그녀가 미소를 지었다. "그런 기회를 전혀 갖지 못했어요. 채드와 함께가 아니더라도 그렇지만. 집에만 가만히 틀어박혀 사는 저로서는 그런 게 정말 부러웠어요." 그런데 그런 제안을 해 주다니 정말 말할 수 없이 감사하다고 했다. 시간이 있느냐고 묻는다면 솔직히 전혀 없다고 답할 수밖에 없지만 말이다. 하지만 전혀 상관없다고 했다. 모든 것을 제쳐 두겠다고 했다. 집안일, 엄마로서의 일, 사교를 위한 일 등 할 일은 산더미이지만 이건 우선순위가 가장 높은 일이다. 모든 게 다 엉망이 되겠지만, 뭐 기꺼이 그 대가를 치르겠다면 잠깐 스캔들이 될 만한 일을 해 볼 권리도 있지 않겠냐고 했다. 그래서 번잡한 항구와 햇빛을 받아 반짝이는 너벅선[17]이 가득한 센 강이 내다보이는 자리에서 작은 탁자를 사이에 두고 두 사람이 마주 앉게 된 것은 큰 대가를 치르게 될 무질서한 상황을 기분 좋게 감수한 결과였다. 그곳에서 보낸 한 시간 동안 그는 자신을 내던지거나 몸을 던져 깊이 내려가는 문제라면 거의 바닥까지 닿았음을 실감했다. 그 자리에서 많은 것을 느끼게 될 것이었는데, 그중 첫 번째가 런던에 도착한 첫날 저녁, 극장에 가기 전 고스트리 양과 함께 분홍빛 갓을 쓴 촛불을 사이에 놓고 앉아 저녁을 먹으면서, 이 일을 해명하려면 많은 공을 들여야겠다고 느낀 그때로부터 자신이 한참이나 멀어졌다는 것이었다. 그때 스트레더는 해명할 거리를 끌어들여서 쌓아 놓았더랬다. 하지만 지금은 그런 건 다 초월해서 높이 솟아올랐거나 그 아래로 가라앉아 버린 듯했는데, 어느 쪽인지는 알 수 없었다. 어쩐지 명료하기보다는 전혀 효과가 없거나 냉소적으로 보이기 십상인 해명 말고는 떠오르는 것이 없었다. 지금으로서는 질서정연하고 깨끗하고 밝은 강변의 삶이 열린 창문으로 쏟아져 들어오는 단순한 모습만으로도 충분한 이유가 될 것 같은데, 그것이 누가 되었든 다른 사람에게 명료한 해명이 되기를 어떻게 바라겠는가? 눈이 부시게 흰 테이블보가 덮인 탁자 위, 토마토가 든 오믈렛과 짚 색깔의 샤블리주[18] 병을 앞에 두고 마주 앉은 비오네 부인이 거의 아이같이 기뻐

---

17) 화물을 싣고 다니는 바닥이 납작한 배.
18) 프랑스 샤블리 지방에서 산출하는 백포도주.

하면서 정말 고맙다고 말하고, 담소를 나누는 동안 그녀의 회색 눈동자가 어느새 초여름의 고동 소리가 스며든 따뜻한 봄바람 속으로 멀어졌다가 다시 그의 얼굴로 되돌아와 자신들의 인간사를 논하는 단순한 그 모습만으로도 말이다.

그들의 인간사는 식사를 마치기도 전에 굉장히 많아졌다. 하나씩 자꾸 나타나더니 그의 거칠 것 없는 상상력으로도 예상하지 못했을 만큼 늘어나고 말았던 것이다. 예전에도 그랬고 이후로도 계속 들었던 느낌, 그러니까 이 상황이 걷잡을 수 없이 흘러가고 있다는 느낌이 지금처럼 강렬했던 적은 없었다. 더구나 상황이 자신의 통제를 벗어난 게 확실히 언제였는지 정확히 짚을 수도 있었다. 채드네 집 만찬에 참석했던 날 저녁 식사 후 갑자기 그렇게 된 것이 분명했다. 스스로도 분명히 의식하듯이, 그가 비오네 부인과 그 딸 사이의 일에 끼어들었던 그때 벌어진 일이다. 어쩌다가 그 모녀와 아주 밀접하게 관련된 일을 그녀와 논의하게 되었고, 그녀가 의미심장한 말투로 고마움을 표시해 영리하게 그 상황을 자신에게 유리한 쪽으로 확정 지어 버렸던 그때 말이다. 그 후 열흘 동안 그녀와 거리를 두었지만 그럼에도 불구하고 상황은 줄곧 걷잡을 수 없이 흘러갔다. 그렇게 정신없이 상황이 흘러갔기 때문에 거리를 둔 것이었는데도 그랬다. 성당의 본당에서 그녀를 알아봤을 때 그에게 떠오른 생각은, 그녀가 자신의 영리함뿐 아니라 운명의 도움까지 빌려서 움직이는 마당에 거리를 둔다는 것은 애초에 승산 없는 일이라는 것이었다. 모든 우연적인 사건들이 그녀의 편에서 싸울 작정이라면, 그리고 실제 돌아가는 상황을 보면 그런 일이 금방이라도 닥칠 듯했는데, 그렇다면 그로서는 그냥 포기하는 일 외에 달리 방법이 없었다. 그때 그 자리에서 마음속으로 같이 식사를 하자고 제안할 결심을 했던 것이 바로 그 포기하는 일이었다. 그 제안이 받아들여진 것도 사실 거듭 도망치다가 종국에 맞게 된 처참한 종말과 유사할 뿐이지 않은가? 처참한 종말이란 그들의 산책과 간단한 식사, 오믈렛, 샤블리주, 그 장소와 전망, 그 속에서 그들이 나누는 대화와 거기서 느끼는 즐거움이었는데 너무나 놀랍게도 그녀 쪽에서도 마찬가지였다. 따라서 그의 항복은 다름 아닌 바로 그런 것들로 보상받았던 것이다. 적어도 그것은 거리를 두는 일이 얼마나 어리석은지를 일깨워 주기에 충분했다. 조곤조곤한 말투와 잔이 부딪치는 소리, 아득히 들리는 도시의 소음과 찰랑대는 물결 소리에서 그는 자신이 기억하는 오래된 격언을 들을 수 있었다. 그러니까 어린 양으로 고통받느니 성장한 양으로 고통받는 게 나았다. 굶어 죽느니 칼에 맞아 죽는 편이 나은 것이다.

"마리아는 아직 안 왔나요?" 이것이 그녀의 첫 번째 질문이었다. 그녀가 고스트리 양의 부재에 어떤 의미를 부여하는지는 잘 알았다. 사실 그녀가 없어도 아무렇지도 않은 게 그의 솔직한 심정이었는데, 그녀는 고스트리 양이 몹시 보고 싶지 않느냐고 재차 물었다. 여러 가지 면에서 과연 그런지 알 수 없었음에도 불구하고, 그는 '몹시'라고 대답했다. 그러자 그녀에게는 그것으로 충분한 증명이 되는 듯했다. 그러더니 이렇게 말했다. "곤란에 처한 남자에게는 어떤 식으로든 꼭 여자가 있어야만 해요. 이렇게든 저렇게든 말이에요."

"내가 왜 곤란에 처한 남자라는 거죠?"

"아, 제게는 그렇게 보이거든요." 그녀는 그가 베푸는 호의를 즐기는 마당에 혹시라도 그에게 상처를 주지 않을까 염려하듯 말할 수 없이 상냥하게 말했다. "곤란에 처해 있지 않으신가요?"

그 질문에 그는 얼굴이 달아오르는 것을 느꼈으나 다음 순간 몹시 언짢아졌다. 그런 것에 상처받는 바보 같은 인물로 보일까 봐 말이다. 처음 왔을 때는 눈곱만치의 관심도 보일 생각이 없었던 채드의 여자에게 상처를 받는다? 어느새 그 지경이 되었단 말인가? 여하튼 얄궂게도 그렇게 주저하는 사이 조금 묘하지만 그녀의 가정이 사실이 된 듯했다. 사실 그의 당혹감은 그가 꿈에서도 원하지 않았던 그런 인상을 주었기 때문이지 않은가? "아직은 곤란에 처해 있지 않아요." 비로소 그가 미소를 지으며 대답했다. "지금은 아니에요."

"전 항상 그렇거든요. 뭐, 잘 아시겠지만." 그녀는 음식이 나오는 중간중간 팔꿈치를 테이블에 올리고 있는 모습도 우아한 그런 여성이었다. 뉴섬 부인에게서는 찾아볼 수 없는 자세였지만 사교계 여성에게는 수월했다. "그래요, 전 '지금' 곤란에 처해 있어요!"

"채드의 집에서 저녁을 먹던 날 내게 물은 것이 있었죠." 스트레더가 이내 말했다. "그때 대답하지 않았는데, 지금까지 한 번도 어떻게든 대답을 받아 내려 하지 않다니 참 관대하군요."

그녀는 바로 기억해 냈다. "물론 무슨 말씀이신지 알아요.

저를 보러 오셨던 날 자리를 뜨기 직전에 절 구해 주겠다고
한 말이 무슨 의미였냐고 물었죠. 그리고 그때, 우리 친구 채
드네 집에서, 무슨 의미였는지 정말 곰곰이 생각해 봐야겠다
고 말씀하셨고요."

"그래요, 시간을 달라고 했죠." 스트레더가 말했다. "그런데
당신이 지금 그런 식으로 정리해 주니 아주 우스꽝스럽게 들
리네요."

"아." 전혀 그렇지 않다는 듯이 그녀가 나지막이 외쳤다. 하
지만 다른 질문을 던졌다. "그게 우스꽝스럽다면 왜 곤란에 처
한 걸 인정하지 않으시나요?"

"아, 곤란에 처했더라도 웃음거리가 될까 봐 그런 건 아닙니
다. 그건 두렵지 않아요." 그가 대답했다.

"그럼 뭐가 두려운가요?"

"아무것도요. 지금은요." 그러고는 의자에 등을 기댔다.

"'지금은' 그렇다는 게 마음에 드네요!" 그녀가 맞은편에서
웃었다.

"글쎄요, 그건 당신을 충분히 기다리게 했다는 것을 지금
확실히 알게 되었기 때문이죠. 어쨌든 이제 보니 내가 무슨 뜻
으로 그런 말을 했는지 알겠어요. 사실은 채드의 만찬 때도
알고 있었죠."

"그럼 왜 말 안 해 주셨죠?"

"왜냐하면 그때는 그게 좀 어려웠으니까요. 그때는 당신을
보러 갔던 날 말했던 그런 의미에서 이미 당신을 위해 뭔가
해 준 상태였거든요. 하지만 내가 내세울 수 있을 만큼 중요한

것이었는지 그때는 확신할 수 없었죠."

그녀가 간절하게 물었다. "지금은 확신하시나요?"

"그래요. 사실 당신을 위해 지금까지 내가 할 수 있었던 일은 다했던 겁니다. 당신이 그 질문을 했을 때 말이에요. 이제는 생각한 이상으로 더 나갈지도 모르겠다는 느낌이 드는군요." 그가 이어서 설명했다. "당신을 만나자마자 한 일이 바로 당신에 대해 뉴섬 부인에게 편지를 쓴 것이었어요. 조만간 답장이 올 거예요. 어떤 결과가 나올지는 그 편지를 보면 알게 되겠죠."

멋지고도 참을성 있게 그녀가 집중해서 들었다. "알겠어요. 당신이 나를 위해 그쪽에 얘기한 그 결과 말이죠." 그러고는 그를 채근하지 않으려는 듯 말없이 기다렸다.

그 의도를 알아차렸는지 그가 곧 말을 이었다. "알다시피 문제는 당신을 어떤 식으로 구할 것인가였죠. 당신이 구해 줄만한 사람이라고 함으로써 그렇게 한 셈이에요."

"알겠어요, 알겠어요." 그녀가 열정적으로 답했다.

"어떻게 제가 감사를 드려야 할까요?" 그것은 그가 대답할 수 있는 문제는 아니었고, 그래서 그녀가 바로 말을 이었다. "제가 구해 줄 만한 사람이라고 정말 생각하시는 건가요?"

새로운 음식이 나왔으므로 일단 그는 음식을 들라고 권했다. "그다음에 다시 편지를 보냈어요. 내 생각에 미심쩍은 부분이 없도록 말이에요. 당신에 대해 모든 걸 적어 보냈죠."

"고맙습니다만, 엄청나게 고맙다고는 못 하겠네요. '저에 대한 모든 것'이라니. 그렇군요." 그녀가 덧붙였다.

"내가 보기에 지금껏 당신이 채드에게 해 준 모든 것 말이에요."

"아, 그럼 '제가 보기에'도 덧붙였어야죠!" 그녀가 다시 웃었고, 안심이 되어 기분이 좋아진 듯 나이프와 포크를 집어 들었다. "하지만 뉴섬 부인이 어떻게 받아들일지는 잘 모르시겠죠?"

"그래요, 잘 모르겠어요."

"그렇겠죠." 그러고는 잠시 사이를 두었다가 말했다. "그분에 대해 얘기해 주시면 좋겠는데요."

"아." 스트레더가 약간 부자연스러운 미소를 띠며 말했다. "그녀에 대해서라면 정말 위엄 있고 당당한 사람이라는 것만 알면 됩니다."

비오네 부인은 동의하지 않는 모양이었다. "정말 그것만 알면 되나요?"

스트레더는 그 질문을 그냥 넘겼다. "채드가 말하지 않던가요?"

"모친에 대해서요? 물론 많이 했죠. 엄청나게 많이. 하지만 당신의 시각과는 다르니까요."

"채드가 모친에 대해 안 좋은 말을 했을 리는 없겠죠." 그가 말했다.

"전혀요. 당신처럼 위엄 있고 당당한 분이라는 점만 확실히 했을 뿐이죠. 하지만 뉴섬 부인이 그렇게 훌륭하기 때문에 어쩐지 우리 문제가 간단할 수 없다는 생각이 들어요." 그녀가 말을 이었다. "그렇다고 그녀를 탓할 생각은 추호도 없어요. 뭐가 되었든 제 덕을 봤다는 게 당연히 그쪽에서야 별로 듣기 좋은 소리는 아닐 테니까요. 다른 여자한테 그런 식의 채무를 지는 걸 좋아할 여자는 아무도 없거든요."

스트레더는 이 주장을 반박할 수가 없었다. "그렇긴 하지만 그런 식이 아니면 어떻게 내 느낌을 표현할 수 있겠어요? 당신에 대해 설명하자면 그게 가장 큰 부분인데요."

"그러면 내게 호의를 갖게 될 거라는 말씀인가요?"

"바로 그걸 알고 싶어서 기다리는 겁니다. 하지만 그렇게 될 거라고 거의 확신해요." 그가 덧붙였다. "그녀가 편안하게 당신을 볼 수 있게 된다면 말이죠."

그녀는 그것이 자신에게 득이 될 아주 좋은 방안으로 여겨진 모양이었다. "아, 그럼 그렇게 해 볼 방법이 없을까요? 혹시 여기에 나오실 생각은 없을까요? 당신이 제안하면 그렇게 하지 않을까요? 혹시 벌써 그렇게 하셨나요?" 그녀의 목소리가 살짝 떨렸다.

"아, 아니요." 그가 바로 대답했다. "그런 뜻이 아닙니다. 당신이 미국을 방문할 가능성은 없으니 내가 먼저 돌아가서 설명한다는 거지요."

그 말에 곧 그녀가 심각해졌다. "그래서 그럴 생각이신 거예요?"

"아, 항상 그럴 생각이었죠, 당연히."

그 말에 그녀가 외쳤다. "여기 우리랑 함께 있어요, 여기에 있어 주세요! 그래야만 확실히 할 수 있어요."

"뭘 확실히 한단 말인가요?"

"뭐긴요, 채드가 무너지지 않도록 말이죠. 그렇게 만들려고 여기에 오신 건 아니잖아요."

"그건 무너진다는 게 무슨 뜻인지에 달려 있지 않을까요?" 스트레더가 잠시 후 대답했다.

"오, 제가 무슨 뜻으로 한 말인지 너무 잘 아시잖아요!"

그가 잠시 침묵을 지켰는데, 그건 무슨 뜻인지 알고 있다는 의미인 듯했다. "정말 엄청난 걸 당연시하는군요."

"그래요. 저속한 것만 아니라면요. 사실 당신이 지금 해야 할 그 일을 하려고 이곳에 온 게 아니라는 걸 잘 아시잖아요."

"아, 그건 아주 간단합니다," 스트레더가 기분 좋게 답했다. "내가 할 일은 단 하나였어요. 우리의 입장을 채드에게 알려 주는 거죠. 여기 이곳에서만 할 수 있는 그런 방식으로, 그러니까 직접 와서 설득하는 방식으로 말입니다." 그러고는 똑 부러지는 말투로 말을 이었다. "아시겠지만, 부인, 이곳에서 내가 할 일은 끝났어요. 여기에 하루라도 더 있어야 할 마땅한 이유가 별로 없지요. 채드가 이제 울렛의 상황을 다 이해했고 그에 대해 충분히 생각해 보겠다고 다짐했습니다. 나머지는 그가 알아서 할 일이죠. 여기서 잘 쉬었고, 즐거운 시간을 보냈고 피로도 풀었습니다. 울렛에서 하는 말로, 멋진 시간을 보낸 거죠. 그중에서 당신과 이렇게 행복한 만남을 갖게 된 것보다 더 멋진 건 없을 겁니다. 당신이 기꺼이 허락해 준 덕에 이렇게 기막히게 좋은 곳에서 말이에요. 뭔가를 해낸 느낌이에요. 그게 내가 원했던 거지요. 채드도 내가 이곳에서 이렇게 좋은 경험을 하기를 고대했을 테고요. 이제 내가 떠날 준비가 된 느껍이니 채드 역시 마찬가지일 겁니다."

아주 섬세하고도 속 깊은 현명함을 내보이며 그녀가 고개를 가로저었다. "당신은 아직 떠날 준비가 되지 않았어요. 준비가 됐다면 지금 얘기한 식으로 뉴섬 부인에게 편지를 보냈겠어요?"

스트레더가 곰곰 생각했다. "답장을 받기 전에 떠나진 않을 겁니다. 그녀를 너무 두려워하는군요." 그가 덧붙였다.

그 말에 두 사람은 오래 서로를 바라보았는데, 어느 쪽도 먼저 시선을 거두지 않았다. "당신이 그렇게 생각할 리가 없어요. 그러니까 내가 그녀를 두려워할 이유가 정말 없다고 말이에요."

"뉴섬 부인은 굉장히 관대한 사람입니다." 스트레더가 단언했다.

"그러면 저를 좀 믿도록 해 주세요. 바라는 건 그것뿐이에요. 그 모든 것에도 불구하고 어쨌든 내가 한 일을 인정하게 해 주세요."

"아, 그녀가 직접 보기 전에는 제대로 인정할 수 없다는 것을 기억하셔야죠." 우리의 주인공이 대답했다. "채드가 미국으로 가서 당신이 이룬 일을 직접 보여 주고, 거기서 그것을 대신해서, 그러니까 당신을 대신해서 주장하게 하세요."

그녀가 이 제안의 심오한 의미를 따져 보았다. "일단 그가 돌아가면 그녀가 무슨 수를 써서라도 그를 결혼시키려 하지 않을 거라고 맹세할 수 있나요?"

이 질문에 그는 잠시 창밖의 풍경을 바라보았다. 그러고는 부드럽게 말했다. "뉴섬 부인이 지금 채드의 모습을 직접 보기만 하면……."

그녀가 그의 말을 자르며 말했다. "지금 그의 모습을 직접 보면 오히려 결혼시키고 싶은 마음이 더 강해질 거예요!"

스트레더는 그 말에 일리가 있다는 태도를 보이며 잠시 앞에 놓인 음식을 들었다. "일이 그렇게 될 것 같진 않은데요. 억지로 그렇게 하기가 수월치 않을 겁니다."

"채드가 계속 거기 머무른다면 수월할 거예요. 게다가 그는 돈 때문에 있게 될 테니까. 걸려 있는 돈이 보아하니 무지무지하게 많은 것 같던데요."

"어쨌든 결혼 말고는 당신에게 정말로 해가 될 만한 일은 없는 거죠." 스트레더가 이내 결론짓듯 말했다.

그녀가 야릇하게 살짝 웃었다. "채드 자신에게 해가 될 일을 빼면요."

하지만 그는 자신도 같은 생각이라는 듯이 그녀를 보았다. "당신이 그에게 제시하는 미래가 어떤 것인가라는 문제도 당연히 나오게 되겠죠."

그녀는 이제 등을 기대고 앉아 있었지만 그의 얼굴을 똑바로 바라보았다. "뭐, 그렇게 되라죠!"

"결국에는 그걸로 가능한 한 뭐라도 이루는 것은 채드의 몫이라는 겁니다. 결혼의 압력에 넘어가지 않는 것 자체가 바로 그가 이룬 것을 보여 주게 되는 거죠."

"결혼의 압력에 정말 넘어가지 않는다면 그렇죠." 그녀가 그 가정을 받아들였다. "하지만 제게 문제는 당신이 이루는 것이에요." 그녀가 덧붙였다.

"아, 내가 이루는 건 없어요. 내 일이 아니니까요."

"무슨 말씀이세요. 당신이 맡아서 전념하고 있으니 무엇보다 그 부분이 당신의 일이 되었다고 보는데요. 저를 구해 주는 이유가 저에게 관심이 있어서가 아니라 우리 친구 채드에게 관심이 있어서라는 건 잘 알아요. 하지만 그 둘은 서로 완전히 맞물려 있는 거예요. 당신은 도의적으로 채드를 끝까지 지켜봐야 하기 때문에 저 역시 끝까지 지켜보지 않을 수 없는 거라고요." 그녀가 이렇게 말을 맺었다.

조용하고 부드럽지만 예리한 그녀의 말이 낯설면서도 훌륭하게 들렸다. 무척 진지했기 때문에 무엇보다 감동적이었다. 전혀 거창하지 않았는데도, 그렇게 예리하게 벼려진 힘은 지금껏 한 번도 만나 보지 못했다는 느낌이 번뜩 들었다. 뉴섬 부인도 물론 진지했지만 이에 비하면 아무것도 아니었다. 그는 모든 것을 받아들이고 이해했다. "그래요. 도의적으로 그를 끝까지 지켜보지 않을 수 없죠." 그가 중얼거렸다.

그녀의 얼굴이 오묘한 빛으로 빛나는 듯했다. "그럼 그렇게 하실 거죠?"

"그래야죠."

이 말에 그녀가 의자를 뒤로 밀며 바로 자리에서 일어났다. "고맙습니다!" 테이블 위로 손을 내밀면서 그녀가 말했는데, 채드네 만찬에서 그렇게 말했을 때 특히 암시했던 것 못지않은 의미가 담겨 있었다. 그때 그녀가 박아 넣었던 황금 못이 이제 1인치는 더 깊숙이 박혔다. 하지만 그로서는 그때 결심했던 일을 지금껏 해 왔을 뿐이라는 생각이었다. 문제의 본질이라는 측면에서 보자면 그때 자리 잡았던 곳에 내내 굳건히 서 있을 뿐이었다.

2

이로부터 사흘이 지난 후 미국에서 연락이 왔다. 접어서 풀칠한 그 파란 종잇조각은 은행을 통해 전해진 것이 아니라 제복을 입은 소년이 직접 호텔로 가지고 왔다. 그 소년은 호텔 관리인이 일러 준 대로 작은 마당에서 슬슬 걷고 있는 스트레더를 찾아내 그것을 건네주었다. 저녁나절이었지만 이제 해가 길어져 파리의 인상은 그 어느 때보다 강하게 스며들어 있었다. 꽃향기가 거리마다 만연해 코끝에서 항상 제비꽃 향이 느껴지는 듯했다. 그가 상상하기로 어느 곳과도 달리 온화한 오후가 깊어 갈수록 점점 불어나는 듯한 온갖 소리와 암시들, 그리고 공기 중에 울리는 인간적이고 극적인 반향에 정신이 팔려 있던 중이었다. 멀리서 어렴풋하게 들리는 웅웅대는 소리와 가까이에서 크게 들리는 말발굽 소리, 어디선가 마치 연극 공연을 하는 배우처럼 목청껏 누군가를 부르고 또 대답하

는 소리. 그는 여느 때처럼 웨이마시와 호텔에서 저녁을 먹을
생각이었다. 번잡스럽지 않고 돈도 절약할 수 있기 때문에 언
젠가부터 그렇게 해 오고 있었고, 이제 그의 친구가 내려오기
를 기다리며 빈둥거리던 중이었다.

그는 전보를 마당에서 읽었고, 처음 전보를 열어 봤던 자리
에 그대로 가만히 서 있다가 다시 한 오 분 동안 자세히 들여
다보았다. 그러더니 마치 그것을 없애 버리려는 듯 순식간에
구겨 버렸다. 하지만 그러고 나서도 그냥 쥐고 있었고, 마당을
한 바퀴 돈 뒤 테이블 가까이에 놓인 의자에 털썩 주저앉았
을 때에도 여전히 쥐고 있었다. 종잇조각을 손 안에 꽉 쥐었을
뿐 아니라 아예 눈에 띄지 않게 단단하게 팔짱을 낀 채 생각
에 잠겨 그 자리에 한참을 앉아 있었는데, 앞만 보고 있었기
때문에 웨이마시가 가까이 다가온 것도 알아채지 못했다. 웨
이마시는 스트레더의 모습이 하도 이상해서 잠깐 그를 뚫어지
게 쳐다본 뒤, 특히 강렬한 어떤 면 때문인지 그에게 말을 걸
지도 않고 응접실로 들어가 앉았다. 하지만 밀로스 출신의 순
례자인 그는 그 은신처에서도 유리창으로 밖을 살펴볼 수 있
도록 자리를 잡았다. 앉아 있던 스트레더는 결국 움켜쥐고 있
던 쪽지를 테이블 위에 놓고 조심스럽게 펴더니 다시 꼼꼼히
보았다. 얼마간 그렇게 있다가 드디어 눈을 들었을 때, 웨이마
시가 안에서 자신을 내다보고 있음을 알았다. 그렇게 그들의
눈이 마주쳤고, 어느 쪽도 시선을 거두지 않은 채 잠깐 서로
를 바라보았다. 스트레더는 곧 자리에서 일어나 아까보다 조
심스럽게 편지를 접어 조끼 주머니에 집어넣었다.

몇 분 뒤 그들은 함께 앉아 저녁 식사를 했다. 하지만 스트레더는 내내 그것에 대해 아무 말도 하지 않았고, 마당에서 커피를 마시면서도 어느 쪽도 말을 꺼내지 않은 채 결국 헤어졌다. 더구나 둘 사이에 평소보다 훨씬 더 말이 없었기 때문에 스트레더로서는 서로 상대방이 먼저 말문을 열기를 기다리고 있다는 것을 의식하지 않을 수 없었다. 웨이마시는 언제나 자기 텐트 앞을 지키고 앉아 있는 인상을 주었고, 꽤 시간이 흐른 지금에 와서 침묵은 그들의 관계에서 나름의 역할을 하게 되었다. 기실 이 분위기가 최근 들어 더 강해졌다고 스트레더는 느꼈는데, 그것이 오늘 밤처럼 두드러진 적도 없었다. 그럼에도 마침내 상대방이 혹시 무슨 일이 있느냐고 물었을 때 '아니, 별다른 일은 없네.'라고 대답함으로써 솔직히 털어놓을 수 있는 기회를 없애 버렸다.

하지만 다음 날 아침 일찍 그는 사실에 좀 더 부합하는 대답을 할 기회를 얻게 되었다. 그 문제는 전날 저녁 내내 문젯거리였고, 저녁 식사 후 몇 시간 동안 방에서 상당한 분량의 편지를 썼더랬다. 본인이 알아서 할 바라는 듯 평소보다 데면데면하게 웨이마시와 헤어진 것도 사실 이를 위해서였는데, 결국 편지를 끝맺지 못하고 다시 내려와서는 친구가 어쩌고 있는지 알아보지도 않은 채 거리로 나섰다. 정처 없이 오랫동안 배회하다 돌아왔을 때는 1시가 넘었고, 관리인이 그를 위해 처소 밖 선반에 놓아 둔 가물거리는 동강 양초를 들고 겨우 방으로 올라갔다. 문을 닫고, 아직 끝내지 못한 여러 장의 편지지를 집어 들어 다시 읽어 보지도 않고 갈기갈기 찢어 버렸다. 얼마간은 그러한 희생 덕분인지 마땅한 일을 했다는 기분으로 잠이 들었고, 그날 아침 평소보다 한참 늦게까지 잠을 잤더랬다. 9시에서 10시 사이에 지팡이 손잡이로 가볍게 문을 두드리는 소리가 들렸을 때 그가 전혀 남 앞에 나설 모양새가 못 되었던 것은 이런 이유에서였다. 그럼에도 채드 뉴섬의 밝은 저음의 목소리를 듣고는 바로 손님을 맞아들였다. 때 이른 파멸을 맞을 뻔했기 때문에 분명 더욱 소중할 수밖에 없는 전날 저녁의 작은 파란색 쪽지는 이제 열린 창문틀 위에 놓여 있었다. 구김살 없이 다시 잘 펼쳐져, 바람에 날아가지 않게 시계로 눌러 놓은 상태였다. 채드는 어디를 가든 늘 그렇듯이 무심하면서도 능숙하게 비평하는 눈길로 주변을 둘러보다가 곧 그것을 발견하고는 잠시 뚫어지게 보았다. 그러곤 방 주인에게로 눈길을 돌려 물었다. "드디어 왔나요?"

스트레더가 넥타이에 핀을 꽂다가 손을 멈췄다. "그럼 알고 있었나? 자네도 받았나?"

"아니요, 아무것도 못 받았어요. 그냥 보면 아는 거죠. 저걸 보고 짐작한 거예요." 그러곤 덧붙였다. "연극처럼 아주 딱 맞추어 등장하네요. 오늘 온 건 아저씨를 모셔 가기 위해서거든요. 어제 와야 했지만 사정이 안 되었어요."

"날 모셔 간다고?" 스트레더가 다시 거울을 보았다.

"약속드린 대로 드디어 귀국하는 거죠. 이제 갈 준비가 되었어요. 이달 들어서는 정말 그렇게 되었어요. 단지 아저씨를 기다렸던 것뿐이에요. 당연히 그래야 했으니까. 하지만 아저씨는 이제 좋아졌고, 안전하기도 하고. 보니까 알겠어요. 받을 혜택은 다 받으신 것 같아요. 오늘 아침엔 더할 나위 없이 원기 왕성해 보이시는데요."

스트레더는 거울 앞에 서서 몸단장을 마치면서, 채드의 마지막 말이 사실인지 좀 더 살펴보았다. 정말로 부자연스러울 만큼 원기 왕성해 보이는 걸까? 채드의 예리한 시선에 잡힐 뭔가가 있었는지는 모르겠지만 그 자신으로서는 요 몇 시간 동안 완전히 엉망이 된 느낌이었다. 그래도 어쨌든 그러한 판단이 그의 결심을 더욱 굳히는 결과를 낳았다. 의도치 않게 자신의 생각이 옳았음을 증명했던 것이다. 그의 탄탄함이 밖으로도 훤히 나타날 정도라면 분명 자신이 좋게 생각해서가 아니라 정말로 그럴 것이었다. 물론 몸을 돌려 상대방을 마주했을 때, 그 모습에 자신감이 약간 위축되긴 했다. 그렇게 당당하고 멋지게 보일 수 있는 비법을 늘 변함없이 지니지 않았다면 아마 상황은 더 나빴을 테지만 말이다. 거기 서 있는 채드는 경쾌한 아침의 신선함 그 자체였다. 튼튼하고 매끈하고 경쾌하고 편안하면서, 향기롭고 그 깊이를 알 수 없는 모습, 건강한 혈색과 숱 많은 젊은 머리카락에 간간이 섞인 보기 좋은 은발. 그리고 옅은 구릿빛 얼굴색 때문에 아주 발갛게 보이는 입술은 입을 벌릴 때마다 적절한 말만 하지 않는가. 스트레더가 보기에 사적인 자리에서 그가 지금처럼 더할 나위 없이 멋진 모습을 보인 적은 여지껏 없었다. 이제 확실히 항복하기로 했으니 본모습을 생생하게 다 갖추고 나타나자고 작정한 듯했다. 바로 이 모습이 아주 뚜렷하면서 또한 좀 낯설게 그가 울렛에 보여 줄 모습인 것이다. 우리의 주인공은 다시금 그의 면

모를 인지했다. 항상 인지한다고 생각하지만 여전히 감지되지 않는 부분이 있었다. 그렇게 다른 것들이 안개처럼 뿌옇게 퍼져 있는 와중에도 그의 이미지는 나타났지만 말이다. "자네 어머니한테서 전보를 받았네." 스트레더가 말했다.

"그러셨을 거라고 생각했어요. 별일 없으시죠?"

스트레더가 머뭇거렸다. "아니, 이렇게 말해서 안됐지만 그렇지 않아."

"저런. 그럴 것 같았어요. 그렇다면 더욱이 바로 출발을 해야겠네요." 채드가 말했다.

이제 스트레더는 모자와 장갑, 지팡이를 챙겨 들었는데, 채드는 마치 그 자리에서 할 말을 하고 싶다는 듯 소파에 털썩 앉았다. 그러면서 여전히 스트레더의 물건을 둘러보았다. 얼마나 빨리 정리해서 짐을 쌀 수 있을지 따져 보는지도 몰랐다. 자기 하인을 보내 짐 싸는 일을 도와주겠다고 슬쩍 얘기를 꺼낼 마음인지도 몰랐다. "'바로'라는 건 무슨 뜻이지?" 스트레더가 물었다.

"아, 다음 주에 출발하는 배로 말이에요. 지금은 붐빌 때가 아니니 쉽게 자리를 구할 수 있을 거예요."

스트레더는 시계를 차느라 집어 든 전보를 여전히 손에 쥐고 있다가 그것을 채드에게 내밀었는데, 채드는 어색한 동작을 취하며 받지 않았다. "고맙습니다만, 안 읽어 볼래요. 어머니와 아저씨의 편지는 제가 상관할 일이 아니니까요. 저는 어떤 문제든 두 분과 함께할 뿐이죠." 이에 스트레더는 여전히 그와 시선을 맞춘 채 전보를 접어 주머니에 넣었다. 그가 무슨 말을 꺼내기도 전에 채드가 불쑥 다른 화제를 꺼냈다. "고스트리 양은 돌아왔나요?"

하지만 스트레더가 입을 열었을 때 나온 말은 그 질문에 대한 답은 아니었다. "내가 보기에 자네 모친이 몸이 안 좋으신 건 아니야. 올봄에 건강이 전반적으로 그 어느 때보다 좋아 보였으니까. 하지만 내내 걱정과 불안에 시달려 왔고, 지난 며칠 그것이 극도로 심해졌나 봐. 우리 둘이서 자네 어머니의 인내심을 바닥낸 거지."

"아니, 아저씨는 아니죠!" 채드가 관대하게 그 말에 반대했다.

"무슨 소리, 내가 그런 게 맞아." 그 말투는 부드럽고 약간 서글프게 들리기도 했지만 단호했다. 그는 상대방의 머리 너머 저 멀리로 그 사실을 응시했다. "특히 내 책임이지."

"그럼 더욱 서둘러야겠네요. 전진, 전진!" 젊은 채드가 명랑하게 말했다. 하지만 이 말에도 스트레더가 여전히 앞만 바라보고 있었으므로, 채드가 같은 질문을 반복했다. "고스트리 양은 돌아왔나요?"

"그래, 이틀 전에."

"그럼 만나 보셨어요?"

"아니, 오늘 만나러 갈 계획이야." 하지만 스트레더는 고스트리 양에 대한 이야기를 이어 가려 하지 않았다. "자네 어머니가 내게 최후통첩을 보냈어. 자네를 돌려보내지 못하겠으면 그냥 두고 떠나라고. 어쨌든 나라도 돌아오라는 거지."

"아, 하지만 이젠 저를 데려가실 수 있어요." 소파에 앉은 채드가 안심시키듯 말했다.

스트레더가 잠시 기다렸다가 말했다. "자네를 이해할 수가 없군. 그럼 한 달 전에 그렇게 절박하게 비오네 부인의 말을 들어 보라고 한 건 도대체 무엇 때문이었지?"

"무엇 때문이었냐고요?" 채드는 잠깐 생각했는데, 사실 그 이유는 아주 잘 알았다. "부인이 얼마나 잘 해낼지 알았으니까 그랬지 왜겠어요? 그렇게 하면 아저씨가 당분간 가만히 계실 거고, 그만큼 아저씨에게 도움이 될 거였으니까요." 그가 유쾌하고도 수월하게 설명했다. "게다가 정말로 아저씨가 비오네 부인을 만나 좋은 인상을 받았으면 했어요. 그게 얼마나 아저씨에게 좋은 일이었는지 아시잖아요."

"글쎄." 스트레더가 말했다. "그거야 어쨌든, 자네를 대신해 그녀가 하는 말을 들으면서, 물론 내가 기회를 준 만큼이었지만, 그러면서 그녀가 얼마나 자네를 떠나보내고 싶지 않은지 알았네. 자네한테 그게 아무것도 아니라면 어째서 나한테 그런 일을 하라고 했는지 모르겠다는 거야."

"아니에요, 아저씨," 채드가 설명했다. "그건 저한테 아주 중요해요. 어떻게 그걸 의심……."

"내가 의심하는 이유는 단지 자네가 오늘 아침 나한테 와서 떠나자고 했기 때문이야."

채드가 잠시 그를 뚫어지게 보더니 웃었다. "하지만 지금껏 떠나자는 말을 기다리신 게 아니었나요?"

스트레더가 잠시 따져 보다가 다시 방안을 돌아다니기 시작했다. "이번 달 내내 내가 기다린 건 무엇보다 지금 여기 가지고 있는 이 편지야."

"그게 두려우셨단 말인가요?"

"글쎄, 난 내 방식대로 일을 처리하지." 스트레더가 말을 이었다. "그리고 짐작건대 지금 돌아가겠다는 자네의 결정이 그저 내가 원해서 내린 결정은 아닌 것 같아. 그렇지 않고서야 나를 그런 관계에……." 그가 말을 멈췄다.

이에 채드가 일어섰다. "그녀가 제가 떠나기를 원치 않는 것과는 아무 관계도 없는 일이에요! 그건 그저 겁을 먹어서 그래요. 그러니까 일단 가면 거기서 빠져나오지 못할까 봐 두려운 거죠. 하지만 전혀 쓸데없는 걱정이에요."

그러자 그는 자신을 탐색하듯 바라보는 상대와 다시 눈을 맞췄다. "그녀가 이제 싫증이 난 건가?"

이 질문에 채드의 얼굴에 지금껏 한 번도 본 적 없는 기묘한 미소가 서서히 떠오르더니 그가 고개를 저으며 말했다. "전혀 아닙니다."

그 말은 너무나 깊고도 부드럽게 곧장 스트레더의 상상을 자극했기 때문에 그는 마치 그것을 바라보듯 잠깐 말이 없었다. "전혀?"

"전혀요." 채드가 담담하지만 흔쾌하게 말했다.

그 말에 상대방은 몇 걸음 더 걸었다. "그렇다면 자네는 두렵지 않다는 거지?"

"여길 떠나는 게요?"

스트레더가 다시 걸음을 멈췄다. "여기 머무는 게."

채드는 그 말에 눈에 띄게 재미있다는 표정을 지었다. "이제는 제가 '머무르길' 바라시는 거예요?"

398

"내가 바로 돌아가지 않으면 포콕 부부가 즉시 여기로 나올 걸세. 그게 바로 아까 말한 자네 모친의 최후통첩이지." 스트레더가 말했다.

채드는 놀라지는 않았지만 더욱 눈에 띄게 관심을 보였다. "어머니가 이제 누나네를 동원하시는 거예요?"

스트레더는 그와 함께 잠깐 그 모습을 그려 보았다. "아, 그리고 당연히 매미도. 아마 자네 어머니가 동원하는 사람은 바로 그 애겠지."

채드는 이 모습도 그려 보더니 소리 내어 웃었다. "매미를요? 저를 어떻게 해 보라고요?"

"아, 그 애는 아주 매력적이야." 스트레더가 말했다.

"이미 몇 번이나 그렇게 말씀하셨죠. 당연히 만나 보고 싶어요."

이렇게 말할 때의 태평하고도 편안한 어떤 면, 무엇보다 본인은 의식하지 못하는 어떤 면을 보며 상대방은 그가 얼마나 느긋한 태도를 가졌는지, 그리고 그의 처지가 얼마나 부러울 만한지를 다시금 절감했다. "그럼 꼭 그녀를 만나 봐." 스트레더가 말했다. "그리고 자네 누이가 자네를 보러 나오도록 정말로 힘을 써 보는 것도 한번 생각해 봐. 한두 달 파리 구경을 시켜 주는 거지. 내가 알고 있는 게 맞다면, 결혼한 직후에 와 보고는 한 번도 오지 않았을 거야. 그러니 분명 여기 나올 어떤 구실도 환영하겠지."

채드는 주의 깊게 들었지만 그도 나름대로 세상 물정은 알았다. "구실이야 최근 몇 년간 내내 있었지만 한 번도 그걸 이용하지는 않았는걸요.”

“자네라는 구실 말인가?” 스트레더가 잠시 사이를 두었다가 물었다.

“물론이죠. 외로운 이 망명자 말입니다. 그럼 누구겠어요?” 채드가 말했다.

“아, 난 내 얘기였어. 내가 그녀의 구실인 거지. 같은 얘기이지만 자네 어머니의 구실이니까.”

“그렇다면 왜 어머니가 직접 나오시지 않는 거죠?” 채드가 물었다.

스트레더가 그를 한참 쳐다보았다. “오셨으면 하나?” 그러고는 바로 대답이 나오지 않자 이어 말했다. “얼마든지 오시라고 전보를 쳐도 되네.”

채드가 여전히 생각에 잠긴 채로 말했다. “오시라고 하면 오실까요?”

“그럴 가능성이 높지. 하지만 해 봐야 알겠지.”

“아저씨는 왜 그렇게 안 하세요?” 잠시 기다렸다 채드가 물었다.

“난 그걸 원하지 않으니까.”

채드가 곰곰이 생각했다. “어머니가 여기 계시는 걸 바라지 않으세요?”

스트레더는 그 질문을 피하지 않고 힘주어 대답했다. “이봐, 나한테 떠넘기지 말라고!”

“무슨 말씀인지 알겠어요. 당연히 알아서 잘 행동하시겠지만 분명 어머니를 보고 싶진 않으신 거죠. 그런 술수를 쓰진 않겠습니다."

"아니, 그게 술수라고 생각하진 않네." 스트레더가 외쳤다. "자넨 충분히 그렇게 할 권리가 있고, 아주 올바른 일이지." 그러고는 말투를 바꿔 덧붙였다. "더구나 비오네 부인이라는, 아주 흥미로운 관계를 보여 줄 수 있잖아."

이 말에 그들이 서로의 눈을 지긋이 바라보았는데, 경쾌하고 대담한 채드의 눈은 조금의 흔들림도 없었다. 드디어 채드가 자리에서 일어나 이렇게 말했고, 그 말에 스트레더는 놀라지 않을 수 없었다. "어머니는 그녀를 이해하지 못하시겠지만 상관없어요. 비오네 부인은 어머니를 기꺼이 만나 보고 좋은 인상을 주길 원할 테니까요. 그렇게 할 수 있다고 믿고 있죠."

그 말에 스트레더는 잠깐 생각에 잠겼다가 결국 다시 몸을 돌렸다. "그럴 수 없을 걸세!"

"정말 그렇게 생각하세요?" 채드가 물었다.

"원하면 직접 알아보든지!"

스트레더는 차분하게 이렇게 말하고는 이제 나가자고 그를 재촉했다. 하지만 젊은이는 여전히 움직이지 않았다. "답장은 보내셨어요?"

"아니, 아직 아무것도 안 했어."

"절 만나려고 기다리신 거예요?"

"아니, 그것도 아니야."

"그럼 고스트리 양을 기다리신 거군요?" 채드가 미소를 보이며 물었다.

"아니, 그것도 아니네. 아무도 기다리지 않았어. 단지 지금까지 나 스스로 결정을 내리길 기다렸을 뿐이지. 아무도 없이 혼자 말이야. 당연히 자네에게는 알려 줄 의무가 있으니까 결정이 내려지면 나가려던 참이었지. 그러니까 좀 더 참을성을 가지고 기다리라고." 스트레더가 말을 이었다. "그게 바로 자네가 맨 처음 나한테 한 부탁이었다는 걸 기억하게. 알겠지만 그래서 내가 참을성을 가지고 기다렸고, 그 결과가 어땠는지도 잘 알잖아. 내 곁에서 더 기다리라고."

채드가 심각한 표정을 지었다. "얼마나 더요?"

"글쎄, 내가 자네에게 신호를 보낼 때까지. 일이 잘 되건 못되건 내가 여기 계속 머물 수 있는 건 아니야. 포콕 부부가 올 수 있게 해 봐." 스트레더가 같은 말을 반복했다.

"그러면 시간을 버실 수 있으니까요?"

"그래, 내가 시간을 벌 수 있지."

여전히 잘 이해가 가지 않는지 채드는 잠깐 말이 없었다.

"어머니께 돌아가길 원치 않으시나요?"

"아직은 아니야. 그럴 준비가 안 되었어."

"이곳의 매력에 흠뻑 빠지셨군요." 채드가 평소 말투로 물었다.

"말할 수 없이 그렇지." 스트레더가 솔직히 말했다. "그렇게 되도록 자네가 나선 마당에 그게 자네한테 놀라울 리는 없겠지."

"예, 놀랍진 않아요. 저로선 아주 기쁜 일이죠." 자기가 듣기에도 좀 이상하다는 것을 의식하며 채드가 물었다. "하지만 아저씨, 그래서 그 때문에 아저씨한테는 어떤 일이 생길까요?"

그 질문은 둘 간의 관계와 위치가 뒤집어졌음을 아주 미묘하게 보여 줬기 때문에 채드는 그 말을 내뱉자마자 소리 내어 웃었고, 스트레더도 따라 웃었다. "글쎄, 내가 시험을 거쳤다는, 그러니까 담금질이 되었다는 확신을 갖게 해 주겠지." 그가 탄식하듯 말했다. "아, 하지만 여기 온 지 한 달이 안 됐을 때 자네가 기꺼이 나와 미국으로 돌아가겠다고 했다면……."

"했다면요?" 스트레더가 그 생각에 압도당한 듯 말을 잇지 못하자 채드가 물었다.

"했다면 우리가 지금쯤 바다 건너 미국에 가 있겠지."

"하지만 그러면 아저씨는 이곳의 재미를 알지 못했겠죠!"

"한 달 동안은 재미있게 지냈겠지." 스트레더가 말을 이었다. "그리고 굳이 알고 싶다면, 이제는 여한이 없을 만큼 재미를 보고 있네."

채드는 흥미롭고 즐거운 표정이었지만 여전히 완전히 이해하지는 못했다. 어쩌면 그로서는 스트레더가 말하는 재미가 무엇인지 처음부터 명확히 해야 할 필요가 있었기 때문일지도 몰랐다. "제가 아저씨를 두고 가면 되지 않을까요?"

"나를 두고?" 스트레더가 망연하게 되물었다.

"한두 달 정도만요. 왔다 갔다 할 수 있는 시간 말이에요." 채드가 미소를 지었다. "그동안 비오네 부인이 아저씨를 봐주고 말이죠."

"자네 혼자 돌아가고 난 여기 남는다고?" 그들이 다시 서로의 눈을 바라보며 그 문제를 잠깐 생각했다. 그러곤 스트레더가 말했다. "해괴망측한 소리!"

"하지만 어머니를 만나 보고 싶어요." 채드가 곧 대꾸했다.

"제가 어머니를 본 지 얼마나 오래되었는지 생각해 보세요."

"무척 오래되었지. 그게 바로 내가 처음에 그렇게 자네를 데려가려 했던 이유였잖아. 어머니 없이도 얼마나 훌륭하게 잘 살 수 있는지 충분히 우리에게……."

"아, 하지만 제가 그때보다 나아졌잖아요." 채드가 멋지게 말했다.

그 말에서 풍기는 태연한 의기양양함에 스트레더는 다시 소리 내어 웃었다. "자네가 나빠지기라도 했다면 어떻게 해야 할지 당연히 알았겠지. 그랬다면 분명 입을 틀어막고 손발을 묶어서, 반항하며 발버둥 치는 자네를 끌고 배를 탔을 테니." 그러곤 물었다. "어머니를 얼마만큼 보고 싶나?"

"얼마만큼요?" 그 질문에 어떻게 답해야 할지 모르는 듯 채드가 되물었다.

"얼마만큼."

"아저씨가 제게 깨우쳐 주신 만큼이랄까요. 무슨 일이 있어도 만나고 싶어요." 그가 덧붙였다. "게다가 어머니가 얼마나 절 보고 싶어 하시는지 아주 확실하게 알려 주셨잖아요."

스트레더가 잠깐 생각했다. "그래, 정말 그래서 돌아가고 싶은 거라면 프랑스에서 출발하는 배를 타고 내일 당장 떠나게. 당연히 그 문제에서 자네는 100퍼센트 자네 뜻대로 할 수 있으니까. 도저히 참을 수 없다면야 자네가 떠나는 걸 받아들이는 수밖에."

"아저씨가 여기 남으신다면 바로 떠나겠습니다." 채드가 말했다.

"난 여기서 다음 배가 출항할 때까지 기다렸다가 자네를 따라가도록 하지."

"그게 어떻게 제가 떠나는 걸 받아들이는 거예요?" 채드가 물었다.

"당연히 그렇지. 그렇게밖에 부를 수가 없지 않나. 그러니 나를 여기 머무르게 하려면 자네도 여기 있는 수밖에 없네."

채드가 그 말을 이해했다. "제가 아저씨 일을 망쳐 놨으니 더욱 그래야겠죠, 그렇죠?"

"내 일을 망쳐 놔?" 스트레더가 아주 무덤덤하게 되물었다.

"그러니까 누나네를 보낸다는 건 어머니가 아저씨를 믿지 않는다는 얘기이고, 어머니가 아저씨를 믿지 않는다면 그건…… 그게 왜 그런 건지 아시잖아요."

잠시 후 스트레더는 왜 그런 건지 이해했고, 그 연장선에서 말했다. "그러니까 자네가 나한테 빚진 게 얼마나 많은지 알겠지."

"정말 그걸 안다 한들 어떻게 갚을 수 있겠어요?"

"날 버리지 않으면 돼. 내 편이 되어 주면 되는 거야."

"맙소사……." 그러면서도 채드는 계단을 함께 내려가다가 마치 서약이라도 하듯 스트레더의 어깨를 힘 있게 탁 쳤다. 두 사람은 함께 천천히 내려갔고, 호텔 마당에서 좀 더 이야기를 나눈 후 곧 헤어졌다. 채드 뉴섬이 호텔을 나선 후, 혼자 남겨진 스트레더는 건성으로 주위를 둘러보며 웨이마시를 찾았다. 하지만 웨이마시는 아직 내려오지 않은 모양이었고, 우리의 주인공은 결국 그를 보지 못한 채 나가 버렸다.

3

스트레더는 그날 오후 4시가 되도록 웨이마시를 보지 못했
지만, 그 보상이라도 하듯 그 시간에 고스트리 양과 대화를
나누고 있었다. 그에 앞서 호텔 근처에는 얼씬도 하지 않고 시
내 구경과 자기 생각에 빠져 종일 쏘다녔다. 뭔가에 골몰해 있
으면서도 동시에 들썩거리는 기분이었는데, 그것이 최고조에
이르렀을 때 따뜻한 환대를 받으며 마르뵈프 구역으로 들어섰
다. "확실히 웨이마시가 '나 모르게' 울렛과 연락을 취하고 있
었던 것 같아요." 고스트리 양이 물었으므로 그가 설명했다.
"그 결과 간밤에 아주 요란스러운 호출이 있었죠."

"돌아오라는 편지가 왔단 말인가요?"

"아니, 그냥 전보예요. 지금 주머니에 들어 있는데, '가장 빠
른 선편으로 돌아올 것'이라고 적혀 있죠."

이에 그 집 여주인은 얼굴이 붉어지는 것을 가까스로 모면

한 것 같았다. 때맞춰 반사적으로 마음을 다잡아 일시적으로 차분함을 되찾았다. 그녀가 좀 모호하게 이렇게 물은 것은 아마 그 때문이었을 것이다. "그래서 그럴 작정인가요?"

"그렇게 날 버리고 갔으니 내가 떠나 버려도 당신은 별로 할 말은 없을 거예요."

그건 왈가왈부할 일도 못 된다는 듯이 그녀가 고개를 저었다. "제가 없어서 당신한테 도움이 되었잖아요. 당신을 보니 알겠는걸요. 그게 제 계산이었고 제가 맞았어요. 예전의 당신이 아니네요." 그녀가 미소를 띠며 말했다. "그리고 중요한 건, 그건 제가 함께할 일도 아니었다는 거예요. 혼자 해 나갈 수 있으니까요."

"아, 하지만 오늘 보니 아직은 당신이 필요한 것 같아요." 그가 마음 편히 말했다.

그녀는 그 말뜻도 이해했다. "다시는 당신을 떠나지 않겠다고 약속드리죠. 하지만 그저 당신을 따라가기 위해서예요. 이제 탄력을 받아서 혼자 걸을 수 있잖아요."

그가 그 말을 이해했고 또 인정했다. "그래요, 걸을 수는 있는 것 같아요. 사실 바로 그 때문에 웨이마시가 언짢아졌을 거예요. 내가 혼자 다니는 모습을 더 이상 참을 수가 없게 된 거죠. 하지만 그건 내내 있었던 감정이 절정에 이른 것일 뿐이에요. 이제 그만두었으면 하는 마음에 내가 지옥에 떨어지기 직전이라고 울렛에 편지를 쓴 게 분명해요."

"저런!" 그녀가 중얼거렸다. "하지만 그냥 혼자 추측이죠?"

"알아낸 거예요. 그래야 말이 되니까."

"그럼 웨이마시 씨는 그걸 부인하나요? 아니면 물어보지도 않았나요?"

"그럴 기회가 없었어요." 스트레더가 말했다. "여러 가지를 조합해 본 끝에 그 사실을 알아낸 게 겨우 어젯밤이었거든요. 그 뒤엔 아직 그와 얼굴을 맞대지 않았어요."

그녀가 궁금한 듯 물었다. "아주 정나미가 떨어져서요? 당신 스스로 어떻게 나올지 확신할 수가 없어서요?"

그가 코 위의 안경을 다시 고쳐 썼다. "내가 그렇게 화가 잔뜩 나 있는 것처럼 보여요?"

"아주 훌륭해 보여요!"

"화낼 일이라곤 전혀 없어요." 그가 말을 이었다. "오히려 나한테는 잘된 일인 거지."

그녀가 이해했다. "그래서 결국 결정적인 순간이 오게 되었다는 거죠?"

"당신은 정말 이해가 빠르다니까!" 그가 거의 신음하듯 내뱉었다. "어쨌든 그 얘기를 꺼내더라도 웨이마시는 절대 그걸 부인하거나 축소하려 들지는 않을 거예요. 며칠 밤을 뜬눈으로 새운 뒤 양심에 전혀 부끄러움 없이 아주 굳은 확신을 가지고 행동했을 테니까. 충분히 책임감 있게 행동했고 또한 아주 성공적이었다고 생각하겠죠. 그래서 함께 얘기를 나누고 나면 우린 다시 가까워지게 될 거예요. 우리를 완전히 갈라놓았던 그 시커먼 강물을 건너서 말입니다. 결국 그 행동 덕에 같이 얘기할 거리가 생긴 셈이죠."

그녀는 잠시 말이 없었다. "그런 식으로 받아들이다니 정말 경탄스럽네요! 하지만 당신은 늘 경탄할 만하니까."

그녀와 마찬가지로 그 역시 잠시 침묵을 지키더니, 적당히 기운찬 목소리로 그 말을 다 인정했다. "맞아요. 지금 난 지극히 경탄할 만해요. 사실 아주 환상적이라고도 할 수 있을 것 같아요. 미쳤다고 해도 놀랍지 않을걸요."

"그러면 말해 줘요!" 그녀가 간절하게 재촉했다. 하지만 그가 한동안 아무 대꾸 없이 자신을 바라보는 그녀를 마주 바라보기만 하자, 말하기 쉬운 부분을 찾아 다시 물었다. "웨이마시 씨가 정확히 무슨 일을 한 거죠?"

"그냥 편지를 쓴 거예요. 한 통이면 충분했겠죠. 누가 나를 좀 건사해야겠다고 쓴 거죠."

"정말 그런가요?" 그녀로선 흥미진진한 모양이었다.

"말할 수 없이 그렇죠. 그래서 곧 나를 건사할 사람이 올 겁니다."

"그 말은 당신은 여기서 꼼짝도 안 한다는 거죠?"

"꼼짝도 안 하죠."

"전보를 치셨나요?"

"아니요. 채드에게 하라고 했어요."

"당신은 안 돌아가겠다고요?"

"자기는 안 돌아가겠다고요. 오늘 아침에 얘기를 해서 그의 마음을 돌려놓았어요. 내가 방을 나서기 전에 찾아와서는 이제 준비가 되었다고 하더군요. 그러니까 떠날 준비가요. 하지만 십 분 정도 대화를 나눈 뒤 떠나지 않겠다고 하고는 자리를 떴어요."

고스트리 양이 아주 열심히 들었다. "그럼 채드를 붙잡은 건가요?"

스트레더가 의자에서 자리를 고쳐 앉았다. "붙잡은 거죠." 그리고 더욱 또렷하게 말했다. "그러니까 당분간 그게 내 입장입니다."

"그래요, 알겠어요. 그런데 채드 군은 어떤가요? 떠날 준비가 되었다고요?" 그녀가 물었다.

"당장이라도."

"진심으로 말이죠? 당신도 떠나리라고 믿고?"

"확실히 진심이었다고 봐요. 그래서 내가 자기를 여기서 끄집어내려고 그렇게 기를 쓰다 갑자기 돌변해서 붙잡아 앉히려 하니까 놀라워하더군요."

고스트리 양에게 그 상황은 이해할 만했다. "채드는 그게 정말 돌변한 거라고 생각하나요?"

"글쎄." 스트레더가 말했다. "채드가 무슨 생각을 하는지는 잘 모르겠어요. 그 녀석 문제라면 하나도 확실한 게 없어요. 만나면 만날수록 내가 원래 기대했던 녀석이 아니라는 느낌만 점점 더 들고 하나도 분명하지가 않아요. 그래서 기다리는 거예요."

그녀가 의아한 듯 물었다. "하지만 정확히 뭘 기다리시나요?"

"그의 전보에 대한 답장."

"전보에 뭐라고 썼는데요?"

"나도 몰라요." 스트레더가 답했다. "그가 자리를 뜰 때의 상황으로는 마음 내키는 대로 쓸 거였으니까. 나는 그저, '나는 여기 남아 있고 싶은데, 그러려면 자네가 남아 있는 수밖에는 없네.'라고 했을 뿐이죠. 내가 남아 있고 싶어 한다는 게 흥미로운 모양이었고, 그에 따라 행동했겠죠."

고스트리 양이 그 말을 따져 보았다. "그럼 그는 남아 있고 싶어 하나요?"

"반쯤은 그래요. 그러니까 반쯤은 떠나고 싶은 마음이라는 거죠. 내가 애초에 했던 호소가 그 정도 효과는 본 셈이에요." 스트레더가 말을 이었다. "좌우간 채드는 가지 않을 겁니다. 적어도 내가 여기 있는 동안은."

"하지만 언제까지고 여기 있을 순 없잖아요." 상대방이 말했다. "그럴 수 있다면 좋겠지만."

"그럴 순 없죠. 그래도 어쨌든 그를 좀 더 지켜보고 싶어요. 내가 생각했던 경우와는 너무 다르거든. 완전히 다른 경우이죠. 그 자체가 내겐 아주 흥미로워요." 스트레더가 그 문제를 그렇게 신중하고도 명료하게 설명하는 것은 스스로의 이해를 돕기 위해서인 듯도 했다. "그를 포기하고 싶지 않아요."

고스트리 양은 그 점을 좀 더 확실히 하고 싶었지만, 동시에 대수롭지 않은 듯 요령 있게 해야 했다. "포기란, 그러니까 그의 모친께 넘겨주고 싶지 않다는 건가요?"

"글쎄, 딱히 모친 얘기는 아니에요. 내가 대변하고 있는 계획을 말하는 거죠. 채드를 만나자마자 가능한 한 설득력 있게 그의 앞에서 개진했던 그 계획은 말하자면 지난 오랜 세월 동안 그에게 무슨 일이 있었는지는 전혀 모른 채 세워진 것이었어요. 여기서 직접 보는 순간 받게 될 인상은 전혀 고려하지 않았죠. 확신하건대 아직도 받을 인상이 더 남아 있을 거고.”

다정한 비판의 미소를 띠며 고스트리 양이 말했다. “그러니까 여기 남고 싶은 건 얼마간은 호기심 때문이군요?”

“그렇게 말할 수도 있겠죠! 뭐라고 불러도 상관없어요.”

“여기 남아 있을 수만 있다면요? 분명 그렇겠죠. 어쨌든 무척 재밌을 것 같은데요.” 고스트리 양이 말했다. “그리고 그 일을 해내는 당신을 지켜보는 건 제 인생에서 아주 흥미진진한 일이 될 테고요. 당신이 혼자 해낼 수 있다는 게 이렇게 분명하잖아요!”

그런 칭찬에도 그다지 신나는 기색 없이 그가 말했다. “포콕 부부가 오게 되면 혼자는 아니겠지요.”

그녀가 눈썹을 치켜떴다. “포콕 부부가 오나요?”

“그게 바로 채드의 전보를 받고 나면 벌어질 일이에요. 그것도 아주 빨리. 바로 출발할 겁니다. 세라가 와서 모친의 입장을 전달하겠죠. 나처럼 엉망으로가 아니라 아주 다른 방식으로.”

표정이 다소 심각해지며 고스트리 양이 물었다. “그럼 그녀가 채드를 데려가게 되나요?”

“그럴 가능성이 높지만, 두고 봐야죠. 어쨌든 기회를 잡아 그렇게 하려 할 테고, 가능한 모든 수단을 쓸 테니 두고 봐요.”

“당신도 그걸 원하나요?”

“당연히 원하죠. 공정하게 하고 싶으니까.” 스트레더가 말했다.

그녀가 잠깐 이야기의 가닥을 놓쳤다. “모든 일이 이제 포

콕 부부에게 넘어가는 거라면 당신이 여기 남을 이유는 뭔가
요?"

"그저 공정하게 일하기 위해서죠. 물론 그들이 공정하게 하
는지 볼 필요도 약간은 있고." 스트레더는 전에 없이 빛을 발
하고 있었다. "여기 나와 보니 새로운 사실들이 기다리고 있었
어요. 내가 보기에 그 사실들은 그가 돌아와야 하는 예전의
이유들과는 갈수록 들어맞지가 않았죠. 문제는 아주 간단해
요. 새로운 사실들에 걸맞은 새로운 이유가 필요한 겁니다. 그
리고 울렛에 있는 친구들에게, 그러니까 채드의 친구이자 내
친구들에게 이 사실을 아주 일찌감치 알려 줬어요. 그러니까
세라가 한 무더기 들고 올 겁니다." 스트레더가 사려 깊은 미
소를 지으며 덧붙였다. "그것이 얼마간 당신이 말하는 '흥미진
진함'이 되겠죠."

그녀는 이제 확실히 맥락을 잡고는 그와 함께 움직이고 있
었다. "당신 얘기를 듣자니 그들의 회심의 카드가 바로 매미이
지요?" 그가 생각에 잠겨 있을 뿐 대꾸가 없었으므로 그것이
부정은 아니려니 하며 의미심장하게 덧붙였다. "그녀가 좀 안
됐는걸요."

"나도 그래요!" 그러더니 스트레더가 벌떡 일어나 슬슬 움
직이기 시작했고, 고스트리 양은 눈으로 그를 좇았다. "하지만
어쩔 수 없어요."

"매미가 여기 나오는 게요?"

그가 한 바퀴를 더 돌고 나서야 설명했다. "그걸 막으려면
내가 들어가는 수밖에는 없어요. 그러면 그녀가 나오는 걸 바

로 막을 수도 있겠죠. 하지만 그랬을 때 문제는 일단 내가 돌아가면⋯⋯."

"알아요, 알아요." 그녀는 바로 이해했다. "뉴섬 씨도 역시 돌아갈 테고, 그건 생각할 수도 없는 거죠." 그녀가 말하며 소리 내어 웃었다.

스트레더는 따라 웃지 않았다. 누가 비웃든 전혀 상관없다는 식의, 조용하고도 상대적으로 차분한 표정만 보였을 따름이었다. "이상한 일이에요, 그렇죠?"

그들은 아주 흥미로운 이런 일들과 관련해 지금까지 많은 대화를 나누면서도 또 다른 한 사람은 입에 올리지도 않았다. 둘 다 잠시 말이 없는 지금 그 침묵은 확실히 의식적으로 그 사람을 가리키고 있었다. 스트레더의 질문은 고스트리 양이 없는 동안 그 이름이 얼마나 중요해졌는지를 충분히 암시했고, 바로 그 때문에 그녀 쪽에서 간단히 거들어만 준다면 그것은 그에게 충분히 명확한 대답이 될 것이었다. 그런데 그녀가 곧 이렇게 물었고, 그로써 대답이 되고도 남았다. "뉴섬 씨가 자기 누이를 인사시키겠죠?"

"비오네 부인에게요?" 스트레더가 결국 그 이름을 입에 올렸다. "안 하면 이상한 일이겠죠."

그녀는 그 가능성을 곰곰이 따져 보는 듯했다. "이미 다 생각했고 준비도 되었단 뜻이군요."

"다 생각했고 준비도 됐어요."

이제 그녀의 생각은 바로 자신의 손님에게 미쳤다. "멋져요! 당신은 너무나 훌륭한걸요!"

"글쎄요." 그는 잠깐 걸음을 멈추고 약간 지친 듯이, 그러나 여전히 그녀 앞에 선 채 대답했다. "나의 이 따분한 인생에 단 하루 만이라도 그런 적이 있다면 얼마나 좋겠어요."

이틀 뒤 그는 그들의 단호한 결정에 대해 울렛에서 보낸 답장이 도착했다는 이야기를 채드로부터 들었다. 그 답장은 채드에게 보낸 것이었고, 세라와 짐, 매미가 곧 프랑스로 출발할 것이라고 했다. 그사이 스트레더 역시 전보를 쳤다. 그 일을 고스트리 양을 만날 때까지 미뤄 두고 있었던 거였는데, 전에도 왕왕 그랬지만 그녀와 이야기를 나누고 나면 문제가 분명해지면서 정리가 되는 느낌이 들었기 때문이었다. 뉴섬 부인의 전보에 대한 그의 답장은 다음과 같았다. '정확한 판단을 위해 한 달이 더 필요하지만, 지원군에 대해서는 아주 감사함.' 그리고 계속 편지를 쓰겠다고 덧붙였는데, 당연히 그는 항상 편지를 쓰고 있었다. 아주 이상하게 들리겠지만, 편지를 써야 안심이 되고, 그나마 뭔가 하고 있다는 기분이 들었기 때문이다. 그래서 정신적으로 힘든 최근의 상황에서 뭔가 공허한 술수, 가장(假裝)이라는 허울 좋은 기술을 익힌 것은 아닌가 하는 의구심도 종종 들었다. 미국 우편 시설을 통해 자신이 자주 보내는 글들이 어쩌면 언어에서 의미를 빼내 버리는 위대한 신과학의 달인인 입담 좋은 기자들이 쓸 법한 글은 아니었을까? 주로 자신이 좋은 사람이라는 것을 보여 주기 위해 시간을 다투며 급하게 편지를 쓴 건 아니었을까? 요즘 들어 자신이 쓴 글을 다시 읽어 보고 싶지 않은 것을 봐도 그랬다. 편지 속 그는 여전히 여유로웠지만, 그건 기껏해야 암흑 속에서 아무렇지도 않은 척 휘파람을 부는 일에 불과했다. 게다가 암흑 속에 있다는 느낌이 이제는 갈수록 더욱 강하게 그를 압박하고 있음에 틀림없었고, 따라서 더욱 아무렇지도 않은 척하며 더 크게 휘파람을 불어야 할 필요성도 커졌다. 답장을 써 보낸 뒤 길고도 세게 휘파람을 불었고, 채드가 전한 소식을 축하하며 거듭 휘파람을 불었다. 한 스무 날가량은 이것이 그런대로 효과가 있었다. 여러 가지 예감이 뒤죽박죽 섞여 있긴 했지만 세라 포콕이 여기 와서 무슨 말을 할지 그로서는 확실히 알 수 없었다. 그러나 아무리 그녀라 하더라도, 어느 누구든 마찬가지이겠지만, 자신이 그녀의 모친을 등한시했다는 말은 하지 못할 것이었다. 예전에 더 자유롭게 편지를 썼을 수는 있지만, 요즘처럼 이렇게 많은 양의 편지를 쓴 적은 지금껏 없었다. 그리고 세라가 떠난 빈자리를 메우고 싶어서라며 대놓고 울렛 쪽의 핑계를 댔다.

하지만 갈수록 암흑 속에 있다는 느낌이 강해지고 위에서 언급한 휘파람이 점점 빨라진 이유는 그가 아무런 소식을 못 들어서였다. 예전보다 답장이 뜸해졌다는 사실을 의식하게 된 건 꽤 되었지만, 이제는 이런 식으로 가다가는 뉴섬 부인의 편지가 완전히 끊길 것이 분명한 상황에 접어든 게 확실했다. 아무 소식을 못 들은 지 한참 되었고, 그녀로 하여금 전보를 쳐야겠다고 마음먹도록 한 그 언질을 받은 후로 전혀 펜을 들지 않았다는 사실에는 굳이 증거를 댈 필요도 없었다. 물론 그는 곧 많은 증거들을 보게 되겠지만 말이다. 세라가 그를 만나 보고 보고할 때까지 그녀는 편지를 쓰지 않을 것이다. 그건 이상

416

한 일이었다. 물론 올렛에서 보기에는 그의 행동이 더 이상하겠지만 말이다. 어쨌든 그것은 의미심장했고, 무엇보다 확연하게 드러난 사실은 바로 이렇게 모든 감정이나 의견 표시를 끊어 버림으로써 오히려 그로서는 그녀의 성격과 태도를 더욱 강렬하게 실감했다는 것이다. 정말이지 그녀로부터 아무런 소식도 받지 못하는 동안 그 어느 때보다 그녀와 함께 지내는 기분이었다. 이 침묵은 그녀의 독특함이 드러나는 신성한 숨죽임, 더 섬세하면서도 더 분명한 매체였다. 걸어 다닐 때에도 그녀와 함께였고, 앉아 있든 마차를 타든 밥을 먹든 항상 그녀와 얼굴을 맞대고 있는 듯했다. 어쩌면 '그의 인생에서' 거의 누리기 힘든 대접이라고 말하지 않을 수 없을 것이다. 게다가 지금처럼 침묵을 지키는 그녀를 예전에는 보기 힘들었지만, 다른 한편 그렇게 엄청나게, 다른 꾸밈이라고는 거의 없이 오로지 그녀 자신인 적도 없었다. 아무것도 섞인 것 없이 순수하고, 속된 말로 하자면 '차갑다'고 할 수도 있지만, 심오하고 헌신적이고 섬세하며 민감하고 고상했다. 그런 면이 아주 생생하게 부각된 그녀의 모습이 이 특수한 상황에서 그에게는 거의 강박이 되었다. 그래서 그 강박으로 인해 맥박이 빨라지고 과연 사는 일이 더욱 흥미진진해지긴 했지만, 고도의 긴장에서 좀 벗어나기 위해 그것들을 다 잊고 싶어지는 때도 있었다. 다른 무엇보다 올렛의 뉴섬 부인이 귀신처럼 줄곧 성가시게 들어붙는 곳이 세상 많은 장소 가운데 하필이면 파리라는 사실이 모험이라는 측면에서 말할 수 없이 괴이하다는 것을 의식했는데, 누구도 아닌 램버트 스트레더이기 때문에 일어나는 상황이

기도 했다.

그가 마리아 고스트리를 다시 만나러 간 것은 뭔가 다른 식으로 기분 전환을 해 보기 위해서였다. 하지만 결국 기분 전환은 이루어지지 않았다. 왜냐하면 요즘 그는 그녀에게 전에 없이 뉴섬 부인에 대한 이야기를 늘어놓고 있었기 때문이다. 그때까지는 뉴섬 부인과 관련해 어떤 원칙과 신중함을 지키고 있었다. 하지만 지금은 마치 관계가 달라진 것처럼 그런 주의가 깨져 버렸다. 그는 뉴섬 부인과의 관계가 정말 그렇게까지 달라지지는 않았다고 혼잣말을 했다. 지금 상황은 물론 뉴섬 부인이 더 이상 그를 신뢰하지 않게 되었다는 것이지만, 그렇다고 그 신뢰가 되찾을 수 없는 것임을 확실히 보여 주는 것도 없었기 때문이었다. 그 점이 확실해지기까지 할 수 있는 모든 시도는 다 해 보리라는 것이 현재 그의 마음가짐이었다. 그리고 사실 그가 지금 뉴섬 부인과 관련해 예전에는 입에 올리지 않았던 이야기를 마리아에게 하는 것은 대체로 마리아 같은 여성의 존경을 받을 수 있다면 영광스러운 일이라는 생각에서였다. 아주 이상하게도 마리아와의 관계 역시 이제 예전 같지 않았다. 그 사실은 그들이 만남을 재개하면서 바로 모습을 드러냈지만 그렇다고 너무 당혹스럽지는 않았다. 그 변화는 그를 보자마자 그녀가 했던 말에 오롯이 담겨 있었다. 십 분도 안 되어 그녀는 그 사실을 명시하는 말을 할 수 있었고, 그도 부정하고 싶지 않았다. 그는 이제 혼자 걸을 수 있고 그 사실이 나타낸 변화는 엄청난 것이었다. 그들이 함께 옮겨 간 이야기의 방향으로 곧 그 변화가 확실해졌고, 뉴섬 부인과 관련해 전보다 편하게 털어놓음으로써 완전해졌다. 고스트리 양이 내민 물통 주둥이에 목마른 자신의 작은 컵을 들이댔던 때로부터 이미 한참 지난 듯했다. 이제 그를 위해 솟아나는 다른 샘물들이 있었으므로 그녀의 물통에는 거의 손을 대지 않았다. 그녀는 이제 단지 그의 여러 지류들 중 하나로 자리 잡았다. 그리고 그녀가 그렇게 달라진 지위를 받아들이는 방식에는 색다른 상냥함이, 그의 마음을 울리는 애처로운 온화함이 있었다.

그에게 그것은 훌쩍 흘러 버린 시간, 혹은 그가 아이러니와 연민을 담아 경험의 급류라고 즐겨 부르는 어떤 것을 보여 주었다. 그가 그녀의 발밑에 앉아 옷자락을 붙들고 떠먹여 주는 음식을 받아먹던 것이 겨우 엊그제 같으니 말이다. 바뀐 것은 비율이었고, 철학적으로 말하자면 비율이야말로 언제나 지각의 전제 조건이자 사고의 조건인 것이다. 그건 마치 작지만 효율적인 그녀의 중이층 집과 수많은 지인들, 수많은 활동, 무차별적인 다양함, 그녀의 시간 대부분을 잡아먹는 의무와 헌신들, 그로서는 지나가다 곁가지만 얻어들을 뿐인 그 모든 것들과 함께 그녀 자신이 부차적 요소로 전락했고 그런 상황을 그녀가 완벽한 수완으로 받아들인 것만 같았다. 그녀가 이 완벽한 수완을 상실한 적은 한 번도 없었다. 그것은 애초에 그가 최대로 상정했던 그 이상이었다. 지금까지 바로 그러한 수완으로 그를 따로 떼어 내서, 그러니까 자신의 방대한 지인들의 세계를 일컫는 자칭 '가게'에는 들어오지 못하게 하고, 둘 간의 거래는 가게 반대인 집 안에서 이루어지는 것인 양, 그 외 다른 손님은 없다는 듯 아주 조용히 해 왔던 것이다. 처음에 그녀는 그 작은 중이층 집에 대한 기억과 더불어 그에게 정말 경이로운 존재였고, 그 당시 아침에 눈을 뜨면 눈앞에 그 이미지가 떠올랐더랬다. 하지만 이제 그녀는 온갖 것이 잔뜩 들어찬 그의 생각의 한 부분일 뿐이었다. 물론 언제나 은혜를 입을 사람임에는 틀림없지만 말이다. 그가 그보다 더한 친절을 누릴 행운은 분명 앞으로는 없을 것이다. 그녀가 그를 보기 좋게 치장해 다른 사람들 앞에 내보였고, 적어도 그 시점에서 그에 대한 어떤 대가도 요구하지 않았음을 그는 알 수 있었다. 그녀는 충실하게 이리저리 추측하면서 그저 궁금해하고 물어보고 그의 말을 들었을 뿐이었다. 그가 이미 자신을 한참 넘어섰으므로 그를 떠나보낼 마음의 준비를 해야겠다는 말을 몇 번 한 적이 있었다. 이제 소소한 한 번의 기회밖에는 남지 않았다는 것이었다.

그녀가 거듭 그런 말을 할 때마다 그의 반응 역시 늘 매한가지였다. 그것이 그가 좋아하는 방식이었으므로. "내가 일을 망치면 말이죠?"

"그래요, 그럼 제가 당신을 다시 잘 수습하는 거죠."

"아, 내가 정말 망가지는 일이 벌어지면 그땐 수습 정도로는 어림도 없을걸요."

"그 때문에 죽기라도 할 거란 말씀은 아니겠죠?"

"아니, 그보다 더 나빠요. 그 때문에 늙어 버릴 겁니다."

"아, 무슨 일이 있어도 그런 일은 없을걸요! 당신에게 정말 놀랍고 특별한 점이 바로 그 나이에도 젊음 그 자체라는 거니까요." 그리고 한마디 덧붙였는데, 이젠 더 이상 그 말을 하면서 주저하거나 미안한 기색이 전혀 없었다. 마찬가지로 스트레더에게도 아주 직설적인 그 말이 조금도 당황스럽지 않았다. 대단한 신빙성이 생겼는지 그 자신에게만 해당되지 않는 어떤 진실처럼 다가왔던 것이다. "그건 그저 당신의 특별한 매력이에요."

스트레더의 대답 역시 한결같았다. "물론 내가 젊음 자체이긴 하죠. 유럽 여행을 위한 젊음이랄까. 체스터에서 당신을 만난 그 순간 젊어지기 시작했어요. 적어도 그 젊음의 혜택을 입기 시작한 거고, 그 후 쭉 지속되었죠. 적절하게 그 혜택을 받아 본 적이 없었는데, 그건 곧 젊음 자체를 가져 본 적이 없었다는 뜻이 되겠죠. 지금 이 자리에서 그 혜택을 받고 있고, 얼마 전 채드에게 '기다리라'고 말했을 때도 그랬어요. 세라 포콕이 도착할 때도 여전히 그럴 거예요. 다른 많은 사람들에게는 보잘것없어 보이겠죠. 솔직히 내가 느끼는 바를 당신과 나말고 과연 누가 또 알지 모르겠어요. 술을 진탕 마시지도 않고 여자를 쫓아다니지도 않고 돈을 펑펑 쓰는 것도 아니죠. 사랑의 시를 쓰지도 않아요. 그래도 예전에 갖지 못했던 걸 지금 뒤늦게나마 되찾고 있는 거예요. 대단하진 않지만 나 나름대로 그 얼마 안 되는 혜택을 키우고 있는 거죠. 내겐 지금까지 살면서 겪었던 어떤 일보다 더 흥미로워요. 다른 사람들이야 뭐라고 하든, 나름 젊음에 몸을 맡기고 경의를 표하는 거지요. 어디든 되는 대로 넣어 두면 다른 곳에서 나오기 마련이거든요. 다른 사람들의 삶이라거나 조건, 감정을 통해서일지라도. 채드는 머리가 희끗희끗하지만 그래도 젊다는 인상을 받았어요. 흰머리 덕에 오히려 젊음이 탄탄하고 확실하며 차분해 보였으니까. 그리고 그녀도 마찬가지였어요. 채드보다 나이가 많고, 결혼할 나이가 된 딸까지 있고, 남편과 별거를 하는 데다 파란만장한 과거를 가지고 있는데도 말이죠. 그 두 사람이 상당히 젊지만, 그렇다고 그들이 가장 싱싱할 때라든가 인생에서 절대적으로 한창인 나이라는 뜻이 아니에요. 그런 것과는 아무 관계가 없는 문제이니까. 중요한 건 나한테 그렇다는 거예요. 그래요, 나의 젊음이지요. 어쨌든 적절한 시기에 내게 그런 의미를 가졌던 것은 그것 말고 하나도 없었으니까. 그러니까 지금 내 얘기는, 그들이 나를 실망시키면 그게 다 없어질 거다, 그러니까 해야 할 일을 하기도 전에 허사가 될 거다, 그런 말이에요."

그러면 바로 이 지점에서 항상 고스트리 양이 이렇게 물었다. "해야 할 일이란 구체적으로 뭘 말하는 거죠?"

"음, 나를 끝까지 지켜보는 거죠."

"하지만 끝까지 무엇을요?" 그녀는 있는 얘기는 다 끄집어내기를 좋아했다.

"뭐긴요, 이 모든 경험이죠." 나올 수 있는 것은 그게 다였다.

그럼에도 대개 그녀에게는 할 말이 더 있었다. "우리가 처음 만났을 때에는 당신을 끝까지 지켜보는 게 저였다는 거 기억 안 나세요?"

"기억이 안 나기는요? 마음속 깊이 소중하게 기억하죠." 그는 항상 그렇게 맞장구를 쳤다. "내가 이렇게 계속 얘기하게 만들면서 당신의 역할을 하는 거잖아요."

"아, 제 역할이 별것 아닌 것처럼 말하지 마세요. 그 모두가 당신을 저버리더라도……."

"당신은 절대 안 그럴 거라고요, 절대로?" 그가 그녀의 말을 대신했다. "이것 보세요, 당신은 분명히, 어쩔 수 없이 그럴 수밖에 없어요. 그러니까 당신이 처한 조건상 내가 당신을 위해 해 줄 수 있는 건 없을 테니까."

"무슨 뜻인지 알겠어요. 게다가 내가 무지하게, 끔찍하게 나이 들었단 말이죠. 그건 분명 사실이지만, 그래도 당신이 저한테 해 줄 수 있는 일이 하나 있어요."

"그게 뭔데요?"

하지만 결국 그녀는 그게 뭔지 말해 주지 않았다. "그건 당신이 완전 끝장나야만 알려 줄 거예요. 사실 그럴 가능성은 전혀 없으니 괜히 속내만 드러내는 일은 안 할래요." 이쯤에서 스트레더는 자기 나름의 이유로 더 이상 따져 묻지 않았다.

공식적으로는 자신이 끝장날 가능성이 정말 없다고 생각하기로 했다. 그게 가장 쉬운 일이었으니까. 그러자 그 이후에 어떻게 될 것인가라는 논의는 불필요해졌다. 날이 가면서 포콕 부부가 당도하는 일이 그에게 더 중요해졌다. 심지어 진심이 아닌 뭔가 잘못된 방식으로 기다리고 있는 것은 아닌가 하는 부끄러운 마음까지 들었다. 마음속으로 세라가 와서 나름대로 인상을 받고 판단을 내리면 일이 간단하고 원만하게 잘되리라 여기는 자신을 책망했다. 그들이 와서 무슨 일을 할지 너무 두려운 마음이 들어 미리 모든 것을 기정사실화하며 걸

잡을 수 없는 분노에 사로잡히기도 하는 자신을 또 책망했다. 그들이 주로 어떤 식으로 일하는지를 미국에서 그렇게 많이 봐 왔는데도 지금으로선 전혀 종잡을 수가 없었다. 지금 무엇보다 원하는 것은 뉴섬 부인 자신에게 기대할 수 있는 이상으로 자세하고 거리낌 없이 그녀의 마음 상태를 듣고 싶은 것임을 깨달았을 때가 가장 명료하게 상황이 보이는 때였다. 그러한 계산은 적어도 자신의 행동을 직시하는 일이 두렵지 않다는 것을 스스로에게 증명해 보이고 싶은 욕망을 예리하게 의식하는 데서 나온 거니까. 무자비한 논리에 따라 그에 대한 대가를 지불해야 한다면 그 대가가 어느 만큼일지 알고 싶어 정말 조바심이 날 정도였고, 할부로라도 그것을 지불할 마음의 준비를 하고 있었다. 첫 번째 지불은 바로 세라를 접대하는 일이 될 것이었다. 더구나 그러고 나면 자신이 지금 어떤 상황에 처해 있는지 충분히 알게 될 것이었다.

세계문학전집 375

대사들 1

1판 1쇄 펴냄 2021년 2월 19일
1판 2쇄 펴냄 2022년 5월 24일

지은이 헨리 제임스
옮긴이 정소영
발행인 박근섭, 박상준
펴낸곳 ㈜민음사

출판등록 1966. 5. 19. (제 16-490호)
서울특별시 강남구 도산대로1길 62(신사동) 강남출판문화센터 5층 (우편번호 06027)
대표전화 02-515-2000 팩시밀리 02-515-2007
www.minumsa.com

© 정소영, 2021. Printed in Seoul, Korea

ISBN 978-89-374-6375-4 04800
ISBN 978-89-374-6000-5 (세트)

세계문학전집 목록

세계문학전집은 계속 간행됩니다.